# LES MAMIES FONT PARLER LA POUDRE

DE LA MÊME AUTEURE

*Comment braquer une banque sans perdre son dentier*,
Fleuve Éditions 2014 ; Pocket, 2015
*Le gang des dentiers fait sauter la banque*,
Fleuve Éditions 2015 ; Pocket, 2016
*Comment prendre le large sans perdre sa perruque*,
Fleuve Éditions 2016 ; Pocket, 2017

CATHARINA INGELMAN-SUNDBERG

# LES MAMIES FONT PARLER LA POUDRE

*Traduit du suédois*
*par Hélène Hervieu*

fleuve
ÉDITIONS

Titre original :
*Krutgummor på krigsstigen*

MIXTE
Papier issu de sources responsables
FSC® C003309

L'éditeur de cet ouvrage s'engage dans une démarche de certification FSC® qui contribue à la préservation des forêts pour les générations futures.

Pour en savoir plus :
www.editis.com/engagement-rse/



ISBN : 978-2-265-14415-6

Dépôt légal : juin 2021

À mon amie Line Renaud qui a adoré l'histoire
et m'a inspiré ce livre.

# PROLOGUE

*Dagny Svensson, soixante-quatorze ans, ôta ses gants et posa son sac à dos sur le banc d'un air décidé. Pensive, elle commença à ranger ses affaires. D'abord il y avait le Thermos de café et la bouteille d'eau. Ensuite son téléphone portable, le sifflet et quelques barres énergétiques. Puis la barquette de myrtilles, naturellement, et le plus important : le marteau de forge. Elle caressa le métal brillant. Dire qu'un marteau de quelques kilos pouvait détruire des missiles qui valaient des milliards. Et qu'une petite vieille dame pouvait changer le cours des choses.*

*Certes, ce n'était pas sans danger, mais si l'on voulait lutter pour la paix, il ne fallait pas jouer les timides. Le moment tant attendu était enfin arrivé. Elle jeta un coup d'œil au hangar. Après la démonstration de vol plus tôt dans la journée, l'avion avait été amené là pour la nuit, en plus de l'appareil de combat ultra-moderne capable d'emporter des bombes et des missiles nucléaires.*

*Le froid commençait à se faire sentir et l'obscurité tombait vite. Elle se tourna vers Marie.*

*— Bon, je crois que c'est l'heure, chuchota-t-elle en faisant le geste de marteler. On s'attaque aux crochets qui maintiennent les bombes, c'est ça ?*

*— Oui. Donner des coups de marteau à un avion bombardier ne doit pas être si difficile. Voilà ce que font des activistes de la paix, murmura sa petite sœur en essayant de paraître calme.*

*— En tant que cueilleuses de myrtilles, nous avons un bon alibi, la rassura Dagny en tapotant sa barquette.*

*— C'est vrai. Rien ne paraît plus innocent que des vieilles dames qui cueillent des baies, confirma Marie d'une voix chétive.*

*— Eh bien, conclut Dagny, Huka, vieille déesse de la guerre, nous voilà !*

*Les sœurs s'approchèrent prudemment du hangar qui abritait plusieurs avions. L'endroit était désert, tout était calme et silencieux. À leur grande surprise, elles ne virent aucun gardien.*

*— Eh, Dagny, comment on va entrer ? s'inquiéta Marie.*

*— On va faire le tour et essayer toutes les portes. Il y en a toujours une qu'on oublie de fermer.*

*Elles finirent par trouver une ouverture derrière une grande bâche tendue sur un des côtés du bâtiment, et y jetèrent un coup d'œil. Un chariot élévateur bouchait l'entrée, mais on pouvait se faufiler à l'intérieur. Aucune lumière n'était allumée, cela sentait l'acier et le vieux gazole.*

*Prudemment, Dagny et Marie s'aventurèrent sur le sol brut en béton au milieu des avions avant de s'immobiliser un long moment. Elles n'entendirent rien. Pas un son.* Pourquoi ne surveillait-on pas mieux la nuit des avions qui coûtent une fortune ? *se demanda Marie. Les gardiens devaient faire la fête après le meeting aérien. Mais ils pouvaient arriver à tout moment, il convenait donc de ne pas lambiner !*

*— Prête ? demanda-t-elle, la bouche soudain sèche.*

*— Prête, répondit Marie, encore plus nerveuse que sa sœur.*

*— Alors on y va ! chuchota Dagny, le pouce levé.*

*À pas lents, elles s'approchèrent des avions, puis s'arrêtèrent net. De quel avion de combat s'agissait-il ? Ils avaient l'air complètement différents une fois au sol. Et même s'il ne faisait pas tout à fait noir dans le hangar, on avait du mal à y voir. Dagny en indiqua un avec son marteau de forgeron.*

*— Je pense que c'est celui-là ! s'écria-t-elle en s'approchant d'un avion à la carlingue peinte en camouflage et au nez pointu. Je crois me souvenir qu'il avait l'air agressif.*

*Les deux sœurs se glissèrent sous les ailes triangulaires et levèrent les yeux. Il n'y avait sûrement pas de bombes ici ; l'avion n'avait pas été chargé de vraies bombes lors du meeting, mais il y avait bien le dispositif pour en accrocher : c'était donc le bon appareil. Dagny tira deux caisses en bois sur lesquelles elles grimpèrent en s'aidant mutuellement. Elles prirent plusieurs profondes inspirations.*

*— Bon. Les femmes peuvent le faire ! s'exclama Dagny.*

*Elle brandit la masse au-dessus de sa tête et assena un grand coup.*

*BONG ! Ça résonna dans le hangar quand le marteau toucha l'aile gauche. PANG ! fit Marie en tapant de toutes ses forces avec son marteau de charpentier. Elle n'avait pas l'intention d'être en reste. Le son ainsi produit fut d'une violence incroyable.*

*— Tu ne peux pas faire moins de bruit ? demanda Dagny.*

*— C'est toi qui me dis ça ? Comme si ta masse faisait dans la discrétion, répliqua sèchement Marie en redonnant un coup de marteau.*

*— Allez, encore un dernier grand coup, et après, on file !*

*— D'accord, on y va.*

*Marie tapa si fort sur un longeron de la structure que le manche se détacha de la cognée, qui alla valser dans une armoire vitrée.*

*Le verre se brisa et une boîte de premiers secours tomba sur le sol avec des bandages et quelques sparadraps.*

*— Houlà, mieux vaut déguerpir, marmonna Dagny en se précipitant vers la porte.*

*En entendant des voix à l'extérieur, elle s'immobilisa et fit signe à Marie de rester silencieuse. Toutes deux longèrent sans bruit le mur jusqu'à la porte du hangar. Cachées dans l'obscurité, elles virent la porte s'ouvrir et deux gardes munis de lampes de poche entrer précipitamment. Quand les hommes furent à l'autre bout du bâtiment, les vieilles dames s'éclipsèrent discrètement. Par terre, il ne restait qu'une tête de marteau, la masse et une barquette de myrtilles. Derrière elles, une voix indignée s'éleva :*

*— Il y a des imbéciles qui sont venus casser l'avion du musée. Faut vraiment être con ! Le Draken ne vole plus depuis les années 1960.*

*Dagny marqua un temps d'arrêt. Elles s'étaient trompées d'avion ? Zut ! Quand on milite pour la paix, il vaut mieux se montrer professionnel.*

# 1

BONG ! Mais c'était quoi, ce bruit ? Dagny, dans un état second à mi-chemin entre sommeil et éveil, ne savait pas vraiment où elle était. Chaque fois qu'elle bougeait, elle entendait de nouveau ce son bizarre. BONG !… Elle essaya de trouver une autre position pour dormir, mais c'était inconfortable, et puis il y avait toujours ce satané bruit. Tout à coup, il y eut un craquement sec et quelque chose céda sous elle. L'armature en bois de la méridienne se brisa, il y eut un cliquetis lorsque les ressorts crevèrent l'habillage en velours. Puis ce fut le silence. Somnolente, Dagny s'assit. La belle méridienne ancienne qu'elle venait d'acheter aux enchères avait rendu l'âme. Ce meuble antique que le commissaire-priseur avait qualifié d'affaire exceptionnelle n'était plus qu'une ex-affaire.

Dagny passa la main sur le tissu fatigué et soupira. Elle avait toujours aimé les meubles, et maintenant, elle avait mal au dos. Puis elle entendit un autre bruit. Là-bas contre le mur, la télé était allumée. Maintenant ça lui revenait. Elle avait regardé les infos du soir et quand le reporter avait montré des gens blessés dans les décombres de leurs maisons bombardées, elle s'était mise à pleurer et avait changé de chaîne. Après quoi, elle avait dû s'assoupir. Elle se leva, alla dans la salle de bains et se lava le visage à l'eau froide.

Ensuite, elle éteignit la télé et descendit chercher le journal du matin. Une fois en haut de l'escalier, elle se sentit tout juste réveillée.

Le soleil était bas sur l'horizon, il faisait clair et l'air était frais. Un coq chantait obstinément dans le poulailler et, dans la cour, un chat rasait les murs de l'aile est. C'était Mozart qui pourchassait une souris. Ce chat de ferme noir et blanc était l'un des favoris de Marie, un matou qui chassait tout et n'importe quoi, y compris les pantoufles préférées de Dagny. Celles jadis décorées de rosettes. Mozart ne connaissait aucune limite et c'était le chat le plus heureux de vivre que Dagny ait jamais rencontré. Marie avait trouvé le chaton abandonné sous une voiture à Ystad, tout craintif, dans un état pitoyable. Elle en avait pris soin, et son mari, qui adorait la musique, l'avait baptisé Mozart. Pourtant, quand il était allé à Ystad pour le faire castrer, le vétérinaire lui avait gentiment fait remarquer qu'il s'agissait d'une femelle. Alors Marie l'avait rebaptisé Carmen, mais ça n'avait pas marché du tout. Pour une raison quelconque, le félin n'obéissait qu'au nom de Mozart.

Dagny alla chercher le journal dans la boîte aux lettres de l'autre côté de la route. Elle inspira l'air froid et vivifiant en s'attardant un instant près de la grille. Derrière la clôture blanche bien entretenue, à Österlen, dans le comté de Scanie, trônait la maison où elle donnait ses cours, une grande bâtisse datant du début du XXe siècle. La maison en briques faites à la main avait un étage et un toit mansardé, ainsi que de hautes et belles fenêtres. Les chambres se trouvaient à l'étage des deux ailes, les salles de classe, la salle d'exposition et le gymnase étaient en bas. Au sous-sol de l'aile est, elle avait aménagé un atelier et un cellier. Gården Seniorboost était l'œuvre de sa vie, un bâtiment qu'elle avait acheté et retapé dès le début de sa retraite. Dieu merci, elle avait mis de l'argent de côté pour ses vieux jours, et quand sa mère était morte, elle avait hérité d'une jolie somme. Marie et elle avaient alors eu de quoi voir venir, et pour Dagny, ce lieu de formation était synonyme d'une vie bien remplie, toute retraitée qu'elle était. Après tout, il fallait bien qu'elle s'occupe depuis que son mari l'avait quittée.

Autrefois prof de piano à ABF, la section éducative du mouvement ouvrier, elle savait ce que c'était d'enseigner ; à peine la rénovation de l'ancienne école achevée, elle s'était lancée dans des cours d'aquarelle et de chant. Puis elle s'était mise au goût du jour et avait fait venir des profs de yoga et de pleine conscience. L'année précédente, elle avait même proposé des cours de dégustation de vin et de karaté, et une fois que son affaire avait commencé à rouler, elle avait aussi proposé le gîte et le couvert. Elle avait retapé la cuisine et attiré Marie et son époux, Nils, de Stockholm. Là-bas, ils tenaient deux restaurants, une activité qui commençait à être bien fatigante pour un couple de septuagénaires. Alors quoi de mieux que de décompresser en faisant de la cuisine à petite échelle dans un centre d'études ?

Sa sœur et son beau-frère avaient emménagé dans l'ancienne ferme, derrière le bâtiment principal, où ils avaient un trois-pièces cuisine et un joli petit jardin. Dagny était aux anges. Tout était devenu tellement plus agréable avec la compagnie de Marie et de Nils, il était bon d'avoir autour de soi des gens sur qui l'on pouvait compter. Rien ne ferait jamais revenir son mari, mais avoir sa sœur près d'elle tout en étant occupée en permanence était un bon moyen d'atténuer le chagrin.

Dagny traversa la cour, rentra et laissa le journal sur la table de la cuisine avant de remonter chez elle. Elle se souvenait encore de son rêve. Marie et elle protestaient contre la guerre. Elles avaient réussi à sortir du hangar à avions sans être vues et à rentrer tranquillement chez elles, en Scanie. Les journaux s'étaient emparés de l'affaire et la police traquait

« les terroristes », mais personne ne les avait soupçonnées ! Dagny avait une imagination fertile et ses rêves étaient souvent réalistes, comme si elle s'y était trouvée pour de vrai. C'étaient sûrement les infos sur la guerre à la télé qui avaient déclenché cette réaction chez elle. Et puis Yvonne, bien sûr.

Depuis que sa fille avait rejoint Médecins sans frontières, Dagny militait pour la paix. Elle haïssait la guerre et les armes, et faisait souvent des cauchemars. La nuit précédente n'avait pas fait exception à la règle, même si cette fois-ci, c'était elle l'héroïne de son rêve. Elle y avait fait ce qu'elle aurait dû accomplir depuis longtemps dans la réalité : désarmer un avion de combat. Ce rêve aurait pu être un signe. Les militants pacifistes avaient pour habitude de désactiver les armes en leur tapant dessus, alors pourquoi pas ? Peut-être devrait-elle s'organiser d'une manière ou d'une autre. Devenir une pro !

Elle s'habilla, fit son lit et suspendit sa robe de chambre dans la penderie. Par la fenêtre entrouverte, elle entendit un oiseau gazouiller. Curieuse, elle sortit sur le balcon. Une mésange charbonnière passa devant elle pour venir se poser dans l'arbre en dessous. Elle ne resta pas immobile, mais sautilla parmi les branches, incapable de tenir en place, tout comme elle-même. Des senteurs de printemps et de terreau humide lui montèrent aux narines. Les anémones des bois avaient transpercé le tapis de feuilles de l'année passée et les frondaisons des hêtres avaient pris des teintes vert tendre. À l'horizon, la mer était calme, drapée dans un voile de brume légère aux nuances argentées, et dans les champs, un vert chatoyant dominait. Bientôt, les champs de colza de toute la contrée se pareraient d'un jaune éclatant. La Scanie était fantastique, et elle serait encore plus belle à l'approche de l'été. Dagny arrêta de ruminer. Jusqu'à présent, elle n'avait organisé de cours qu'au printemps et en automne, mais pourquoi ne pas proposer quelque chose en été ? Ainsi, plus de gens pourraient profiter d'Österlen et de la vue imprenable sur la mer. Peut-être pourrait-elle lancer un cours de manif qui aurait un lien avec la paix et la politique... Il y avait trop de guerres dans le monde, et le combat pour la paix s'enlisait désespérément !

Le vent se leva et elle rentra. Devant le miroir de l'entrée, elle passa un coup de peigne dans ce qui lui restait de cheveux et se demanda si elle allait se mettre du rouge à lèvres. Elle fit des grimaces dans la glace. Ah ça, on ne pouvait pas dire qu'elle soit une beauté : un poil en surpoids, une bouille ronde, un nez en trompette et puis ces cheveux, là, clairsemés et qui ne restaient jamais en place. Elle pouvait s'estimer heureuse que le vent ne les ait pas emportés... Dieu devait avoir eu un coup dans le nez le jour où il l'avait créée, voire une sacrée gueule de bois ! À moins qu'elle n'ait tout bonnement été déposée par une cigogne, comme elle le disait parfois en blaguant. Oh bien sûr, ses amis parlaient de sa beauté intérieure et disaient qu'elle avait des yeux vifs, charmants, et un sourire magnifique. Mais la beauté intérieure, ça ne se voyait pas dans une glace. Quoi qu'il en soit, on était comme on était et personne n'y pouvait rien changer. Une chose était sûre : le rouge à lèvres aidait un tout petit peu. Elle s'en passa, fit bouffer légèrement ses cheveux et descendit les marches. Il était grand temps de prendre le petit déjeuner avant de se plonger dans le programme du jour au bureau.

En bas, des voitures étaient garées sur le gravier. À l'intérieur d'un cercle de pierres, là où aurait dû se trouver une belle pelouse verte avec un mât de drapeau au milieu, Nils s'échinait dans son jardin d'herbes aromatiques. Il était vraiment chou ! L'époux de Marie avait toujours à cœur que la nourriture soit bonne, raison pour laquelle il avait aménagé un petit coin avec toutes les herbes aromatiques possibles et imaginables. Elle s'arrêta un instant et lui dit bonjour, puis la tentation fut trop forte :

— Qu'est-ce que t'as prévu à manger aujourd'hui ?

— Rôti de veau avec champignons sautés et lard fumé. Ensuite, pommes de terre avec pois mange-tout croustillants et radis nappés d'huile à la moutarde de Dijon, avec de l'estragon.

— Je vais te dire un truc. T'es vraiment le roi des cuistots ! s'exclama Dagny.

Elle alla dans la cuisine prendre une tasse de café et un toast au jambon grillé avec plein de fromage préparé par Nils, puis elle se rendit à son bureau.

Dagny s'assit et alluma l'ordinateur. Elle allait ouvrir le fichier des cours du printemps quand ses yeux tombèrent sur la photo encadrée de sa fille. Elle se souvenait bien de ce jour-là, du sourire d'Yvonne et de ses yeux bleus, pétillants, pleins d'enthousiasme. Sa fille, indécrottable idéaliste, croyait que tout le monde était bon ! Après ses études de médecine, elle avait voulu aider les gens en difficulté et s'était imaginé que Médecins sans frontières garantirait sa sécurité, qu'en tant que médecin, on était mieux protégé dans les zones de guerre... Dagny resta longtemps assise en silence. De nos jours, les hôpitaux ennemis étaient la cible des bombardements. Comment le monde était-il devenu si cruel ?

Dagny réfléchit. Dans son rêve, Marie et elle, deux septuagénaires, avaient désarmé un avion de combat et avaient pu quitter la scène de crime ni vu ni connu. Après quoi, il y avait eu des articles dans les journaux, plusieurs éditorialistes avaient débattu de la guerre, de la paix et de la défense suédoise. Avec leur action, elles avaient attiré l'attention sur les questions militaires. Alors, imaginez, si des centaines de femmes s'allongeaient dans les rues et refusaient de bouger en signe de protestation contre une décision de guerre stupide. Voilà une contestation qui ferait du bruit !

Plus elle y pensait, plus elle s'échauffait. Yvonne avait travaillé pour la paix et pour aider les autres. Il ne fallait pas que son engagement ait été vain. Alors, pourquoi ne pas s'organiser ? Pourquoi ne pas former les femmes d'un certain âge à la désobéissance civile, une sorte de mouvement de guérilla pour la paix ?

Elle avait lu des articles sur le mouvement Plow Bill, qui luttait contre le réarmement dans le monde, et sur ICAN, qui travaillait à l'abolition des armes nucléaires. Il serait certainement possible de créer en Suède aussi un nouveau mouvement de paix qui ait de l'impact. Elles pourraient devenir les « Mamies flingueuses pour la paix » ! Au fond, qu'est-ce qu'elle attendait ? Il suffisait de se lancer ! Mais il fallait d'abord qu'elles se forment. Devenir de véritables pros de la paix qui ne se ridiculisaient pas... Oui, voilà que ça lui revenait : les manifs d'étudiants à Paris dans les années 1960. Eux savaient ce que manifester voulait dire. Pourquoi ne pas aller là-bas pour prendre des leçons ?

# 2

Encore somnolente, elle essaya de concentrer son regard. Le drap était froissé et elle était trempée de sueur. En bâillant, elle s'assit dans le lit et tenta de se rappeler. Seigneur, qu'est-ce qu'elle fichait à Paris ? Ah, maintenant ça lui revenait… Elle allait participer à une grande manif pour la paix. Car pendant la révolte étudiante de 1968, Dagny était réellement venue à Paris, elle avait manifesté, et elle savait que les Français étaient des pros. Depuis la Révolution française, ils s'étaient dressés contre le pouvoir, et ils connaissaient bien leur affaire. Alors, pourquoi ne pas faire le voyage pour voir et apprendre ? Sa sœur savait toujours s'y prendre pour persuader les gens.

— Déjà réveillée ? demanda Dagny.

Elle se leva et ouvrit en grand la petite fenêtre de la chambre d'hôtel. Un vent tiède vint lui caresser le visage et elle entendit la rumeur de la circulation monter de la rue. Elle huma avec délice les odeurs étrangères. C'était une de ces belles journées parisiennes de printemps, faite pour se balader dans les parcs et profiter de la vie, tout simplement. Sauf qu'elles n'étaient pas venues pour prendre du bon temps. Manifester, ici, ce n'était pas comme défiler devant de souriants policiers suédois. En France, les forces de l'ordre étaient d'une tout autre trempe.

— Tout à fait réveillée, répondit Marie d'une voix pitoyable. Je n'ai pas fermé l'œil de la nuit.

— Grands dieux. Pourquoi ça ?

— Tu m'entraînes dans des trucs que je n'aurais jamais imaginé faire. Tu es sûre qu'on ne court aucun risque ?

— Mais non, voyons. Nous allons fonder notre propre mouvement pour la paix, et pour ça, il nous faut acquérir de l'expérience, non ? Ça va être génial ! gazouilla Dagny.

Elle se pencha pour tapoter le dos de la main de sa sœur en guise d'encouragement.

— On ne pourrait pas simplement prendre des vacances ?

— On en prendra après. Mais tu sais combien c'est important pour moi, ici. Ne t'en fais pas. Tout se passera bien.

Marie se tut et lança un regard las à sa sœur. Oui, c'était pour ça qu'elle s'était embarquée dans cette histoire. Pour soutenir Dagny. Au-delà du problème avec sa fille, son mari l'avait aussi quittée.

Les yeux encore pleins de sommeil, Marie sortit du lit et entra dans la salle de bains. Sous la douche, elle se demanda si elle devait livrer le fond de sa pensée, tout laisser tomber. Mais quand elle ressortit, Dagny avait installé le petit déjeuner de l'hôtel et lui avait déjà servi son café. Attentionnée, comme toujours. Sur la table près de la fenêtre, elle aperçut la cafetière, les tasses et une corbeille avec du pain. Ça sentait bon le café et les croissants.

— Le service d'étage vient juste de passer. Ça va être une journée splendide. Quel temps de fête, s'écria Dagny en remplissant sa tasse avec un sourire. Et tu sais, si tu trouves ça déplaisant, on n'a pas besoin de se mêler au cortège de la manif. On n'aura qu'à regarder.

Marie jeta un coup d'œil par la fenêtre. Dagny s'efforçait d'être prévenante. Perdue dans ses pensées, elle mordilla un bout de son croissant. Il fallait qu'elle se ressaisisse, ne rien gâcher maintenant. Il ne se passerait rien. Elle s'imaginait toujours trop de choses.

— Allez, bois ça. On se sent toujours mieux après une bonne tasse de café, continua Dagny en se levant. Bon, à mon tour d'aller dans la salle de bains.

Marie hocha la tête, avala son petit déjeuner et s'habilla tandis que Dagny prenait sa douche matinale. Elle avait à peine fini de se vêtir que la porte de la salle de bains s'ouvrit à la volée ; une Dagny aux joues roses fit irruption dans la chambre.

— Ça alors, comme te voilà élégante. Impressionnant !

Marie rougit sous le compliment. Elle portait un tailleur-pantalon chic de couleur verte avec chaussures assorties. Ses cheveux blonds mi-longs lui arrivaient juste sous la mâchoire et sa frange coupée droit la faisait ressembler à un mannequin de *Vogue* des années 1950.

— Les Parisiens s'y connaissent en fringues, alors il faut bien faire quelques efforts pour s'élever à leur niveau.

— Loin de moi l'idée de rivaliser avec eux. On est comme on est, marmonna Dagny.

Elle enfila un vieux cardigan retourné à l'envers et quelque chose d'indéfinissable dans les tons gris.

— Je ne sais pas si tu as remarqué, mais tout commence à dégringoler, avec l'âge. Les seins, les joues, le menton, la totale, quoi ! On n'y peut rien. Même si on faisait le poirier, tout pendrait simplement dans l'autre sens…

— Tu n'as jamais pensé à utiliser un soutien-gorge ? Je veux dire, on n'est plus dans les années 1970, dit Marie.

— Penser à des choses pareilles quand le monde est en crise ? Allez, assez parlé, on y va ! dit Dagny en s'avançant vers la porte.

— J'ai vu à la télé hier qu'il pourrait y avoir jusqu'à dix mille manifestants, reprit Marie d'une voix singulièrement fluette.

Je reconnais que c'est bien de manifester contre la guerre, mais je ne suis pas tranquille...

— Il n'y a aucun risque. T'as déjà vu une vieille dame finir en taule ?

— Mais j'ai entendu dire que la police française pouvait se montrer violente.

— Pas envers les vieilles dames. En France, on aime les femmes.

— Les jeunes femmes, oui...

— Ah ! Ne sois pas si pessimiste. On présente encore très bien pour notre âge, et n'oublie pas qu'on est ici pour apprendre. Imagine, quelle magnifique source d'inspiration pour nos manifs chez nous !

— Oui, bien sûr, marmonna Marie.

Mais elle dut s'y prendre à plusieurs fois pour nouer son châle autour de son cou.

Elles quittèrent l'hôtel et se rendirent place de la Concorde. Le soleil brillait. En cette belle journée d'avril, les esprits se réveillaient, on se sentait plein d'espoir envers l'été approchant. Les marronniers étaient en fleurs, les pelouses d'un vert juteux, et le vent se faisait à la fois doux et rafraîchissant. Elles se baladèrent un moment tout en discutant des boutiques qu'elles feraient sur le chemin du retour, quand brusquement, de l'agitation se fit devant elles. Un peu plus loin, les gens étaient en train de se rassembler avec de grandes banderoles et pancartes. L'un des plus grands panneaux clamait : *Nous voulons la paix !* Dagny traduisit pour sa sœur.

— Regarde le monde qui est déjà là ! dit-elle en montrant la foule du doigt.

— On se demande où ils vont tous, comme ça.

La foule grossissait.

— Aucune idée. On suit le mouvement ! lança Dagny.

— On est vraiment obligées ? s'inquiéta Marie.

Mais Dagny leur avait déjà emboîté le pas.

Les gens jaillissaient des rues latérales, et ce qui avait commencé comme une manifestation ordinaire prit de l'ampleur et se transforma en un véritable raz-de-marée. Il devait y avoir plusieurs centaines des personnes rien que sur le petit tronçon de rue où elles se trouvaient. *Néanmoins, la manifestation ne semble pas dangereuse*, songea Marie pour se rassurer. Beaucoup marchaient côte à côte en bavardant et en brandissant leurs banderoles, d'autres chantaient en portant leurs pancartes à bout de bras ou criaient des slogans. L'ambiance était bonne. Dagny et Marie suivaient le mouvement un peu à distance. Bientôt, la foule se fit plus dense, et il devint presque difficile de bouger.

— C'est un peu effrayant, avec autant de monde, lâcha Marie la gorge nouée.

— Pas de problème. Les Parisiens ont l'habitude de manifester. Il suffit de penser à la Révolution française.

— Il faut toujours que tu en reviennes à ça. Bientôt tu vas aussi me parler de Napoléon, je parie.

Les gens autour d'elles étaient jeunes ou moins jeunes, certains étaient même plus vieux qu'elles. Il y avait même des familles avec des poussettes. *C'est presque comme une sortie du dimanche*, pensa Dagny lorsque quelques manifestants refluèrent brusquement. Une bande de jeunes hommes vêtus de noir, en frocs de moines, débouchèrent en hurlant d'une rue latérale et semèrent le trouble dans les rangs. Ils portaient des sacs à dos et avaient le nez et la bouche dissimulés sous des foulards noirs.

— Ça ne sent pas bon. Vaut mieux filer, dit Marie en tirant sa sœur par le bras. Allez, viens !

Elles tentèrent de rebrousser chemin, mais une escouade de police venant d'une autre direction leur barra la route. Ces policiers casqués, armés de matraques et de lance-grenades lacrymogènes, s'abritaient derrière de grands boucliers.

— C'est quoi, cet exercice de commando ? s'écria Dagny.

Une détonation retentit et une grenade ronde, puante, atterrit à ses pieds.

— Attention, gaz lacrymogène !

L'engin cracha de la fumée blanche et les yeux se mirent à piquer. Les types vêtus de noir se précipitèrent et essayèrent de renvoyer la grenade aux policiers à coups de pied, mais les flics derrière leurs boucliers en jetèrent aussitôt d'autres. Les manifestants tentèrent de fuir, mais Dagny et Marie se retrouvèrent derrière des familles avec des enfants et n'en bougèrent plus. Quand plusieurs policiers firent usage de bombes lacrymogènes et en aspergèrent les manifestants, Dagny essaya de nouer son châle sur sa bouche pour se protéger. Au même moment, un jeune pacifiste trébucha devant elle ; aussitôt, les flics se jetèrent sur lui avec leurs matraques. Une grêle de coups s'abattit sur le malheureux, et un CRS s'assit même sur lui de manière si brutale que le jeune homme en perdit le souffle. Dagny se précipita.

— Que faites-vous, il étouffe ! s'écria-t-elle dans son meilleur français scolaire.

Personne ne réagit ; sans réfléchir, Dagny agrippa le policier par l'épaule. Il cria quelque chose et la repoussa si violemment qu'elle tomba. Elle se cogna la tête contre une portière de voiture et le rétroviseur déchira son cardigan. Elle se releva, tout étourdie. Un peu plus loin, deux flics costauds traînèrent le protestataire, le plaquèrent contre le capot d'une voiture et le menottèrent. Il essaya de dire quelque chose, mais les flics le poussèrent brutalement dans un fourgon cellulaire. Dagny fut prise de vertiges. Elle porta la main à sa tête : elle avait du sang sur les doigts.

— Dagny, ça va ? demanda Marie, horrifiée, en appuyant son mouchoir sur la plaie. Dans quel état tu es ! Je n'ai jamais vu une chose pareille !

— C'est fou ce que la police est devenue violente.

— Tout allait bien jusqu'à ce que les types habillés en noir arrivent. Alors les flics ont eu la trouille et ont commencé à balancer des gaz lacrymogènes. Après, tout est parti en sucette.

Dagny prit le mouchoir et essuya le sang sur son front.

— Il vaut mieux rentrer à l'hôtel.

Marie vit une brèche à gauche de la voiture de police et y entraîna Dagny. Elles se frayèrent un chemin à travers la foule et montèrent sur le trottoir. De là, elles bifurquèrent dans une rue latérale et eurent finalement assez d'espace pour se dégager. Hors d'haleine, Dagny s'adressa à Marie :

— Tu vois. La violence appelle la violence.

— Oui, ça me rend folle. Une foule de gens manifeste pour la paix et il suffit de quelques fauteurs de troubles professionnels pour tout foutre en l'air.

— Exactement. Maintenant, les médias vont faire leurs choux gras de tout ce bazar et passer complètement sous silence les vrais motifs de la manif.

Les deux femmes rentrèrent directement à l'hôtel pour soigner la blessure de Dagny, et tout le reste passa au second plan. En attendant l'ascenseur, elles firent le pied de grue à la réception.

— J'ai pensé à un truc, reprit Dagny. Tu te rappelles la guerre en Irak ? Trente millions de personnes ont manifesté dans le monde entier, mais quelques abrutis ont quand même décidé de passer à l'attaque.

L'ascenseur arriva, les portes s'ouvrirent et Dagny et Marie entrèrent dans la cabine.

— Mais là, il s'agissait d'armes, de pétrole, de ce genre de choses, précisa Marie en appuyant sur le bouton du cinquième étage. *Follow the money*, comme on dit.

— C'est vrai, mais quand les gens manifestent en masse, les politiciens paniquent et se cramponnent à leurs décisions.

— Qu'est-ce que tu veux dire par là ?

— Tu ne vois pas ? Eh bien, si on est *moins* nombreux, peut-être que les politiciens daigneront nous écouter. Et alors, on pourra avoir une influence.

Une fois dans la chambre, Dagny sentit toujours sa tête l'élancer, mais après avoir nettoyé la plaie, elle ouvrit le minibar et leur prépara des gin-tonic. Puis elle s'affala sur le canapé.

— T'imagines, si on pouvait parlementer avec les autorités *avant* que les manifs ne dégénèrent ?

— Tu veux dire négocier la paix avant que la guerre éclate ?

— Exactement. La diplomatie silencieuse. Si des centaines de milliers de manifestants tentent de protester, c'est perçu comme une menace. Mais si une innocente petite grand-mère voulait parler politique, ça pourrait peut-être marcher. Les vieilles dames ne sont pas une menace.

— Ça, c'est sûr, admit Marie en pensant à la prothèse de la hanche en titane toute neuve de Dagny. On ne peut même pas nous donner des coups de pied.

— Mais sérieusement. J'ai entendu parler d'une organisation norvégienne qui s'appelle « Les Mamies pour la paix ». Il s'agit d'un groupe de femmes âgées qui se rassemblent devant le Parlement et distribuent des tracts aux passants. Elles abordent les questions des armes nucléaires et du désarmement. Quand les hommes et femmes politiques passent devant elles, généralement, ils discutent.

— Quelle bonne idée ! Comme ça, ils sont obligés d'écouter s'ils ne veulent pas se montrer impolis.

— Tu sais ce que je crois ? continua Dagny, très sérieuse. J'ose affirmer qu'un certain nombre de femmes âgées qui discutent les yeux dans les yeux avec les autorités peuvent se révéler plus efficaces que plusieurs milliers de manifestants.

— Tu veux dire que nous, les femmes plus âgées, on peut faire des miracles ?

— Les femmes font toujours des miracles. Attends et tu verras !

# 3

Dans le vol qui les ramenait de Paris, devant un sachet de chips et un grand bloc-notes, Dagny et Marie discutaient de la mise en place de leurs cours sur la paix et sur la formation à donner aux femmes d'un certain âge, afin qu'elles puissent manifester avec professionnalisme contre la guerre. Une fois de retour, elles poursuivirent leurs discussions, jusqu'au jour où Dagny se dit qu'elles avaient suffisamment papoté. Il était temps d'agir.

Le matin, des types d'un magasin de meubles étaient venus installer dix lits électriques pliants destinés aux cours de pleine conscience. Marie s'était montrée enthousiaste : les lits, contrôlés par télécommande, pouvaient se monter ou s'abaisser à la fois côté tête et côté pieds pour trouver détente et paix de l'âme. Mais il y avait plus urgent quand le monde était en feu… Il était grand temps de lancer le stage d'été sur la désobéissance civile.

Dagny entra dans la cuisine, ouvrit le réfrigérateur et en sortit de quoi préparer des tartines. Puis elle mit le thé à chauffer et disposa des tasses et des assiettes à dessert sur un plateau. Tout en travaillant, elle se dit que Marie ferait sûrement une bonne militante pour la paix. C'était une femme gentille qui voulait toujours prendre soin de tout le monde. Les choses se compliquaient quand elle essayait aussi de protéger tous les animaux de la forêt… Dagny ne disait rien tant qu'il s'agissait de chats abandonnés ou d'oisillons tombés du nid, voire de renardeaux ou d'hermines. Mais il fallait bien regarder où on mettait les pieds quand on traversait la cour afin de ne pas trébucher sur tous les coqs, poules, oies ou cochons d'Inde qui s'évadaient !

Dagny prit le plateau, jeta un coup d'œil à ses pantoufles sans rosettes et frappa à la porte de la ferme. Il y eut un bruit de chaise qui racle le sol. Une Marie ensommeillée fit son apparition dans l'embrasure de la porte et Aïda, son dernier chat perdu, en profita pour s'éclipser. Sa sœur, les cheveux en pétard, bâilla. Dagny s'arrêta. Ah, oui, c'était une période de basses pressions. Dans ces moments-là, Marie ressentait toujours de la fatigue et se montrait un peu plus lente que d'habitude. Elle était un véritable baromètre ambulant.

— Je me suis dit qu'on pourrait se boire un petit thé, dit Dagny.

Marie loucha sur le plateau avec le thé de l'après-midi et ses tartines préférées.

— Ah, je vois, tu vas encore essayer de me convaincre de quelque chose, non ?

— Euh, je pensais juste que tu pourrais peut-être trouver un nom qui conviendrait à notre mouvement pacifiste. D'habitude, t'es fortiche pour ça.

Dagny se comportait comme si tout était déjà prêt. Marie enfila un cardigan et fit un signe de tête vers la maison en briques.

— Si on allait sur la véranda ?

Celle-ci était dotée de grandes fenêtres à double vitrage avec des murs peints à l'huile de lin gris clair. Face à la mer, elle offrait une vue imprenable sur les champs vallonnés qui descendaient jusqu'à la plage. C'était un spectacle impressionnant de voir le ciel jouer avec la mer, ou d'assister au lent coucher du soleil. Même si Marie habitait la ferme, elle adorait être ici. Elles entrèrent et Dagny posa le plateau.

— Beaucoup de femmes de notre âge ont des cheveux blancs ou gris et marchent avec des cannes ou des déambulateurs. On ne donne pas spécialement l'impression d'être agressives, alors je me suis dit...

— Là, je suis bien d'accord avec toi, la coupa Marie.

— Nous formerons par conséquent un parfait mouvement pour la paix. On pourrait être l'équivalent suédois des Mamies pour la paix. Et maintenant, il nous faut juste un beau nom et caler la date de début des cours.

— Ah, toi, je sens que tu as une idée derrière la tête, marmonna Marie.

— Notre mouvement pour la paix doit être différent. Un mouvement qui ait de la gueule. Nous allons miser sur la gentillesse quand nous protesterons contre la guerre, et avoir un beau nom qui fasse sourire les gens et pétiller leurs yeux, continua Dagny.

— Je sais ! « Tinder pour la paix » ! suggéra Marie en mordant à pleines dents dans le pain.

Les tartines étaient délicieuses.

— Ah non, pas de site de rencontre, voyons ! On n'est pas là pour draguer les mecs !

Marie avala une gorgée de thé et se pencha pour reprendre un sandwich.

— Est-ce qu'on ne ferait pas mieux de prendre aussi des mecs, pour être plus nombreux aux manifs ?

— Dans ce cas, tu sais comment ça va tourner. Ce sera le foutoir complet chez les mamies, il faudra faire le café et en plus se taper le service. Non, il faut qu'on soit de gentilles vieilles dames...

— Qui veulent amener la paix sur terre... T'es une indécrottable optimiste, Dagny.

— Que dirais-tu des « Mémés saboteuses » ?

— Ou bien « Les vieilles trouffionnes », suggéra Marie avec un petit rire en levant les yeux au plafond. Non, j'ai trouvé, pourquoi ne pas s'appeler tout simplement « Les Mamies pour la paix » ?

— Super, j'adore ! s'écria Dagny en saisissant une tartine. Nous allons apprendre à occuper des bâtiments et à manifester devant les usines d'armement. Et à convaincre les politiciens en discutant avec eux, bien sûr. Comme on en a parlé dans l'avion qui nous ramenait de Paris.

— Alors tu crois sérieusement qu'on peut changer le monde, nous, des mamies ?

— Absolument. Pense à tous les grands mouvements qui ont un jour commencé par un petit noyau de fidèles. Maintenant, on va former Les Mamies pour la paix et mettre au point une stratégie ensemble.

Dagny se leva et commença à faire les cent pas dans la pièce.

— On fera venir un expert en désobéissance civile qui nous apprendra à intercepter les transports d'armes, enchaîna-t-elle en agitant les mains d'une façon si pleine d'assurance que Marie ne put s'empêcher de rire. Après, on inventera aussi d'autres trucs. Un peu d'innovation, ça n'a jamais fait de mal à personne, pas vrai ?

— Au secours, murmura Marie.

Elle se voyait déjà couchée sur la route devant un transport d'armes ou bien étreignant un canon juste au moment où il allait tirer. Elle prit une gorgée de thé et jeta un coup d'œil par la fenêtre que le soleil venait d'atteindre.

— Ces Mamies pour la paix, ça me plaît ! dit-elle après être restée assise un moment sans parler. On se démarque et on a davantage de chances de faire passer notre message de paix à la télé.

— Parfait, non ? Je savais bien que t'allais trouver un beau nom. T'es fortiche pour ces trucs-là. Tu seras notre contact presse et tu t'occuperas des questions des médias. Ensuite, il ne restera plus qu'à trouver un bon prof pour nous apprendre la désobéissance, un véritable expert de la paix.

— Pourquoi tu ne t'en chargerais pas toi-même, chère sœur ? Je ne t'ai jamais vue obéir à personne !

Mais Dagny n'entendit pas, car elle s'était dirigée vers sa chambre. Elle revint en tenant un document sur la désobéissance civile, une petite brochure qu'elle avait trouvée sur un marché aux puces d'Ystad. Elle l'ouvrit à la table des matières et pointa du doigt quelques-uns des titres de chapitres.

— Regarde tout ce qu'on peut apprendre : « Techniques de clés de bras », « Techniques de balayage des jambes », et...

— « Ton séjour en prison », lut sa sœur tout en bas de la page. Mon Dieu, t'imagines si on finit en cabane, dit-elle d'une toute petite voix.

Dagny posa la brochure sur la table.

— Qui ne risque rien n'a rien !

— Nos vies ne seront plus jamais comme avant, dit Marie, l'air soudain vraiment angoissé.

— Désormais, c'est clair. Tu t'attendais à quoi ? demanda Dagny en souriant.

# 4

Le soleil brillait au-dessus du Norrström et la circulation sur Centralbron résonnait dans le lointain. C'était l'heure du déjeuner et les Stockholmois se ruaient sur Riksbron pour se rendre dans la vieille ville ou faire du shopping dans la City. Au beau milieu de la cohue, les membres du futur mouvement de guérilla Les Mamies pour la paix traînassaient. Dagny, Marie et quelques-unes de leurs amies avaient fait le voyage jusqu'à Stockholm pour s'exercer à protester. Elles approchaient lentement de la Chancellerie, une pile de tracts fraîchement imprimés sous le bras. Elles allaient tester leur distribution de tracts et la diplomatie silencieuse. Après tout, c'était bien ce qu'on utilisait à l'ONU, alors pourquoi ne pas commencer par-là ?

Elles s'étaient exercées à la communication toute la semaine, alors quand elles se retrouvèrent sur la place de la Monnaie, elles entonnèrent « *People Need Love* » gonflées à bloc. D'un pas alerte, elles marchèrent jusqu'à l'escalier de la Chancellerie et formèrent un cercle en se tenant par les épaules.

— Action ?

Les vieilles dames acquiescèrent, baissèrent la tête comme elles l'avaient vu faire aux équipes de football, se frottèrent les tempes les unes les autres si vigoureusement que leurs boucles d'oreilles en chauffèrent. Puis elles poussèrent trois cris de ralliement et hurlèrent :

— Pour la paix dans le monde !

— Oui. À bas les bellicistes. Pas de quartier ! beugla Dagny.

Puis elle s'arrêta en espérant que ça ne sonnait pas trop agressif.

Dans le train qui les amenait à Stockholm, elle s'était efforcée de faire comprendre aux participantes qu'elles devaient se montrer gentilles et aimables.

— À mort les marchands de canons ! ajouta Marie d'une voix stridente en montrant le poing pour ne pas être en reste.

Mais elle reçut aussitôt un coup de coude dans le dos.

— Faut pas dire ça. On est pour la non-violence, idiote ! pesta Dagny.

— Mais t'as dit que sans armes, il n'y aurait plus de guerre…

— Oui, mais on doit donner le bon exemple, faire preuve de douceur, d'humilité, être de bonnes communicantes…

— Faire profil bas, en somme, grommela Marie.

Dagny sortit son grand sac à main bourré de tracts et en donna un paquet à chaque militante. Le soleil était chaud et les Stockholmois qui flânaient dans les parages portaient des vêtements légers. Beaucoup semblaient stressés, le portable à la main et les écouteurs aux oreilles, mais les dames de la paix ne se laissèrent pas décourager. Elles se campèrent au beau milieu de la rue, distribuèrent leurs tracts, et Dagny cria d'une voix tonitruante :

— Paix à vous !

— C'est ça, notre diplomatie silencieuse ? s'exclama Marie.

Certains passants grimaçaient comme si on leur avait piétiné les orteils ; une bande de jeunes, portables à la main, était en train de descendre carrément dans le canal.

— Presque tout le monde a des écouteurs. Ils ne pourraient pas décompresser un peu quand ils sont à pied ? Pas étonnant qu'ils n'aient pas le temps de travailler pour la paix, lâcha Dagny, déçue.

Pour la dixième fois, une personne munie d'écouteurs secoua la tête et s'esquiva en vitesse sans prendre le tract qu'elle lui tendait.

C'était stupide : justement, ce jour-là, les grands-mères appelaient à l'interdiction totale des armes nucléaires. En matière de désarmement, la diplomatie internationale s'était enlisée, et il était grand temps de protester. Quoi de mieux pour se faire entendre qu'une bande de mémés ou de vieilles célibataires qui n'avaient pas froid aux yeux ?

Un snobinard d'une vingtaine d'années s'arrêta, retira une de ses oreillettes et prit le tract. Il parcourut le texte d'un œil rapide.

— Une interdiction totale des armes nucléaires, ouais, pourquoi pas ? dit-il en se triturant le lobe de l'oreille. Mais avec quoi on se défendra, alors ?

Sur ce, il jeta le tract, remit ses écouteurs et continua à remonter la Drottninggatan.

— Abruti ! explosa Dagny.

— Tiens, je croyais qu'il fallait être gentilles et amicales même si on était en colère, fit remarquer Marie.

Après que d'autres femmes et hommes abordés se défilèrent, prenant presque leurs jambes à leur cou, les grands-mères changèrent de tactique. Elles s'alignèrent côte à côte et barrèrent presque tout le Riksbron, ne laissant passer personne sans tract. À la fin, quand il ne leur en resta qu'une petite pile, elles aperçurent des parlementaires qui retournaient au travail après la pause déjeuner. Un politicien barbu, d'âge moyen, les cheveux coupés court, s'arrêta.

— Alors, qu'avons-nous là ? voulut-il savoir en prenant un tract. (Il le lut, plissa le front et eut un geste agacé.)

Nous avons besoin d'une défense, vous comprenez quand même cela. Vous imaginez, si les Russes nous attaquaient ?

— La dernière fois qu'on les a vus, c'était au XVIIIe siècle, objecta Dagny.

— Voyons, ne soyez pas aussi naïve ! la gronda l'homme.

Il se pencha et pinça la joue gauche de Dagny tel un jeune père dont l'enfant a fait quelque chose de mal et mérite une remontrance.

— La politique mondiale est compliquée, poursuivit-il. Lisez les journaux et regardez la télé, vous comprendrez. On est obligés de suivre.

Il lui tapota l'épaule, un brin paternaliste, et s'éloigna.

— Suivre, c'est justement ce qu'on fait. Et on s'est organisées, lui cria-t-elle.

Il s'arrêta.

— Ah oui, voyez-vous ça ! Alors comment vous appelez-vous donc ?

— Les Mamies pour la paix, répondit fièrement Dagny en indiquant le nom imprimé tout en bas du tract.

— Les Mamies pour la paix ? Pourquoi pas plutôt « La Tentation des pipelettes » ? rétorqua-t-il en ricanant avant de presser le pas.

— Attendez, vous avez perdu quelque chose ! rugit Dagny à pleins poumons tout en faisant de grands gestes avec les mains.

— Quoi donc ? fit l'homme en se retournant.

— Votre élan !

— Non, l'esprit, corrigea Marie qui fit un signe avec le doigt du plus mauvais effet, dont le sens n'échappa à personne.

— Mais s'il n'a pas d'esprit, il ne peut pas le perdre ? dit Dagny en se frottant la joue là où les doigts de l'homme avaient laissé deux marques rouges.

— Malheureusement, ce sont ces types-là qui savent tout mieux que personne. Ils sont dangereux. Ce sont eux qui n'écoutent pas, constata Greta.

Ce petit bout de bonne femme intrépide, une amie d'enfance de Dagny, était une artiste dans son genre, avec l'œil pour observer les gens. Elle avait développé une allergie aux prétentieux de tout poil.

— Mais plusieurs des autres politiciens se sont arrêtés pour bavarder avec nous, dit Dagny. Lui, c'était une exception. Vous n'avez encore rien vu. Bientôt ils viendront tous nous manger dans la main. Bon, maintenant on rentre à la maison et on planifie. Il faut avoir les idées claires et voir grand.

# 5

Le tube international du groupe Europe « The Final Countdown » résonnait à plein volume quand les mamies arrivèrent à leur première réunion de débriefing au centre de cours. Dagny et son gang de vieilles dames s'étaient rassemblées dans la salle de réunion du haut dans la maison en briques pour voir comment aller plus loin dans leurs actions de paix. Elles avaient fait de cette chanson leur signature : des phrases s'imposaient quand on s'occupait de questions aussi importantes que la guerre et la paix.

— Alors, qu'avez-vous pensé de notre voyage à Stockholm, les filles ? voulut savoir Dagny.

Elle dévisagea ses militantes installées autour de la table ovale en acajou.

Il y eut un moment de silence, puis l'une après l'autre, elles firent part de leurs impressions. Certaines sortirent leurs stylos pour écrire quelque chose, sauf Greta, qui nota sur son iPhone.

— Plusieurs personnes ont signé notre appel à la paix et une douzaine de parlementaires se sont arrêtés en se demandant ce qu'on faisait, dit Elinor, une sémillante petite vieille de Tomelilla qui était la doyenne de la bande.

— Beaucoup de politiciens ont pris le tract, et on a pu discuter avec eux de désarmement et de ventes d'armes, constata Marie.

— Exactement le but recherché. La plupart ont écouté, les abrutis étant des exceptions. Et ceux-là, on va les éduquer, dit Dagny d'un ton décidé.

Elle posa sur la table un plateau avec théière, tasses et tartines.

— Absolument ! Cette visite à Stockholm a été un bon test, dit Marie en saisissant la grande assiette de sandwichs aux crevettes. Servez-vous et faites passer !

Elle était de très bonne humeur. La manifestation n'avait pas été aussi déplaisante qu'elle se l'était imaginé, et depuis le voyage à Stockholm, elle se sentait en quelque sorte importante.

— Ce qu'on a fait est un pas de fourmi dans le tourbillon mondial, mais un pas d'éléphant pour le mouvement en faveur de la paix, s'écria Greta qui ne se souvenait jamais correctement d'une citation.

Elle pensait probablement aux paroles de Neil Armstrong posant le pied sur la Lune, mais par courtoisie, personne ne dit rien.

— Vous avez vu que certains ont jeté les tracts ? Si on imprime nos pamphlets sur des brassards, des foulards ou des chapeaux, les gens seront trop radins pour les jeter, proposa Marie.

Dagny approuva.

— Bonne idée. On doit utiliser les techniques modernes pour atteindre un public plus large. Il faut innover.

— Et il faut qu'on soit plus teigneuses, qu'on aille faire entendre nos voix devant les usines d'armement et des trucs comme ça, renchérit Greta, avide de résultats immédiats.

— Il s'agit quand même d'y aller mollo, non ? dit Elinor, l'air un peu nerveux. Vous imaginez si on se fait jeter dehors. Mon col du fémur...

— Il faut qu'on soit teigneuses et culottées, comme ça, ils seront obligés de nous prendre au sérieux, insista Greta.

Elle brandit les doigts en un V de la victoire comme elle avait vu Winston Churchill le faire.

— On ne pourrait pas plutôt organiser des manifestations devant les mairies à travers le pays ? proposa Elinor, qui n'aimait pas la violence et préférait la manière douce. On pourrait distribuer des brioches et du pain d'épices.

— Trop gnangnan. Je vote pour les sit-in, les gaz lacrymogènes et les chaînes, insista Greta, les doigts toujours en l'air.

— On y viendra sûrement, chère Greta, mais on doit d'abord apprendre les techniques de manif, rappela Dagny. Marie et moi pensons lancer un cours de désobéissance civile.

Elle échangea un coup d'œil rapide avec sa sœur, qui hocha la tête.

— De désobéissance civile ? s'écrièrent les vieilles dames à l'unisson.

Un fou rire ravi s'ensuivit.

— On va faire des sit-in et s'enchaîner comme de véritables pacifistes, avec des cadenas et tout ? Ça a l'air excitant ! glissa Klara, l'air motivé. Ce sera super à condition qu'on ne perde pas la clé !

À soixante-seize printemps, Klara avait suivi pratiquement tous les cours et voulait désormais essayer de nouvelles techniques.

— Ce sera bien, mais je trouve qu'on devrait élargir notre bande aux représentants de l'autre sexe, cria Greta.

Elle gesticulait tellement que sa tasse à thé tomba par terre.

— Vous imaginez si on pouvait faire venir de beaux mecs pour s'enchaîner avec nous…

— Greta, ma petite ! Les mecs, ce sera pour notre temps libre, la coupa Dagny. N'oublie pas qu'on doit être de gentilles vieilles dames auxquelles les autorités prêtent l'oreille.

Il y eut un moment de silence ; toutes réfléchirent à ce que Dagny venait de dire. Être de gentilles vieilles dames, ça n'était pas spécialement *fun*. Mais si c'était l'image qu'on voulait donner, alors, oui : que ne ferait-on pas pour la paix dans le monde !

— D'accord, d'accord, alors on sera les meilleures du monde en désobéissance civile, claironna Greta d'un air très décidé.

Véritable peste dans sa jeunesse, elle avait été expulsée de l'école à l'âge de quinze ans. Cela ne l'avait nullement empêchée de faire son chemin dans la vie : elle avait suivi des cours de peinture à l'huile et d'aquarelle et reçu une formation de céramiste. Ainsi, dès l'adolescence, elle avait pu vivre de ses talents d'artiste. Greta était artiste dans l'âme et dans le sang, et avec ses nombreux foulards, chemisiers imprimés à la main et pantalons baggy des années 1970, elle n'avait rien changé à son look.

Les dames discutèrent encore un moment, mais quand le thé fut froid et qu'on fut à court d'idées et de tartines, Dagny déclara la séance levée. On avait eu le temps d'officialiser le nom de Mamies pour la paix et on s'était mis d'accord sur l'engagement d'un manifestant professionnel pour prendre des cours. Mais personne ne voulait rentrer chez soi après avoir passé un moment si agréable. Dagny proposa donc de s'entraîner à s'asseoir en cercle, comme dans une véritable manif. Elles s'assirent toutes par terre et trouvèrent ça drôle jusqu'au moment où il fallut se relever. Les vieilles dames, qui éprouvaient les pires difficultés, durent s'aider des mains et des genoux. On inscrivit donc en toute hâte une décision supplémentaire à la rubrique « Questions diverses » : désormais, chacune devrait aussi consacrer trente minutes par jour à la gymnastique, sous peine de manifester seulement debout.

Dès le lendemain, Marie rédigea une petite annonce disant qu'elles recherchaient un formateur. Sa sœur et elle avaient d'abord pensé l'afficher dans les supermarchés d'Ystad, mais il leur était venu à l'esprit qu'il serait plus sûr de chercher un bon enseignant reconnu via des contacts au sein même des mouvements pour la paix. Alors elles allèrent sur Google, téléphonèrent à différentes organisations, et finirent par entrer en contact avec un certain Stefan Engbom. Souvent engagé comme chargé de cours sur les questions ayant trait à la paix, il venait de terminer une mission au musée de Malmö. Dagny et Marie se tapèrent dans les mains quand il annonça qu'il pourrait commencer le premier cours de désobéissance civile à Seniorboost dès le mois de juin.

— J'ai pensé à un truc, dit Marie quand tout fut réglé. Organiser un cours de désobéissance civile revient en fait à organiser un cours de mutinerie. Comment ça va se terminer ?

— Oui, la question mérite d'être posée, conclut Dagny, goguenarde. Ça peut nous réserver de belles surprises !

# 6

Il commençait à faire sombre et un vent froid balayait la forêt. *Putain !* jura intérieurement John. John Gudmundson, ex-militaire et pratiquant d'arts martiaux, jeta un coup d'œil à l'homme dans le fossé tout en se tenant la main droite. *Merde, ça fait mal.* Il n'avait pourtant pas cogné trop fort, si ? Mais ce salaud de Croate avait essayé de le rouler. C'était l'inconvénient quand on faisait du trafic d'armes. On ne savait jamais à qui on avait affaire ou si on n'allait pas se faire entuber et coller un pistolet sur la nuque. Il se massa les phalanges là où il s'était fait mal. Il n'aurait peut-être pas eu besoin d'y aller aussi fort, mais en cas de doute, il avait pour habitude de frapper le premier. Par mesure de précaution.

L'homme dans le fossé était presque immobile. Un filet de sang s'élargissait sur son front et ses jambes tressautaient. *Putain de merde, pourvu que ce salaud ne soit pas mort !* John avait été obligé de se défendre. Même s'il était à présent trafiquant d'armes, ses nombreuses années de pratique des arts martiaux avaient laissé des traces. Tout à coup, il prit peur. Poursuites pour agression, c'était une chose, se faire coffrer pour meurtre en était une autre. Mieux valait filer tout de suite. Il fit quelques pas en avant et vérifia que le gars ne simulait pas : il ne tenait pas à être poignardé dès qu'il aurait le dos tourné. Non, cette canaille était toujours inconsciente. John enfila ses gants, se pencha en avant et lui fit les poches. Cet abruti avait pourtant le fric sur lui. Pourquoi avait-il refusé de payer le prix convenu ? John jura de nouveau, empocha l'argent et retourna à la voiture. Heureusement, ils avaient décidé de se retrouver dans une clairière déserte au beau milieu de la forêt. Ni vu ni connu. Il ne manquerait à personne en Croatie.

John fit démarrer la voiture et décida de ne rien dire à Mark. Son ancien collègue de l'Académie militaire et lui possédaient des sociétés et gagnaient gros avec leur trafic d'armes. La plupart de leurs marchandises étaient des prototypes que Mark mettait au point, mais il leur arrivait aussi d'acheter de vieux modèles qu'ils réparaient et modernisaient de façon à en faire quelque chose d'exceptionnel. Pour des affaires plus importantes, ils pouvaient même faire appel à des contacts à travers tout le pays, des geeks dignes de confiance qui expérimentaient les conceptions les plus inédites. S'il se présentait une chose dont Mark et lui pouvaient tirer quelque avantage, ils achetaient l'idée ou prétendaient qu'elle était sans valeur et la volaient. Ils avaient parfois délégué des missions sans préciser de quoi il s'agissait. Les gars étaient enthousiastes, ne coûtaient pas cher et ne grevaient pas les finances de l'entreprise. Ils pouvaient produire des pièces dont Mark et John avaient besoin, mais ne savaient jamais à quoi ces trucs serviraient au final. C'était mieux comme ça. Les activités de Mark et John étaient secrètes. Il était donc idéal de travailler avec quelqu'un comme Mark, un geek complètement dans sa bulle qui, tant que tout fonctionnait, ne se souciait pas des magouilles de John. Ils s'entraidaient, mais les tâches étaient bien réparties. Il était le vendeur et la façade de l'entreprise, Mark était le technicien, l'inventeur et le créateur. À eux deux, ils formaient une bonne équipe. John jeta un dernier coup d'œil à l'homme dans le fossé. Il survivrait peut-être, peut-être pas.

John passa la première, s'engagea sur la route et s'éloigna. Même si nul ne connaissait son adresse, il n'avait pas l'intention de faire de vieux os à Södertälje. Il y avait eu trop d'incidents ces derniers temps, et même s'il ne vendait à aucun des gangs mafieux locaux, ils finiraient par avoir vent de ses magouilles. Il était grand temps de se mettre au vert. Il emmènerait sûrement Mark avec lui dans la foulée. Ils travaillaient ensemble depuis si longtemps qu'aucun d'eux n'abandonnerait l'autre. En outre, Mark était un personnage tellement à part qu'on pouvait le fourrer dans n'importe quel trou à rat : il serait heureux quand même. Pourquoi ne pas déménager dans le Norrland ou n'importe quel autre coin, loin de tout ? Là-bas, les fermes isolées ne manquaient pas, on avait l'embarras du choix. Ou alors en Scanie, où certaines fermes étaient très éloignées les unes des autres, et ils seraient proches du reste de l'Europe. De toute façon, ils ne pouvaient pas rester là.

# 7

Dagny sursauta. Ça alors ! L'enseignant qui venait d'entrer dans le bureau n'était pas du tout un manifestant entre deux âges. Elle s'était imaginé un type du genre à avoir lutté pour le Front de libération nationale du Sud Viêtnam, avec des cheveux longs et fins, un foulard palestinien, des pantalons baggy et des santiags aux pieds. Mais l'homme debout devant elle était dans la soixantaine, se tenait droit, avait des yeux bleus intelligents et un large sourire. En bonne forme physique, il ressemblait presque à un de ces hommes séduisants qui faisaient de la publicité pour des sites de rencontres sur Internet. Elle ramena une mèche de cheveux rebelle derrière son oreille et respira profondément.

— Stefan Engbom, dit-il en lui tendant une main aux longs doigts effilés.

Une main délicate, une main d'artiste, mais à la poigne ferme.

— Dagny.

Son propre prénom résonna étrangement à ses oreilles.

Comment un gars comme lui pouvait-il enseigner la désobéissance civile ? Il avait l'air bien trop équilibré. Un préjugé, bien entendu. Sa curiosité était piquée. C'était excitant de rencontrer des hommes qui ne pensaient pas uniquement à la bière, au sexe et au football, mais œuvraient pour la paix.

— Soyez le bienvenu, poursuivit-elle en se tordant les mains, intimidée. Oui, euh… Le cours est complet. Ça s'est rempli étonnamment vite.

L'Association suédoise pour la paix et l'arbitrage lui avait recommandé Engbom ; à peine Dagny avait-elle écrit son nom dans les annonces que le cours avait été pris d'assaut. Il posa son sac à dos et la regarda en souriant.

— Complet ? Oui, c'est la guerre partout, de nos jours. De plus en plus de gens comprennent qu'ils doivent faire quelque chose.

— La base, oui. Ceux qui nous gouvernent semblent n'être attirés que par le pouvoir.

Il acquiesça, sortit une boîte de tabac de son sac à dos et prit un sachet qu'il se coinça entre la gencive et la joue.

— C'est pourquoi nous devons agir, veiller à ce que les bonnes personnes soient élues aux postes importants. Et tous les politiciens ne sont pas pourris.

— C'est vrai, mais dans certains pays, c'est difficile. Dès que des gens ordinaires veulent participer et sont déterminés à agir, les dirigeants prennent les armes et c'est encore la guerre, pour rien.

Dagny avait vu trop de misères à la télé, elle était revenue de tout.

— Les armes, c'est ça le problème. Il y en a trop, dit Stefan.

— Imaginez si les usines d'armement fabriquaient des pistolets à eau, à la place !

— Ou bien des panneaux solaires, des éoliennes ou toute autre chose qui contribuerait à créer des emplois, renchérit Stefan.

Ils se regardèrent en souriant. Dagny mit de côté quelques papiers pour faire de la place sur son bureau. D'habitude, elle avait de l'ordre, mais elle n'avait pas eu le temps de ranger aujourd'hui. Elle jeta un coup d'œil dans la direction de Stefan. C'est fou ce qu'ils étaient devenus philosophes, tout à coup, mais c'était évident : un homme qui consacrait sa vie à travailler pour la paix était un type qui réfléchissait. Elle sortit deux formulaires et lui tendit un stylo.

— Remplissez ceci, s'il vous plaît.

— Vous avez dit des pistolets à eau, continua Stefan. On pourrait aussi suggérer de reporter l'âge du service militaire à quatre-vingts ans ?

Ses yeux pétillèrent et ils échangèrent un regard de connivence. Il saisit le stylo et inscrivit son nom, son adresse et sa date de naissance, ainsi que son numéro de compte bancaire afin de toucher son honoraire. Dagny l'étudia tandis qu'il écrivait et remarqua une grande cicatrice sur son avant-bras. Il n'était pourtant pas du genre agressif, à chercher la bagarre. Quand elle récupéra le formulaire, elle vit qu'il habitait à une adresse bohème près du parc de Tantolunden, dans le quartier Söder de Stockholm. Et puis il y avait sa date de naissance. Hum, c'était ça, le pire, soixante-quatre ans et l'allure encore si juvénile... Et si toutes les vieilles dames tombaient amoureuses de lui ? Elles ne penseraient plus à la paix. Elle chassa cette idée d'un revers de main. Un flirt ne pouvait quand même pas être plus important que la paix dans le monde. Elles ne seraient tout de même pas idiotes à ce point-là...

— Bien, dit-elle en rassemblant toute la paperasse. Laissez-moi vous faire visiter nos installations et vous montrer où vous logerez.

Elle se leva et se dirigea vers la porte.

Ils firent le tour du propriétaire. Elle lui indiqua où se situaient la salle de classe et les locaux de cours, comment aller à la cuisine et la salle à manger, après quoi elle lui fit voir non sans fierté l'ancienne salle de gym devenue leur plus grande salle de réunion. Pendant tout ce temps il souriait sans donner l'impression d'être un geek ni un casse-pieds fanatique. Mais ses yeux étaient tristes, presque éteints, et puis il y avait cette cicatrice sur l'avant-bras. Cachait-il quelque chose ?

Le lendemain, les grands-mères de Seniorboost se rassemblèrent pour leur premier cours de désobéissance civile. Les voitures arrivèrent les unes après les autres dans la cour, libérant leur contingent d'ambitieuses partisanes de la paix. Elles prirent leurs quartiers dans leurs chambres. À la fin, trente participantes décidées s'étaient installées, des femmes qui allaient consacrer un week-end entier à apprendre à être désobéissantes.

Vers le soir, Nils, l'époux de Marie, passa devant elles quand ces dames se dirigeaient vers la salle à manger. Un bouquet de ciboulette à la main, le petit homme corpulent dévisagea cette horde de pacifistes en jupons qui, tout en jacassant gaiement, avaient pris place dans la salle à manger pour faire un sort au buffet de bienvenue. Il n'avait rien osé dire à Marie, mais… un cours sur la paix ? Bien sûr qu'un pays a besoin d'une défense digne de ce nom, sinon comment résister à l'ennemi ? Et pour ça, il fallait des armes. Après tout, on ne pouvait pas se contenter de balancer des balles de ping-pong sur ses agresseurs ! Il ne comprenait pas à quoi jouait Marie. Certes, elle parrainait des enfants en Afrique et avait la marotte de sauver les animaux abandonnés. Mais Les Mamies pour la paix ! Dagny avait une trop grande influence sur elle, c'était ça, le problème. Et voilà qu'elles avaient recruté tout un bataillon de vieilles dames… Une bande qui allait s'exercer à la désobéissance ! Il se prit la tête à deux mains. Jamais de toute sa vie il n'avait vu autant de bonnes femmes à la fois, pas même le jour où il avait accompagné son épouse à la gym pour femmes. Il y avait là des femmes en chapeaux, d'autres en jupes, d'autres encore en jean, et des dames habillées très chic avec des colliers de perles au cou. Bonté divine, il avait droit à toute la panoplie ! À en croire leur démarche énergique, elles semblaient en outre avoir du cran à revendre. Nils sentit son cœur s'emballer. Et si tout se détraquait ? Si les bonnes femmes s'emparaient des rênes et si sa vie à lui commençait à être gouvernée par une horde de mamies désobéissantes, une sorte de matriarcat… Il sortit son mouchoir et s'essuya plusieurs fois le front. Puis il joignit les mains et adressa une prière à Dieu, bien qu'il ne fût pas religieux pour un sou.

# 8

Tôt le lendemain, une fois le petit déjeuner terminé, les participantes enthousiastes prirent le chemin de leur salle de classe en papotant joyeusement. Leur professeur les y attendait. Stefan Engbom se présenta en leur serrant la main à chacune d'une poigne rassurante, en les regardant dans les yeux. Puis il sourit comme d'habitude, de son sourire qui venait de loin, du fond de l'âme. Il donnait à toutes l'impression d'être sa préférée. L'une après l'autre, elles prirent place et tournèrent les yeux vers l'homme sérieux au regard triste. Tout le monde avait l'air si enthousiaste que Dagny s'inquiéta. Ça n'allait quand même pas être le foutoir, maintenant ?

Stefan leur souhaita la bienvenue puis expliqua qu'il venait de Stockholm et qu'il avait pratiqué la désobéissance civile dès l'époque où il était étudiant. Il avait protesté contre presque tout : contre les armes nucléaires, les transports d'armes et la fabrication de bombes à fragmentation et de missiles. Des progrès avaient été réalisés, comme dans certains pays l'interdiction des mines antipersonnel, mais il restait beaucoup à faire, le défi était énorme. C'est pourquoi il espérait que Les Mamies pour la paix apporteraient leur pierre à l'édifice.

— Si personne n'exerce la violence, ce sera la paix, dit-il d'un air grave.

Dagny, pour qui c'était une évidence, vit avec surprise les autres acquiescer, pleines d'admiration.

Puis Stefan développa sa pensée. C'était un bon orateur, et elle finit par admettre qu'il n'était pas si stupide que ça. Mais d'où venait cette cicatrice sur son avant-bras ? Avait-il eu un accident ?

— Imaginez une seconde que tout le monde ne soit pas aussi terriblement obéissant, poursuivit-il. Si tout le monde restait chez soi et refusait d'aller se battre, alors il n'y aurait plus de guerre non plus. C'est pourquoi ma tâche durant ce cours va consister à vous rendre aussi *désobéissantes* que possible.

— Exactement, aussi DÉSOBÉISSANTES que possible, répéta joyeusement Greta à voix haute en pensant à sa jeunesse sauvage.

Elle avait été la terreur des instits pendant ses premières années de scolarité ; ado, elle avait fumé, bu et était sortie avec pratiquement tous les mecs du lycée. Bref, elle avait « fait deux ou trois trucs », comme elle l'avait expliqué à ses parents avec un doux euphémisme lorsqu'ils lui avaient demandé pourquoi on l'avait renvoyée.

— Oui, c'est ça, on sera provocatrices, je le promets, marmonna Dagny en pensant à sa propre vie.

Tout comme Greta, elle avait semé la zizanie à l'école. Elle avait défié les mecs et flanqué des beignes à ceux qui l'asticotaient ou la pelotaient. Au lycée, elle avait protesté contre les profs débiles, la guerre au Viêtnam et les démolitions à Malmö, mais elle avait aussi assez bossé pour décrocher son bac. Dagny aimait que les gens soient heureux, mais ne supportait pas les pleurnichards. Face aux geignards, elle mimait des coups d'archet sur un violon tout en grimaçant pour qu'on comprenne qu'elle jouait faux. Généralement, les gens comprenaient cette mimique. Non, elle ne supportait pas ceux qui s'arrêtaient à des bagatelles.

Elle jeta un coup d'œil dans la salle. Ces dames bien élevées avaient, leur vie durant, fait de leur mieux pour plaire à tout le monde. Désormais, voilà qu'on leur demandait exactement l'inverse.

— Mais désobéir ne veut pas dire enfreindre les lois, souligna Stefan. Nous aurons une haute moralité, nous resterons calmes et garderons en tête que nous œuvrons pour la paix.

Les femmes s'entre-regardèrent, l'air soulagé. Même la désobéissance avait apparemment ses limites. Mais Greta n'était pas satisfaite.

— Donc, nous devons sereinement et tranquillement miser sur la désobéissance. Ça semble bizarre. Soit on est désobéissant, soit on ne l'est pas, protesta-t-elle haut et fort.

Elle avait toujours eu du mal à tenir sa langue.

Dagny voulut rétorquer quelque chose, mais un bus fit son entrée dans la cour à cet instant et elle dut sortir pour accueillir les nouveaux arrivants. Personne ne pouvait la remplacer au bureau et une quinzaine de participants au cours d'œnologie venaient de débarquer ; il fallait leur attribuer leurs chambres. Il fallut un certain temps pour inscrire les quinze excités ; quand Dagny retourna finalement au cours de désobéissance, elle resta plantée sur le seuil de la salle de classe. À l'intérieur, on entendait une sorte de glissement sourd, comme si on déplaçait quelque chose de lourd sur le sol. Elle poussa doucement la porte.

— Allez, il faut laisser traîner vos jambes derrière vous, cria Stefan. Vous pouvez faire mieux. On doit arrêter les manœuvres militaires et les transports d'armes, et pour ça, il faut y mettre aussi un peu du sien.

— Est-ce qu'on pourra aussi avoir une canne ? s'enquit Elinor, qui allait sur ses quatre-vingt-dix ans.

— Bien sûr que oui, répondit Stefan en souriant. Il s'agit de faire de l'obstruction. Pour arrêter toute une société, il suffit d'une poignée de programmateurs en informatique, de télétravailleurs, de routiers et d'employés de banque désobéissants. C'est ça qui fera la différence. Aucun tank au monde n'osera passer sur le corps de trente vieilles dames.

On entendit des éclats de rire et Dagny ouvrit la porte en grand. On avait repoussé le pupitre, les chaises et les bancs. Par terre, une bande de mamies s'étaient faites aussi grandes et encombrantes que possible tandis que leurs sœurs de combat s'efforçaient en soufflant de les traîner sur le plancher. Bas tirebouchonnés et petites culottes taille 46 déchirées apparaissant furtivement sous les jupes froissées. Des rires joyeux s'élevaient de partout.

— Et maintenant, on se relève, cria Stefan.

L'instant d'après, tout le monde se redressa en s'aidant des coudes et des genoux ou en posant les mains sur les épaules de l'autre, comme pour danser la *jenka*. Sauf qu'au lieu de sauter, les mamies avançaient au ralenti en traînant des pieds comme s'ils pesaient une tonne chacun.

— Mais bon sang, à quoi vous jouez, là ? demanda Dagny.

— Nous, les gens ordinaires, on a un sacré pouvoir de masse. Sans nous, ceux qui appellent à la guerre ne peuvent rien faire, dit Stefan en gesticulant comme un beau diable. On s'exerce à la dynamique de la non-violence, autrement dit à se faire traîner et à marcher lentement. Si par exemple une puissance ennemie lance une grande opération, on suivra les soldats en traînant des pieds. Ça désamorce tout climat de guerre, expliqua-t-il, tout content de lui.

— Effectivement, ça ne fait pas très esprit guerrier.

— Ils ont fait ça, une fois, en Allemagne. Une longue file de retraités a emboîté le pas à un convoi militaire. Les soldats ont été complètement déboussolés et l'action a fait les gros titres de la presse. Les vieux ont été arrêtés, mais cela a eu pour seul effet d'inciter encore plus de gens à s'impliquer. L'opposition n'en a été que renforcée.

Dagny sentit des frissons lui parcourir le corps. Ce genre de stratégie éprouvée, mûrement réfléchie, était tout à fait dans les cordes des Mamies pour la paix. Quel pied ! Elle se rappela ce qui s'était passé aux Philippines quand le président Marcos avait abandonné le pouvoir, dans les années 1980. À Manille, la capitale, la population était descendue dans les rues pour manifester tandis qu'au cœur du palais présidentiel, les militaires préparaient la contre-attaque. Marcos donna des ordres et les chars d'assaut se répandirent dans la ville. Mais la population bloqua les rues, mit des fleurs dans la bouche des canons et fraternisa avec les militaires. Finalement, ils désobéirent aux ordres et ne tirèrent pas. Suite à quoi Marcos fut contraint de s'enfuir en avion et de tout abandonner. Dans le palais, le tableau où les généraux avaient conçu des mouvements de troupes imaginaires et diverses stratégies militaires est resté en place longtemps. Les militaires qui avaient osé renier leur parole ont permis d'éviter un bain de sang. Stefan avait raison. *Il ne faut pas obéir !*

# 9

Le soleil brillait à travers les fenêtres, ses rayons tombaient sur les tables déjà mises dans la salle de réunion. Marie calcula le nombre de couverts : elle avait bien compté toutes les dames du cours sur la paix, celles du cours de dégustation de vin, et la bande d'apprentis yogis. Elle avait dressé la table avec un service Rörstrand bleu clair, des verres à vin anciens qui venaient du restaurant de sa mère et de grands vases de roses et de tulipes. Celles qui assistaient aux cours devaient avoir l'impression de venir à une fête, et Marie avait mis un point d'honneur à ce que tout soit propre et bien rangé afin que tout le monde se sente bien. C'était son but. Elle voulait que tout soit bien à sa place, comme dans la chorale où elle avait chanté pendant de nombreuses années : elle étudiait sa partition et apprenait les notes par cœur pour être sûre qu'il n'y ait pas le moindre couac. Dagny, en revanche, chantait comme ça lui venait et avait appris à jouer de l'harmonica à l'oreille.

Une bonne odeur de poulet rôti avec sauce aux champignons filtrait de la cuisine ; le repas serait bientôt prêt. Marie jeta un coup d'œil à l'heure. Il valait mieux qu'elle monte et s'habille chic. Pour la soirée, elle mettrait son tailleur bleu et son chemisier blanc. Ça allait bien avec ses cheveux blonds bouclés.

Quelques heures plus tard, les dames du cours de désobéissance civile et les participants du cours d'œnologie se rassemblèrent dans le salon pour prendre un verre. Ceux qui avaient passé la journée à goûter à différentes sortes de vins étaient en pleine forme, celles qui avaient appris la désobéissance étaient tout aussi fringantes.

Quand elle vit Marie se mêler aux élèves, Dagny en profita pour faire un tour à la cuisine. Nils était du genre stressé et pouvait avoir besoin d'un coup de main. Outre les désobéissantes et les dégustatrices de vin, les adeptes du yoga avaient elles aussi eu droit à leur cours : il fallait donc nourrir et étancher la soif de presque quatre-vingts personnes.

Plus tôt dans la journée, Nils et Marie étaient partis ramasser des champignons, et Dagny avait proposé d'en réaliser un plat pour le dîner. Mais en faisant l'inventaire des paniers, elle se rendit compte qu'il n'y en aurait pas assez. Armée d'une lampe de poche, elle sortit en vitesse et cueillit quelques bolets de plus, puis elle rajouta une bonne dose d'épices. Elle goûta sa préparation en fermant les yeux, « miam ». Elle avait rarement goûté quelque chose d'aussi bon. Elle mitonna ensuite une sauce aux cacahuètes et une autre, plus asiatique, avec des lamelles de noix de coco. Quand Nils passa d'un pas pressé, il lui fit un signe d'encouragement, tout content de ce coup de main.

Ensuite, elle retourna rejoindre les autres. Ce fut une longue soirée pleine de rires, le dîner dura presque trois heures. Nils sortit son accordéon, Dagny se mit au synthé et Marie interpréta des classiques d'Evert Taube tandis que la salle l'accompagnait dans un chœur improvisé. Puis les stagiaires eurent envie de se dégourdir les jambes. Marie mit un disque de Frank Sinatra et monta le volume à fond. Ce fut le signal que tout le monde attendait. Comme le bar resta ouvert et que la musique était assourdissante, la fiesta se poursuivit jusque tard dans la soirée. Enfin, lorsque les danseurs furent littéralement sur les rotules, les dames du yoga assises sur les genoux des participants du cours d'œnologie, et les mamies de la paix en plein entraînement à la technique du traîné passif ponctué du chant « Nous marchons sur des montagnes couvertes de rosée », Dagny se dit qu'il était grand temps d'aller se coucher. La soirée avait été un succès, mais elle était morte de fatigue. En sortant, elle jeta un coup d'œil à Nils et ne put s'empêcher de sourire. Il semblait prendre plaisir à jouer de son accordéon, lui qui avait tant grommelé et maudit toutes les mamies...

Un peu plus tard, elle retapa les oreillers et réussit non sans mal à se glisser dans son lit, éreintée de joie. Même si cela lui donnait beaucoup de travail, elle se plaisait dans ce centre de cours. Peut-être avait-elle même une vie plus agréable ainsi en célibataire que si elle était restée mariée ?

Lorsque Dagny s'éveilla, le lendemain, elle s'aperçut qu'elle aurait dû être levée depuis belle lurette. Elle s'habilla en hâte et se précipita vers les salles de cours. Avant son petit déjeuner, elle faisait toujours une ronde pour voir si les locaux avaient été nettoyés et si aucun matériel ne manquait pour les cours. Stefan avait certes dit qu'il s'en chargerait lui-même, mais elle tenait tout de même à s'assurer que tout était en ordre.

Elle se souvint tout à coup qu'il lui avait dit qu'ils commenceraient dès 8 heures ; il était déjà 8 h 45. Bravo ! Mieux valait entrer et dire quand même bonjour. Encore somnolente et avec un reste de gueule de bois, elle se dirigea vers la salle du cours de désobéissance, que les participantes avaient baptisée la veille au soir « salle de protestation ». En arrivant, elle vit avec satisfaction qu'un écriteau était déjà accroché à la porte. Il était rose, le mot « protestation » y était écrit en lettres bleu clair, et quelqu'un avait peint un cœur dans un coin.

Cette fois-ci, elle frappa avant d'entrer. Personne n'ouvrit. C'était calme, très calme. Elle entrouvrit prudemment la porte et jeta un coup d'œil à l'intérieur. Pas un bruit, alors que la salle était pleine. Dagny fit vite un pas en arrière et s'enfouit le visage entre les mains. Dispersées dans toute la salle, les vieilles dames étaient couchées par terre, rigoureusement immobiles. Certaines s'étaient recroquevillées en position fœtale, d'autres allongées sur le dos ou sur le côté. Dans un coin, un groupe de mamies silencieuses étaient étendues sur le ventre, les bras collés le long du corps. Pas un mouvement, pas un bruit. Dagny fut prise de vertiges en pensant à son plat de champignons. Seigneur ! Elle n'en avait pas vraiment mangé elle-même, mais y avait seulement goûté. Elle considéra les positions raides, étranges des corps autour d'elle. La rigidité cadavérique ? Elle se concentra sur une dame en particulier pour voir si son ventre bougeait. Si elle respirait. Un mouvement, une petite respiration, c'était tout ce que Dagny demandait. Mais la dame était allongée, complètement immobile. La nausée la submergea comme une vague géante et elle tomba à genoux. *C'est pas vrai, dites-moi que c'est pas vrai !*

C'est alors qu'elle perçut un mouvement et un tressaillement dans une jambe. Greta ! Son amie gisait sur le dos, détendue, mais son ventre bougeait et une de ses jambes se contractait comme si elle était prise de crampes ! Dagny se précipita, prit la tête de Greta entre ses mains et commença à pratiquer le bouche-à-bouche. Elle pressa ses lèvres sur celles de son amie et lui insuffla de l'air comme elle l'avait appris à un cours chez les secouristes féminines. Il se passa une seconde, deux, puis il y eut comme un flash de douleur.

— Non, mais tu te prends pour qui ?

— Aïe ! dit Dagny qui tomba à la renverse.

Elle porta la main à sa bouche. Sa joue lui faisait mal et sa lèvre inférieure saignait. Greta l'avait carrément mordue.

— Qu'est-ce qui te prend, bon sang ? dit Dagny en se relevant, assez déboussolée.

— Alors on espionne ?

La voix de Stefan dans son dos était tranchante, mais il avait une lueur amusée dans le regard.

— Mais, enfin, qu'est-ce que vous…

D'une main tremblante, Dagny désigna le défunt groupe par terre.

— Regardez !

— C'est un *die-in !* expliqua Stefan.

— Un *die-in ?*

— Oui, j'entraîne les participantes à jouer les mortes. Nous faisons semblant d'être des victimes de guerre. Très efficace. Ça pourra nous être utile devant les usines d'armement et les centrales nucléaires.

Le cœur de Dagny cognait encore fort, le choc n'était pas encore passé. Stefan, en revanche, avait démarré au quart de tour.

— Vous avez pu constater vous-même à quel point c'est efficace. J'enseigne tout ce que je peux sur la résistance passive.

— Oui, pour être passif, ça l'était, gémit Dagny. Un *die-in* ! Moi qui croyais que vous alliez nous apprendre à faire face aux gaz lacrymogènes et aux chiens policiers, à escalader les clôtures et ce genre de trucs…

Il rit, claqua des doigts comme un dompteur au cirque et redonna vie aux femmes allongées par terre. Elles s'assirent l'une après l'autre, sauf Greta qui demeura allongée, remise de ses émotions et plongée dans le sommeil. Stefan s'approcha et la secoua.

— Maintenant, c'est l'heure du petit déjeuner, ma chère Greta. On l'a bien mérité.

— Ça, Dieu seul le sait, glissa Dagny. Vous avez failli me flanquer une crise cardiaque.

Le reste du week-end se déroula sans anicroche. Le dimanche après-midi, la bande de militantes pour la paix converties de fraîche date débordait d'enthousiasme. Non seulement elles avaient passé un super week-end, mais elles avaient appris des choses nouvelles : leur vie leur semblait prendre une nouvelle signification. Stefan avait promis d'organiser un cours de perfectionnement ; d'ici là, il les chargea toutes de cogiter sur de nouvelles façons de manifester leur désobéissance civile. Pour ces trente dames jusqu'alors toujours gentilles et bien élevées, cela sonnait comme une musique céleste. Dorénavant, elles seraient désobéissantes au moins une fois par semaine au cours de leurs manifs devant le Parlement ou, si elles habitaient en Scanie, devant l'hôtel de ville, place August-Palm. Une organisation sœur verrait le jour à Göteborg, et par la suite dans tout le pays.

— À présent, les choses vont vraiment s'accélérer, dit Dagny en triturant son vieux foulard palestinien. On pourrait influencer les autorités, comme quand on était jeunes…

— … et maintenant, ça va être encore pire pour eux, ajouta Marie en jubilant. On va stopper la fabrication d'armes et leur apprendre à aimer leurs semblables.

Les deux sœurs échangèrent un large sourire, de ceux qu'on partage uniquement avec ceux qui comprennent notre façon de penser.

— C'est super de participer et de faire quelque chose de bien, dit Greta en sortant dans le vestibule.

Elle enfila son manteau et Dagny l'accompagna jusqu'à sa voiture. Greta ouvrit la portière, épousseta le siège où s'étaient incrustées de petites miettes de gâteau et se mit au volant. Elle boucla rapidement sa ceinture de sécurité.

— Au fait, tu sais, dit-elle, en venant ici, j'ai vu que la ferme des Persson était à vendre. La maison d'habitation, les ateliers, les pommes et tout.

— C’est dommage. Je croyais que les héritiers garderaient cette ferme pour toujours.

— Leurs enfants vivent à Kiruna et n’ont aucune envie de prendre la relève. Mais c’est une grande et belle ferme, alors les Danois et les Allemands se battent pour l’obtenir.

— Du moment que viennent de bons voisins, ça m’est égal.

— Ce sera sûrement le cas, affirma Greta.

# 10

Non sans mal, l'ex-militaire et ingénieur Mark Lindh était parvenu à caser tout son matériel dans sa camionnette de location. Il souffla un instant, s'installa sur le siège conducteur et tourna la clé de contact. Le moteur ronronna. Un dernier effort et il n'y aurait plus qu'à se taper la route jusqu'en Scanie. Tout excité, il jeta un coup d'œil à la vieille ferme à la périphérie de Södertälje. Cela avait été une bonne planque pendant quelques années, mais désormais, son rôle était terminé. John et lui avaient besoin d'un atelier plus grand et de vastes étendues de terre pour pouvoir tester leurs nouvelles inventions. C'était John qui avait poussé à la roue en disant qu'ils devaient déménager pour se développer. Dans un premier temps, ils avaient fait le tour des fermes abandonnées du Norrland, avant de se rendre compte qu'il leur fallait un endroit mieux desservi. La Scanie ferait parfaitement l'affaire.

Il brancha son lecteur MP3, s'engagea sur la route et appuya sur le champignon avant de relever aussitôt le pied. Il n'avait pas d'avertisseur de dépassement de vitesse. Merde ! Ce n'était pas le moment de se faire arrêter par la police, c'était bien la dernière chose qu'il souhaitait. Il se cramponna au volant tandis que le tube de The Arks « *It Takes a Fool to Remain Sane* » rugissait dans l'habitacle. Pourvu qu'il ne rencontre aucun contrôle de police. L'aire de repos à hauteur de Bjäresjö sur la E65, en direction d'Ystad, pouvait constituer un risque, mais il était obligé de passer devant pour accéder à la ferme. Encore que ça devrait être calme, par là-bas. Il arriverait en Scanie dans la soirée et se fondrait dans la circulation intense des usagers prenant le ferry en partance pour la Pologne. Le car-ferry d'Ystad à Swinoujscie chargeait tard ; dans l'obscurité au milieu des poids lourds, personne ne le remarquerait.

Tandis qu'il conduisait, ses pensées allèrent à la maison d'Österlen. C'était une propriété agricole avec des caves, des dépendances, un entrepôt, un ancien garage et plusieurs hectares de terrain. La ferme possédait de grands vergers de pommiers, ça tombait à pic. À la vue des photos sur hemnet.se, ils avaient immédiatement percuté. Ici, en Scanie, les fermes étaient situées si loin les unes des autres que personne ne poserait de questions ; les voisins leur ficheraient une paix royale. Poursuivre des activités expérimentales à caractère militaire exigeait de la discrétion. Aucun secret ne devait filtrer. Vraiment aucun. Un grand verger de pommiers constituait un bon camouflage.

En outre, l'endroit était idéalement situé pour les contacts avec l'étranger. Les transports transitant par Ystad, Malmö ou Helsingborg, les ventes s'effectueraient discrètement sans que personne ne remarque quoi que ce soit. Si Malmö était l'une des villes de Suède les plus gangrenées par le crime, ici au moins on pouvait faire du business en toute quiétude et, au besoin, s'enfuir sur le continent à la dernière minute. L'Europe n'était qu'à quelques dizaines de kilomètres.

Un poids lourd le serrait de trop près et Mark appuya sur l'accélérateur. Il n'aimait pas que les voitures le talonnent et il accéléra franchement. Les phares disparurent vite. La circulation s'intensifia et il se mit à pleuvoir. Les gouttes de pluie s'écrasant sur le pare-brise l'éblouissaient tant qu'il dut plisser les yeux pour apercevoir les véhicules arrivant en face. Le trajet ne serait pas de tout repos.

À la première station-service bon marché, il saisit l'occasion de faire le plein et de manger un morceau. Il entra dans le bar et commanda le plat du jour : des boulettes de viande aux airelles avec des pommes de terre trop cuites noyées dans une sauce brunâtre. Il regarda le tout avec dégoût, mais le cabillaud trop cuit n'aurait pas été meilleur. C'était comme à l'armée, avec sa gamelle en alu. À l'époque, il crevait de faim et s'empiffrait de tout, bouillie et hareng, compote de pommes et crème de rhubarbe dans le même récipient. Ça avait un goût bizarre, mais c'était quand même de la nourriture.

Quand il eut fini de manger, il reprit la route principale et vérifia encore une fois mentalement qu'il avait bien tout emporté : les outils spéciaux pour l'atelier, les compresseurs et les plaques métalliques, le matériel de laboratoire, des aspirateurs, des tondeuses à gazon et des trucs militaires, bien sûr : six caisses d'équipements secrets.

La technique évoluait de nos jours à une telle vitesse que même en mettant au point de nouvelles solutions pour les armes, John et lui devaient constamment se tenir au courant des derniers développements. Leur succès reposait sur la longueur d'avance qu'ils possédaient encore, ainsi que sur leur capacité à fournir des armes sortant de l'ordinaire. Ils amélioraient les vieilles armes et leur donnaient de nouvelles propriétés, et pouvaient aussi proposer leurs inventions. Parfois, ils trouvaient des solutions auxquelles les clients n'avaient pas pensé. Le plus souvent, quand ceux-ci voyaient ce que John et Mark avaient à leur offrir, ils étaient si impressionnés qu'ils achetaient directement. Dans l'industrie de l'armement, il s'agissait de toujours avoir ce qui était à la pointe du progrès. Ce qui n'était plus moderne était juste bon à être revendu sur le marché de l'occase aux pays en guerre plus pauvres, ou au secteur de la sécurité. Mark sourit intérieurement. La vente d'armes comptait parmi les secteurs d'activité les plus rentables, des produits qui se détruisaient vite et se renouvelaient en permanence. L'homme se vantait de posséder le cerveau le plus gros et le plus développé de tous les animaux et d'être au sommet de l'évolution. Mais en réalité, il était complètement stupide : aucun autre mammifère n'avait tué ou détruit autant de ses propres congénères.

Ah, la guerre et la révolution... Pour les mener, on avait besoin d'armes, et c'était ça qui le faisait vivre. Mark regarda l'heure. Il serait bientôt arrivé.

Il y avait de la lumière aux fenêtres de la ferme et Marie se hâta d'entrer. Nils avait évoqué un souper aux chandelles en amoureux. Ils avaient pris tellement de repas avec les autres qu'il était temps de se retrouver un peu tous les deux. Et il avait raison : tant de choses tournaient autour des participants aux cours qu'ils en arrivaient à s'oublier eux-mêmes.

En pénétrant dans la cuisine, elle vit que Nils avait préparé le dîner et mis la table. Deux bougies étaient allumées et les accents de la 40e symphonie de Mozart, sa musique préférée, résonnaient en sourdine. Un vase avec des fleurs trônait sur la table avec une bouteille de champagne, deux flûtes et deux gros homards dans les assiettes. Marie resta un instant perplexe puis se rappela : c'était leur anniversaire de mariage ! Ils s'étaient mariés à vingt-quatre ans après s'être rencontrés à la chorale où ils chantaient. Elle était soprano, lui ténor, et leurs voix se mariaient merveilleusement bien. Inspirés par le duo danois Nina et Fredrik, ils avaient commencé à se produire ensemble, et pendant une période, ils avaient joué de la guitare et chanté dans les hôpitaux et les maisons de retraite. Après plusieurs années de vie commune, ils avaient convolé en justes noces, formant un couple au départ fondé sur l'amitié. Ils n'arrivèrent pas à avoir d'enfants et, l'adoption n'ayant pour eux jamais été imaginable, ils s'étaient réfugiés dans le travail.

— Oh, chéri, dire que tu t'en es souvenu ! s'exclama-t-elle en regardant la table.

— Se souvenir de notre mariage ? Ce n'était pas si difficile. Je ne te vois plus qu'en coup de vent, alors j'ai eu tout le temps de réfléchir.

Marie fit mine de ne pas remarquer l'amertume dans sa voix. Nils était le plus souvent content et de bonne humeur, mais depuis peu, il faisait vaguement la tête. Elle pouvait le comprendre. Bien sûr, ils se voyaient dans la cuisine quand ils préparaient les repas des stagiaires, mais ils n'avaient pas beaucoup de temps pour eux-mêmes. À Stockholm, quand il travaillait jusqu'à pas d'heure, elle le voyait rarement. Ici, c'était l'inverse. En quittant la capitale pour s'installer à Österlen, ils avaient cru qu'ils auraient plus de temps à se consacrer ; au début, cela avait été le cas. Mais depuis que le mouvement des Mamies pour la paix était entré en jeu, Marie n'avait plus un instant à elle.

— Mais maintenant, on est ensemble ! dit-elle en se penchant pour l'embrasser. J'ai de la chance de t'avoir. Tout devient beaucoup plus simple quand on est deux.

Elle s'assit et tendit la main vers la corbeille à pain.

— Sauf qu'on ne se voit presque jamais, et ton bulldozer de sœur gère tout. Il n'y en a que pour Les Mamies pour la paix. Pourquoi a-t-il fallu que tu t'en mêles ?

— On travaille pour la paix, voyons, ça n'est quand même pas si difficile à comprendre ! Pense un peu à Dagny qui a perdu sa fille à la guerre. Travailler pour la paix est sa manière à elle d'aller au-delà de son chagrin.

— Je comprends, l'hôpital qui a été bombardé et tout ça, mais qu'est-ce que tu as à voir avec ça ? Les gens ont toujours fait la guerre et feront toujours la guerre. On n'y peut rien changer.

Marie arracha une pince du homard et tendit le bras vers le pain grillé. Méticuleusement, elle fit un sandwich avec la pince, la sauce et la persillade. Elle reprenait des forces et ne voulait pas se quereller maintenant, mais elle était bien obligée de dire ce qu'elle pensait.

— Tu as tort, Nils. Ça vaut la peine de lutter. Dans les années 1980, il y avait soixante-dix mille armes nucléaires dans le monde, puis les États ont décidé de désarmer. On s'est débarrassés de presque tout, mais voilà que maintenant, ça reprend, malheureusement.

— Il faut quand même bien se doter d'une défense ! Ça ne fonctionnera pas sans un équilibre des forces en jeu.

Elle resta assise, sa tartine à la main, en le dévisageant.

— Alors, tu es pour les armes ?

— Bien entendu.

Son mari, qui avait fait son service militaire, était totalement immergé dans cette pensée masculine. Pourvu qu'on ait des armes pour affronter l'ennemi, il ne se passerait rien. Elle soupira et reposa son pain dans l'assiette.

— Tu sais, je pense qu'au lieu de ça, on devrait envoyer tous ceux qui dirigent le monde et leurs généraux à des cours d'amour et d'empathie. Tu ne crois pas que ce serait beaucoup plus simple ?

Nils, qui n'avait encore rien mangé ni bu une goutte de champagne, se mit en colère en entendant les élucubrations de son épouse.

— Vous, Les Mamies pour la paix, vous êtes d'une naïveté confondante. Non, n'essayez pas de m'attirer dans votre truc à la gomme. J'ai fait mon service militaire, moi, et je sais de quoi je parle.

Marie soupira ; pour la paix des ménages, elle aurait dû en rester là. Mais elle tendit le bras et prit la main de son mari.

— Voyons, Nils, réfléchis-y un peu. La ruse de la femme dépasse la raison de l'homme, et nous, les vieilles dames, avons amassé un tas de ruses, sans parler de l'expérience de toute une vie ! Je ne saurais trop te conseiller de rester en bons termes avec nous.

— Bonté divine ! gémit Nils.

— En plus, Dagny et moi, on a grandi ensemble. Quand maman et papa étaient occupés au restaurant toute la journée et qu'ils avaient peu de temps pour nous, on n'était que toutes les deux. Il se peut qu'on soit différentes, mais on est sœurs. Elle m'a toujours soutenue et je veux être là pour elle aussi. Tiens-le-toi pour dit.

La nuit était tombée quand Mark approcha de la E65, et il faillit louper la bretelle d'Ystad. Il n'aimait pas conduire la nuit, mais heureusement, il ne restait plus beaucoup de route à faire. Il arriverait bientôt à la ferme, qui s'appelait Solarp. *Quel beau nom*, pensa-t-il. *Romantique et en même temps si innocent*. Qui pourrait se douter de ce qu'ils y feraient ?

C'était sympa de commencer une nouvelle vie en Scanie. John avait parlé de nombreuses commandes venues de l'étranger, et si rien ne foirait, ils se feraient un max de pognon. C'était autre chose que FOA, l'Institut de recherche de la défense à Stockholm, où il avait bossé des années pour un salaire de misère tandis que d'autres s'appropriaient ses idées et le fruit de ses recherches. Un beau jour, il en avait eu marre, avait claqué la porte, créé une société et monté ses propres activités. Bien sûr, il lui avait fallu bosser sensiblement plus dur, mais l'envie de travailler était revenue et il avait gagné de l'argent. Si bien qu'au bout de quelques années, il avait pu prendre John comme associé, un ancien camarade de cours du temps où ils étaient étudiants. Depuis l'Académie militaire à Karlberg où ils s'étaient rencontrés, ils étaient restés en contact. Au début, il avait embauché John pour des missions de ventes occasionnelles, mais quand l'entreprise avait pris de l'expansion, ils s'étaient associés.

John était facile à vivre, charmant, extraverti, mais dur à la tâche. Et, plus important que tout, il avait l'art d'embobiner ses clients. Ils se complétaient parfaitement, et avec des espaces plus grands à la nouvelle ferme, ils seraient en mesure d'accroître notablement leur production.

Par chance, Solarp s'était vendue matériel compris, ce qui leur permettait d'emménager discrètement sans faire de vagues. De plus, la ferme était bien située, avec vue sur la mer. Le moment venu, une fois bien installés, ils pourraient saluer d'éventuels voisins, parler de la culture des pommiers et de leur passe-temps, qui consistait à faire voler des modèles réduits d'avions radioguidés. Il fallait bien trouver une explication plausible : ils seraient bien obligés d'effectuer des vols d'essai avec tout un tas d'appareils susceptibles de faire du bruit, alors quoi de mieux que de se faire passer pour des mordus d'aéromodélisme ? Mark sourit, débrancha son lecteur MP3 et se mit à chercher une station radio avec de la bonne musique. Ne trouvant rien au bout de plusieurs essais, il finit par tomber sur les infos. Toujours le même baratin sur la guerre et les bombardements aériens. Une pensée lui traversa fugitivement l'esprit : avait-on utilisé certaines de leurs armes ? Ce serait génial !

Une heure plus tard, il s'engagea sur un petit chemin de gravier qui menait à l'ancienne ferme des Persson. Elle était plongée dans le noir, seule la lune au-dessus de la mer jetait quelques traits de lumière sur la terre. Il laissa tourner le moteur afin que les phares éclairent les environs immédiats. L'endroit était sombre, désert et silencieux, hormis les contours d'un autre bâtiment plus au sud. *Putain*, celui-là, il ne l'avait jamais vu auparavant ; apparemment, le voisin avait abattu quelques arbres. D'un autre côté, ils étaient censés clôturer leur propriété, donc il ne devrait pas y avoir de danger. Il regarda l'heure et guetta l'entrée du chemin. John prenait un vol direct jusqu'à Sturup et y louait une voiture ; il devrait être ici d'un instant à l'autre. Son ami arrivait toujours à la dernière minute, ou en retard, avec toujours mille excuses pour tout. Mark le taquinait parfois, mais il était difficile de se mettre vraiment en colère contre lui, car c'était un gars enjoué de nature, et généralement, ils passaient du bon temps ensemble. On finissait toujours par lui pardonner.

John avait un jour rêvé de devenir jardinier ; ici, il aurait tout loisir de décompresser au milieu des pommiers entre deux missions. Sa tête fourmillait d'idées.

— Si jamais quelqu'un nous demande ce que nous faisons, on n'aura qu'à dire que nous produisons un cidre exotique pour l'étranger, suggéra-t-il. Et ajouter qu'on travaille à élaborer une cuvée très spéciale de champagne nordique. Qui exige précisément des pommes d'Österlen.

John avait réponse à tout. Mark se rappela les discussions qu'ils avaient eues lors de l'achat de la maison. Il leur faudrait séjourner en Scanie pendant quelques années et investir, le temps de faire fortune. Après quoi, ils pourraient mener la grande vie et jouir de leur retraite. Mark fut interrompu dans ses pensées par un bruit de moteur venant de la route. Deux phares approchaient à grande vitesse. Parfait, cela leur laisserait le temps de décharger avant minuit. Il valait mieux qu'ils rentrent tout l'équipement avant que quelqu'un ne le voie.

# 11

Voilà que ça recommençait, ce bruit horrible, perçant, qui vrillait les tympans, comme si l'air était rempli de mobylettes trafiquées. Dagny, exaspérée, ouvrit la porte et se précipita dans la cour. Qui diable s'amusait à des trucs pareils ? Il y eut des grincements, des frottements, des pétarades avant que ça s'éloigne et meure de nouveau. *Qu'est-ce qui se passe, bon sang ?* Elle scruta les alentours et aperçut quelque chose du coin de l'œil. Un petit hélicoptère décrivait des cercles derrière la ferme, avant de soudain basculer et plonger vers le sol. On entendit un bruit de dislocation et ce fut le silence.

*Voilà ce qui arrive quand on pourrit la vie des vieux*, se dit Dagny en se hâtant vers le lieu du crash. L'hélicoptère avait fini sa course à la limite de la propriété à vendre. Elle s'agenouilla près de l'épave. C'était un modèle en plastique dont toutes les composantes s'étaient éparpillées sur le sol. *Probablement une avarie de moteur*, songea Dagny, bien qu'elle n'y connaisse rien du tout en moteurs. N'empêche, elle comprenait que si un moteur tombait en panne, l'appareil était précipité vers le sol. Ici, pas d'ailes d'avion. La queue avait atterri sur une touffe d'herbe et les pales du rotor s'étaient dispersées sur le terrain. Curieuse, elle se mit à farfouiller parmi les débris. Au même moment, elle entendit des pas pressés ; un échalas, musclé, plus tout jeune, se précipitait vers elle. Un sac des supermarchés Ica dépassait de sa poche arrière.

— Merde ! s'exclama-t-il, haletant.

— Désolée, dit Dagny en montrant l'hélicoptère du doigt. Qu'il se soit cassé, je veux dire. Sinon, j'aurais demandé à le faire voler. Ça aurait été cool.

— Ah, je vois, répondit l'homme.

Il se baissa et ramassa les débris vite fait.

— John, John Gudmundson, se présenta-t-il en tendant la main. C'est moi qui ai emménagé là-bas, poursuivit-il en désignant l'endroit du pouce par-dessus son épaule. Nous sommes deux vieux copains qui ont repris la ferme.

— Ah, c'est donc ça, dit Dagny en le saluant à son tour. Vous êtes mariés, alors ?

— Non, non, pas du tout. On bosse ensemble, c'est tout, s'empressa de rectifier John.

Il n'avait pas pensé une seconde que leur emménagement dans la maison pourrait être vu sous cet angle.

Dagny dévisagea l'homme qui se tenait devant elle. La soixantaine, les cheveux gris, vêtu d'une chemise à carreaux et d'un vieux jean. Il se passa un mouchoir sur le visage et soupira.

— Dix mille couronnes parties en fumée. Celui-là, c'était un vieil hélicoptère. C'est comme ça, quand on fait voler des modèles réduits. Parfois, ça tourne au vinaigre.

Il fourra les débris dans son sac de chez Ica. Son large sourire lui donnait un air charmant.

— Mais à présent, au moins, le calme est revenu. Ces engins-là sont sacrément bruyants. Vous êtes vraiment obligés de faire un boucan pareil ?

— Du boucan ? Mais non, de nos jours, les appareils de ce type sont beaucoup plus silencieux.

— Je ne savais pas que des hommes adultes s'amusaient avec des hélicoptères, continua Dagny. Vous devriez venir suivre une formation chez nous. Nous avons un centre de cours avec plein d'activités sympas. Que diriez-vous d'un peu de méditation, de karaté ou d'aquarelle ?

— Une formation ? Euh, non, je ne crois pas, dit John.

— Mais passez donc prendre une tasse de café et jeter un coup d'œil, vous êtes les bienvenus chez nous. Qui sait, peut-être que vous flasherez sur quelque chose.

— Oui, bien sûr. Maintenant, il vaut mieux que je rentre. Enchanté d'avoir fait votre connaissance ! marmonna le voisin.

Puis il leva la main en guise de salut et s'éloigna. Dagny le regarda partir. Deux vieux voisins qui s'amusaient avec des modèles réduits d'avions, c'était pas de chance...

Sur le chemin du retour, Dagny s'arrêta à la grille et ramassa le courrier dans la boîte aux lettres. Malgré Internet, elle recevait énormément de correspondance, un des inconvénients de tous ces cours. Elle trouva quelques lettres manuscrites, probablement envoyées par d'anciens participants aux leçons, puis son regard fut attiré par une troisième enveloppe, blanche, longue : un appel aux dons de Médecins sans frontières. Elle frissonna et resta immobile, la lettre à la main. C'était comme ça que tout avait commencé. Toute sa vie durant, elle avait donné de l'argent à l'organisation. Un jour, en la voyant sortir sa carte de paiement, sa fille avait manifesté de l'intérêt. Yvonne ne voulait pas seulement soigner les malades, elle voulait être sur le terrain, là où elle serait le plus utile... Aider les gens dans les zones touchées par la guerre. Dagny prit une profonde inspiration et une douleur jaillit dans sa poitrine. À pas lents, elle regagna sa maison. Si elle ne lui avait jamais montré cette fichue lettre, peut-être qu'Yvonne serait encore en vie...

Quand John rentra à la ferme, Mark l'attendait, assis dans la cuisine. Il vit immédiatement la pale de rotor cassée qui dépassait du carton de chez Ica.

— Tu es fou. Tu as fait voler l'hélico ?

— Je voulais le tester, voir s'il y avait quelque chose qu'on pourrait développer. Mais ce putain d'appareil s'est écrasé.

— Oublie les hélicos, les drones, c'est beaucoup mieux.

— Oui, je sais. D'ailleurs, je suis tombé sur notre voisine, une vieille bonne femme qui s'est plainte du bruit. Tu vois le tableau. On devrait investir davantage dans les drones armés et les vols radio qui ne font aucun bruit. Il faut qu'on n'entende rien, pas même le vent. C'est l'avenir. Une arme que l'ennemi n'entend pas.

— Bien sûr, j'y travaille, mais d'abord on a un tas de caisses à déballer.

John n'écoutait pas.

— Tu sais, la mamie nous a invités. On peut suivre des cours chez elle, si on veut.

— Des cours de quoi ? De crochet et de dentelle ?

— Non, elle a proposé la méditation.

— Pour décompresser ? Rien que ce mot me stresse. Allez, viens, maintenant. On a du boulot.

John jeta un coup d'œil attristé aux restes de l'hélicoptère puis alla enfiler ses gants de travail. Oui, mieux valait se mettre au boulot. Ils avaient du pain sur la planche.

Quand Dagny rentra chez elle, elle entendit du bruit venant de la salle de réunion. À peine le seuil franchi, elle trouva une bande de mamies agglutinées devant le grand écran du local. Nils avait connecté l'ordinateur à un projecteur montrant un film téléchargé sur Internet. Tout le monde semblait captivé. Le commentateur s'égosillait, la musique rugissait, le tout entrecoupé d'exclamations horrifiées. Poussée par la curiosité, Dagny entra et s'assit. Sur l'écran défilaient des images de véhicules militaires, d'avions et de navires en pleine action sur la mer Baltique. Les scènes changèrent. Un avion de chasse effectuait des virages brusques dans le ciel ; l'instant d'après apparurent des vues d'un camion géant équipé de missiles. Partout ces armes maudites.

— Mais nom d'un chien, qu'est-ce que vous regardez ? demanda Dagny quand deux missiles furent tirés, déclenchant une vague de bavardages excités.

— Chuuut ! dit Marie. On se forme.

Dagny vit que le missile se dirigeait vers un navire en mer. « Cible d'attaque », annonça le commentateur. Oui, c'était ainsi que les militaires désignaient les avions, les navires, les bâtiments et parfois des villes entières. Les hommes se voyaient attribuer le nom de « cibles molles ». Comme si c'était mieux. Les armes, c'étaient les armes, et la mort, c'était la mort, quel que soit le nom utilisé.

— Et maintenant, cria presque la voix à l'écran, on tire le missile antinavire. Il frappe les navires de surface et est programmé pour atteindre sa cible.

Voilà qu'il utilisait encore le mot « cible ». « Frapper les navires de surface » signifiait que si le missile touchait un navire donné, il pouvait tuer deux cents à trois cents hommes d'un coup, voire encore davantage. Le missile fut expédié, changea d'angle et fila à la surface de l'eau, au ras des vagues, de façon à ce que les radars ne puissent pas le détecter. Puis il changea une fois encore de direction et fonça droit sur le navire dans un bruit assourdissant. Une explosion violente illumina l'écran.

— Le missile peut donc être préprogrammé et changer de direction. Il peut aussi être lancé vers d'autres pays, sur une cible plus éloignée, expliqua le commentateur.

Heureusement, le navire cible n'était qu'une coque vide choisie pour l'exercice proprement dit, mais tout de même. Dans la salle régnait une atmosphère étrange. Ce qui au début semblait être un banal jeu vidéo avait soudain pris les contours de la réalité, même s'il s'agissait d'un film publicitaire pour armes. Les dames du cours de désobéissance civile étaient outrées et le firent savoir. Dagny se leva.

— Trop, c'est trop. Ça suffit. On a eu assez de leçons théoriques. Le moment est venu de stopper les livraisons d'armes sur place.

Un murmure d'approbation parcourut l'assemblée.

— Exactement. Il faut sortir et se battre, claironna Greta.

— J'y ai déjà réfléchi. Nous allons louer un bus et nous rendre à la manufacture d'armes de Karlskoga. Emportez des vêtements chauds, votre casse-croûte, des matelas et des sifflets. Les employés n'auront pas un moment de répit !

# 12

On n'entendait que le ronronnement monotone du bus quand le Gang de fer, autrement dit le noyau dur des Mamies pour la paix, roula vers Karlskoga. Un silence inhabituel régnait dans le vieux bus de location où avaient pourtant pris place douze dames déterminées, serrées les unes contre les autres. Pas de potins, pas de bavardages, une concentration sans faille. Les villes et les forêts défilaient, pourtant les mamies fraîchement formées ne semblaient rien voir. Ce qu'elles redoutaient désormais, c'étaient les sanctions. Finiraient-elles en taule ?

Tandis que les vieilles dames se faisaient un sang d'encre, le minibus entra dans la zone industrielle et se présenta devant le portail gardé. La fabrication d'armes était un secteur sensible et elles s'attendaient toutes à se faire arrêter avant même d'avoir pénétré dans l'enceinte. Mais rien ne se passa et le bus se gara près de la grille. Le chauffeur coupa le moteur, sortit et aida tout le monde à descendre. Ensuite, il sortit les cordes, les échelles pliantes et les banderoles de la soute à bagages.

— Merci ! dit Dagny en le payant.

Elle tourna les yeux vers la bande de manifestantes qui avaient suivi le cours pour débutants. Tout le monde portait ses propres vêtements : il y en avait des rouges, des bleus, et beaucoup avaient elles-mêmes cousu sur leurs robes ou leurs pantalons de belles fleurs multicolores. Pour des raisons de commodité, elles portaient toutes sur la tête des foulards au lieu de chapeaux. Les vêtements de manif avaient été spécialement conçus avec des bandes Velcro, et elles avaient enfilé de robustes chaussures Ecco.

Les dames s'approchèrent de la grille en rangs serrés et jetèrent un coup d'œil à travers. Vu de l'extérieur, ça ressemblait à un entrepôt ordinaire. Toutefois, un véhicule militaire et des panneaux d'interdiction étaient là pour signifier qu'il ne s'agissait pas d'une industrie comme les autres, mais bel et bien d'une usine d'armement.

Les vieilles femmes se plantèrent devant le portail et observèrent une minute de silence en mémoire de toutes les personnes tuées par les armes qu'on fabriquait derrière ces murs. Puis elles déployèrent une banderole où figurait en gros caractères *Les Mamies pour la paix*.

— Bien, dit Dagny en s'efforçant de parler d'une voix ferme. Tu as la tarte, Greta ?

Son amie opina du chef. En fait, elles auraient dû emporter des raisins et des figues, symboles bibliques du droit des hommes à manger, à boire et à être protégés contre la barbarie. Les manifestants pour la paix du mouvement Plow Bill en avaient généralement avec eux, et les dames leur avaient piqué l'idée. Mais, comme cette année, il était un peu difficile de trouver des figues en Suède, on s'était rabattues sur l'exquise tarte aux myrtilles de Greta. Elle sentait si bon que c'en était alléchant, et tout le monde la lorgnait avec envie. Le long voyage leur avait ouvert l'appétit. Mais elles se maîtrisèrent et se mirent à crier des slogans.

Quand les dames eurent piétiné un bon moment devant le portail en criant « Pour la paix » et « À bas toutes les armes », un vigile daigna enfin se montrer. Un peu surpris, il considéra ces manifestantes d'un âge avancé qui paradaient en robes colorées et fleuries, un foulard palestinien au cou, des chaussures robustes aux pieds.

— Vous désirez voir quelqu'un ?

— On est ici pour protester. Vous exportez des armes vers des pays en guerre où les droits de l'homme sont bafoués, déclara Dagny d'une voix autoritaire, l'air grave.

Le vigile regarda les vieilles dames et se frotta le menton à plusieurs reprises.

— Ah, c'est pire que je ne pensais… Ça alors…

— Si vous ne nous laissez pas entrer, on a l'intention de franchir la clôture, poursuivit Dagny d'un air décidé et d'une voix encore plus tranchante.

Le vigile ne put s'empêcher de sourire.

— Je suis désolé, mais je ne peux malheureusement pas vous laisser entrer.

— Pas de problème, on entrera quand même, répondit Dagny.

Elle fit un signe de tête à Stina et Ellen, deux des plus jeunes membres de la bande, qui apportèrent aussitôt les échelles.

Avec des mouvements rapides, répétés à l'entraînement, elles les déplièrent, mirent les goupilles en place et appuyèrent les échelles contre la clôture.

— Bon, dit le vigile. Faites seulement attention à ne pas vous blesser.

Pendant un court instant, Dagny fut troublée, déconcertée. Elle s'était attendue à des voix dures, menaçantes, à une vive résistance, et voilà qu'elles étaient confrontées à l'habituelle courtoisie suédoise entre gens bien élevés.

— Parfait, dit Dagny en regardant le grillage. Il est temps de passer à l'action !

Les dames acquiescèrent, récupérèrent leurs sacs à dos avec Thermos de café et casse-croûte, puis se dirigèrent vers les échelles. Greta tenait fièrement à bout de bras sa tarte aux myrtilles qui sentait toujours aussi bon. Les premières manifestantes les plus agiles franchissaient la clôture. Moins téméraire, Marie avait apporté un tabouret. Une fois de l'autre côté, elle le plaça au bas du grillage afin que personne ne risque de se casser le col du fémur. Après quoi, elle et quelques autres se positionnèrent pour aider au franchissement afin que même les mamies un peu plus branlantes puissent passer en toute sécurité. Greta fut la dernière à s'aventurer sur l'échelle, toujours avec sa tarte aux myrtilles. À peine la clôture péniblement franchie, elle la brandit de nouveau à bout de bras.

Une fois de l'autre côté, toutes les dames désobéissantes déployèrent des banderoles où était écrit en noir et rouge *Make Love Not War*. Les mots « Make Love » étaient rouges, en très gros caractères. Dagny avait protesté : elle était d'avis que ces mots pourraient avoir un effet comique dès lors qu'ils seraient brandis par des septuagénaires passablement décrépites. Mais elle avait eu le dessous. Elle vit tout de suite qu'elle avait vu juste. Les yeux du vigile se mirent à pétiller, et il eut toutes les peines du monde à garder son sérieux. À moins qu'il crût qu'il s'agissait d'une caméra cachée.

— *Make love not war*, c'est ça, oui…, dit-il en accentuant les deux premiers mots.

— Exactement, renchérit Marie, rougissante, en faisant semblant de ne pas comprendre l'allusion.

— Vous devez immédiatement cesser de fabriquer et de vendre des armes. Elles sont revendues ensuite à des pays en guerre, reprit Dagny de sa voix la plus autoritaire.

— J'ai saisi le message, mais vous vous êtes malheureusement introduites dans une zone interdite, dit le vigile. C'est une tentative de violation de propriété ; je dois donc appeler la police, et…

— Toutes nos excuses, le coupa Dagny. Mais vous, à l'usine, vous faites dix fois pire. Vous violez le droit international et la charte des Nations unies sur les Droits de l'homme. Alors s'il y a ici des gens qui devraient être poursuivis, c'est vous.

— Voulez-vous un peu de tarte aux myrtilles ? intervint à son tour Greta.

Elle en avait plein le dos de porter le lourd plateau à bout de bras.

— Il y a aussi du café, ajouta Marie en dévissant le couvercle de sa Thermos.

— Comme je vous l'ai déjà dit, je dois malheureusement appeler la police, avertit le vigile.

— Faites-le. Ça fait partie du jeu. Si la police intervient, nous, on fera venir les journalistes et les médias s'empareront de l'affaire. On fera la une ; ce sera super ! lança Marie d'un air satisfait.

Dagny fit signe à Greta de couper la tarte aux myrtilles. Elle avait confectionné le fond avec beaucoup de biscuits et de beurre, la tarte sentait merveilleusement bon. Le vigile ne put résister.

— On peut goûter ?

Greta lui tendit la plus grosse part.

— Recette de grand-mère. Mangez et appréciez. Après, vous pourrez appeler la police.

Le vigile goûta d'abord une petite bouchée puis dévora le reste. Les lèvres toutes bleues, il tendit la main pour en avoir encore.

— Ceux du mouvement Ploughshares n'ont avec eux que ces machins verts qu'ils essaient de faire pousser, mais vous, vous avez des tartes maison. Ça, c'est quand même autre chose...

— Oui, mais nous aussi on a des plantes, dit Marie en fouillant son sac à dos. On en a trouvé une vraiment grande dans un bazar d'Ystad.

Elle brandit une plante touffue avec des bourgeons blancs et de minces feuilles vertes.

— Du gui ! ?

— Tout juste. Le gui symbolise un désir de retour de la vie, une bonne récolte et des animaux domestiques en bonne santé.

— Mais le gui, c'est bien ce truc où on s'embrasse dessous ?

— Tout juste. Faites donc ça au lieu de fabriquer des armes, enchaîna Dagny, toute contente.

— Accrochez-le à l'entrée de l'usine. *Make love not war*, suggéra Greta en tendant ses lèvres au vigile.

Au même instant, les portes de l'un des entrepôts s'ouvrirent et une équipe d'ouvriers sortit. Le vigile posa le gui par terre, se redressa et saisit son portable.

— Nous avons une tentative d'intrusion dans la manufacture d'armes.

Marie se posta si près de lui qu'elle entendit tout.

— Non, elles ne sont pas armées, dit le vigile. Vous n'avez pas besoin d'équipement antiémeute.

Il ajouta quelque chose que Marie ne put saisir puis se tourna de nouveau vers les dames.

— Ils seront là d'une minute à l'autre.

— Parfait, tout se passe comme prévu, déclara Marie en donnant un coup de coude satisfait dans les côtes de Dagny. Maintenant, on peut faire venir les badauds et les journalistes.

Le vigile rangea son portable sans plus trop savoir que faire. Dagny avança d'un pas.

— Ne croyez pas que nous allons exiger la démolition de l'usine, commença-t-elle. Non, vous garderez vos emplois. On veut juste vous proposer un autre genre de fabrication. Vous avez tellement d'ingénieurs compétents. Pourquoi ne pas fabriquer plutôt des panneaux solaires intelligents et produire de l'énergie éolienne ? Il s'agit juste de penser autrement. On a noté nos idées ici.

Elle tira de son sac à dos une pile de tracts que les mamies avaient imprimés la semaine précédente. Tout était là, y compris leur déclaration de programme.

— Les Mamies pour la paix ?

Le vigile parcourut le texte tout en mangeant la dernière part de tarte aux myrtilles. Il eut un rire bref qui découvrit ses dents bleues.

— Alors comme ça, vous, des femmes, vous croyez que vous pouvez à vous seules démanteler l'industrie de l'armement ?

— Qui d'autre ? protesta Dagny.

Elle comprit soudain qu'il ne les prenait pas vraiment au sérieux. Elle imaginait déjà les gros titres des journaux. « Des vieilles dames nourrissent l'industrie de l'armement avec une tarte aux myrtilles. » Elle avait aussi été un peu réticente à l'idée de la tarte aux myrtilles, mais avait cédé aux pressions exercées par Greta. Dagny fit son autocritique. En tant que chef du groupe pour la paix, elle devait se montrer plus autoritaire. Ne pas toujours penser à contenter tout le monde. C'était presque aussi impossible que d'amener la paix dans le monde.

On entendit bientôt les sirènes de police ; un instant plus tard, une voiture de flics s'arrêta devant le portail. Deux costauds policiers en uniforme en sortirent. Le plus âgé s'avança vers le vigile et lui demanda d'ouvrir. Désormais, tout allait bien, le vigile ne se fit pas prier pour déverrouiller. Les flics entrèrent et dévisagèrent les douze vieilles dames qui leur souriaient amicalement avec leurs dents bleuâtres.

— Soyez les bienvenus, lança Dagny.

— Vous savez qu'ici, c'est une zone interdite, je suppose, dit le plus âgé des deux flics.

— Bien sûr, on sait lire, nous, répondit Dagny non sans fierté.

— On pensait rester ici jusqu'à ce qu'ils arrêtent complètement de fabriquer des armes dans cette usine, expliqua Greta, l'air grave.

— Oui, c'est ça, dit le vigile. Mais dans ce cas, j'ai bien peur qu'il vous faille rester longtemps.

Les flics essayèrent de dissimuler un certain amusement. Le plus âgé, aux cheveux gris, se racla la gorge et mit une main sur l'épaule de Dagny.

— Ici, c'est une zone interdite, alors vous comprenez qu'on est obligés de vous interpeller.

— Naturellement, mais un peu de patience. La presse sera bientôt là.

— La presse ?

— Ça fait partie du jeu. Il n'y a plus de tarte, mais on a aussi des gâteaux.

— Mais bon sang, qu'est-ce que vous êtes en train de faire ? Vous êtes qui, d'abord ?

— Les Mamies pour la paix. Nous sommes une organisation récemment créée qui lutte contre toutes les guerres. Ce sont toujours les femmes et les enfants qui trinquent, et nous devons penser à nos petits-enfants.

— Et c'est quoi, ce truc-là ? demanda le policier en montrant du doigt le gui abandonné par terre.

Marie le ramassa.

— Notre symbole de paix, à la place du figuier et des raisins.

— Charmant, commenta le policier. Malheureusement, nous devons vous prier de quitter les lieux.

— Jamais de la vie, répliquèrent les mamies à l'unisson et avec beaucoup de conviction.

Elles s'étaient entraînées en chœur pour leurs manifs tout au long de la semaine.

— Dans ce cas, nous allons devoir, hélas, vous expulser de la zone.

— Pas question. On ne bougera pas d'un pouce.

Les flics restèrent perplexes un moment, observant les vieilles dames rebelles qui avaient mis les mains sur les hanches dans une attitude très provocatrice.

— On les portera s'il le faut, ensuite vous pourrez refermer, dit le policier le plus âgé au vigile en empoignant Dagny pour la soulever.

Mais au moment où il assurait sa prise sur sa jupe à fleurs, les bandes Velcro se détachèrent et il se retrouva les bras chargés de tulle.

— La jupe vous va bien ! ne put s'empêcher de dire Dagny en lissant la seconde jupe qu'elle portait en dessous.

Alors le flic essaya de soulever Marie à la place, mais le résultat fut le même. Sauf que cette fois-ci, la jupe était brodée. Un peu frustrés, les deux flics s'attaquèrent aux autres mamies, mais jupes et foulards se défirent eux aussi : il semblait que rien ne tenait en place. Et comme si ça ne suffisait pas, dès que les vieilles furent dépouillées de leur première couche de jupes, elles s'allongèrent par terre en signe de protestation. En voyant ça, un des flics ne put se maîtriser plus longtemps et sortit sa matraque.

— Vous n'avez pas honte ! hurla Dagny. Ne frappez pas !

Au même instant, la presse locale arriva, et quand le journaliste stressé sortit de la voiture, il n'en crut pas ses yeux. Une bande de vieilles dames étaient couchées par terre, vêtues de jupes multicolores et à fleurs. Au-dessus d'elles se tenaient deux flics frustrés, la matraque levée. À côté d'elles, sur le sol, gisait ce qui semblait être un tas de foulards et de jupes.

Une voix stridente se fit entendre au-dessus de la mêlée.

— Vous n'avez pas honte !

L'instant d'après, la voix fut couverte par le ululement d'une sirène de police, et un fourgon cellulaire pénétra dans l'enceinte. Les deux flics avaient appelé des renforts. Aux anges, le journaliste braqua son appareil photo, avec un large sourire. Quelles images !

Les flics se précipitèrent ; quand quatre hommes en uniforme se saisirent de chaque femme, les robustes chaussures Ecco ne furent pas d'un grand secours. Les mamies eurent beau se débattre, toute la bande échoua dans le fourgon et se retrouva finalement au commissariat.

# 13

*The Final Countdown* rugissait en fond sonore. Dagny et Marie, installées dans le centre de cours en compagnie de la bande de mamies au complet, parcouraient les journaux. Un feu de bois de bouleau crépitait dans la cheminée, créant une atmosphère chaleureuse renforcée par le café et les gâteaux disposés sur la table. Quand Dagny saisit un journal, ses yeux tombèrent par hasard sur ses ongles. Elle avait essayé d'y mettre du vernis rouge pour se faire belle, mais comme d'habitude, elle n'avait pas pris le temps d'attendre que ça sèche. Résultat : ses ongles ressemblaient furieusement au dessus d'une crème brûlée. Elle eut un petit sourire. Elle n'avait jamais pu apprendre. Mieux vaudrait utiliser du vernis à ongles transparent, ou ne pas en mettre du tout.

La manif à Karlskoga avait fait un véritable tabac, les journalistes avaient débarqué juste au moment où les flics avaient sorti leurs matraques. La presse locale avait fait ses choux gras des événements et les photographes avaient pu prendre de jolis clichés de Dagny et des autres en train de se faire embarquer dans le panier à salade. (Les policiers avaient même été contraints de faire appel à d'autres renforts tant la résistance des mamies avait été acharnée et spectaculaire.) Dagny était satisfaite de la zizanie qu'elles avaient semée et, comme sa sœur, ravie d'avoir bénéficié d'une couverture complète dans la presse dès leur première grande manifestation. En revanche, elle n'aimait pas le ton des articles, un peu railleur. Les journalistes avaient préféré s'appesantir sur leurs vêtements, souligner qu'elles étaient des femmes et insister sur leur grand âge, plutôt que de faire passer leur message. Enfin, comme d'habitude...

— Il n'y a qu'à voir les gros titres. Nous devons absolument travailler notre image pour qu'on nous prenne au sérieux, déclara Dagny d'un air songeur tout en parcourant les manchettes. Regardez ce qu'ils écrivent : « De vieilles dames désobéissantes menacent l'industrie de l'armement. »

— Je trouve que ça sonne bien, dit Greta, les yeux brillants.

— Mais écoutez ça, alors : « Vous n'avez pas honte, disaient les vieilles dames. »

— Oui, pourquoi nous appeler « vieilles dames » ? Nous sommes des manifestantes pour la paix, un point c'est tout, objecta Marie.

— Exactement ! Pourquoi ne pas avoir écrit : « Les Mamies pour la paix » ? Nous devons en faire un concept, dit Dagny. Sans parler des titres comme celui-ci : « Des mamies en jupes à fleurs ont troublé l'ordre public. »

— Y a de quoi se mettre en colère ! Je propose que la prochaine fois, on s'habille en noir. Comme ça, la presse ne pourra pas faire de commentaires sur nos tenues. Sans parler de cette manchette : « Le policier a menacé la dame avec sa matraque », poursuivit Marie.

— Sa trique, tu veux dire. Oh, le journaliste devait être pressé et c'est vite fait de se tromper. Et puis il y a menacer et menacer. Je ne sais pas, moi. Après tout, ça aurait pu être l'inverse, fit Greta avec un ricanement.

— Allez, tâchons de nous concentrer, dit Dagny.

Elle était agacée que la manif n'ait pas été prise davantage au sérieux. Même Marie était furax, bien qu'elle s'efforçât de le dissimuler :

— Notre manif a eu l'impact qu'on espérait, mais les médias se sont trompés d'objectif. Notre action a été un succès, et pourtant notre message n'est pas passé : la lutte contre l'industrie de l'armement. La prochaine fois, il faudra qu'on apporte des communiqués de presse tout prêts. C'est ma faute, j'aurais dû y penser.

— C'est déjà bien beau qu'on ait échappé à la taule, en tout cas, et qu'ils nous aient relâchées au matin, intervint Dagny.

— Ça, c'est parce qu'on a chanté nos chants de ralliement dans la cellule toute la nuit. Et nos voix ne sont plus ce qu'elles étaient, fit remarquer Greta.

— C'est possible, mais toutes ces expériences doivent nous servir pour la prochaine fois. Il faut nous améliorer. Nous devons nous développer et devenir un mouvement pour la paix exceptionnel ! lança Dagny pour remotiver ses troupes.

— Absolument. Le combat continue, s'exclama la bande de manifestantes d'une seule voix.

Toutes sortirent leurs cahiers. Les combattantes pour la paix avaient du pain sur la planche : compiler les expériences, prendre des notes, discuter et trouver de nouvelles façons d'essayer d'arrêter la guerre.

Marie jeta un regard à Dagny. Elle la trouvait admirable de volonté et d'énergie. Son optimiste de sœur avait entraîné toute une bande de mamies enthousiastes qui lui faisaient confiance sans l'ombre d'une hésitation. Pour sa part, elle n'avait rien d'une meneuse, mais profitait de la vie telle qu'elle était. Elle aimait vivre dans une maison propre avec des fleurs aux fenêtres, déguster de bons petits plats, lire un bouquin intéressant ou juste passer une agréable soirée devant la télé en compagnie de son mari. À l'époque où Nils et elle avaient leurs restaurants à Stockholm, ils avaient beaucoup travaillé tous les deux. Chargée de la logistique et des finances, Marie échappait au stress des cuisines, ce qui lui convenait. Elle appréciait une vie quotidienne bien carrée, dont elle avait le contrôle ; dès que cela sortait trop du cadre, elle était perdue. S'il lui arrivait parfois d'envier Dagny, si culottée, elle se consolait en se disant qu'elle-même menait une vie plus simple. Pour se sentir bien, Dagny avait toujours besoin qu'il se passe un tas de choses passionnantes. Elle-même, au contraire, savait profiter des petits riens qu'offrait la vie : une jolie fleur, un chat sur ses genoux, une belle balade ou juste aller cueillir des champignons dans les bois. Ce genre de choses la rendait heureuse. Dagny, elle, devait tout le temps trouver une occupation. Dire qu'elle ne pouvait même pas se mettre de vernis à ongles parce qu'elle n'avait pas la patience d'attendre qu'il sèche ! Il était étonnant qu'elles s'entendent aussi bien en étant aussi différentes. Peut-être se complétaient-elles, tout simplement ?

Stefan franchit le portail en voiture et regarda autour de lui. Il était venu au centre de cours pour discuter de la manif de Karlskoga, mais en tournant le volant pour entrer dans la cour, il s'aperçut qu'elle était pleine de véhicules. Les mamies auraient-elles leur propre débriefing ? Il se gara puis monta avec hésitation l'escalier qui menait à la maison en briques. À travers la fenêtre, il vit des dames réunies devant une bonne flambée. Sur la table traînait une pile de journaux ; sur un tableau blanc, un peu plus loin, le mot KARLSKOGA était écrit en grosses lettres. Apparemment, elles parlaient de la manifestation devant la manufacture d'armes. À les voir aussi absorbées par leur discussion, il hésita à intervenir. Peut-être Dagny et sa bande devaient-elles en passer par là elles-mêmes avant qu'il ne s'en mêle ? Il resta un moment dans l'escalier avant de tourner les talons et de se remettre au volant. Il reviendrait plus tard.

La ferme de Solarp aux grands vergers de pommiers avait l'air déserte, à l'exception d'une camionnette garée devant le bâtiment principal. La portière arrière, ouverte, se balançait doucement dans le vent. Mark s'approcha de la voiture et jeta un dernier coup d'œil dans l'espace de chargement. Tout avait bien été déchargé. Il referma et rejoignit John dans l'atelier. Ils se sortirent une bière chacun et se laissèrent tomber sur un banc avant de boire en silence, à bout de forces. Il avait d'abord fallu entreposer tout le matériel venant de Södertälje dans les sous-sols et dans le garage, sans compter des trucs supplémentaires qu'ils avaient achetés chez Blocket.

La veille, ils étaient allés à Malmö et Trelleborg avec la camionnette pour y charger des tables, des chaises et des bancs trouvés sur Internet. Ils avaient également acheté des caisses supplémentaires, des armoires, et différentes sortes d'étagères pour pouvoir trier leur matériel. À Malmö, ils s'étaient procuré un établi de menuisier, divers équipements électriques, un autre ventilateur et un tour, après quoi ils avaient achevé leur marché en acquérant des tondeuses à gazon, des appareils ménagers et des aspirateurs robots. Rien que ça… Ils soufflèrent un instant et finirent leur bière. Enfin, ils placèrent le reste du matériel dans l'atelier et les espaces de rangement attenants. Quand ils eurent terminé, c'était l'heure du déjeuner. Ils sortirent et fermèrent à clé. Alors qu'ils allaient entrer dans la maison, ils aperçurent une petite lettre calée sous une pierre devant la porte. Tout d'abord, ils reculèrent, surpris d'avoir du courrier et pensant à une lettre piégée. Mais à la vue de l'écriture calligraphiée à l'ancienne sur l'enveloppe, ils se calmèrent. Ça devait venir d'une des vieilles dames de la ferme voisine. Mark emporta la lettre dans la cuisine et s'assit à table pour la lire. Quand il l'ouvrit, une petite carte en tomba.

*Chers voisins. Vous êtes les bienvenus chez nous pour le thé de l'après-midi. Nous espérons que vous allez vous plaire ici à Österlen. Dagny.*

— Regarde, s'écria-t-il.

Il se tourna vers son camarade en brandissant la petite carte d'invitation manuscrite pour que John puisse la voir. C'était une aquarelle de la maison voisine ; tout en haut dans un coin volait une petite colombe blanche avec un rameau d'olivier dans le bec.

— Une certaine Dagny nous invite à prendre le thé cet après-midi. Il doit s'agir de la mamie sur qui tu es tombé l'autre jour. Et voilà ! Tu n'aurais pas dû tester l'hélico avant qu'on soit installés. Maintenant, on est repérés.

— Allons, il ne faut pas voir les choses en noir. On y va et ce sera l'occasion de savoir à quoi s'en tenir. Rien qu'une petite visite de courtoisie.

Mark marmonna. Il était absolument convaincu que le mieux était de travailler dans la discrétion. D'un autre côté, passer dire un petit bonjour ne mangerait pas de pain. Au moins, comme ça, il ne viendrait pas à l'idée des mamies de venir soudain s'incruster chez eux avec un gâteau aux pommes ou quelque chose d'autre fait maison avant que John et lui aient fini de causer du boucan dans l'atelier et de clôturer leur propriété. Les bonnes femmes, ça aime fourrer leur nez partout. Non merci ! Il tournait la carte dans tous les sens en réfléchissant.

— On aura le portail et la clôture la semaine prochaine. D'ici là, il s'agit de les maintenir à distance. Si on passe leur dire un petit bonjour maintenant, peut-être qu'elles seront moins curieuses.

— Oui, oui. On va y aller, répondit Mark. Comme ça, elles nous ficheront la paix pendant un petit moment.

# 14

Dagny jeta un coup d'œil par la fenêtre. Ils arrivaient, leurs nouveaux voisins ! Ils avaient répondu oui à l'invitation, mais ne s'étaient pas montrés à l'heure dite et venaient maintenant avec plusieurs heures de retard. Les gens devraient vraiment apprendre la ponctualité !

De plus, ça semblait un peu idiot d'inviter à un thé dans l'après-midi quand les gens débarquaient finalement au moment de l'apéro. Tant pis, il ne restait plus qu'à faire bonne figure et à espérer que les participants aux cours d'œnologie et de karaté ne seraient pas perturbés.

Dagny frappa chez Marie et lui demanda de servir le thé, après quoi elle monta rapidement dans sa chambre pour se refaire une beauté. Un tailleur-pantalon fit l'affaire, un petit coup de peigne dans les cheveux et une touche de rouge à lèvres. Pas de vernis à ongles. Sur ce, elle dévala l'escalier pour accueillir ses invités. Mais quand elle ouvrit la porte d'entrée, ils n'étaient pas là. Elle regarda autour d'elle. Agacée, elle remonta l'escalier. Étaient-ils retournés chez eux pour y chercher quelque chose ? Dans ce cas, il ne lui restait plus qu'à attendre, comme d'habitude…

Attendre des types : s'il y avait bien une chose qu'elle détestait, c'était ça ! Elle qui avait tant et tant attendu son mari, jusqu'à ce qu'il rentre au beau milieu de la nuit pour lui annoncer qu'il voulait divorcer. Comme elle avait été naïve ! Per avait parlé d'heures supplémentaires et s'était caché derrière toutes les excuses habituelles. Et elle, elle avait attendu… été fidèle… de plus en plus souvent. Il avait prétexté des audits importants, des comptes, des dividendes, bref, elle n'arrivait pas à se rappeler toutes les excuses qu'il avait trouvées. Mais elle l'avait cru et patiemment attendu tandis que lui roucoulait avec cette péronnelle, une jeunette rencontrée au boulot. C'était d'une banalité à pleurer ! Jamais elle n'aurait imaginé que l'amour puisse germer dans une banale agence bancaire d'un ennui mortel. Mais comme elle avait eu tort ! À croire qu'ils avaient révisé ensemble les tables de multiplication…

Quand elle avait épousé Per, il lui avait promis qu'ils finiraient leur vie ensemble et elle avait gobé tout ce qu'il disait, bien qu'il eût déjà été marié quand ils s'étaient rencontrés. Ils avaient manifesté contre les démolitions à Malmö et tenté de sauver les quartiers de la vieille ville. Pendant toutes les protestations et manifestations, ils avaient défilé côte à côte, et il avait fini par divorcer pour elle. Dagny l'avait cru quand il lui avait dit qu'il l'aimait plus que tout au monde et qu'il ne pourrait pas vivre sans elle. À présent, il devait susurrer la même chose à sa nouvelle minette.

Son mari avait voulu divorcer juste au moment où elle aspirait à une vie de retraitée paisible et agréable. Ils avaient tellement bossé et trimé, chacun de son côté ; enfin ils allaient pouvoir faire des sorties, voyager et vivre de belles choses ensemble. Voilà ce qu'elle s'était imaginé, et le vieux schnock avait rencontré l'amour de sa vie numéro trois. La péronnelle avait vingt-trois ans de moins que lui, mais il était siiiii heureux ! Comment s'y prenaient-ils, ces types, pour draguer des minettes qui leur donnaient l'impression d'être jeunes ? S'était-il vanté de son ancien poste de chef ou du nombre de kilomètres qu'il parcourait pendant son jogging ? Quoi qu'il en soit, la gamine avait été assez jeune pour tomber enceinte. Ou bien, comme il l'avait dit : sa vie de retraité allait connaître un nouveau départ. Il semblait avoir oublié qu'ils avaient eu une fille ensemble.

Tout cela remontait à sept ans, mais elle ne s'en était toujours pas remise. Le chagrin causé par la mort d'Yvonne et la colère éprouvée suite à l'échec de son mariage la consumaient à petit feu et sommeillaient sous la surface brillante comme une obscurité menaçante. Néanmoins, tant qu'elle travaillait dur, elle arrivait à oublier toute cette histoire ; s'arrêter pour décompresser lui faisait toujours peur. Car alors, elle recommençait à cogiter...

Elle s'était bientôt rendu compte qu'il lui fallait se construire une nouvelle vie, rencontrer d'autres gens et trouver un sens à sa vie. Peut-être était-ce le destin : quelques mois après avoir pris sa retraite, elle avait effectué un circuit en Scanie avec sa voiture et était tombée sur un panneau immobilier avec la photo d'un grand bâtiment en briques à vendre. Après avoir cahoté sur des routes truffées de nids-de-poule et bordées de hauts tilleuls, elle était finalement arrivée à la vieille école datant du début des années 1900. Alentour s'étendaient de grands champs de colza vallonnés, la mer étincelait à l'est. Le panneau immobilier apposé sur un portail blanc en bois sculpté proposait une grande bâtisse en briques faites à la main, dotée de deux ailes immenses. Dagny se rappelait comment la *Vision* lui était venue. Tout à coup, elle avait imaginé le bâtiment rénové et rempli de personnes âgées venues là pour prendre des cours et passer du bon temps ensemble.

Elle n'avait pas eu besoin de délai de réflexion : pour elle, l'affaire était entendue. Le soir où elle avait paraphé le contrat, elle avait bu du champagne. Sa nouvelle vie avait commencé ! Une décision qu'elle n'avait jamais regrettée. Mais ses voisins, quelle histoire... Qu'est-ce qu'ils fabriquaient ?

Des gens qui promettaient quelque chose et ne tenaient pas parole… Elle prit cela comme un avertissement.

Un sentier très fréquenté menait à la vieille ferme, qui était donc facile à trouver pour les deux hommes. Finalement, Mark ouvrit la marche en essayant de presser le pas, mais John ne parvenait pas à cacher sa mauvaise humeur.

— C'est impoli d'être en retard, tu le sais bien, maugréa-t-il quand ils arrivèrent au portail.

Il avait harcelé Mark tout l'après-midi, mais son ami n'avait pas voulu qu'on le dérange. Il testait un tout nouvel instrument qui pourrait être utilisé lors des interrogatoires. Il s'agissait d'un appareil sans fil enregistrant la respiration et l'activité cardiaque des personnes soumises à l'interrogatoire pour détecter si l'ennemi disait la vérité. La victime pouvait mentir comme un arracheur de dents, elle serait trahie par sa respiration et son activité cardiaque. Selon Mark, ce pourrait être une arme efficace en temps de guerre, sans effusion de sang et fiable à environ 90 %. À la fin, John avait pratiquement dû l'arracher à son atelier.

Mark s'était changé puis avait commencé à délirer sur la nécessité d'apporter un cadeau. Ils auraient dû, bien sûr, acheter des fleurs, mais ni John ni lui n'y avaient pensé et à la maison, ils n'avaient que deux cactus. Mark s'était dit qu'il pourrait en embellir un en nettoyant le pot et en mettant un beau ruban rouge autour. Après quoi ils s'étaient mis en route. À présent, ils arrivaient avec leur belle plante en pot tandis que la nuit tombait lentement sur la ferme.

— Elles sont où, les vieilles, tu crois ? demanda John en ouvrant le portail. Elles doivent être dans une des ailes ou dans la maison principale.

— Oh, elles sont forcément quelque part, ces bonnes femmes. On finira par les trouver.

Les deux hommes refermèrent le portail derrière eux et se dirigèrent vers l'aile est. Ils essayèrent d'ouvrir la porte. Elle n'était pas fermée à clé, il n'y avait qu'à abaisser la poignée. Ils entrèrent, s'arrêtèrent et regardèrent autour d'eux. En face s'ouvrait un long couloir avec plusieurs portes closes et ils reconnurent l'odeur d'une salle de gym. Un peu plus loin, on entendait des pas, des bruits sourds et quelque chose qui sonnait comme un cri de commandement. En tenant le cactus devant eux, ils s'avancèrent en direction du bruit et s'arrêtèrent devant une porte avec un joli écriteau à l'aquarelle. Un peu perplexes, ils déchiffrèrent le mot *Protestation* en lettres bleu clair ; dans un coin, un cœur peint. Autour de l'encadrement de la porte apparaissaient deux colombes blanches et un bouquet de gui.

— Oh et puis merde, on n'a qu'à entrer !

Mark entrouvrit la porte et, toujours sur ses gardes, jeta un coup d'œil à l'intérieur. Au même moment retentirent des pas précipités suivis d'une sorte de cri de karatéka.

— Ahaaaaah ! haleta quelqu'un.

Mark poussa la porte et entra carrément ; à peine avait-il fait quelques pas dans la salle qu'il entendit un impressionnant « Ohoo... ho » et vit un pied se détendre à hauteur de son visage. Instinctivement, il souleva le cactus.

— Aïe, aïe, aïe, bonté divine ! cria une voix stridente.

Un bruit sourd résonna quand le pot tomba par terre.

La dame qui pratiquait le karaté recula de quelques pas en clopinant avant de s'affaler sur le tapis, la voûte plantaire hérissée de piquants. Le professeur, un homme d'âge moyen trempé de sueur, se précipita au-devant de Mark en le menaçant du poing.

— Qu'est-ce que vous foutez là, bordel ? Dehoooors !

— On était venus prendre un thé, mais apparemment on s'est trompés de porte.

Mark entendit lui-même à quel point son explication était ridicule.

— Dehoooors !

Ils marmonnèrent de vagues excuses, ramassèrent hâtivement les restes du cactus et se dépêchèrent de partir. Mark examina la plante et remit le ruban rouge en place. Ce n'était peut-être plus exactement le cadeau idéal, mais le pot avait résisté au choc, si on ne tenait pas compte des fissures. En revanche, le cactus accusait le coup.

— Il faut vraiment qu'on trimballe ce machin avec nous ? Regarde-moi ça, c'est à peine s'il lui reste un piquant, dit John.

— C'est l'intention qui compte, pas les piquants, non ?

Les deux hommes continuèrent à longer le couloir jusqu'à déboucher dans une pièce légèrement plus spacieuse qui sentait la térébenthine et la peinture à l'huile. Apparemment un atelier d'artiste. Ils regardèrent autour d'eux. Il n'y avait pas un chat. Différentes sortes de sculptures se côtoyaient dans le local, sur un banc traînaient un bloc-notes, des boîtes d'aquarelle et des tubes de gouache, et sur des chevalets alignés le long du mur trônaient des peintures à l'huile et des aquarelles encore inachevées. Mark s'arrêta. Ceux qui travaillaient ici étaient vraiment doués. Visiblement, ils ne se contentaient pas de peindre et de sculpter, mais s'adonnaient aussi à la calligraphie. Dans un coin s'entassaient plusieurs écriteaux avec des caractères moulés. Sur certains, on avait tracé des lignes au crayon destinées à recevoir du texte avec un entourage de roses et de colombes, sur d'autres, le libellé était déjà lisible. Mark sortit ses lunettes et lut : *Paix pour notre époque*, *À bas toutes les armes*, *Stoppez l'industrie de l'armement* et *Make Love Not War*. Sur presque tous les écriteaux, quelqu'un avait peint des colombes avec un rameau d'olivier dans le bec.

— C'est quoi ce bordel ? fit-il en reculant.

Il manqua de trébucher sur une sculpture représentant un pistolet au canon noué. Il battit en retraite et fit un pas de côté pour venir se cogner à un improbable chef-d'œuvre abstrait en métal qui tomba par terre avec un vacarme de tous les diables. Lorsque le bruit de ferraille s'estompa, la sculpture gisait complètement disloquée, ses composants en métal poli éparpillés sur le sol.

— Ça alors, que se passe-t-il ?

Une vieille dame bien coiffée, élégamment vêtue, fit son apparition dans l'embrasure de la porte. D'un air malheureux, Mark désigna le chef-d'œuvre décati qui pourrait certainement ressusciter sous un nouveau nom, en tant que création abstraite.

— Je vous présente mes plus sincères excuses.

— C'est la moindre des choses. Ça ne va pas être de la tarte pour recoller les morceaux. Une chance pour vous que l'étudiant ait terminé son stage, qu'il soit parti. Il disait que c'était l'œuvre de sa vie, expliqua la femme en tendant la main. Marie. Marie Strand.

Mark et John balbutièrent leurs noms. La dame en face d'eux avait un joli visage, des cheveux blonds coupés à la Jeanne d'Arc et une silhouette mince. Elle paraissait chaleureuse et affable.

— Alors comme ça, vous donnez des cours d'art, ici ? s'étonna John en jetant un regard à la ronde.

— Oui, aquarelle, peinture à l'huile et sculpture. Et puis on peint des pancartes pour nos manifs en faveur de la paix.

— Des manifs en faveur de la paix ?

— Oui, pour notre mouvement Les Mamies pour la paix.

— Ah ? Vraiment ? bredouillèrent les deux hommes, l'air soudain moins vif.

Au même moment, une porte s'ouvrit et une vieille dame aux cheveux blancs en tailleur-pantalon s'avança vers eux. C'était elle que John avait rencontrée près de l'épave de l'hélicoptère.

— Soyez les bienvenus, je suis Dagny, déclara-t-elle.

Elle fut prise d'un fou rire en voyant les restes de la sculpture.

— Voilà qu'elle est comme neuve ! On n'a qu'à la baptiser *Résurrection*, dit-elle en redressant un bras en métal.

Mark, qui s'attendait à un accès de colère, sourit, soulagé.

— Je m'appelle Mark Lindh, et voici John. Nous sommes vos nouveaux voisins.

— Enchanté de faire votre connaissance, dit John en lui tendant le cactus tout aplati. Une petite fleur.

— Il y a fleur et fleur. Tout dépend de la façon… dont on la regarde…, souligna Dagny.

Elle accepta le cadeau épineux et l'installa à côté de la sculpture.

— Maintenant, elle est encore plus jolie. Pourquoi ne pas l'appeler *Renaissance* ? suggéra-t-elle avec un large sourire.

— On s'est perdus dans les locaux et on s'est mis un peu en retard. Veuillez nous excuser, enchaîna Mark.

— Mais je vous en prie, soyez les bienvenus ! fit Dagny. Allons sous la véranda.

Les deux hommes emboîtèrent le pas aux dames et entrèrent dans la maison d'habitation puis dans la véranda vitrée où les attendaient un plateau de thé avec des tartes et des gâteaux faits maison. Ça sentait la tisane et la cardamome. Mark et John s'assirent timidement et observèrent Marie leur servir le thé. Elle leur présenta le plateau de gâteaux.

— S'il vous plaît !

— Comme c'est confortable chez vous ! observa John en prenant un gâteau. Et quelle belle maison vous avez ! Vous devez vous plaire, ici.

— Une belle vue, aussi, ajouta Mark.

— Oui, en effet. Mais le panorama chez vous doit être fantastique, lui aussi. On pourra venir l'admirer bientôt, non ?

Le commentaire de Marie était sorti tout à fait spontanément. Mark n'était peut-être pas très bien habillé, mais il avait des yeux noirs très vifs, de beaux traits et un corps svelte. Elle eut tout à coup envie d'apprendre à le connaître.

Les deux compères échangèrent des regards rapides.

— Passer nous dire bonjour ? répéta John en se raclant la gorge. Laissez-nous le temps de faire un peu de rangement d'abord. On pourrait peut-être vous inviter à dîner à Ystad.

— Oh, comme c'est gentil ! Mais parlez-nous un peu de vous. Pourquoi avez-vous emménagé ici ? poursuivit Marie en examinant les deux hommes.

John était un peu en surpoids, mais il avait des façons charmantes et semblait facile à vivre. Il avait de beaux yeux brillants ; apparemment, c'était celui qui parlait le plus, tandis que Mark était du genre taiseux – mais le plus séduisant des deux.

— Pourquoi nous avons emménagé ici ? Y a pas grand-chose à en dire. Les affaires, le calme pour travailler…, expliqua Mark.

— Mais vos familles, alors ? s'enquit Dagny, curieuse.

— Je suis veuf, mes enfants et un petit-fils vivent à l'étranger. Alors on a tôt fait de se réfugier dans le travail, répondit Mark. J'aurais bien aimé faire marcher le train Märklin ou faire voler l'avion radioguidé avec mon petit-fils.

*Son petit-fils*, pensa Dagny en ressentant comme un coup de poignard dans le diaphragme. Yvonne était enceinte, alors, et Dagny n'avait jamais compris pourquoi sa fille avait voulu à tout prix partir avec l'équipe médicale juste à ce moment-là. Certes, elle n'en était qu'au quatrième mois, mais…

— Votre petit-fils, je comprends, marmonna-t-elle avant de joindre les mains et de baisser les yeux.

— Et vous ? demanda Marie en lançant un regard interrogateur à John.

— J'aime Österlen, voilà tout, quel paysage ! La Scanie a un climat doux, alors nous avons emménagé ici pour pouvoir faire des expériences avec différentes sortes de pommes. On investit dans les exportations, vous comprenez, répondit John en éludant la question de la famille.

La fidélité n'avait jamais été son fort et ses relations avec les femmes duraient rarement plus d'un an ou deux. Vu qu'il n'aimait pas les enfants et n'avait jamais envisagé de fonder une famille, cela n'avait pas tellement d'importance. Il aimait avant tout sa liberté.

— Ah, vous allez exporter des pommes ? Mais c'est génial. On pourra venir les goûter ? questionna Marie tandis que son regard revenait à Mark.

Il émanait de lui quelque chose de spécial, de mystérieux et d'attirant en même temps.

— Non, pas des pommes, mais plutôt des produits, enfin du jus, de la compote, de la confiture et des choses comme ça. On a pensé se spécialiser dans la pomme classique, comme la James Grieve et la Cox Pomona, et des variétés nouvelles comme la Rubinola et l'Élise, répondit John d'un trait en espérant s'être montré pro.

Il avait fait des recherches sur Internet et s'était informé sur les sortes de pommes qui poussaient le mieux à Österlen.

— Et puis on teste un peu autre chose également. On va voir si on peut produire du champagne nordique, ajouta-t-il pour enfoncer le clou.

— Mais c'est passionnant ! s'exclama Marie.

Si elle s'adressait à John, c'était Mark qu'elle lorgnait. Il avait également de belles mains, droites et bien formées.

— C'est peut-être audacieux, mais on a de grandes ambitions, dit Mark en souriant à Marie.

— Du champagne nordique, hé, j'en prendrais bien, moi ! s'exclama Dagny avec un étonnement dans la voix qui mit ces messieurs mal à l'aise.

— Et vous, alors ? voulut savoir John. Vous proposez apparemment des cours assez diversifiés, ici.

— Art, dégustation de vins, karaté et désobéissance civile. On se développe tout doucement.

— Désobéissance civile ? répétèrent Mark et John à l'unisson en jetant des regards surpris aux deux vieilles dames.

— On a une mission. On veut apprendre aux gens à devenir désobéissants.

Les deux compères rirent poliment, mais furent plutôt déboussolés en comprenant que Dagny et Marie ne plaisantaient pas. John se frotta le nez à plusieurs reprises.

— Excusez-moi, mais je ne saisis pas bien...

— Voyons, de nos jours, les gens font ce qu'on leur dit : ils font la guerre et tirent sur d'autres hommes parce qu'une espèce de cinglé leur dit de le faire. Mais si plus personne n'obéit, il n'y aura plus de guerre.

— Ce n'est pas aussi simple, j'en ai peur, tenta John. Il y a des pays qui attaquent, alors il faut bien qu'on puisse se défendre.

— Mais justement, si personne ne fait la guerre, on n'aura pas besoin de cette foutue défense, intervint Dagny.

Elle reposa le plateau de gâteaux si violemment que plusieurs petits fours au chocolat et un macaron tombèrent par terre.

John en perdit le fil et se baissa pour les ramasser.

— Le monde est devenu un endroit dangereux à vivre, continua-t-elle. Il est grand temps de travailler pour instaurer la paix. Il faut avant tout stopper toutes les armes qui s'exportent ici et là dans le monde. Ce sont elles, les racines de tout le mal.

Les lobes des oreilles de Mark étaient devenus rouge vif et John gardait les yeux baissés sur ses mains.

— Marie et moi, on se bat pour un monde meilleur, et on a fondé Les Mamies pour la paix, un mouvement de paix pour femmes âgées, expliqua Dagny avant de marquer une pause. Ce n'est peut-être pas le lieu rêvé pour vous, mais vous pourriez éventuellement...

— Là, je vous arrête tout de suite : on ne pourra jamais devenir des mamies, dit John.

— Mais vous pouvez rejoindre Amnesty ou fonder votre propre mouvement pour la paix ? suggéra Dagny. On a besoin de tout le monde. On a acquis de l'expérience sur le terrain et on pourrait vous aider à...

— C'est gentil de votre part. On va réfléchir à la question, mentit John en jetant un coup d'œil agacé par la fenêtre.

Son cerveau carburait. Comment diable avaient-ils fait pour se retrouver avec des militantes pacifistes comme voisines ?

— Oui, tout le monde veut la paix et mener une vie tranquille, marmonna John tout en pensant à ses contacts en Arabie saoudite et à ses négociations avec les marchands d'armes en Ukraine.

Si les armes n'étaient pas livrées comme prévu, Mark et lui auraient de sérieux problèmes. Il se pencha en avant.

— Je comprends vos désirs de paix, mais de tout temps les gens se sont battus. Ce n'est pas maintenant qu'on va cesser de se faire la guerre quand il y a plus d'armes en circulation que jamais. Alors on a vraiment besoin d'une défense forte, et sans...

— Justement, écoutez-vous parler : « plus d'armes en circulation que jamais », coupa Dagny. C'est là que le bât blesse. L'industrie de l'armement a tout loisir de faire des ravages, on lui laisse les coudées franches. Ici, à Seniorboost, on s'évertue à mener des actions concrètes pour changer la donne. Tout le monde doit prendre ses responsabilités. Vous aussi. Vous êtes bien contre les armes, au moins ?

L'atmosphère dans la pièce se modifia. John et Mark échangèrent un bref regard. Bon sang, quelles tarées, ces voisines ! Les deux hommes vidèrent leur tasse de thé à la va-vite, avalèrent les dernières miettes de gâteau et cherchèrent une bonne excuse pour se défiler. Mais c'est alors que John se ravisa et resta assis, sa tasse de thé à la main. Il se dit qu'il était important d'amener la conversation sur un autre sujet afin qu'ils puissent prendre congé dans le meilleur esprit de bon voisinage. Poliment, il se mit à questionner les dames sur les excursions artistiques dont il avait entendu parler à Österlen, sur la pêche aux anguilles et les vergers dans la région.

— Il se pourrait bien qu'on se fasse une petite virée artistique, finalement, biaisa-t-il en reposant sa tasse de thé. Sur ce, nous voudrions vous remercier pour tout. Le travail nous appelle.

Il se leva avec un sourire contraint.

— Ne vous tuez pas à la tâche. Il faut aussi se reposer de temps en temps, enchaîna Marie. On pensait prendre une semaine de thalasso à Dalarna.

John tendit l'oreille.

— Bonne idée. Vous partez bientôt ?

— Oui, avant que les cours ne reprennent. Pour le prochain semestre, il faut qu'on soit en forme et pleines d'idées.

— C'est bien vrai, marmonna Mark en se levant à son tour. Bon, il ne nous reste plus qu'à vous remercier pour tout.

— C'était très agréable..., enchaîna John.

— Mais vous ne voulez pas visiter notre centre ? demanda Dagny.

— Ce sera pour une autre fois. Nous avons malheureusement un lot de pommes en fermentation qu'il faut surveiller.

Dagny raccompagna ses invités jusqu'à la porte puis se précipita à la fenêtre et les regarda s'éloigner.

— Quels voisins sympas ! sourit Marie en se plantant à côté de Dagny. Si chaleureux et polis. Et Mark, un peu taiseux peut-être, mais pas mal du tout. Il a un petit quelque chose, c'est indéniable.

— Mark passe encore, mais ce John, là... Il ment comme il respire. Une véritable anguille, ce type. Ce qu'il disait ne partait pas du cœur, t'as remarqué ? Quand il souriait, ses yeux ne souriaient pas.

— Oh, toi, il faut toujours que tu critiques. On devrait peut-être apprendre à connaître Mark un peu mieux, non ?

— Mark ? Non, reste donc avec ton Nils, toi. Des vioques qui font du jus et de la confiture dans une ferme isolée à Österlen... Moi, je me pose des questions...

— Bah, ce sont des entrepreneurs, bien sûr, qui essaient de lancer quelque chose de nouveau dans le secret, des gars passionnants et créatifs. Je trouve qu'on devrait aller là-bas leur faire un petit coucou.

Les deux dames éteignirent la lumière du couloir et entrèrent dans la cuisine.

— On pourrait y aller avec des petits pains et des gâteaux. Qu'est-ce que t'en dis ? insista Marie.

— D'accord, mais dans ce cas, je suis d'avis qu'on fasse ça bientôt, et plutôt à l'improviste ! suggéra Dagny.

# 15

Mark et John retournèrent à l'atelier et passèrent la soirée à déballer les derniers cartons. Ils rangèrent les outils dans l'armoire et mirent en place les nouveaux appareils : le tour et le compresseur. Ils installèrent le microscope et les ordinateurs sur la table et allèrent même jusqu'à sortir des flacons, des balances de précision, des béchers, des pipettes et autres ustensiles pour que l'endroit ressemble à un labo de biologie. Ils mirent aussi de l'ordre dans l'ancien garage, où ils dissimulèrent des armes dans la fosse de graissage. Il y avait là les équipements qu'ils avaient eux-mêmes achetés avec l'intention de les bidouiller : une flopée de drones, d'avions radioguidés et de robots.

— Voilà, c'est fait, on a camouflé le plus gros, souffla John après avoir trimé quelques heures. Par contre, tous les trucs secrets sur lesquels on bosse, il faudra les planquer dans l'atelier. Comme ça, on pourra compter sur l'alarme, les serrures et la clôture.

— Et un chien de garde, bien entendu, suggéra Mark.

— Parfaitement. De préférence un qui ait la rage, maintenant qu'on a ces foutues Mamies pour la paix comme voisines… Quelle farce ! dit-il en donnant un coup de pied dans une boîte en carton vide.

— Oh, ce sont des idéalistes. Laisse-les faire. Elles ne nous gênent pas.

Mark pensa à Marie. Elle était plus âgée que lui, mais encore attirante, à sa manière. Elle avait l'air gentille. Avec elle, on pouvait sûrement discuter. Si la situation devenait difficile, on pourrait toujours inventer quelque chose. Ça s'arrangerait.

— Elles ont intérêt à se tenir à carreau, sinon il pourrait leur arriver des bricoles...

John en vint à penser à l'homme qu'il avait passé à tabac quelques semaines plus tôt. Il n'avait rien lu dans les journaux à propos d'un meurtre non élucidé à Södertälje, le type avait dû s'en sortir. Mais ce marchand d'armes n'était pas le premier à qui John avait dû régler son compte. Dans une branche où on achetait et vendait des armes derrière le dos des autorités, il importait d'agir vite. Arnaques, fuites ou gens qui en savaient trop : dans de tels cas, il n'y avait pas de pardon. Il serra le poing et remarqua que sa main lui faisait encore mal. Le plus gros de la tuméfaction avait disparu, mais un os semblait frotter contre un autre à l'intérieur. Quand Mark s'était alarmé à la vue de ses phalanges bleuies et enflées, John avait mis ça sur le compte du déménagement en prétendant s'être amoché ce jour-là. Et son camarade avait tout gobé. Mark était d'une naïveté, c'était un geek à qui on pouvait raconter n'importe quoi. Heureusement... Il n'avait aucune idée de ce qui se passait dans le vaste monde. John avait déjà essayé de vendre leurs armes à d'obscurs trafiquants et s'était retrouvé impliqué dans des situations assez périlleuses. Moins Mark en savait, mieux c'était. Comme ça, lui-même pouvait faire un peu ce qu'il voulait, et ce qui profitait le mieux à leur entreprise. John regarda le centre de cours au loin et fit une grimace.

— Quelles tarées, quand même, ces voisines ! J'ai juste une chose à dire : vivement qu'on ait la clôture, la semaine prochaine.

— Une clôture électrique qui tienne à distance aussi bien les vieilles dames que les chevreuils, rigola Mark. Mais on n'a pas de mouron à se faire. Elles vont partir en thalasso, non ?

— Ah, bordel de merde ! On a déménagé dans une ferme isolée de Scanie pour pouvoir bosser en paix, on ne va quand même pas se préoccuper des vacances de quelques vieilles folles !

— Y a pas de danger. Elles ne se doutent pas de ce qu'on magouille. Calme-toi, dit Mark.

John passa en revue le travail qui les attendait pendant la semaine. Les mines antipersonnel et les bombes à fragmentation étaient interdites dans de nombreux pays, aussi Mark avait-il mis au point de nouveaux prototypes ayant presque les mêmes propriétés que les engins prohibés. Les mines qu'ils étaient en train de fabriquer pouvaient être dissimulées dans des aspirateurs, des fours à micro-ondes ou encore des tondeuses à gazon. Ensuite, il y avait les drones. Certains marchands d'Arabie saoudite leur avaient passé une grosse commande, et des trafiquants de Croatie et d'Ukraine étaient déjà en route pour venir chercher leurs achats.

— Si on arrive à honorer cette commande, on deviendra multimillionnaires, dit John en donnant une tape dans le dos à son compagnon.

— Oui, c'est ça, marmonna Mark.

Sa voix manquait de conviction. Cette promesse, son associé la lui avait déjà faite plusieurs fois, et pourtant ils étaient toujours à court d'argent…

Nils ne s'était pas donné la peine de venir saluer Mark et John. Il avait du travail plein les bras en cuisine. Mais tout en préparant le dîner, il s'était pris à envier ses voisins. Ils pouvaient faire ce qu'ils voulaient, et lui non : il était enchaîné au centre de cours avec sa femme et Dagny, totalement sous leur coupe. En plus, aujourd'hui avait lieu le cours de méditation auquel Marie lui avait *ordonné* de participer. Mais la méditation, ça n'était pas son truc. Les personnes trop détendues le rendaient nerveux. Il était responsable de la cuisine, n'était-ce pas suffisant ? Certes, dans un couple, il s'agissait toujours d'un échange. Après tout, il pouvait bien aller jeter un coup d'œil au cours, et Marie serait contente : malgré tout, il se sentait un peu curieux. Le dîner du jour était pratiquement prêt, et couper quelques légumes ne lui prendrait pas trop de temps. La dernière séance était à 17 h 30. Il consulta sa montre. Bah, il pouvait bien y aller.

Il mit son blouson et fredonna le vieux tube de Rod Stewart *Do You Think I Am Sexy* en traversant la cour pour se rendre dans l'aile est. En chemin, il faillit trébucher sur une des poules de Marie, la plus grosse, celle qui s'appelait *Hen*. Quelle idée de baptiser une poule *Hen*, le coq ! En plus, ces sales bêtes batifolaient partout bien qu'il leur ait construit un beau poulailler. Mais Marie les laissait libres de leurs mouvements, convaincue que les animaux ne devaient pas être enfermés. Ça, c'était elle tout craché ! Dernièrement, elle avait pris sous son aile deux cochons d'Inde juste parce qu'ils étaient mignons. Marie avait une âme sensible, voilà tout. Il lui fallait prendre soin de tout et de tout le monde…

Au moment où il allait pénétrer dans le bâtiment, il remarqua que la lampe au-dessus de la porte d'entrée était grillée. *Ah*, *je vois*, se dit-il, *elles s'attendent sûrement à ce que je la change*. Il se rendit directement à la salle où se tenait le cours de méditation. Il était un peu en retard, mais il arriverait sans doute à se faufiler. Il faisait sombre dans le couloir ; sans se donner la peine d'allumer, il s'avança résolument vers la porte. Soudain, il entendit un bruit.

— Je suis coincée ! se plaignit quelqu'un d'une voix aiguë à l'intérieur de la salle.

Ces cours de relaxation n'étaient-ils pas censés se dérouler en silence ? Il essaya d'allumer, mais la lampe du couloir aussi paraissait avoir besoin d'être réparée. Il fit quelques pas en avant, entrouvrit la porte et resta planté sur le seuil. Dans la lumière de la fenêtre, il vit une horde de vieilles femmes en train de se débattre. Il y avait eu une coupure de courant : les lits modernes équipés de moteurs et de télécommandes s'étaient bloqués dans la position la plus haute à la fois côté tête et côté pieds. Du coup, les dames en méditation, censées prendre les choses avec calme, se retrouvaient la tête et les pieds en l'air, formant chacune un V géant, mais moins droit et délié que dans les abécédaires. Elles gigotaient, apparemment fort peu à leur aise.

— Je veux descendre, pleurnicha la même voix aiguë.

— On va rester combien de temps comme ça ? gémit une autre.

Nils referma doucement la porte et fonça jusqu'à l'armoire à fusibles. Ces dames auraient beau suivre tous les cours de relaxation qu'elles voulaient, si l'électricité et la technologie ne fonctionnaient pas, ça finirait en eau de boudin. Il changea rapidement un fusible ; l'instant d'après, la lumière revint et les lits se remirent en route. Il se sentit aussitôt de meilleure humeur. N'était-ce pas ce que disaient les psychologues ? Chaque être humain doit se sentir nécessaire. Et c'était bien ce qu'il éprouvait. Pour sa part, il se moquait bien de la méditation, il se revendiquait réparateur et homme à tout faire de la maison.

Deux jours plus tard, Mark et John virent partir la voiture avec Nils et les deux vieilles dames, bagages sur le toit. Ils se regardèrent en ricanant : la voie était libre ! Le gang des voisines était en route pour leur thalasso et eux allaient avoir les coudées franches pour faire du boucan. Par ailleurs, la clôture était posée et l'alarme installée. Ils pourraient bosser sans être dérangés.

Mark jeta un coup d'œil à la haute clôture contre les animaux sauvages, avec des barbelés au sommet, et hocha la tête. Il se sentait enfin en sécurité. Désormais, ils allaient pouvoir tester leurs armes sans problème. Tous leurs prototypes devaient être contrôlés : pas question qu'ils fassent juste *pschitt*, *pschitt* quand on appuierait sur le bouton de tir.

Il retourna à la maison. Dieu merci, les vieilles dames avaient débarrassé le plancher. Depuis leur visite au centre de cours, il s'était attendu à ce qu'elles débarquent à tout moment avec un plateau de petits pains faits maison. Car même si John et lui s'efforçaient de dissimuler ce qu'ils magouillaient, ces futées de bonnes femmes pouvaient éventuellement découvrir quelque chose. Il avait senti les yeux de faucon de Dagny sur sa nuque et s'était rendu compte qu'il avait affaire à une fine mouche qui ne se laisserait pas rouler dans la farine si facilement. De plus, elle semblait du genre fouineuse. En revanche, avec Marie, il s'était senti plus à son aise, même si elle aussi était futée. Mais tandis que le gang des voisines mangeait de la nourriture saine, se faisait masser et se lavait dans les algues, ou quelles que soient les activités qu'offraient de nos jours les établissements de thalasso, John et lui auraient une semaine entière devant eux pour leurs essais secrets. Génial !

Il entra dans l'atelier, souleva les caisses contenant les aspirateurs et les tondeuses à gazon sur une palette puis ouvrit les portes donnant sur la cour. Ensuite il récupéra le camion et emporta le tout jusqu'à la partie protégée de la parcelle, derrière la grange. Il y avait là une terrasse en bois, de la pelouse et un terrain de pétanque, une superficie de plusieurs hectares où ils pourraient faire du vacarme à leur guise.

— T'imagines, si quelqu'un croit qu'on est venus là pour nettoyer, dit John avec un ricanement en soulevant un des aspirateurs qu'il posa par terre.

— Ou pour tondre le gazon, renchérit Mark avec un sourire en plaçant une des tondeuses robots à côté.

Les deux appareils ressemblaient exactement à un aspirateur Siemens et à une tondeuse Stiga Autoclip ordinaires, ce qu'ils étaient effectivement au départ. Sauf que les deux compères avaient remplacé certains éléments internes par des mines ! Si tout fonctionnait, ils pourraient faire des ventes groupées avec les drones, les favoris de Mark. Il les appelait ses « araignées silencieuses » et s'était débrouillé pour qu'on puisse les commander avec une application sur un smartphone. Ils pouvaient filmer, photographier, selon les besoins, voire tirer sur un ennemi.

La veille, il avait réussi à faire dévisser une ampoule électrique au plafond par son drone et à la lui faire revisser. John avait filmé toute la scène, une bonne publicité à montrer à leurs clients.

Mark regarda la piste d'essai avec dans les yeux une joie enfantine. Ils avaient bossé longtemps sur ces équipements à Södertälje et les avaient peaufinés. Désormais, c'était l'heure de vérité.

— Et si on commençait par faire le ménage ? fit John en montrant du doigt le gros aspirateur télécommandé.

Mark acquiesça ; après avoir installé une vieille chaise, une table et un canapé comme dans un salon ordinaire, il posa l'aspirateur sur la terrasse en bois.

— Allez zou. C'est parti !

Mark mit l'aspirateur robot en marche et l'observa, plein d'espoir. L'appareil allait et venait en aspirant les détritus qu'ils avaient posés là à cette intention. De temps en temps, l'engin butait contre un pied de chaise ou de canapé et changeait de direction. C'était si hilarant que Mark et John ne purent s'empêcher de jouer avec pendant un moment. Ils avaient baptisé l'aspirateur « Monsieur le Président » et l'avaient préprogrammé. La machine pivotait, s'arrêtait et se carapatait soudain à toute vitesse. Ou bien elle s'arrêtait net. Elle semblait tout à fait imprévisible.

— Regarde comme il pivote dans toutes les directions. Il est imprévisible. Quel enfoiré de populiste !

— Voilà qu'il est planqué sous le canapé.

— Il est peut-être en train de tweeter, ou alors il s'est trouvé une copine là-dessous...

Ils s'amusèrent ainsi pendant un bon bout de temps avant de se lasser et d'appuyer sur la télécommande. L'aspirateur robot vibra avant de se transformer en gerbes de flammes.

— Maintenant que tu l'as fait exploser, qui va faire le ménage, hein ? dit Mark en riant.

Puis les deux complices testèrent deux tondeuses robots différentes, baptisées « Le Tsar » et « Le Dictateur ». Vint ensuite le tour des drones les plus coûteux de Mark, ceux qui pouvaient emporter une charge. John chercha du regard quelque chose à transporter en vol, mais comme il n'avait rien sous la main, il se rabattit sur une chaussure de Mark. Au milieu des cris et des rires, il fit décrire des cercles au drone lesté de la chaussure, qui conclut son vol d'essai en la faisant tomber sur le tas de fumier de la ferme. Mark fit soudain la gueule.

— Arrête de faire joujou, bon sang. À quoi ça sert ?

Furieux, il alla récupérer sa chaussure et la nettoya, l'incident l'ayant mis de fort méchante humeur. John et lui étaient des adultes, ce qui ne les empêchait pas de s'amuser comme des écoliers. Sauf qu'ils avaient entre les mains non pas des jouets en plastique aux couleurs éclatantes, mais des armes qui pouvaient tuer des innocents. Il chassa aussitôt cette pensée de son esprit. Étaient-ce Les Mamies pour la paix qui lui avaient fourré ces idées dans la tête ? Il n'aurait jamais dû aller saluer ces vieilles bonnes femmes. Quoique, qu'est-ce que John avait dit, déjà ? Ah oui, encore trois livraisons et ils seraient multimillionnaires. Après ça, il pourrait se consacrer à ce qu'il voudrait et faire des inventions d'un tout autre genre...

Quand les deux hommes eurent terminé, ils remirent l'ensemble des appareils sur la palette et les rapatrièrent dans l'atelier. Ensuite, ils décompressèrent avec un petit remontant, trouvant le temps de prendre un ou deux verres de plus avant le dîner. Du coup, ils oublièrent de rentrer la tondeuse robot restée devant le garage, celle qui n'était pas télécommandée, mais à retardement...

Il faisait sombre dehors et les phares des voitures balayaient l'asphalte. Lorsqu'un autre automobiliste oublia de les mettre en code, Dagny poussa un juron. Les gens n'apprendraient donc jamais rien ! Comment diable ces chauffards avaient-ils réussi à obtenir leur permis de conduire ? Elle était déjà de mauvaise humeur, et conduire la nuit n'arrangeait rien.

— Annuler la thalasso à la dernière minute, ils auraient pu téléphoner, tout de même, soupira-t-elle.

— Ou envoyer un mail ! renchérit Marie.

Elle n'aimait pas voyager en voiture et se voyait maintenant contrainte de courir les routes en pure perte.

— Mais les propriétaires ont fait faillite, alors à qui s'adresser ? grogna Nils sur la banquette arrière.

Il s'était tant réjoui de ces quelques jours de repos, d'échapper à ses responsabilités en cuisine. Quelle déception ! S'il avait su que le centre de thalasso, là-haut à Dalarna, avait été racheté par une société de capital-risque, il y aurait peut-être regardé à deux fois, mais ils n'avaient perçu aucun signe avant-coureur. Ils avaient même eu le temps d'aller jusqu'à Linköping avant de recevoir le message. Pour se consoler, ils étaient descendus dans un hôtel de luxe, avaient fait un bon repas et terminé par un tour en ville avant de rentrer. Mais leur semaine de vacances avait été gâchée.

— Prenons les choses du bon côté et faisons semblant d'avoir quand même des vacances, dit Dagny.

Elle tenta de remonter le moral des autres, même si elle savait qu'à partir du moment où elle franchirait le pas de sa porte, elle se remettrait illico au travail.

Ne rien faire la rendait nerveuse. Avant son divorce, ça n'avait pas été un problème : son mari et elle lisaient parfois des bouquins ou regardaient un film ensemble. Mais en tant que célibataire, elle avait du mal à se détendre. Au bout de trois jours de congé, elle déprimait. Dans ces cas-là, la compagnie des autres lui manquait et la perte de sa fille lui pesait d'autant plus.

Il faisait nuit noire quand, quelques heures plus tard, ils arrivèrent à la ferme. Ils déchargèrent la voiture en silence et rentrèrent. Mozart, Tarzan et Nounours les accueillirent en miaulant et réclamèrent aussitôt à manger. Pendant que Marie nourrissait ses chats, Dagny alla chercher une bouteille de whisky et un bol de cacahuètes.

— Celui-là, on ne l'a pas volé, dit-elle en remplissant un verre pour chacun. On n'est jamais aussi bien que chez soi.

Le trio trinqua ; quand le whisky eut fait son effet, ils retrouvèrent leur bonne humeur. Ils préparèrent le repas ensemble et se mirent à table. Ils savourèrent une soupe bien chaude à la tomate, à la crème et au basilic, suivie d'un saumon frit avec des pommes de terre nouvelles et du pain grillé. Un sorbet aux fruits avec une sauce au chocolat chaud clôtura le dîner. Repus et satisfaits, ils célébrèrent leurs congés, le bon repas, et se promirent de mettre la pédale douce pour la semaine à venir.

— Maintenant, on va pouvoir apprécier le silence, dit Marie en souriant.

Elle prit Mozart sur ses genoux et lui caressa le dos, ravie. La chatte ronronna.

— Pas de participants aux cours, rien que nous.

— Ah, comme ça va être bien, renchérit Nils en souriant de contentement.

Il passa son bras autour des épaules de Marie.

— J'adore quand c'est silencieux !

Juste à ce moment-là, un énorme *bang* retentit et une lumière vive illumina les fenêtres. Ils se précipitèrent à la fenêtre de la cuisine et virent une langue de feu mourir au loin derrière la ferme voisine tandis qu'une chose noire tombait du ciel.

— Qu'est-ce qui se passe, bon sang ? explosa Dagny. J'ai cru voir des flammes, là-bas.

— Mais oui, je les ai vues aussi. Écoutez, quel vacarme ! dit Nils en passant un bras protecteur autour des épaules de Marie. Espérons que ça ne se mette pas à brûler.

Ils guettèrent de nouveau par la fenêtre, mais tout était sombre et la ferme voisine était redevenue silencieuse. Aucun feu nulle part.

— C'est vraiment bizarre. J'aurais juré avoir vu une flamme, marmonna Dagny.

— Ils ont peut-être fait partir un vieux pétard du Nouvel An ! Les gars, ça aime le boucan !

— C'est ça, plus il y a de bruit, plus on est contents, confirma Nils avec un rictus.

— Et il vous faut des trucs de plus en plus gros, enchaîna Dagny.

— Jusqu'à ce que vous vous retrouviez avec des armes nucléaires, constata Marie.

Il y eut un moment de silence puis Dagny bondit sur ses pieds.

— Ça y est, j'ai une idée ! s'exclama-t-elle en battant des mains. On est contre les armes, oui ou non ? Alors nous allons manifester lors d'une foire aux armements. Une grande foire, une foire importante. Nous, les mamies, il faut qu'on frappe là où on attirera le plus l'attention. Il est grand temps qu'on devienne *vraiment* emmerdantes.

Nils faillit s'exclamer : « Holà, ça suffit comme ça ! », mais il s'arrêta à temps ; en tant que propriétaire de restaurant, il avait appris quelque chose qui s'appelait la diplomatie. Il se contenta de dire :

— Une foire aux armements ? Ça a l'air palpitant, mais vous savez, réflexion faite, je ne crois pas que ça soit dans vos cordes !

Il imaginait déjà la police passant les menottes à sa femme et l'embarquant. Ne comprenait-elle pas que la paix était une impossibilité et qu'on avait besoin d'armes dans le monde entier ? Comme si quelques vieilles dames pouvaient y changer quoi que ce soit.

— Qu'est-ce que tu veux dire par là ? Qu'on ferait mieux de se mettre à la couture et au tricot ? Retenez-moi ou je fais un malheur, s'écria Dagny avec une telle force que Nils ferma aussitôt son clapet.

Il restait un peu de whisky au fond de son verre ; il le but d'un trait.

— Eh oui, cher beau-frère ! On va manifester, merde ! poursuivit Dagny en le fusillant du regard. ET TU VAS VOIR COMME ON SERA DÉSOBÉISSANTES !

# 16

Après coup, mais seulement dans ses moments de faiblesse, Dagny se dit qu'elle aurait peut-être dû réfléchir au lieu de faire seulement un scandale. Mais impatiente comme elle l'était, elle avait jugé qu'elles n'avaient pas le temps d'attendre le début du cours de perfectionnement de Stefan. Pourquoi ne pas organiser une manif antiarmement avant cette date ? Marie, les dix dames et elle-même, qui étaient à l'origine des Mamies pour la paix et avaient manifesté à Stockholm et Karlskoga, constituaient désormais un groupe soudé qui voulait des résultats tout de suite. Dagny avait clairement désigné sa cible. Dans la presse, Greta avait lu qu'une foire aux armements se tiendrait à Göteborg, et qu'était une foire aux armements sinon une publicité pour les armes ? L'affaire était limpide. Greta, qui avait proposé de passer à l'action, se sentait vraiment fière. Dagny avait accroché tout de suite. Voilà ce qui s'appelait réagir au quart de tour !

Il y avait du givre sur le bitume et les arbres tendaient leurs branches nues vers le ciel bleu et froid lorsque les vieilles dames descendirent du minibus en périphérie de Göteborg. Elles affrontèrent en frissonnant le vent humide de ce mois de janvier et s'emmitouflèrent dans leurs manteaux. Impatientes, elles levèrent les yeux sur les imposantes casernes, pleines d'un sentiment d'importance. Autrefois, un régiment d'artillerie et la défense aérienne étaient cantonnés ici, à Kviberg ; c'était apparemment un endroit idéal pour y présenter différentes armes. Les mamies contemplèrent l'immense bâtiment en briques aux imposantes fenêtres. La foire qui s'y tenait ne présentait ni canons ni missiles, mais des armements d'autrefois, pour nostalgiques. Toujours est-il qu'une arme reste une arme. Une arme « gentille », ça n'existe pas.

— Allez zou, mes sœurs, à l'attaque ! Mais on n'entre pas au pas de charge sans savoir d'abord ce qui se mijote là-dedans.

Les autres en avaient conscience ; elles ressuscitèrent le bon vieux *high five* en se tapant dans les mains les unes des autres, puis elles formèrent toutes un cœur avec les doigts.

Le noyau dur des Mamies pour la paix s'était autobaptisé « Le Gang de fer », c'est dire si elles se sentaient en pleine forme. Les douze dames portaient des vêtements avec bandes Velcro, des chaussures Ecco, et elles avaient bourré de tracts leurs sacs à dos. Sur le chemin, elles avaient discuté de tactique. Au début, elles devraient faire profil bas, se répartir en petits groupes pour ne pas attirer l'attention, faire le tour des stands et mémoriser la disposition des lieux avant de passer à l'action. Dagny, Marie et Greta se présentèrent les premières, payèrent les billets pour tout le groupe et entrèrent.

La première chose qui les frappa, ce fut l'odeur. La salle sentait le fer, les vieux uniformes et le mâle. Mais alors qu'elles s'étaient attendues à rencontrer des fanas d'armes en costard cravate, elles tombèrent plutôt sur des messieurs qui n'étaient pas de la première jeunesse en vestes polaires et tee-shirts. À l'exception d'une serveuse à la cafétéria et d'une dame serrant son vieux schnock de près, la gent féminine brillait plutôt par son absence. En revanche, les hommes avaient l'air de se plaire là, exposant fièrement leurs collections d'antiquités militaires. Tout sourires, ils se tenaient devant leurs tables pliantes où étaient déployés des objets de toutes sortes, des couteaux et stylets jusqu'aux pistolets et fusils. Sur d'autres stands s'étalaient des livres sur les armes, de vieux drapeaux ou étendards et diverses récompenses militaires.

— C'est fou, la salle est remplie d'objets et d'antiquités militaires. Les gens adorent ça, comme si c'étaient des jouets, constata Marie en ouvrant de grands yeux.

— Des antiquités militaires, certes, mais on peut tuer des gens avec un canon du XVII^e^ siècle aussi, énonça Greta doctement en regardant autour d'elle d'un air intéressé.

Le lieu regorgeait de mâles, mais la plupart avaient du bide et pas beaucoup de poils sur le caillou. Heureusement, certains aussi avaient pratiqué la musculation et avaient l'air sympa, du moins au goût de Greta.

— Mais contre quoi on va manifester ? Les armes qu'il y a ici sont vieilles comme Hérode, et si ça se trouve, elles ne sont plus en état de tirer. Regardez, il y en a plusieurs qui datent de la Seconde Guerre mondiale, et celui-ci... (Marie passa devant un pistolet à silex), oui, celui-ci doit avoir au moins trois cents ans.

— Pas précisément une menace pour la paix dans le monde, c'est vrai, admit Dagny. N'empêche, je considère qu'il est bon de protester contre l'esprit guerrier même ici. Ou plus exactement contre le romantisme militaire. Vous saisissez ? On idéalise la guerre et les armes. Or, une arme reste une arme. Les armes sont bel et bien faites pour tuer.

Les vieilles dames approuvèrent ce discours.

— Tout à fait. Rien de ce qu'il y a ici ne doit être glorifié, opina Marie en tripotant avec dégoût un vieux sabre à l'air tranchant.

À côté était suspendu un uniforme usé avec des galons qui, de surcroît, sentait vaguement le moisi.

— Regardez-moi ça, pourquoi devrait-on arborer ça sous prétexte qu'on a tué des gens ?

— Tout ici rappelle la guerre, glissa Greta. Vous avez vu toutes ces décorations et médailles ? Les hommes qui partent à la guerre et tuent autant qu'ils peuvent reçoivent un bout de métal rond avec un ruban qu'on leur accroche sur la poitrine en remerciement. C'est vraiment tordu comme idée, non ?

— Le pire, c'est qu'ils en sont fiers. On leur donne des médailles parce qu'ils se sont battus pour leur pays, renchérit Marie. La mère patrie.

— De quoi s'agit-il en fait ? murmura Elinor.

Elle était timide et prenait rarement la parole, mais quand elle ouvrait la bouche, c'est qu'elle avait vraiment quelque chose à dire.

— Imaginez qu'il n'y ait plus de pays. Les militaires n'auraient plus rien à défendre. Quelle gueule ils tireraient, tous ces tsars, présidents, princes et régents !

Sa tirade fut accueillie par un murmure d'approbation, puis la discussion s'essouffla. En silence, elles parcoururent la salle, marquant de temps en temps un arrêt devant une table où les exposants avaient disposé des fusils, des poignards, des casques et des baïonnettes. Fascinées, les mamies désobéissantes étudièrent les conceptions les plus épouvantables pour tuer de manière efficace. Dire que le cerveau humain était à l'origine de pareilles horreurs…

Quand elles eurent fait le tour de la salle, Dagny montra du doigt la cafétéria adjacente et proposa de s'y regrouper pour tenir conseil. Elles commandèrent des boissons chaudes et s'assirent.

— Le pire, c'est que beaucoup d'hommes prennent du plaisir avec ces objets. Ça leur permet d'évoquer leurs souvenirs du service militaire. Il faut les obliger à changer de disque, réfléchit Marie en soufflant sur son café brûlant.

— Je sais, j'ai une idée ! s'écria tout à coup Dagny. Ce sera un geste silencieux et quand même parlant.

— Qu'est-ce qui t'est encore passé par la tête ? demanda Marie.

Elle était toujours si rapide, sa frangine ; parfois, elle-même avait du mal à suivre.

— On va faire quelque chose qui les obligera à réfléchir par eux-mêmes, dit Dagny.

Puis elle se pencha au-dessus de la table et exposa son plan à voix basse. Les visages des mamies s'illuminèrent.

— Quelle brillante idée ! On est pour, bien sûr, s'exclamèrent-elles toutes.

Puis ces dames se rendirent au centre-ville pour y faire quelques courses.

Une fois dans Göteborg, elles firent le tour de différents magasins en pouffant de rire et se procurèrent ce qu'il leur fallait. Toutefois, au bout d'un moment, Marie s'arrêta :

— Écoutez, qu'est-ce qu'on fait, là, au juste ?

— On manifeste pour la paix. Devine si ça va les faire cogiter ! dit Dagny, toujours aussi emballée par son idée. Notre manifestation va frapper les gens de stupeur et il n'échappera à personne que nous voulons la paix dans le monde.

Le discours de Dagny était si convaincant que Marie et toutes les autres y adhérèrent, même les plus réticentes. Dagny avait le don de faire en sorte que chacun se sente investi d'une mission et capable d'accomplir quelque chose de grand. Bientôt, l'ambiance fut de nouveau au top.

— Cette manif sera un souvenir inoubliable, ajouta Dagny.

— Ça, c'est sûr, murmura Marie.

— Tiens, puisqu'on parle de souvenirs, moi j'ai un peu de mal à retenir tout ce qu'on a passé en revue, dit Elinor.

— Pas de problème. J'ai des comprimés bons pour la mémoire, dit Dagny.

— Super ! Comment ils s'appellent ?

— Aucune idée, j'ai oublié, répondit Dagny en lui faisant un clin d'œil. Non, sérieusement, ces comprimés n'existent pas. Allez, il est temps de retourner à la foire. Donnons à ces vieux schnocks l'occasion de vivre une expérience qu'ils ne seront pas près d'oublier.

Remontées comme des coucous, d'excellente humeur, ces dames regagnèrent la foire, se garèrent dans la cour de la caserne et mirent le cap sur la salle des expositions. Elles dissimulèrent leurs pancartes *Paix en notre temps* et leurs cages renfermant des colombes de la paix sous de grandes pièces de tissu. Mais juste à l'entrée de la foire, un des morceaux de tissu tomba par terre, dévoilant les cages à oiseaux.

— Hé là, vous ne pouvez pas emporter ça à l'intérieur, dit un vigile sur un ton sans réplique.

Étonné, il scruta les cages et cette bande de mamies à l'air très décidé. Ici, Dagny aurait peut-être dû changer d'avis, mais elle prit cela comme un défi supplémentaire.

— On fait partie des exposants, affirma-t-elle avec aplomb. Ces oiseaux sont des pigeons voyageurs militaires, comme ceux qu'on utilisait pendant la Seconde Guerre mondiale.

Le vigile jeta un regard soupçonneux aux colombes blanches, mais il n'y connaissait rien en oiseaux et n'osa pas révéler son ignorance.

— On a la table 212, continua Dagny en désignant un endroit dans la salle. On est un peu en retard, voilà tout.

Fort de ces éclaircissements, le vigile céda et laissa entrer les douze vieilles dames. Dagny s'éclipsa aussitôt avec sa bande et ne s'arrêta qu'une fois revenue devant la cafétéria, plus loin à l'intérieur du local.

— Maintenant, ces foutus amateurs d'armes vont voir de quel bois on se chauffe ! dit Greta avec un air mutin.

— En tout cas, ils vont être surpris, dit Marie.

— Allez, on y va, avant que quelqu'un ne s'avise de nous arrêter, s'exclama Dagny en ouvrant la porte de sa cage.

Une colombe blanche en sortit et vola droit vers un militaire de haut rang à la table encombrée de fusils, de poignards et de pistolets. Là, l'oiseau paniqué se mit à décrire des cercles avant de lâcher sa première carte de visite. Aussitôt, les autres mamies ouvrirent leurs cages et leurs colombes s'envolèrent l'une après l'autre. Plusieurs oiseaux tournoyaient à présent autour de la salle d'exposition. La première eut si peur qu'elle mit le cap sur la table aux uniformes et médailles et entreprit de tout souiller, même si ce furent les casquettes qui reçurent le plus gros des déjections. L'oiseau de Greta sembla prendre pour cible les poignards, car lorsqu'il eut accompli trois tours de la salle, il ne resta pratiquement plus un couteau propre dans tout le local des expositions. La colombe de Marie, quant à elle, parut développer un penchant pour les baïonnettes. Jamais une baïonnette bien astiquée n'avait été aussi violemment attaquée : en l'espace de quelques minutes, elle n'eut plus rien de présentable. Entre-temps, les exposants étaient sortis de leur torpeur et tentaient désespérément de se protéger contre cette invasion venue d'en haut. Mais les colombes faisaient l'une après l'autre des vols en piqué vers les tables d'exposition, et les efforts déployés par les hommes pour les chasser restaient vains. Il fallut attendre que la femme de la cafétéria se fraie un chemin dans la foule et ouvre une fenêtre pour que les oiseaux s'en aillent enfin à tire d'ailes et que le calme revienne. Sauf pour les mamies, qui choisirent ce moment pour brandir leurs pancartes.

— *Paix en notre temps*, *Make Love Not War* et *Solution alternative à l'industrie de l'armement*, scandèrent-elles.

Ce faisant, elles distribuèrent cravates, brassards et tracts demandant l'interdiction des armes nucléaires et des bombes à fragmentation.

Au début, les hommes semblèrent désorientés : dans l'armée, ils n'avaient pratiqué aucune stratégie pour se défendre contre de vieilles dames. Il fallut donc un moment avant que quelqu'un prenne les choses en main et suggère que l'on mette les intruses à la porte. Ce fut le moment que Dagny et toutes les autres choisirent pour s'asseoir par terre et entonner un chant. Un chant de paix.

Quand ces messieurs voulurent leur faire entendre raison, les faire se lever par la force et les pousser vers la sortie, ils n'arrivèrent à rien. Aucune vieille dame ne bougea de son plein gré. Elles se firent lourdes comme le plomb, et quand bien même on parvenait à les mettre debout, elles traînaient des pieds et se déplaçaient au ralenti. En voyant cela, le commandant de la région militaire du Småland péta un câble. Avec un rugissement, il tenta de soulever une vieille dame et de la foutre dehors, mais il ne réussit qu'à trébucher sur une des cages à oiseau et à tomber. Alors Dagny lui tendit la main et l'aida à se relever. Ensuite, toutes franchirent les portes en bon ordre.

— À présent, nous avons atteint notre but. Les lèche-cul de l'armée ont été contraints de réfléchir, déclara Dagny.

Pendant le voyage de retour, Marie estima qu'il fallait discuter de la manif et voir si les objectifs avaient été atteints. Tandis que le chauffeur du bus les écoutait en douce, chacune donna son avis sur les événements.

— Il faut célébrer ça, résuma Greta tout haut.

Aussi s'arrêta-t-on devant un routier à Harrljunga le temps d'avaler rapidement un café, des rafraîchissements et de la tarte.

Lorsque la bande regagna le bus, Marie s'assit à côté de Dagny. Pendant que le paysage défilait derrière les fenêtres, elles reparlèrent de leur action et gloussèrent à l'évocation de tel ou tel détail particulièrement drôle. Soudain, le visage de Marie devint grave.

— Tu trouves toujours des trucs, et moi, je suis le mouvement. Tu sais, je me suis demandé pourquoi on était si différentes. Toi, tu vois les choses sous un angle amusant, alors que moi, j'ai toujours peur de ce que vont dire les gens, ou que quelque chose se passe mal.

Marie lui tendit un sachet de sucreries et Dagny se fourra un morceau de chocolat dans la bouche.

— Moi aussi, je me suis posé cette question. Mais j'ai toujours dû me battre pour arriver en haut. Toi, on te servait tout sur un plateau.

— Comment ça ?

— Papa avait un faible pour toi. Il était toujours doux et gentil envers toi, alors que moi, il ne me supportait pas.

— Est-ce que tu sais pourquoi ?

— Peut-être parce que je traçais ma propre route. Il n'a jamais eu de contrôle sur moi.

— Alors que moi, je faisais exactement ce qu'il me disait. Mais quand il te criait dessus, ça me mettait en rogne et je te plaignais de tout mon cœur. J'aurais dû te protéger davantage, bien sûr. Mais j'avais peur de lui. Il lui arrivait de piquer des colères terribles.

— Il me frappait, mais j'avais appris à l'éviter. Je bichais tellement quand je réussissais à lui échapper !

Ce souvenir fit sourire Dagny.

— Tu te rappelles quand maman voulait te mettre ce bonnet en laine que tu avais eu comme cadeau de Noël ? Tu devais avoir sept ans, quelque chose comme ça.

— Tu parles si je m'en souviens ! Je ne l'oublierai jamais.

— « Ne rends pas la gamine plus laide qu'elle ne l'est déjà », avait-il dit. Tu te rends compte, ton propre père !

— Quand j'ai grandi, il disait : « Tu n'as pas l'air bien maligne. » Ou encore : « C'est pas possible d'être aussi idiote... » En fait, je n'arrive pas à me souvenir d'une seule parole gentille de sa part.

— Mais papi et mamie étaient adorables, eux, c'étaient des gens bien. Bizarre, non ?

Un courant d'air passait par la porte du bus. Dagny noua son écharpe autour de son cou.

— Papa était stressé parce que le restaurant marchait mal. Et puis il avait cette maîtresse. Je crois qu'il envisageait de divorcer, mais maman est tombée enceinte de moi. Ça aurait pu se passer autrement. Le divorce est devenu impossible, je pense que c'est pour ça qu'il a reporté sa colère sur moi.

Marie posa sa main sur celle de Dagny.

— Et puis tu as eu des ennuis, qui pourtant n'étaient pas de ta faute. Mon Dieu !

Le silence s'installa entre elles. Il commençait à faire sombre dehors et les troncs de la forêt de hêtres se fondirent en une masse d'un noir verdâtre. Dagny et Marie restèrent longtemps sans rien dire. Ce fut Marie qui reprit le fil de la conversation.

— Il y a tant de choses qu'on ne comprend pas quand on est enfant et qui ont de graves conséquences plus tard dans la vie. Je n'aimais pas papa non plus, bien qu'il soit gentil avec moi. Je crois qu'il me mettait mal à l'aise : quand il venait dans ma chambre, j'étais comme tétanisée. J'avais peur qu'il fasse des histoires. J'aurais voulu que maman nous soutienne davantage.

— Ce n'était pas si facile, pour une femme, à l'époque. Si elle avait divorcé, comment aurait-elle pu subvenir à nos besoins ?

— Pauvre maman ! dit Marie en prenant la main de Dagny. C'est bien de pouvoir bavarder comme ça tranquillement. À la maison, nous nous croisons seulement en coup de vent.

— Je suis d'accord, renchérit Dagny en contemplant la route sinueuse et sombre devant elles. Mais pour l'heure, je m'inquiète de ce que va dire Stefan.

— Ça alors, toi qui d'habitude te fiches complètement de ce que pensent les autres !

— Oui, mais il ne s'agit pas de moi, ici. Désormais, seule compte notre action pour la paix. Ce qu'on a fait à Göteborg, tu sais, il ne faut pas qu'on se couvre de ridicule…

— Bien sûr ! Mais il n'y a vraiment que ça qui te tracasse ? demanda Marie.

Dagny ne répondit pas. Elle ne dit rien. Rien du tout.

# 17

HOURRA ! Marie, Dagny et toutes les autres vieilles dames parties, il avait enfin eu un moment à lui. Nils bâilla, se leva du canapé et alla chercher ses vêtements. Il avait gardé les orteils en éventail toute la journée, regardé du sport et une série policière à la télé en toute tranquillité. Oui, en TOUTE TRANQUILLITÉ ! Pas un ordre, pas une remontrance, pas même une moue de désapprobation. Il avait profité de chaque seconde !

Après avoir mangé et fait un petit somme, il pensait monter observer le ciel étoilé. L'astronomie était un de ses passe-temps favoris, mais il n'avait pas pu s'y consacrer ces derniers temps. On lui avait certes permis d'ouvrir une grande fenêtre dans le grenier de la maison d'habitation pour y installer son télescope, mais il n'avait pas pu en profiter : les cours prenaient tout son temps, et les rares fois où il avait pu monter en douce dans son repaire, Marie ou quelqu'un d'autre lui avait aussitôt crié de redescendre pour donner un coup de main.

Il enfonça son bonnet jusqu'aux oreilles, ouvrit la grande fenêtre donnant sur la mer et braqua le gros objectif sur le ciel étoilé. Il fit lentement pivoter son télescope Meade LXD75 de quelques degrés vers l'est et cadra la Lune et Vénus. Elles brillaient particulièrement fort ce soir, le ciel ayant été dégagé toute la journée. Les étoiles se reflétaient même dans la mer où le ferry en partance pour Swinoujscie, en Pologne, était une ombre noire sur fond d'argent étincelant. Il abaissa le télescope et regarda chez les voisins. Là, tout était sombre et silencieux.

Plus tôt dans la journée, il avait vu plusieurs voitures immatriculées à l'étranger y arriver et en repartir presque aussi vite. Si Mark et John étaient dans la culture des pommes et misaient sur le jus et la confiture, il fallait bien qu'ils soient là pour leurs clients, non ? Il ne comprenait pas, mais ça ne le regardait par. Le principal était que les voisins soient aimables et silencieux et qu'ils ne les dérangent pas.

En fredonnant une vieille chanson de Bob Dylan, il laissa le télescope balayer le ciel. Il le braqua d'abord vers le nord et cadra facilement la Grande Ourse, dont il eut une image vraiment nette. Ensuite, il continua jusqu'à la constellation du Lion et d'Orion, un petit sourire aux lèvres, heureux de se sentir libre de faire ce qu'il voulait. Dire qu'on pouvait se réjouir de l'absence de quelqu'un… Il s'effrayait presque d'éprouver un sentiment de liberté aussi enivrant. Il avait failli ne pas pouvoir profiter de cette liberté, car dans un premier temps, il avait eu la faiblesse de promettre de les accompagner à Göteborg et de leur donner un coup de main. Dieu merci, il s'était ravisé et leur avait fait faux bond au dernier moment, prétextant un mal de gorge et un début de grippe. En fait, il avait besoin d'être seul. Il était attaché à Marie et reconnaissait que la vie à deux avait du bon, mais à petites doses. Et certainement pas quand son épouse s'entourait de tant de bonnes femmes si culottées. La plupart des hommes avaient déjà du mal avec une ou deux meilleures amies de leur compagne, alors que dire de lui qui était tombé au beau milieu d'un océan de vieilles dames ! Plus d'une fois, il avait été tenté d'ajouter un ingrédient un peu vomitif dans la nourriture pour les neutraliser toutes, mais Marie lui aurait sûrement demandé de nettoyer...

Son plus grand défaut était d'avoir le cœur sur la main. Heureusement qu'il pouvait s'évader un peu avec son passe-temps quand son épouse était absente ! Il s'intéressait à l'astronomie depuis toujours et était ravi du télescope qu'il venait de s'acheter. Sa puissance était telle qu'il pouvait observer la Lune, Jupiter et même les anneaux de Saturne. Il n'avait jamais envisagé d'acheter un appareil bon marché : il fallait que ce soit un instrument de pro, sinon ça ne valait pas le coup. Satisfait, il balaya le ciel avec son objectif et se détendit enfin. Quel calme ! Pas une mamie à l'horizon. Déjà que cuisiner pour tous les participants aux cours le fatiguait, alors si en plus il fallait être sympathique et serviable... Bon sang, cette bande de vieilles dames avec Dagny en tête... De toute sa vie, il n'avait jamais rencontré de bonnes femmes aussi déterminées. Comparés à elles, les chiens d'attaque de la police faisaient presque figure de toutous câlins. Il avait encore du temps devant lui avant leur retour, alors pourquoi ne pas s'offrir un bon whisky ? Maintenant il pouvait vraiment se lâcher. Bière, sandwichs et un bon whisky avec des glaçons, voilà le programme. Peut-être allait-il essayer aussi la demi-bouteille de gnôle maison, celle aux prunelles. Il descendit presque en courant l'escalier qui menait à la cuisine et se ravitailla. Il s'agissait de bien gérer son temps et de prendre soin de soi. Revigoré, il remplit un panier avec un peu de tout : pâté, crevettes, pain grillé, sandwichs au jambon, bière et eau-de-vie. Ensuite, il s'échina à monter une chaise pliante confortable, un matelas et un oreiller dans sa tour pour y passer la nuit.

Sur ce, il lava les carreaux avec un nettoyant spécial et les essuya consciencieusement. Pas question de laisser la fenêtre ouverte toute la nuit, mais avec des carreaux bien nettoyés, ça devrait faire l'affaire. Tout content de lui, il ouvrit une

Carlsberg fraîche et braqua son télescope. Il devrait arriver à trouver la Lyre et Vega sans trop de mal, et peut-être même apercevoir un météore en chute libre. Ses yeux brillaient. Il se sentait vraiment, vraiment heureux.

Là-bas, dans la ferme voisine, le dîner et la vaisselle étaient terminés. Mark ferma la fenêtre de la cuisine et sortit dans la cour. Il faisait sombre. L'air était frais et le ciel clair, autant dire des conditions parfaites pour tester les nouveaux drones. John et lui avaient mis au point un petit appareil ayant l'aspect d'une araignée capable de capturer un drone ennemi et de le neutraliser. Maintenant, ils voulaient vérifier comment il se comportait dans l'obscurité. Ils voulaient aussi en profiter pour tester des drones équipés de rayons laser, et ceux chargés de kidnapper d'autres appareils dans les airs. Cette commande passée par une bande armée d'Arabie saoudite les avait obligés à se creuser la cervelle. Si Mark préférait bosser pour le civil, ce n'était pas le cas de John. Avec l'obstination d'un imbécile, il soutenait qu'il fallait vendre aux militaires s'ils voulaient avoir les moyens de poursuivre leurs recherches. Sans affaires, pas de boulot.

— Rien n'est jamais tout noir ou tout blanc, disait-il toujours en haussant les épaules.

Mark cédait et laissait à John le soin de traiter les affaires pour éviter des querelles à n'en plus finir. Pour sa part, il voulait se concentrer sur ses travaux de mise au point. Dans ces moments-là, son cerveau tournait à plein régime, et à chaque nouvelle prouesse technologique, il prenait son pied. Telle était sa vie.

Une rafale de vent balaya la cour ; sur le toit, une tuile en terre cuite brinquebala. Ciel étoilé, nouvelle lune et pas de pluie. Il se dépêcha de rentrer au chaud et tambourina à la porte de la chambre de John.

— Magne-toi, flemmard. Je vais à l'atelier et je charge, cria-t-il.

— T'as pas besoin de cogner comme ça, putain, grogna John.

Il enfila sa parka et emboîta le pas à son compère. Il alla récupérer le camion, aida Mark à charger la palette et sortit dans la cour.

— Heureusement que les vieilles sont parties. C'est presque comme si nos parents étaient absents, brailla Mark.

Il adressa une pensée reconnaissante à la caissière du supermarché. Elle se mêlait toujours de tout et ne s'était pas fait prier pour parler de la petite escapade des mamies à Göteborg. Super ! Dire que le bonheur pouvait être si relatif...

Il s'approcha de la palette, prit un des drones et le regarda avec le même enthousiasme et les mêmes attentes que quand, enfant, il avait fait voler son premier modèle réduit d'avion. Pour lui, les drones n'étaient pas des armes, mais des inventions fantastiques pouvant servir à tout : photographie, distribution du courrier, voire amusement, transport et surveillance. Que le cerveau humain les pervertisse pour en faire mauvais usage ne le regardait pas. Son rôle à lui consistait à mettre des techniques au point.

Pour rendre l'exercice un peu plus amusant, ils s'étaient réparti les tâches. John était l'ennemi qui attaquerait avec des avions radioguidés et des drones, tandis que lui-même ferait de son mieux pour contrer l'attaque. Surexcités, ils testèrent les départs, les virages et les boucles, et quand ils eurent tenu un certain temps, ils intervertirent les rôles. Les rayons laser transperçaient l'air, faisant comme des éclairs au-dessus du toit de la maison. Dans la cour chichement éclairée, on entendait le bourdonnement de tous les appareils possibles et imaginables. Les deux hommes s'amusaient et ne pouvaient pas s'empêcher de rire à gorge déployée, même si dans leur propre univers, ils étaient des ingénieurs sérieux.

— On a un peu de mal à y voir, si on éclairait davantage ? suggéra John au bout d'un moment.

Il éprouvait quelque difficulté à distinguer les différents prototypes.

Sans attendre de réponse, il entra dans la maison et alluma les deux projecteurs ronds de la cour, ceux que les familles aristocratiques avaient coutume d'allumer quand elles organisaient des soupers fins.

— On est obligés d'allumer maintenant ? demanda Mark. On n'a qu'à faire des essais demain, quand il fera jour.

— Non, putain ! Les vieilles ont mis les voiles. On se bouge. Il faut qu'on termine. Allez !

Perché tout là-haut dans son grenier, Nils avait bu plus de whisky qu'il n'aurait dû. C'était vite fait, quand les bonnes femmes n'étaient pas là et qu'on avait un petit moment à soi. De plus, il avait goûté plusieurs fois la gnôle qui, contre toute attente, était vraiment bonne. Au bout d'un moment, il se mit à braquer son télescope n'importe comment. La Grande Ourse avait une drôle de forme, la Lune était de travers, quant à Vénus, elle était introuvable. Ça irait peut-être mieux avec des cibles plus grandes ? Il balaya la mer de son appareil de visée pour voir s'il pouvait accrocher un ferry ou un bateau de pêche, mais la surface de l'eau semblait sans fin et il ne vit rien, pas même une balise de traviole. Du coup, il dirigea la fine optique vers la fenêtre des voisins pour voir s'il arrivait à distinguer quelque chose, mais tout était sombre. Mais juste au moment où il constatait que tout le monde dormait ou qu'il n'y avait personne, il aperçut des traits de lumière rouge et blanc traverser le ciel dans un sens et dans l'autre de façon apparemment désordonnée. Ils balayaient la façade du bâtiment de ferme comme dans *Star Wars* ou dans un jeu vidéo détraqué. Ces éclairs étaient-ils dans sa tête ou existaient-ils réellement ?

Le temps de se poser cette question, la ferme voisine fut soudain baignée de lumière. Il jeta un coup d'œil à sa montre. Un peu plus de minuit. Il se frotta les yeux. Non, il ne rêvait pas. De mystérieux engins se mirent à décrire des cercles au-dessus du toit de la ferme, et il entendit un bruit lointain. On aurait dit des araignées et des chauves-souris géantes qui filaient dans le ciel à une vitesse folle, plongeaient en piqué et faisaient des boucles. Pris de vertiges, il alla jusqu'à la fenêtre en chancelant et l'ouvrit. Un énorme fracas retentit et une longue flamme jaillit au loin. Tandis qu'il tâtonnait avec le télescope, il entraperçut quelque chose de sombre dans les airs ; l'objet volant chuta derrière la ferme voisine et disparut. Il scruta le ciel, s'attendant à ce que des monstres géants grimpent sur le toit en rampant et l'attaquent. Mais tout redevint calme et silencieux, la lumière s'éteignit et la ferme fut de nouveau plongée dans le noir. Pourtant, il avait bien vu des trucs voler dans les airs, non ? Et quelque chose avait explosé ? Ce n'était PAS son imagination qui lui jouait des tours… Quelque peu éméché, Nils dut s'appuyer sur le télescope. Il le braqua de nouveau sur la voûte céleste comme s'il espérait y trouver la réponse qu'il cherchait. De toute façon, les choses semblaient s'être calmées. Certes, la Grande Ourse s'était dotée de nombreuses étoiles supplémentaires, Vénus s'était dédoublée et Orion n'avait plus tout à fait le même aspect, mais au moins, les constellations ne faisaient pas la sarabande. Seule la Lune ne tenait pas vraiment en place et dansait, ce qui n'était pas dans ses habitudes.

Nils rota bruyamment, fit un pas de côté, ferma la fenêtre et s'allongea sur le matelas, les mains croisées sur le ventre. Mieux valait se reposer un peu. Les voisins avaient parlé de production de champagne et de jus de pomme, mais c'était comme si *Star Wars* se déchaînait là-bas. Il ne manquerait plus qu'une soucoupe ou un vaisseau spatial soit précipité au sol ! Avec des rayons laser qui se baladaient à droite et à gauche… C'était mystérieux. Il pouvait s'agir de jumelles au laser, ou d'armes, bien entendu. Mark et John trempaient sûrement dans des trucs louches ! Le croyaient-ils assez stupide pour gober n'importe quoi ? Non, sûrement pas. Il fallait tirer cette affaire au clair !

Quelques heures plus tard, Dagny, Marie et la bande de vieilles dames rentrèrent au bercail. Nils était couché sur un matelas dans la chambre de la tour, complètement bourré, avec des miettes de pain sur le ventre et un verre de whisky renversé à côté de lui. Des canettes de bière et une petite bouteille d'eau-de-vie aux prunelles jonchaient le sol. Tout ébouriffé et les vêtements en désordre, il ronflait la bouche ouverte.

— Regardez-moi ça. Une seule journée sans femmes et les bonshommes sont perdus, soupira Marie.

Elle fit signe aux autres de l'aider. Elles se rassemblèrent autour du malheureux, le prirent par les bras et les jambes et le descendirent à grand-peine dans sa chambre à coucher. Là, avec un peu d'élan, elles parvinrent à le balancer sur le lit.

— Aïe, gémit Nils. Méfiez-vous, elles tirent !

— Qui ça ? demanda Marie.

— Les chauves-souris, elles attaquent !

Les vieilles dames échangèrent des regards en secouant la tête. Dagny dissimula un sourire.

— Elles ont des armes laser, elles sont cinglées. Couchez-vous, putain ! criait Nils qui se débattait.

— Mais bien sûr, mon chéri, dit Marie qui en avait vu d'autres.

Dans la restauration, il n'était pas rare de prendre une cuite de temps en temps. Nils eut un hoquet, sa respiration se calma, et au bout d'un moment, il se mit à ronfler de plus belle.

— Demain, il faudra sûrement qu'on se tape la cuisine, fit Marie.

Nils se retourna dans son lit.

— C'est la guerre des étoiles ! Ils ont des dragons aussi.

— La bouteille de gnôle est presque vide, constata Dagny. On devrait peut-être essayer autre chose que des prunelles.

— Ou bien mettre les alcools sous clé quand on s'absente, renchérit sa sœur.

Après avoir bordé Nils correctement, les dames regagnèrent leurs pénates. Dagny s'endormit vite, et entre deux ronflements, elle rêva d'hommes avec des baïonnettes et de colombes de la paix.

# 18

Le lendemain, Marie marmonna qu'elle avait une course urgente à faire à Malmö et demanda à emprunter la voiture. Comme Dagny avait prévu autre chose, elle la lui laissa bien volontiers, et lança : « N'oublie pas de faire le plein », et retourna à ses activités.

Quand Marie revint, quelques heures plus tard, elle avait un chien avec elle. Sans en parler à personne, elle avait pris en pitié un chien de berger hongrois. La petite-fille d'une amie, devenue allergique, ne pouvait pas le garder.

Le puli avait une fourrure qui allait jusqu'au sol, si épaisse et couvrante qu'on ne pouvait presque pas différencier l'avant de l'arrière.

Quand Marie entra avec l'animal, Dagny ne sut quoi dire. Elle le regarda fixement ; quand une extrémité de la fourrure bouclée se mit à aboyer, elle sut quel côté elle pouvait oser caresser. Et comme elle ne voulait que le bonheur de Marie, elle hocha gentiment la tête en marmonnant qu'elle espérait que le chien se plairait chez elles.

Puis Dagny retourna dans sa chambre et réfléchit sérieusement : il était peut-être temps de limiter le nombre d'animaux que Marie accueillait à la ferme. Mais vu que celle-ci répondait toujours présente quand elle avait besoin d'elle, les critiques semblaient mal venues. Elle décida donc d'accepter un nombre illimité d'animaux en espérant que Marie réussisse à convaincre le chien d'aboyer moins. Si seulement elle pouvait inventer une tétine qui atténuerait le bruit, une tétine canine...

Quand Dagny eut terminé son travail de la journée, elle alla dans la cuisine donner un coup de main à Stefan. Il avait le visage grave.

— Marie est passée il y a une seconde. Elle m'a raconté ce que vous avez fait à Göteborg, dit-il.

Dagny ouvrit la porte du réfrigérateur dans l'espoir qu'il ne la vît pas rougir.

— Oui, cela n'est peut-être pas très amusant, mais c'est important de s'opposer aux velléités de guerre.

— Lors d'un salon d'antiquités militaires ?

— Pourquoi pas ? Cela paraît peut-être innocent, mais il faut lutter contre cette nostalgie des armes. Il en va de même pour le langage des militaires.

Dagny sortit la brique de lait, referma la porte du réfrigérateur et se dirigea vers la machine à café. Elle prépara une tasse pour chacun, versa du lait dans celle de Stefan et la lui tendit. Il adorait le *caffe latte.*

— Merci, murmura-t-il avec une lueur dans les yeux. Faire irruption dans un salon d'antiquités militaires, je trouve ça culotté. Et si je comprends bien, tu veux aussi changer la manière de parler des militaires et des hommes politiques ?

— Tout à fait. Les généraux et les hommes politiques parlent d'attaques mortelles comme s'il s'agissait d'un jeu vidéo. Ils disent « éliminer les cibles molles » pour parler de tuer des hommes, des femmes et des enfants innocents. S'ils étaient obligés d'être plus explicites, peut-être hésiteraient-ils plus à appuyer sur la détente.

— Tu as raison, reconnut Stefan en hochant la tête.

Il n'avait jamais vu les choses sous cet angle, mais cela méritait réflexion. Dagny était en train de créer un mouvement pour la paix en s'attaquant à plusieurs fronts à la fois. Il tourna la petite cuiller dans sa tasse et lui jeta un coup d'œil à la dérobée. Voilà un sacré bout de femme. Elle avait un but et était prête à se battre pour l'atteindre. Il suffisait de la regarder pour avoir les yeux qui pétillent. Il sourit. Les Mamies pour la paix, avec ou sans colombes, c'était là un mouvement qui pouvait prendre de l'ampleur…

# 19

Tôt le lendemain matin, une rencontre importante était organisée. Dagny décida qu'il fallait faire le ménage dans la salle de réunion et dans la pièce de la tour. D'habitude, elle avait de l'aide pour nettoyer, mais cette semaine, Mme Gustavsson était malade ; elle aurait plus vite fait de s'en charger elle-même. Elle n'avait rien contre faire le ménage : pendant ce temps-là, elle se détendait et laissait vagabonder ses pensées. Un balai et un ramasse-poussière lui suffisaient pour pratiquer sa propre méditation pleine conscience. Au moins, pour ça, pas besoin de lits électriques.

Pendant qu'elle passait le balai dans la tour, elle réfléchit au mouvement pour la paix que Marie et elle avaient lancé. Il avait à présent une influence sur la vie de plusieurs personnes. Stefan et toutes les participantes avaient trouvé un nouveau sens à leur existence. Sans parler de Nils : le choc avait été rude pour lui, mais il commençait à s'y faire.

Elle jeta un coup d'œil au joli télescope installé près de la fenêtre. À présent, Nils observait souvent les étoiles avant d'aller se coucher ; en cette saison d'hiver où il faisait sombre et où le ciel était dégagé, il allait particulièrement bien. Dans l'obscurité et en l'absence de nuages, les étoiles étaient un peu comme ses amies. Il connaissait le nom des constellations et des astres ainsi que leurs déplacements dans le ciel.

Quelle n'avait pas été sa satisfaction de pouvoir observer un météore et une étoile filante ! Le lendemain soir, la Terre allait paraît-il entrer dans une ceinture de météores ; Nils avait averti tout le monde qu'il dormirait dans la tour. Dagny sourit.

L'époux de Marie pouvait être parfois sous la pantoufle de sa femme, mais Dagny savait qu'il pouvait aussi dire stop. Sans contredire ouvertement Marie, il continuait d'affirmer que la Suède avait besoin d'une bonne défense. Ces deux-là n'étaient pas d'accord, mais ils se respectaient, et malgré leurs divergences d'opinions, il régnait une bonne ambiance à la ferme. À part les aboiements continus du puli.

— Marie, on n'entend plus que Morris. Fais-le taire, bon sang, cette serpillière sur pattes ! s'était plaint Nils plus tôt dans la journée.

Dagny le comprenait. Outre ses aboiements intempestifs, ce n'était pas un chien facile. Rien que sa fourrure pesait plusieurs kilos, de sorte qu'après l'avoir lavé, Marie devait utiliser le sèche-cheveux, sinon il mettait plusieurs jours à sécher.

— Mais c'est un chien merveilleux, protestait Marie. Il éloigne les prédateurs, et si un loup l'attaque, il se retrouvera avec rien d'autre qu'une touffe de poils dans la gueule.

— Voilà qui est pratique, assurément ! Oui, je sens que Morris va nous être d'une grande utilité ici. On n'aura plus peur du loup, ironisa Nils en fermant la porte pour ne plus entendre les aboiements de la serpillière sur pattes.

*Morris, quel nom ! Pourquoi donner à un chien le nom d'un constructeur de voitures ?* se demanda-t-il furieux. Il avait au moins réussi à imposer que le chien ne dorme pas avec eux dans le lit.

Dagny se détendait en passant le balai. Elle prit bien garde au télescope et à la chaise longue pliante où il aimait se reposer. Ce qu'elle préférait, c'était le jardinage. Le travail à la cuisine était beaucoup plus prenant qu'elle ne l'avait imaginé. Elle avait vraiment besoin de déconnecter, elle aussi.

Elle avait presque terminé quand elle entendit Morris ; il aboyait si fort qu'elle s'en inquiéta. *Mieux vaut fermer la porte*, se dit-elle. Mais elle n'eut pas le temps de le faire que le chien avait déjà bondi dans la pièce, tout excité. Avant qu'elle ait pu l'arrêter, son épaisse fourrure noire s'était emmêlée dans le trépied. Il aboya de plus belle, essaya de se dégager, et fit tomber le Meade LXD75 par terre.

Dagny arrêta de faire le ménage, alla dans la salle informatique et s'assit à l'ordinateur. Elle chercha le même type de télescope que celui qui venait d'être cassé et eut un choc en découvrant son prix. Elle passa un bon moment la tête entre ses mains avant de prendre sa décision. Elle se leva et alla dans sa chambre. Là, elle sortit son coffret à bijoux caché sous des draps dans sa commode et prit la montre en or reçue en cadeau de sa grand-mère maternelle. Il existait un mont-de-piété à Malmö, tout pouvait s'arranger. Nils devait avoir son télescope pour continuer à observer les étoiles. Elle soupesa longuement la montre dans sa main en passant l'index sur le boîtier puis la glissa d'un geste résolu dans son sac à main. La qualité de vie importait davantage que l'argent !

Après le déjeuner, Dagny raconta à Nils ce qui s'était passé et lui dit qu'elle avait commandé un nouveau télescope.

— C'était de ma faute. J'avais oublié de fermer la porte, dit-elle d'un ton résolu.

Sur ce, on n'en parla plus.

Le lendemain matin, le rendez-vous convenu avec Stefan eut lieu dans la salle de réunion. Quand il apparut sur le pas de la porte, les bavardages cessèrent instantanément. Les douze mamies qui avaient participé à l'expédition de Göteborg échangèrent des regards gênés. Certaines lancèrent à Dagny un coup d'œil à la dérobée comme pour se défausser auprès d'elle tandis que d'autres baissèrent les yeux en rougissant. C'était leur première réunion de désobéissance civile après la manifestation de Göteborg et Stefan se tenait devant elles, l'air grave.

— Dagny et moi avons déjà parlé de ce qui s'est passé, commença-t-il. Et je comprends que vous étiez animées de bonnes intentions. Mais vous étiez dans un salon pour amateurs et vous avez lâché des colombes.

— Un salon d'armes, corrigea Greta.

— Des colombes de la paix, précisa Marie.

Il y eut des murmures, des raclements de gorge ici et là et quelques toussotements, mais ce fut tout.

— Nous luttons pour la paix et rien n'est plus important que ça, poursuivit Stefan.

Dagny revit les colombes survoler les pistolets et les rapières en roucoulant tandis qu'une bande d'hommes âgés les chassait de leur mieux. Des nostalgiques de l'armée qui essayaient de faire s'éloigner des colombes de la paix… Le symbole avait été assez fort.

— Effectivement, la lutte pour la paix n'est pas une affaire à prendre à la légère et nous devons peut-être faire attention à ne pas pousser le bouchon trop loin, admit Marie en jouant avec ses mèches bien coiffées, argentées avec une pointe de bleu.

Stefan la rejoignait sur ce point.

— C'est vrai, tout est une histoire d'équilibre. Je donne mes cours pour répandre dans le monde le mouvement pour la paix. Pour faire passer le message. J'ai même été en prison pour ça. Mais nous devons faire attention à rester concentrés autour de la question de la paix.

Des chuchotements parcoururent la salle.

— Tu as fait de la prison avant de te mettre au service de la paix ? s'écria Dagny en le regardant soudain avec un respect non dissimulé.

— Nous sommes nombreux à avoir fait de la prison pour défendre nos idées de paix, dit Stefan en soulevant son pull pour montrer la cicatrice sur l'avant-bras. Cette marque, je l'ai eue en manifestant contre l'arme nucléaire avec le mouvement Plogbill. Nous utilisions des marteaux pour cogner sur les ogives nucléaires. J'ai été condamné à plusieurs années de prison, j'ai subi le mépris et les mauvais traitements pour mes convictions. Tout ça uniquement parce que je veux que les hommes échappent à la guerre…

— Nous sommes aussi sérieuses que toi, dit Dagny. Lutter contre le réarmement est important, bien sûr, mais la nostalgie pour les armes anciennes n'est pas non plus si innocente que ça. Ça aura eu le mérite de faire réfléchir ces vieux bonhommes.

— Peut-être, mais peut-être pas sur la paix, dit Stefan en croisant le regard de Dagny.

L'œil de Stefan se mit à briller et elle entendit le début de son rire. En les voyant éclater de rire tous les deux, les autres les imitèrent et ce fut l'hilarité générale. Stefan secoua la tête et annonça une pause. Dagny le rattrapa quand il sortit de la salle.

— Stefan, tout n'est pas aussi stupide qu'il y paraît. Nous devons essayer de trouver des voies nouvelles, travailler un peu comme Greenpeace, voilà ce que je pense. Faire des actions ciblées, violentes, inattendues, si tu vois ce que je veux dire.

— Ça me paraît bien. Oui, on pourrait avoir besoin de vous autres mamies.

Ils firent la queue devant la machine à café toute neuve.

— Qu'est-ce qui t'a donné envie de t'engager pour la paix ? voulut savoir Dagny en sélectionnant un expresso.

— Peut-être le fait d'avoir été harcelé au bahut. Il y avait une bande de chahuteurs dans la classe qui n'arrêtait pas d'embêter les autres et de foutre le bordel. En grandissant, je me suis rendu compte que c'était pareil dans la vie. Il y en a qui prennent le pouvoir. Ensuite, les années 1970 ont été très marquées par la politique, et j'ai voulu participer pour faire bouger les choses.

— Je me souviens que déjà à cette époque-là, les gens défilaient dans la rue en brandissant des pancartes. J'y étais. Mais ça ne suffit plus aujourd'hui. Nous devons étendre notre champ d'activités, nous partager en groupes distincts pour mettre au point différents types d'actions.

— Vous avez déjà commencé, et c'est super. Mais qu'est-ce qu'on fait maintenant ?

— J'ai réfléchi, dit Dagny avant d'avaler son café en trois grosses gorgées. Certaines peuvent continuer à manifester et à faire preuve de désobéissance civile, d'autres peuvent agir sur Internet et créer un groupe de hackers. Chaque fois qu'un dictateur ou un président dira quelque chose d'idiot dans le cyberespace ou que des hommes échangeront des méchancetés, nous remplacerons leurs déclarations par quelque chose de gentil.

— Des bombes pour demander en mariage et faire la paix, tu veux dire ?

Le regard de Stefan s'était fait tendre et doux.

— Quelque chose dans ce genre. C'est-à-dire l'exact contraire de toutes ces horreurs qui circulent sur Internet.

— Qui dit nouvelle époque dit nouvelles stratégies.

— C'est idiot de leur part, quand on y pense. Enfants, on nous a appris à ne pas mentir, et maintenant le monde est gouverné par des gens qui mentent, soupira Dagny. Il suffit qu'un politicien sans scrupules appuie sur un bouton pour répandre des mensonges dans le monde entier. La démocratie est mise hors jeu. Il en va de notre vie !

— La question est de savoir ce que nous pouvons faire.

— Je pense que dans notre mouvement Les Mamies pour la paix, nous pouvons créer un groupe incognito pour saboter les fausses informations, suggéra Dagny.

— Une bande qui va rétablir la vérité, tu veux dire ? Qui remplacera les fake news par de vraies infos ?

— Oui, quelque chose dans ce goût-là.

— Pourquoi pas ? Mon fils est un hacker assez doué. Il passe ses nuits à chatter sur Internet et on a un mal fou à le faire se lever le matin.

— Il semble taillé pour le rôle. Voilà un problème de réglé. Il pourra certainement nous aider.

Stefan jeta un regard en coin à Dagny. Avec elle, tout paraissait si simple, elle se débrouillait toujours pour trouver, ici et maintenant, des solutions aux problèmes. Quelle qualité fantastique ! Lui-même était davantage enclin à la réflexion et à l'introspection.

— Stefan, écoute : on va diviser Les Mamies pour la paix en deux groupes. L'un organisera les manifestations et l'autre…

— … et l'autre infiltrera Internet, compléta-t-il en souriant. Mais pour l'heure, il faut finir le cours de désobéissance civile, non ?

— Bien sûr ! Mais après ? demanda Dagny.

Elle prépara un *caffe latte* pour Stefan et lui tendit la tasse.

— Des vieilles dames comme nous sont un facteur de pouvoir, reprit-elle, rayonnante. Nous sommes résistantes et coriaces, nous formons la plus forte génération de dames âgées dans l'histoire mondiale. Oui, mondiale ! Jamais aucun président ou dictateur n'a la moindre expérience pour nous gérer.

— À vrai dire, moi non plus, lâcha Stefan avec un large sourire. Aucun connard n'a cette expérience-là. Faites juste gaffe à ne pas trop flanquer la frousse aux autorités. Sinon, il se pourrait bien qu'un beau jour, à cause de vous, plus personne ne veuille être président !

Dagny pouffa de rire. Elle allait lui exposer la suite de ses idées quand des pas précipités retentirent et que la porte s'ouvrit. Nils se précipita vers elle, les cheveux en bataille, le visage rouge, tout énervé.

— Dagny, il faut qu'on parle. Des voisins. Il se passe des trucs louches chez eux.

# 20

Une lune argentée et des traînées de nuages sur le ciel nocturne. Au loin, le doux ressac de la mer. Dagny regarda autour d'elle et s'engagea résolument sur le chemin de la ferme des voisins, suivie en silence de Nils et Marie. Bien qu'il fût près de minuit, l'obscurité n'était pas totale et ils y voyaient suffisamment pour ne pas être obligés d'allumer leurs lampes frontales. Cependant, il faisait assez sombre pour qu'on distingue à peine leurs silhouettes. Encore que… qui les aurait vus ? Les seuls voisins à distance visible étaient Mark et John, mais ils étaient partis à l'étranger et ne reviendraient que le lundi suivant. C'est ce que leur avait dit Kajsa, de l'épicerie du coin.

— Vous vous rendez compte, Mark et John sont partis en Pologne pour affaires, avait-elle lâché tout en enregistrant les marchandises de Dagny sur sa caisse.

Cette femme rondelette entre deux âges, toujours aimable, avait travaillé toute sa vie dans le magasin d'alimentation près d'Ystad, et ça lui plaisait. Elle n'avait jamais voulu faire d'études et était parfaitement satisfaite d'être dans la vie d'Alfred. Elle adorait papoter avec ses clients et la queue à la caisse était souvent longue. Après avoir tapé les achats du jour, et pendant que Dagny cherchait sa carte Visa, elle continua de parler des deux hommes :

— John nous a donné une caisse de compote de pommes et plusieurs pots de marmelade que nous allons tester auprès de notre clientèle. Vous vous rendez compte, ils nous ont laissé tout ça gratuitement. Ils sont vraiment gentils, ce sont des amours.

Dagny acquiesça, paya et pensa à ce que Nils leur avait dit. Selon lui, il s'était passé de drôles de choses dans la ferme voisine. Ils feraient mieux d'y jeter un coup d'œil avant qu'il ne se produise quelque chose de fâcheux et que quelqu'un soit blessé. Il avait vu des rayons laser, entendu des sons haute fréquence et remarqué une ou deux explosions. À présent, ils tenaient enfin la possibilité d'aller voir de quoi il retournait. La ferme où avaient lieu les stages était calme. Les cours de la semaine étaient terminés et un nouveau groupe ne prendrait la relève que le lundi, après le déjeuner. Il n'y avait donc aucun risque d'être surpris par quelque expert en karaté ou professeur de dessin qui aurait perdu son chemin. Nils avait souhaité les accompagner. C'était maintenant ou jamais.

Une légère brise soufflait sur le sentier et les vagues s'entendaient d'ici. Dagny remonta son col et tira son bonnet sur ses oreilles. Le paysage alentour était désert, l'air frais, chargé d'odeurs de sel et d'algues. La silhouette de la vieille ferme de Scanie se découpait contre le ciel sombre, tel un fantôme ; le lieu avait quelque chose d'effrayant. Dagny n'était soudain plus très sûre d'avoir envie de continuer. Quelle idée d'aller espionner ses voisins ! Ne valait-il pas mieux laisser tomber ? Qu'arriverait-il s'ils se faisaient prendre ? Mais Nils avait dit avoir vu ce qui ressemblait à des explosifs ou des armes laser ; ils ne pouvaient quand même laisser passer ça. Tant qu'ils ignoraient à quelles activités se livraient Mark et John, elle ne pourrait pas dormir sur ses deux oreilles, alors autant en avoir le cœur net. Elle s'était soigneusement préparée. Après le repas du soir, ils avaient bu une tasse de café corsé chacun et mis dans leurs sacs à dos tournevis, clés à molette, perceuses, crochets et marteaux, sans oublier l'indispensable couteau suisse. Pour finir, Dagny avait emporté un Thermos de café et un gâteau Wienerlängd à offrir au cas où ils seraient surpris, ainsi que des friandises parfumées au somnifère pour endormir le chien de garde. Puis ils s'étaient faufilés dehors, dans la nuit.

Ils marchaient en silence. La ferme était plongée dans la pénombre, tout était éteint, seule la lune éclairait les lieux. Certes, c'était gênant de fouiner chez les voisins, mais Dagny se sentait une responsabilité vis-à-vis de ses stagiaires. Si Mark et John détenaient réellement des explosifs et des armes laser, il n'y avait pas de quoi plaisanter. Si jamais un groupe du cours d'aquarelle se baladait à la recherche de nouveaux motifs, se retrouvait par inadvertance sur la propriété des voisins et que soudain, BOUM... Mieux valait en avoir le cœur net. Il n'était pourtant pas dans ses habitudes d'espionner en pleine nuit, elle le faisait vraiment à contrecœur. Les malfaiteurs professionnels étaient-ils toujours nerveux à ce point ?

Le sentier devenait de plus en plus caillouteux ; quand il tourna vers la ferme voisine, ils durent ralentir le pas pour ne pas trébucher. Dès qu'ils s'approchèrent de la clôture, le chien de garde se mit à gronder. L'instant d'après, il bondit hors de sa niche en aboyant et en essayant de se jeter sur eux. Dagny recula, mais Marie, qui adorait les chiens, n'était pas inquiète. Tout en parlant doucement à l'animal, elle sortit de son sac le filet de bœuf spécialement préparé et le balança par-dessus la clôture. L'imposant berger allemand se jeta dessus pour le déchiqueter ; on aurait dit qu'il n'avait pas mangé depuis plusieurs jours. Il ne parut pas remarquer le goût amer du somnifère et avala tout prestement. Quand il eut terminé, il recommença à aboyer. Dagny jeta des regards anxieux autour d'elle. Personne. La ferme restait plongée dans l'obscurité et l'on n'entendait pas un bruit venant de l'intérieur.

— Il faudrait mieux lui en redonner un peu, dit Marie.

Comme elle ne tenait pas à être écrasée par trente-cinq kilos de chien de garde ni à subir d'affreuses morsures à la cuisse, elle sortit une saucisse et un os qu'elle lança au berger allemand. L'animal se précipita dessus et le gang des seniors l'observa, fasciné. Au bout d'un moment, le chien se mit à chanceler.

— Maintenant, il titube un peu comme toi, dit Marie en regardant son mari. Sauf que cette brute, on n'a pas besoin de la mettre au lit.

Elle lança encore un bout de saucisse, mais le berger allemand se contenta de le regarder avant de tomber sur le flanc. Après quelques tentatives pour se relever, il resta parfaitement immobile.

— Bon, c'est le moment de débrancher l'alarme, dit Nils.

Il sortit un boîtier électronique qu'il avait emporté pour court-circuiter le système d'alarme.

Il n'avait pas perdu son temps à l'armée en devenant ingénieur en électronique. Dagny le vit brancher quelque chose, diriger le boîtier vers l'interrupteur sur le poteau de la clôture, puis vers l'armoire électrique installée sur le mur à côté de la porte d'entrée de la maison. On entendit un bref signal sonore, un peu comme celui d'une portière de voiture ouverte par une télécommande, et le clignotement s'éteignit. Nils s'avança alors vers la clôture et baissa la poignée. Aucune alarme ne se déclencha, mais le portail resta fermé.

— Dans ce cas…

Marie aida Dagny et Nils à déplier l'échelle métallique qu'ils placèrent contre la clôture. Puis ils y montèrent prudemment, chacun à son tour, pour pénétrer dans la propriété.

Devant eux se dressait une ferme comme il y en a tant en Scanie, avec des dépendances et des cabanes de jardin. Mais la maison avait été agrandie : elle possédait une grange et d'autres bâtiments, dont un atelier de réparation de voitures. Le gazon de la cour avait été remplacé par du gravier et des dalles. Près du bâtiment principal, on apercevait un plancher en bois et, plus loin, de l'herbe et des bosquets. Par où commencer ?

— C'est au-dessus de la grange que j'ai vu les rayons laser, chuchota Nils.

— Alors on va attaquer par là, décréta Dagny en jetant des regards autour d'elle.

Tout était calme. Lentement, avec la plus grande prudence, le gang s'y rendit. Le bâtiment semblait silencieux et abandonné, rien à proximité ne paraissait suspect. Mais en tournant à l'angle, ils virent une pelouse tondue et d'étranges irrégularités dans le terrain. Avec sa lampe torche, Dagny balaya les trous sombres et se pencha. Les brins d'herbe avaient l'air brûlés.

— Voilà qui ne me plaît pas du tout. Ils ont clairement fait ici des trucs louches, dit-elle en tirant sur quelques brins d'herbe.

Elle les renifla, plissa le front et les passa à Nils qui les examina à son tour.

— Ça sent le brûlé. S'il y avait eu un brasier, nous aurions dû trouver une grande tache sombre, mais il y en a plusieurs petites.

Ils continuèrent leur inspection, s'arrêtant çà et là pour tendre l'oreille ou examiner un détail de plus près. De temps en temps, ils allumaient leurs lampes frontales puis les éteignaient aussitôt. Au bout d'un moment, ils finirent par s'enhardir, et Nils laissa sa lampe allumée. Soudain, un reflet attira son attention. Il se pencha et passa la main au-dessus du sol jusqu'à ce que ses doigts rencontrent un objet dur. Il le souleva.

— Une partie d'hélice. C'est bien ce que je pensais. Ils ont fait voler des engins ici.

— Un avion télécommandé, peut-être ? suggéra Marie.

— Peut-être, mais pas seulement. Cette partie d'hélice est trop grande pour un petit avion télécommandé qui, par ailleurs, ne peut pas expliquer les trous dans le sol, dit Nils en cherchant dans l'herbe. Tenez, regardez : des morceaux de métal calcinés.

— C'est bizarre qu'ils ne fassent pas mieux le ménage, dit Dagny soudain piquée par la curiosité. Et si on entrait dans la grange ?

Cette idée lui était venue d'un coup, sans qu'elle y ait réfléchi. Cela signifiait franchir résolument la frontière avec ce qui pouvait être considéré comme correct et justifié. S'introduire chez les voisins, ça ne se faisait pas. Et voilà qu'ils allaient essayer de pénétrer là comme de vulgaires voleurs... Une telle entreprise serait difficile à justifier s'ils se faisaient prendre en flagrant délit.

— Allons-nous oser ? s'effraya Marie.

Mais comme personne ne répondit, elle suivit les autres, courbée en deux, jusqu'aux fenêtres de la grange. En arrivant, elle vit que toutes les ouvertures étaient recouvertes de panneaux d'aggloméré.

— C'est curieux. On croirait qu'ils cherchent à cacher quelque chose, dit-elle en touchant les panneaux.

— À moins qu'ils ne les aient mis pour leur absence, déclara Nils.

— Ça fait quand même beaucoup d'aggloméré pour des recettes secrètes de champagne, murmura Dagny.

— Peut-être qu'ils fabriquent des produits dopants ? se demanda Nils, qui connaissait les pratiques du milieu sportif.

— Que viendraient faire les hélices là-dedans ? répliqua Dagny.

Elle alla vers une fenêtre dont le panneau en aggloméré était un peu de travers. Elle essaya de l'enlever, en vain. Il était bien accroché. Les deux autres vinrent lui prêter main-forte.

— Il faudrait fixer un crochet pour pouvoir tirer dessus, suggéra Marie, qui avait le sens pratique.

— Très bonne idée. Prenons le couteau suisse, dit Nils.

Il sortit son vieux couteau de l'armée doté de l'ouvre-boîte, du tire-bouchon et d'autres fonctionnalités astucieuses.

— Je vais faire un trou avec le tire-bouchon, ça devrait aller.

Il commença à l'enfoncer en tournant. Les autres s'absorbèrent tant dans la contemplation de ce travail qu'elles en oublièrent de monter la garde. S'ils avaient tous été plus vigilants, ils auraient remarqué la voiture noire venant d'Ystad qui quittait la route principale pour bifurquer vers la ferme. Ses phares balayaient les champs et se rapprochaient à vive allure. La voiture ne ralentit qu'au portail et s'arrêta. Comme celui-ci ne s'ouvrait pas, les deux passagers utilisèrent l'échelle oubliée par Dagny et les autres.

À peu près au moment où ils entraient dans la propriété, Nils parvint à détacher le panneau d'aggloméré. Quand il voulut s'en saisir, la plaque lui échappa des mains et tomba avec un bruit sourd. Il y eut un court instant d'inquiétude, mais comme il n'entendit rien, il fit un pas de côté pour laisser la place aux autres. Il alluma sa lampe frontale et en dirigea la lumière dans la pièce. Ils se penchèrent pour voir.

— Mais qu'est-ce qu'ils foutent là-dedans ? s'exclama Nils.

À la lumière de sa lampe, ils aperçurent des bancs, des étagères et un sol couvert d'aspirateurs et de tondeuses à gazon. Dans un coin se trouvaient des fours à micro-ondes.

— Des aspirateurs et des micro-ondes ? Je n'y comprends rien, dit Marie.

— Et pas la moindre bouteille de champagne, à ce qu'on peut voir, ajouta Dagny en secouant la tête.

— Attendez, vous avez vu, là, dans le coin ? Des caméras, et tout au fond, quelque chose qui ressemble à des grenades ! s'écria Nils.

Sa voix montée dans les aigus se tut instantanément : on entendait des pas sur le gravier... Comme si quelqu'un ou quelque chose se dirigeait vers la maison. Nils éteignit aussitôt sa lampe et mit un doigt devant la bouche. Ils restèrent silencieux et échangèrent des regards inquiets. Il y eut un silence, puis des pas se firent de nouveau entendre. Des pas qui se rapprochaient. Nils fit signe aux deux femmes de le suivre et se dirigea vers les buissons derrière la grange. Ils se tapirent là et essayèrent de rester parfaitement immobiles. Marie serra la main de sa sœur, qui respirait fort. Surtout, ne pas faire de bruit, ne pas bouger ! Pourvu qu'ils n'aient rien perdu et n'aient pas laissé de traces !

Au bout d'un moment, ils entendirent des voix, mais pas celles de Mark et de John. Des hommes parlaient dans une langue étrangère qui ressemblait à du russe. Dagny écarta doucement le feuillage pour jeter un coup d'œil entre les branches et vit deux hommes s'avancer jusqu'à la maison en jetant des regards autour d'eux. À un moment, ils s'arrêtèrent comme s'ils avaient entendu un bruit suspect, puis ils continuèrent jusqu'au perron. Ils eurent un moment d'hésitation, discutèrent encore un instant et finirent par sonner à la porte. Comme personne ne venait ouvrir, ils sonnèrent de nouveau et attendirent un long moment. Agacés, ils descendirent les marches et firent le tour du bâtiment. Peut-être cherchaient-ils une porte à l'arrière ? Le bruit de leurs pas se rapprochait et Dagny sentit son sang devenir tout chaud sous sa peau. Ce n'était pas une visite ordinaire, ces hommes étaient des étrangers qui semblaient vouloir à tout prix contacter les propriétaires. Dagny se colla contre le sol et vit les autres l'imiter. Nils était parfaitement immobile et respirait doucement, tandis que Marie serrait si fort la main de Dagny que leurs doigts se retrouvaient comme soudés. Elle se souvint que sa sœur avait souvent peur étant petite. Là, elle avait intérêt à se maîtriser !

Les deux étrangers échangeaient des propos vifs et Dagny reconnut des mots russes. Dans sa jeunesse, elle avait essayé d'apprendre cette langue, et même si elle ne la parlait pas, elle comprenait étonnamment pas mal de choses. Soudain, il lui sembla reconnaître un mot qui ressemblait à « arme ». Elle hasarda un nouveau regard entre les branchages. Les deux hommes s'étaient arrêtés au niveau de la porte arrière de la maison. Ils criaient et tapaient contre la porte de la cave, mais comme ils n'obtinrent pas de réponse, ils poussèrent des jurons et se mirent carrément à y donner des coups de pied.

Dagny retint son souffle et pensa aux viennoiseries et au café qu'elle avait dans son sac à dos. Si jamais les deux hommes venaient à découvrir leur présence, il leur faudrait plus qu'un peu de café pour se sortir de là. Ces types paraissaient vraiment dangereux et Dagny sentit d'instinct qu'ils étaient les témoins de quelque chose qu'ils n'auraient pas dû voir. L'un d'eux sortit son portable, composa un numéro et hurla quelque chose. Dagny comprit seulement quelques mots, mais ils étaient d'autant plus importants : « grange », « chercher »... Mais que fabriquaient donc leurs voisins ?

L'homme termina sa conversation, rangea son téléphone et dit quelque chose à son camarade. Tous deux s'éloignèrent alors d'un pas rapide et disparurent derrière la maison. Dagny et les autres restèrent longtemps cachés dans les buissons et attendirent d'entendre repartir la voiture et de voir la lumière des phares disparaître pour oser se relever. Ils avaient mal aux articulations et, sans quelques branches pour se cramponner, ils n'auraient peut-être jamais réussi à se redresser. Mais ils s'entraidèrent, brossèrent leurs vêtements du revers de la main et retournèrent près de la fenêtre pour remettre en place le panneau d'aggloméré. Mieux valait ne pas laisser de traces. En bricolant, ils parvinrent à refixer la plaque, et ils prirent soin de ne rien laisser traîner. Puis, le corps raide et frigorifié, ils rentrèrent chez eux dans la nuit.

# 21

Le lendemain matin, tous étaient encore sous le choc. Dagny ne put qu'avaler une tasse de thé au gingembre avec du citron et du miel, ce qui la calmait quand elle était énervée.

— Des grenades et des Russes qui parlaient d'armes ! Bien sûr, je peux me tromper. Mais je crois que nos voisins mijotent de drôles de trucs. Peut-être qu'ils fabriquent des bombes, ou qu'ils s'occupent d'un centre de recherche militaire, qui sait ? dit-elle en reposant sa tasse si violemment qu'un peu de thé en jaillit.

— Nous n'aurions pas dû rentrer chez nous, nous aurions dû entrer dans la grange après le départ de ces hommes, déclara Nils. Nos soupçons se sont renforcés, mais on n'en sait pas tellement plus.

— Entrer dans la grange ? Mais ça va pas, la tête ? Et si les hommes étaient revenus, hein ? Je n'aurais pas été surprise qu'ils soient armés.

Marie, qui n'avait pas ouvert la bouche de la matinée, secoua la tête. Elle avait le visage pâle, l'air troublé, et sa main trembla quand elle reprit un gâteau. Mozart avait sauté sur ses genoux. D'ordinaire, elle aimait son ronronnement, mais en cet instant, cela lui évoqua quelque chose de dangereux. La chatte de cinq ans avait la faculté de sentir quand Marie n'était pas dans son assiette. Elle s'était donc blottie sur ses genoux et n'avait nullement l'intention d'en être délogée. Marie la gratta derrière l'oreille.

— Ah, si seulement nous n'y étions pas allés. Parfois, il vaut mieux ne rien savoir du tout.

Dagny prit un air grave :

— Je déteste être obligée de dire ça, mais la seule chose à faire est d'y retourner presto.

— Retourner là-bas ? Il faudra me traîner par les pieds. Jamais de la vie, décréta Marie.

— On est samedi et ils sont censés rentrer seulement lundi. On ne craint rien si on y va tout de suite. Après, ce sera trop tard pour savoir ce qui se passe, dit Nils.

— D'autant plus que nous savons maintenant ce que nous recherchons, enchérit Dagny en lançant à sa sœur un regard insistant.

Marie ne dit rien et ne bougea pas. Elle resta assise, les mains posées sur Mozart, à regarder par la fenêtre. Dagny se pencha vers elle.

— Si tu trouves ça trop pénible, tu n'es pas obligée de venir. Nils et moi, on peut très bien se débrouiller tout seuls.

— Tout seuls ? répéta Marie avec une telle force que la chatte sauta au sol. Jamais de la vie. Ce projet de paix est quelque chose que nous faisons ensemble. Je ferais mieux de vous accompagner. Il faut bien que quelqu'un monte la garde.

Dagny leva les yeux et, avec un sourire, caressa la joue de sa sœur.

— Alors disons ça : dès qu'il fera sombre, on y retourne !

Alors que Dagny et Marie enfilaient des vêtements foncés et préparaient leurs sacs à dos, une voiture s'arrêta dans la cour. Dagny jeta un coup d'œil par la fenêtre et vit que c'était Stefan et un jeune garçon. Ceux-ci se dirigèrent vers la maison et une minute plus tard, on entendit des coups résolus à la porte d'entrée. Vite, elle cacha son bonnet noir et vérifia qu'aucun des autres n'avait rien laissé de suspect en vue. Les lampes frontales et les outils disparurent vite au fond des sacs à dos, puis elle alla ouvrir. Stefan eut un sourire un peu gêné :

— Je passais par là et…

— Mais quelle bonne surprise ! Et tu ne viens pas seul, à ce que je vois. Entrez, entrez, soyez les bienvenus !

— Voici mon fils, Gustav, dit Stefan avec fierté en passant le bras autour des épaules du gamin.

Le fiston avait l'air de bouder. Il portait une casquette, un anneau à l'oreille gauche, et son physique trahissait l'abus de chips et de hamburgers. Sa chemise n'avait pas dû voir de fer à repasser depuis qu'elle avait quitté le magasin et son pantalon lui tombait sur les hanches.

— Pluto, dit le type en tendant la main.

— Pluto ? s'étonna Dagny en le saluant.

— C'est mon alias.

Le fiston était peut-être grognon, mais ses yeux vifs révélaient son intelligence. Il promena son regard dans la pièce, fourra ses mains dans ses poches et bâilla. C'était bientôt l'heure du déjeuner, mais il donnait l'impression d'avoir veillé la moitié de la nuit et de sortir du lit.

— Pluto peut tout vous apprendre sur les ordinateurs, dit Stefan. Mais il voulait d'abord venir ici et examiner la situation.

— Voilà qui est fâcheux. J'espère qu'il ne va pas nous faire passer un examen ? ne put s'empêcher de dire Dagny en souriant.

Pluto haussa les épaules.

— Vous savez des trucs ou pas ? demanda-t-il en mettant sa casquette à l'envers puis de nouveau à l'endroit.

— Bien sûr. On sait écrire et envoyer des mails, surfer sur Internet et ce genre de choses, mais nous avons besoin d'aide pour hacker des sites glauques. Et il faut nous apprendre à travailler sous couvert d'anonymat. Et nous voulons aussi voler des identités, bien entendu.

— Ah, putain ! lâcha-t-il les yeux pétillants. Vous voulez devenir des mémés hackers, c'est ça ?

— Oui, si tu veux. Nous voulons bloquer des sites de fake news qui ne répandent que mensonges et calomnies, et remplacer leurs mensonges par des informations réelles.

— Ah ouais...

Pluto était de plus en plus réveillé.

— Et nous voulons mettre des messages d'amitié à la place de tout ce qui parle de haine et de guerre.

— Génial..., dit Pluto.

— Nous appelons ça des bombes de paix et de sérénité, expliqua Dagny.

Pluto haussa les sourcils et essaya d'imaginer à quoi ces bombes pouvaient ressembler.

— Dagny et ses amies luttent pour la paix et manifestent contre l'industrie de l'armement. Elles veulent bloquer sur le Net ceux qui appellent à la haine et à la guerre.

— Cool, dit Pluto en étouffant un bâillement et en posant ses pieds sur la table.

Il loucha sur la boîte de chocolats à côté de la pile de papiers. Dagny, qui avait suivi son regard, alla la chercher et en ôta le couvercle.

— Sers-toi, mais d'abord, enlève tes pieds de la table.

Pluto resta la main en l'air, parut réfléchir puis retira ses pieds de la table. Il prit une poignée de chocolats, la fourra dans sa bouche puis remit les mains dans ses poches de pantalon sans dire un mot. Dagny sourit. Il était trop jeune pour être son fils, mais si son égoïste de mari l'avait laissée avoir d'autres enfants, elle aurait peut-être eu un petit-fils aujourd'hui...

— Tu sais, Pluto, dans cette maison, on ne prend qu'un chocolat à la fois et on dit merci, le sermonna-t-elle en le regardant sévèrement.

Le jeune homme émit un grognement et haussa les épaules en marmonnant quelque chose qui pouvait signifier n'importe quoi. Stefan lui prit le bras.

— Gustav, ici c'est Dagny qui décide, et tu ferais mieux de faire ce qu'elle dit.

— Pourquoi tu dis Gustav quand je m'appelle Pluto ?

Les mains toujours dans les poches, l'expression butée, il s'était refermé comme une huître. Dagny comprit.

— Écoute, Pluto. Ça serait super que tu puisses nous aider, mais pour ça, il faut que tu aies les bons outils, n'est-ce pas ? Écris quel ordinateur tu veux avoir et si tu as besoin d'écrans, de disques durs, de clés USB, etc. On arrangera ça. Et tu n'auras plus qu'à te mettre au travail.

Le visage de Pluto s'éclaira.

— Un nouvel ordi ?

— Évidemment. Le tout dernier modèle.

Il sortit les mains de ses poches, l'air tout à coup heureux.

— Et tu auras une pièce où tu ne seras pas dérangé. Une pièce avec un lit si tu veux dormir un peu, car je crois que tu travailles pas mal la nuit.

Pluto acquiesça et envoya à son père un regard signifiant que les vieilles dames avaient reçu son approbation.

— Il est clair qu'il faut être un professionnel pour hacker et voler des identités, mais nous voudrions en apprendre le plus possible, poursuivit Dagny. Et rappelle que tout ce que nous faisons est top secret et que rien ne doit sortir d'ici. Tu es lié par le secret professionnel, d'accord ? dit Dagny en lui posant la main sur l'épaule et en le regardant droit dans les yeux.

— OK, super ! répondit-il en soutenant son regard.

Il avait pensé ajouter quelque chose, mais ne trouva pas les mots. Alors il tourna sa casquette dans l'autre sens et Dagny perçut une gaieté dans ses yeux : pour une fois, il se sentait important, pour une fois, il allait pouvoir montrer ce dont il était capable.

— Je pourrai commencer dès que j'aurai le feu vert de papa, lâcha-t-il à l'adresse de son père.

— Est-ce que lundi prochain, ça irait, Dagny ? demanda Stefan. Il doit bien sûr aller à l'école dans la journée, mais il pourra venir ici dès qu'il aura fini les cours.

Elle hocha la tête et se retint de caresser les cheveux du jeune homme. Elle l'aimait bien, il avait quelque chose de différent. Une personnalité.

— Dans ce cas, sois le bienvenu, Pluto. Tu es chargé de la mission la plus importante de la maison.

Pluto rougit et Stefan regarda Dagny avec un mélange de gratitude et d'étonnement. Ces dernières années, il avait eu du mal avec ce fils réfractaire aux ordres. Suite à la maladie de sa femme, il avait dû l'élever seul et en avait bavé, car Pluto n'en faisait qu'à sa tête et profitait de la faiblesse de son père, qui avait toujours eu du mal à imposer des limites. La fermeté de Dagny avait payé et son fiston semblait l'accepter. Il voulait même commencer à bosser.

# 22

Une fois Stefan et Pluto partis, Dagny, Marie et Nils achevèrent leurs préparatifs avant de sortir dans la nuit. Dagny prit la tête des opérations ; cette fois, ils marchèrent vite sur le sentier, un objectif précis en tête. Plus vite ils s'introduiraient dans la grange, mieux ce serait.

Il avait bruiné presque toute la journée, mais ils connaissaient bien le sentier et virent mieux que la veille les racines et les pierres. Mais l'odeur d'humus en décomposition était désagréable et l'humidité déposait une membrane traîtresse sur le sol. Il s'agissait de regarder où on posait le pied et de ne pas trébucher. Dagny se retourna pour s'assurer que les autres suivaient bien. Nils se tenait juste derrière elle, mais Marie était à la traîne. Dagny l'attendit. Sa sœur, apeurée, aurait préféré rester à la maison, mais elle tenait à les seconder. C'était un beau geste : Dagny savait ce qu'il lui en coûtait.

— Ne t'inquiète pas, Marie. On va arranger ça ! dit-elle en passant un bras autour de ses épaules.

Elle crut voir sa sœur esquisser un sourire dans l'obscurité. Marie devait se demander ce qu'elle venait faire dans cette histoire, à juste titre : personne ne pouvait savoir comment se terminerait leur expédition.

Ils atteignirent la clôture ; comme la dernière fois, tout était plongé dans le noir. Le berger allemand bondit de sa niche, tira sur sa chaîne et aboya. Nils lui jeta des regards inquiets, mais finit par s'approcher et lui lança un reste du filet de bœuf de la veille, puis un autre. Mais la seconde fois, son geste ne fut pas assez rapide, et au moment où les mâchoires du chien se refermèrent sur le morceau de viande, il sentit une intense douleur à la main

— Crénom de nom, il m'a mordu ! s'écria-t-il en s'agrippant le poignet.

Marie se précipita.

— Je peux voir ?

— Il a fait un trou dans mon gant. Ça saigne !

Marie qui, avant d'entrer dans la restauration, avait travaillé comme volontaire à la Croix-Rouge, lui retira son gant et éclaira la blessure avec sa lampe frontale.

— Il faut faire un pansement. On ferait mieux de rentrer.

— Non, on va arranger ça, dit-il en sortant son mouchoir et en l'enroulant autour de la morsure. Dagny et toi, vous n'avez qu'à photographier ce que vous verrez tandis que je monterai la garde.

Il leur tendit son téléphone portable.

— Tenez, les photos seront aussi bonnes qu'avec un vrai appareil et on verra le moindre détail.

Marie et Dagny échangèrent un bref regard. Devaient-ils interrompre leur expédition et rentrer, ou faire comme Nils le suggérait ? Le somnifère ingurgité par le chien avait commencé à agir. Photographier les lieux ne devrait pas leur prendre tant de temps que ça, et elles pouvaient d'ailleurs déplier l'échelle toutes seules. Quelle importance si Nils montait la garde à la place de Marie ?

— D'accord, on y va, décida Dagny en fourrant le portable dans sa poche.

— Regardez ce que vous voyez par terre, sur les étagères et dans les armoires, et faites une photo de tout. Ensuite, on examinera les photos au calme à la maison, poursuivit Nils en jetant un coup d'œil à sa main, où le mouchoir s'était déjà coloré en rouge. Cela ne prendra pas des heures, ajouta-t-il comme pour se consoler.

Il lui aurait vraiment fallu un pansement.

— Ne t'inquiète pas, nous n'avons pas l'intention de nous attarder, dit Marie.

Avec des gestes routiniers, les sœurs déplièrent l'échelle qu'elles appuyèrent contre la clôture. Puis elles s'aidèrent pour passer au-dessus du fil barbelé et pénétrer dans la propriété. Elles regardèrent aux alentours, mais la ferme était tout aussi silencieuse et déserte que la veille au soir, et elles ne virent rien de suspect. D'un pas rapide, elles allèrent droit vers la fenêtre où la plaque en aggloméré ne tenait pas bien, décidées coûte que coûte à entrer dans cet atelier.

Le panneau brun abîmé par l'humidité fut cette fois plus facile à retirer. À peine l'eurent-elles déposé par terre qu'elles se penchèrent en avant et éclairèrent l'intérieur. Le faisceau de lumière révéla plusieurs étagères, des aspirateurs et des caisses. Était-ce une réserve ? Il fallait entrer pour en avoir le cœur net. Parmi tout ce bazar, Dagny vit un passage étroit menant au côté le plus long du bâtiment. La porte devait se trouver par là. Elles remirent le panneau en aggloméré en place et firent le tour de la grange. Au bout d'un moment, elles finirent par découvrir une porte qui donnait sur le chemin. En s'approchant, elles virent qu'elle était assez large pour laisser passer une camionnette ou un camion. Mark et John avaient donc pu se faire livrer des marchandises et du matériel, décharger et charger sans être vus. Dagny et Marie se regardèrent. Il pouvait y avoir n'importe quoi, là-dedans.

Elles examinèrent la porte pour trouver comment entrer. Nils avait réussi à débrancher l'alarme, mais la porte semblait bien massive. Dagny l'éclaira en entier et vit une poignée, tout en bas. Elle tira dessus de toutes ses forces, en vain. La porte était fermée à clé. Puis elle découvrit une petite porte latérale et s'en approcha. Elle aussi était verrouillée. En maugréant, Dagny fit un pas en arrière, quand soudain, Marie l'appela :

— Regarde, ils ont mal fermé la porte. Il y a une fente tout en bas.

— Ah, tant mieux, dit Dagny en s'y appuyant de toutes ses forces.

La porte céda d'un coup et elle faillit faire une culbute en avant. Marie s'écarta, effrayée. Elles restèrent un long moment sous le choc, sans oser bouger. Devant elles, un grand local sombre s'étendait. Impossible de deviner ce qu'il contenait. Et si une alarme silencieuse se déclenchait ? Et si une matière dangereuse venait à exploser à la moindre vibration ? Tant qu'elles ne savaient pas quelles expériences ces deux types menaient ici... Dagny et Marie s'aventurèrent lentement dans la pièce et s'arrêtèrent au bout de quelques pas, aux aguets. Silence total. Aucun bruit d'une quelconque minuterie, aucun ronronnement d'étuves ou de centrifugeuses, aucun glouglou venant de robinets ou de tubes à essai. Il ne semblait pas y avoir ici de matériel de laboratoire biologique. Toutes deux se sentirent un peu rassurées. Pas besoin de craindre gaz toxiques ou liquides corrosifs. L'industrie de la guerre transformait presque tout en armes insidieuses, alors il fallait s'attendre à tout.

Dagny et Marie continuèrent d'avancer. Près de l'entrée, il n'y avait ni étagères ni matériel, peut-être pour laisser aux camions et chariots la place d'entrer. Puis s'ouvrait une grande pièce avec des étagères partout. Cela ne sentait ni les pommes ni le moût de raisin, comme ça aurait dû être le cas si l'on fabriquait ici du cidre ou un nouveau champagne, mais le métal et l'huile. L'odeur était celle d'une cave et d'un atelier.

Lentement, elles progressèrent à la lueur de leurs lampes frontales. Elles virent les aspirateurs et tondeuses à gazon qu'elles avaient aperçus la veille, tout à côté d'un tour, de pièces métalliques et d'autres outils. Plus loin se dressaient une machine inconnue d'elles et un établi. Dans de grandes caisses se trouvaient pêle-mêle des pièces métalliques, des vis et des écrous, et des espèces de grenades. Sur un établi, le long d'un mur, traînaient plusieurs moteurs entièrement démontés et des pièces détachées provenant de différents appareils. Dagny sortit le téléphone de Nils et commença à photographier. Dans une des caisses se trouvaient des sortes de boîtes de conserve rondes, dotées d'un couvercle épais. Cela avait un drôle d'air.

— Et si c'était des mines antipersonnel ? chuchota Marie.

— Et ces grenades-là, en métal… si c'étaient des bombes ? enchérit Dagny, le souffle soudain court.

Avec la fonction photo du portable, elle mitrailla les lieux, puis elles poursuivirent leurs investigations. Il y avait aussi là une tondeuse à gazon sans moteur et, à côté, un aspirateur au moteur également démonté. On avait mis à la place, à l'intérieur, quelque chose de rond qui ressemblait à une génoise avec un trou au milieu, sauf que c'était en métal. Dans l'aspirateur aussi se trouvait un truc bizarre. Dagny recula d'un pas, prise d'un léger malaise. Les moteurs des appareils avaient été remplacés par des mines et des bombes à fragmentation ?

— Marie, il faut qu'on sorte d'ici avant de marcher par mégarde sur quelque chose…

Mais sa sœur ne l'entendit pas. Elle avait déjà disparu dans l'obscurité, et Dagny fut contrainte de la suivre. Elle vit un faisceau de lumière et entendit un raclement et un crissement quand Marie souleva une bâche. Sa sœur lui fit signe de s'approcher et lui montra un microscope, des bouteilles, des balances de laboratoires, des béchers, des éprouvettes graduées, des pipettes, et tout ce qui fait partie du matériel d'un laboratoire ordinaire. Faisaient-ils malgré tout des expériences pour fabriquer du champagne ? Dagny éclaira autour d'elle : des machines à café, des micro-ondes et encore d'autres aspirateurs et tondeuses à gazon. Mais dans tous ces appareils, les moteurs d'origine ou les systèmes électriques avaient été remplacés par des « couvercles » ou des « génoises avec un trou au milieu » en métal. Marie secoua la tête.

— Des bombes dissimulées. Ah, les sagouins !

— Oui, c'est assez diabolique, comme idée. Comment les gens peuvent-ils être aussi immondes ?

Assez secouées, elles tentèrent de sortir sans rien faire tomber. Mais alors qu'elles pensaient s'approcher de la sortie, elles découvrirent une salle qu'elles n'avaient pas remarquée à l'aller. Elles l'éclairèrent et découvrirent encore un tour et d'autres appareils bizarres.

— On dirait des araignées métalliques. Ce doit être des drones, dit Dagny.

— Ce doit être ça que Nils a vu quand il était ivre, hasarda Marie.

Tandis que Dagny les prenait en photo, elle aperçut quelque chose du coin de l'œil. Il s'agissait d'une sorte de télécommande, du genre qu'utilisent les gamins pour jouer aux jeux vidéo. Marie et elle s'étaient-elles monté la tête, leurs voisins fabriquaient-ils seulement de faux engins pour jouer à la guerre ? Nils avait quand même pas mal bu, ce soir-là… Dagny saisit la télécommande, l'examina sous toutes les coutures et appuya, pour voir, sur un petit bouton rond. Soudain, un vrombissement retentit et un gros truc sombre monta jusqu'au plafond. Dagny recula et son dos heurta une étagère qui se mit à chanceler. Marie se précipita pour la retenir, croyant un bref instant que tout allait s'écrouler. En unissant leurs forces, elles parvinrent à stabiliser l'étagère. En revanche, il était trop tard pour le drone. Il passa à vive allure au-dessus de leurs têtes, faillit s'écraser contre une armoire, décrivit une jolie courbe au-dessus du tour et vrombit encore avant d'aller s'encastrer dans le plafonnier. Il y eut un silence avant que l'ensemble ne se fracasse au sol.

*Pourvu qu'il n'ait pas de charge explosive à l'intérieur*, pensa Dagny quelques secondes avant l'impact. Après le fracas, une pluie de pièces en plastique et en métal volèrent dans la salle. Dagny et Marie se regardèrent, épouvantées.

— Ah mon Dieu, il s'est crashé ! dit Marie.

— Non, il a trouvé son dernier repos, corrigea Dagny avec un sourire ironique.

— En tout cas, nous n'avons pas fait de vol plané, constata Marie en essayant de rester positive.

— Encore heureux !

— Bon, mais qu'est-ce qu'on fait, maintenant ? On va se faire prendre. Et si jamais ils nous tuaient ? dit Marie d'une petite voix angoissée

— On va arranger ça. Nous allons ramasser les morceaux et les fourrer dans nos sacs à dos. Personne ne remarquera rien. Et on file d'ici dès qu'on a terminé.

— Il ne faudra pas laisser de traces de notre venue.

— Exactement.

— Mais ils vont s'apercevoir qu'il manque un drone.

— Sûrement, mais ils croiront l'avoir eux-mêmes égaré.

— Toi et ton optimisme, dit Marie avec un soupir.

— En tout cas, cela leur paraîtra plus plausible que d'imaginer deux vieilles bonnes femmes qui s'introduisent dans leur atelier pour jouer avec.

Marie dut lui donner raison. À la lueur de leurs lampes frontales, elles se mirent à faire le ménage. Leurs mouvements étaient rapides, saccadés, et Dagny n'arrêtait pas de déglutir quand bien même elle avait la bouche sèche. Un seul éclat de métal oublié par terre pouvait trahir leur incursion. Que se passerait-il alors ? Dagny tenta de ne pas céder à la panique et de travailler dans le calme, de manière systématique.

Elle ramassa les morceaux du drone qui s'était écrasé au sol tandis que Marie rassemblait les débris avec un balai. Tout disparut au fond des sacs à dos, y compris les éclats de bois, les vis et les moutons de poussière. *Et si ce drone avait été une invention récente et sophistiquée, quelque chose que Mark et John avaient mis au point pendant des mois ?* songea Marie. Ils ne laisseraient pas tomber aussi facilement et se lanceraient dans des recherches. Il ne fallait pas qu'elle donne libre cours à son imagination... Qui sait si le drone n'avait pas été équipé d'une matière radioactive que les services secrets russes utilisaient pour liquider leurs dissidents... Elle noua son mouchoir sur sa bouche et ramassa les derniers morceaux avec une extrême prudence.

Après avoir récupéré les moindres bouts d'hélices, d'ailes et d'autres pièces du drone et les avoir mis dans leurs sacs à dos, elles tentèrent de faire le point.

— On ferait mieux de s'en aller maintenant, dit Marie.

— Une seconde, répondit Dagny. Il ne faut pas oublier de photographier. C'est pour ça que nous sommes là.

Elle prit encore quelques clichés avant de lever le pouce. Elles firent alors un dernier tour avant de repartir par où elles étaient entrées. Une fois devant la grande porte, elles s'arrêtèrent un instant et tendirent l'oreille. Tout était plongé dans l'obscurité. Cette fois, elles n'entendirent aucune voix et ne virent pas de phares de voiture. Doucement, elles refermèrent la porte derrière elles et veillèrent à la laisser exactement comme elles l'avaient trouvée, puis elles se faufilèrent jusqu'à la clôture. En compagnie de Nils, l'échelle pliable entre eux, elles se hâtèrent de rentrer dans la nuit. Jamais elles n'avaient marché aussi vite, jamais elles ne s'étaient senties aussi soulagées de retrouver leur propriété. Espionner ses voisins était une chose, tomber sur une cache d'armes sophistiquées en était une autre, bien plus dangereuse.

# 23

Peu après, Dagny, Marie et Nils se retrouvèrent dans la salle informatique. Ils avancèrent trois chaises et allumèrent l'ordinateur, non sans avoir vérifié au préalable qu'il n'y avait personne dehors et que les fenêtres étaient bien fermées.

— J'ai hâte de voir les photos, s'exclama Nils, impatient, en rapprochant sa chaise de l'écran.

Dagny avait relié son ordinateur portable à un grand écran pour que tous puissent voir. Des photos d'appareils en tout genre, d'aspirateurs et de différentes armes défilèrent.

— Et ça, c'est quoi ? s'étonna Nils en montrant le drone fracassé aux airs de marmite de métal.

— Euh, c'était un peu bordélique dans l'atelier, répondit Dagny de façon évasive.

Elle avait cru avoir effacé la photo, mais l'avait visiblement oubliée.

— On dirait les restes d'un…, commença Nils.

— On a tout nettoyé, le coupa Marie.

— Quoi ? Vous avez fait le ménage dans leur atelier ?

— Non, juste pour effacer nos traces, s'empressa de préciser Dagny.

Elle cliqua vite sur la première image d'un des aspirateurs démontés, celui qui semblait équipé d'une mine.

— Mon Dieu ! Ils cachent donc des armes dans des appareils ménagers. Ah, les salauds ! s'écria Nils.

Dagny passa à la photo suivante.

— Et ça, là ? demanda-t-il.

Il indiqua un point sur l'écran avec sa main bandée de sorte que personne ne put voir ce qu'il désignait.

Marie écarta son bras.

— Ah, ça ? Oh, ce sont des mines, je pense.

— Une mine dans une cafetière, et là, une bombe dans une tondeuse à gazon. Peut-être même une bombe à fragmentation. Tout ça est certainement télécommandé, dit Nils en secouant la tête.

— Ce sont des inventions diaboliques. Quel genre d'homme est-on pour avoir l'idée de faire ça ? s'interrogea Dagny, les lèvres tremblantes.

Yvonne était morte suite au bombardement de l'hôpital de Médecins sans frontières où elle travaillait. Un stratège local avait désigné l'hôpital comme cible. C'était ce qu'on appelait la guerre sélective. Les armes de Mark et John étaient tout aussi répugnantes.

— Les militaires trouvent ça intelligent. Au lieu de bombarder toute une maison, on peut tuer la ou les personnes qu'on veut, expliqua Nils d'une voix sourde.

Peu à peu, il se rendait compte de ce que tout cela signifiait. Dans sa jeunesse, il pensait autrement. Au service militaire, on parlait surtout de calibres, d'armes et de tactique. Mais les conséquences ?

— Sans ces armes-là, on n'aurait peut-être tué personne. On aurait privilégié la discussion et la négociation. Oh, tout ça me fatigue…, reprit Marie en soupirant. Et ce Mark ! Quand je pense que je le trouvais sympathique…

— Les hommes peuvent être comme une belle couverture de livre. Tout paraît joli à l'extérieur, mais le contenu est sans valeur, marmonna Dagny en continuant de faire défiler les photos.

Elle ne se rappelait pas avoir vu autant d'armes sur les étagères et le sol. Elle entrevit dans une caisse quelque chose qui ressemblait à un fusil. S'agissait-il du fusil laser que les deux hommes avaient utilisé plus tôt ?

— Est-ce que nous pouvons les dénoncer à la police ? demanda Dagny en zoomant sur le fusil.

— Pas sûr. Ils travaillent peut-être pour l'État. Ça pourrait être des armes qu'ils exportent vers l'Arabie saoudite ou je ne sais où encore, répondit Nils.

— Tu crois vraiment que ce sont des revendeurs qui travaillent pour l'État ? Je veux dire, une si petite entreprise...

Marie avait du mal à y croire.

— Il suffit d'avoir des rudiments de formation d'ingénieur, et pour le reste, quelques geeks compétents avec qui travailler. Une équipe de ce genre peut avoir de meilleurs résultats que des salariés professionnels. Les acheteurs le savent, et même la Défense, expliqua Nils, qui connaissait des gens dans ce domaine.

— Mais Mark et John semblent vendre illégalement à la Russie et l'Ukraine, dit Dagny. Les hommes que nous avons surpris l'autre jour parlaient russe.

— Pourquoi ne pas inviter ici nos chers voisins ? suggéra Marie. Peut-être qu'on pourrait les convertir ?

— Les convertir ? C'est comme ouvrir la porte d'un poulailler et espérer que le renard va s'amuser en compagnie des poules, lâcha Dagny en secouant la tête.

— Espérer changer la mentalité de fabricants d'armes est tout aussi improbable que de convaincre les gouvernements du monde entier de cesser leur course à l'armement, renchérit Nils.

— Pourtant, il faut bien abolir les armes, non ? Nous allons les inviter, leur demander si ça avance avec leur champagne et les enrôler dans notre travail pour la paix, proposa Marie, toujours aussi idéaliste.

Elle croyait fermement qu'il y avait quelque chose de bon en chacun. Dans son univers, les gens méchants n'existaient pas.

— Oui, nos *die-ins* leur plairont, c'est sûr. Ils se sentiront comme à la maison..., dit Dagny en faisant une grimace.

Après encore une demi-heure de discussion, on tomba d'accord pour faire une tentative malgré tout. Les probabilités de réussite étaient faibles, mais certains criminels avaient bien renoncé au monde du crime, alors pourquoi ne pas essayer avec leurs voisins ? Ils pouvaient toujours donner le bon exemple en leur présentant leur travail pour la paix sans parler de ce qu'ils savaient. Qui ne risque rien n'a rien.

Il était tard. Dagny leur souhaita bonne nuit et regagna sa chambre, mais, partis sur leur lancée, Marie et Nils continuèrent à bavarder. Nils alluma un feu dans la cheminée du salon et Marie prépara du thé avec des gâteaux. Dans la pièce basse de plafond aux murs tapissés de papier peint ancien, aux lampes sur pied Art Nouveau et au mobilier en bois ouvragé des années 1930, on se sentait bien. Ils prirent chacun leur place favorite devant la cheminée et observèrent longuement le feu en silence. Puis Marie reposa sa tasse de thé et tendit la main à Nils. Elle observa le pansement et vit que la blessure ne saignait plus. Heureusement qu'il était vacciné contre le tétanos. Doucement, elle mit sa main dans la sienne.

— Tu sais, je suis contente que tu sois venu avec nous. Même si tu ne partages pas nos idées, tu réponds quand même présent.

— J'étais inquiet pour toi, tu comprends. Et quand on a des brutes comme voisins, on est bien obligé de soutenir sa femme, répondit Nils en gardant sa main dans la sienne.

Toute cette expédition était une aventure étrange. Comme jeter un œil dans un monde nouveau et étranger.

— Oui, soit on fait comme si de rien n'était et on oublie tout, soit on agit.

— Si des gens s'occupent d'armes qui tuent d'autres personnes, je trouve qu'on doit agir, non ? dit Marie en le regardant sérieusement.

— Même si c'est dangereux ?

— Absolument. Même si c'est dangereux !

Nils se pencha pour l'embrasser. À cet instant, il était fier de sa femme. Et inquiet aussi. Très inquiet.

Mark avait toujours mal au cœur quand il quitta la grand-route et engagea la camionnette en direction de la ferme. Le véhicule faillit déraper dans le fossé et il ne réussit qu'à la dernière minute à le remettre sur le chemin en gravier. Le ferry polonais avait tangué toute la nuit et ni lui ni John n'avait beaucoup dormi. En arrivant épuisés à la ferme, ils furent surpris que Pirat ne se précipite pas à leur rencontre comme d'habitude. Mais il faut dire que le berger allemand se faisait vieux.

— Nous avons besoin d'un autre clébard, tu ne crois pas ? Ce cabot-là n'est pas assez réactif, dit John en faisant mine de donner un coup de pied à l'animal.

Le coup ne l'atteignit pas, mais le chien se réveilla et se jeta vers l'avant, furieux, en aboyant.

— Ah, ça, c'est mieux ! dit Mark en reculant de quelques pas.

Les hommes plantèrent là le chien et se dirigèrent vers la maison en bâillant à s'en décrocher la mâchoire. Mark sortit ses clés et s'apprêtait à ouvrir la porte quand il vit quelque chose collé sur le trou de la serrure. Un bout de papier avec un numéro de téléphone.

— Mais bordel ! Qui a réussi à s'introduire ici sans déclencher l'alarme ? bougonna-t-il.

Il sortit son portable et tapa le numéro. Le nom apparut tout de suite. Boris.

— Ah putain !

John jeta un regard sur l'écran.

— Quoi, ce sale type est déjà passé ! Là, on est mal.

— Comment ça ?

— Ces mecs-là ne font pas dans la dentelle. Ils attendent la livraison. Il va falloir régler ça tout de suite.

— Ah non, j'ai à peine fermé l'œil cette nuit, alors j'ai l'intention d'aller dormir.

— Tu sais, ce sont des types dangereux. Il vaut mieux s'y mettre tout de suite.

Mark donna un coup de pied dans la porte et jeta un regard courroucé à son camarade.

— C'est quoi, exactement, tes affaires ? Tu pourrais au moins me dire à qui tu vends.

— Je peux pas. Et il nous faut ce fric, sinon on peut tout de suite mettre la clé sous la porte.

— Mettre la clé sous la porte ? Je ne pense pas. Les armes, ça rapporte gros.

— Mark, il est question de cent millions, peut-être plus. Cette affaire-là peut décider de notre avenir.

— Alors la commande a été passée ?

— Évidemment.

— Tu l'as donc signée sans m'en parler. Mais qu'est-ce que tu fabriques, bordel ?

Sans répondre, John entra dans la maison puis revint sur ses pas, pris de remords.

— J'ai peut-être fait une erreur. Cela ne se reproduira plus. Mais vu que nous avons promis de livrer…

— C'est toi qui as promis.

Les hommes se mesurèrent du regard et Mark fut le premier à baisser les yeux. Il comprit que c'était du sérieux. Dans quoi s'était-il lancé ? Il fallait qu'il surveille davantage son camarade. Il ne s'en était pas rendu compte jusqu'ici, mais John avait la fibre d'un vendeur prêt à tout.

# 24

Marie prépara la nourriture de Morris et pria Dagny de la lui apporter. Elle avait réussi à dresser l'animal, qui s'était adapté étonnamment vite à la vie de la ferme. Même Dagny s'y était attachée, et il était maintenant souvent couché sur le tapis devant son bureau, lui tenant compagnie quand elle travaillait. Elle leva la tête.

— Ce serait super si tu pouvais surveiller Morris, répéta sa sœur, l'air nerveux. Je dois faire un tour à Ystad.

Puis elle sortit et se mit en route. Arrivée sur la route principale, elle se demanda si elle n'aurait pas mieux fait d'acheter ces films-là sur Internet, mais comme Nils utilisait souvent son ordinateur, elle n'aurait pas pu garder le secret très longtemps. Un peu honteuse de ce qu'elle s'apprêtait à faire, elle tenait à rester la plus discrète possible. Elle appuya sur l'accélérateur et, un peu plus tard, s'arrêta devant un des rares magasins où l'on pouvait encore louer et acheter des DVD.

— Est-ce que vous avez des films d'horreur ? demanda-t-elle dès qu'elle eut franchi le seuil, allant droit au but.

— Des films d'horreur ? demanda l'homme au comptoir en haussant les sourcils.

Marie sentit son regard étonné. Pourquoi seuls les jeunes auraient-ils le droit de regarder des films angoissants ? Les vieilles dames n'étaient pas censées aimer avoir la chair de poule ? De fait, elle-même n'en avait jamais regardé tant la simple idée lui fichait la frousse. Mais elle avait résolu de se forcer à en voir *pour s'entraîner à affronter des horreurs.* Après leur visite chez John et Mark, elle avait fait des cauchemars pendant plusieurs nuits. Quelqu'un aurait pu découvrir leur intrusion et remonter jusqu'à eux pour les intimider. Elle avait fait part de ses craintes à Dagny. Sa sœur avait tenté de la rassurer de son mieux avant d'avouer qu'elle ne pouvait pas y faire grand-chose : c'était à Marie de trouver la solution en elle-même. Facile à dire quand son cœur cognait dans sa poitrine et que l'angoisse l'étreignait ! Mais Dagny avait raison : c'était à elle de se prendre en main pour se sentir mieux. Ainsi lui était venue cette idée. Elle avait entendu dire que les personnes souffrant de vertige s'entraînaient à être en altitude, que les agoraphobes essayaient de guérir en allant se planter au milieu d'une place noire de monde. Alors pourquoi ne pas se débarrasser de ses peurs en visionnant des films d'horreur ? Ça valait le coup d'essayer.

Sur l'ordinateur, elle avait cherché les noms des dix films les plus terrifiants de tous les temps et les avait recopiés sur un bout de papier : *L'Exorciste*, *The Shining*, *Massacre à la tronçonneuse*, *Psychose* et quelques autres. Mais au moment de tendre sa liste au vendeur, elle se ravisa. Si elle ne voulait pas passer pour une idiote, il valait mieux qu'elle cherche elle-même les titres dans les rayons. Ses mains tremblaient quand elle saisit les boîtiers aux images effrayantes. Comment les gens pouvaient-ils trouver amusant de regarder des horreurs pareilles ? Elle finit par emprunter une poignée de films inconnus et deux dont elle avait entendu parler : *L'Exorciste* et *Psychose*, un classique des années 1960. Puis elle rentra à la maison et attendit que Nils soit occupé dans la cuisine et que Dagny parte à Malmö pour se préparer une grande tasse d'infusion au gingembre (elle avait entendu dire que cela avait un effet calmant) et s'autoriser quelques petits gâteaux qu'elle-même avait préparés. Pour créer une atmosphère plus douce, elle tira les rideaux et posa une bougie parfumée sur la télévision. Puis elle mit le premier DVD en route et s'assit dans son fauteuil préféré. Les mains bien serrées sur les genoux et les pieds sur le pouf, elle s'arma de courage et se promit de regarder le film en entier, sans éteindre, même si ça devenait insoutenable. Elle allait s'endurcir, que diable !

Elle commença par un film qu'elle ne connaissait pas : *Le Sang sacré.*

Quand la musique se fit sombre, sourde et inquiétante, comme c'est le cas quand quelqu'un va se faire tuer, elle coupa le son, but plusieurs gorgées d'infusion au gingembre et se fourra avec nervosité un petit gâteau dans la bouche. Et quand la pauvre femme se retrouva seule dans une forêt au milieu des ombres, elle détourna la tête et reprit deux gâteaux de plus. Ensuite, quand ce fut au tour d'une autre pauvre femme de se faire trucider, cette fois dans un garage, elle se cacha le visage dans les mains et n'osa plus regarder. Le souffle court, elle marqua une pause et joignit fort, très fort les mains. Non, ça ne marchait pas. Mais ne s'était-elle pas fait la promesse de s'endurcir ? Elle tenta donc sa chance avec un autre DVD. Dès les premières images, un des personnages principaux se faisait égorger. Elle poussa un cri d'épouvante, se rua vers le magnétoscope et enleva le DVD. Dans sa précipitation, elle fit tomber la bougie parfumée dans la corbeille à papier. Puis elle se rappela ce qu'elle s'était promis : *elle devait s'endurcir !*

Les mains tremblantes de nervosité, elle glissa *Psychose* de Hitchcock dans l'appareil et s'installa de nouveau dans le fauteuil. Cet Anthony Perkins était plutôt mignon, alors pourquoi pas ? Elle se redressa. Ses mains se tendaient vers les derniers petits gâteaux juste au moment où Anthony Perkins se dirigeait vers la blonde sous la douche. La seconde suivante, il sortait un couteau et le rideau de douche tombait sur le dos ensanglanté de la femme. Marie haleta, porta la main à son cœur et poussa un cri déchirant. C'est alors que la mèche mal éteinte de la bougie parfumée mit le feu aux papiers dans la corbeille. L'alarme incendie se déclencha, la porte s'ouvrit en grand et Dagny surgit avec l'extincteur. En quelques instants, le téléviseur, la corbeille à papier et les DVD disparurent sous une épaisse couche de mousse.

— Mais enfin, Marie, qu'est-ce qui se passe ?

— J'essaie de m'entraîner à avoir peur, répondit-elle en toussant.

Dagny enleva la mousse des DVD et éclata de rire en lisant les titres.

— Excuse-moi, Marie, si je t'ai embarquée dans des situations désagréables, je ne le ferai plus, dit-elle en reposant l'extincteur.

Marie secoua la tête.

— C'est moi qui suis bête. Il faut que je me force à être moins émotive. Je ne veux pas renoncer à notre projet de paix.

Dagny l'embrassa.

— Laisse, tu es comme tu es, ne change pas, Marie. Ce que nous faisons n'est pas si inoffensif que ça, tu as raison. Nous devons faire preuve de plus d'intelligence pour ne pas nous attirer d'ennuis.

— Oui, dit Marie. Mais désormais, ce n'est plus nous qui décidons.

Pluto allait apprendre à hacker aux membres de la branche « Virala » des Mamies pour la paix, autrement dit aux vieilles dames qui voulaient avoir une action sur le Net. Il parcourut du regard la salle informatique où les femmes s'étaient installées devant les ordinateurs. Dagny avait racheté les tables usagées d'une école qui avait fermé près de Staffanstorp, et les ordinateurs appartenaient aux vieilles dames ou étaient des occasions récentes, d'un ou deux ans. La connexion Internet fonctionnait parfaitement dans la salle informatique. Pluto était satisfait.

— Bon, aujourd'hui, nous allons apprendre à hacker, dit-il en mettant les mains dans ses poches.

— À hacher ? Je n'y comprends rien, dit Greta.

Elle cherchait ses lunettes dans son sac à main et n'avait pas bien entendu.

Il y eut quelques rires étouffés, puis le petit groupe de dames réunies pour la première leçon de Pluto éclata franchement de rire. Le garçon en sweat à capuche et jean élimé esquissa un sourire et répéta.

— Nous allons nous introduire dans de faux sites Internet et apprendre à hacker.

— Ah, hacker, c'était ça, répéta Greta.

Elle avait été choisie pour être le leader de Virala et, pour la seconder, elle pouvait compter sur Marie, Elsa, Elinor, Kristina et Maj-Britt, les mamies de plus de soixante-dix ans les plus habituées à l'informatique. L'idée était de propager la paix dans le monde via Internet.

— On ne devient pas hacker en un jour, alors on va procéder par étapes. Je suppose que vous maîtrisez la base, à savoir, la messagerie, les réseaux sociaux comme Facebook et Twitter, les recherches sur Google ? continua Pluto.

Les mamies qui, tôt le matin, s'étaient promenées dans le cyberespace, lancèrent un joyeux « Oui ». Elles avaient profité des premières heures de la matinée pour lire des commentaires haineux et avaient pris la peine de recopier les pires déclarations. Que les gens puissent déverser ainsi leur fiel ! Et que dire des tweets de certains dirigeants de grandes puissances de ce monde ? Des types adultes avaient tweeté en pleine nuit des injures et des mensonges que le monde entier pouvait lire et que par ailleurs les médias, bêtement, se faisaient un plaisir de rapporter. Que les dirigeants contournent la démocratie et essaient de gouverner le monde par l'intermédiaire de leurs téléphones portables, voilà ce que les vieilles dames trouvaient particulièrement révoltant.

— Nous devons arrêter ces forces sombres tout de suite ! s'écria Greta en serrant le poing devant son écran. Que des conneries ! Les dirigeants de ce monde sont de vrais gamins !

— C'est terrible que des contenus écrits sur un coup de tête deviennent viraux. Et toutes les fausses infos... Il faut faire quelque chose, renchérit Elinor.

— Est-ce qu'on ne peut pas simplement fermer ces comptes ? demanda Marie.

— Techniquement, c'est possible, bien sûr, mais ce ne serait pas très malin, car ils essaieraient de nous retrouver. Mais si nous mettons des bêtises à la place et agissons à partir de différents comptes, nous aurons plus de chances de nous en tirer, dit Pluto.

— Et nous pourrons alors faire ce que nous voudrons, choisir de poster des choses intelligentes et gentilles, ou pas, sans risque d'être inquiétées. De cette façon, nous aurons plus de chances d'atteindre notre cible, non ? dit Greta.

Tout le monde l'approuva.

Pluto sortit les mains de ses poches et se gratta derrière l'oreille. Apprendre à pirater un site web à des mamies relevait sacrément du défi, mais elles paraissaient enthousiastes et désireuses d'apprendre. Il les regarda et ne put s'empêcher de sourire. Penchées sur leurs ordinateurs, les vieilles dames aux cheveux gris ou blancs tapaient avec enthousiasme sur leur clavier. Elles avaient entre soixante-dix et quatre-vingt-dix ans et leurs rides témoignaient de vies bien remplies. Tant de vécu et d'expérience... Il les observa, fasciné. Il émanait d'elles quelque chose de si touchant qu'il décida de se donner à fond à ce projet. Il ferait tout pour les aider !

— Hacker un site web ou pirater une identité exigent de connaître certaines manipulations sur l'ordinateur, mais je vais faire en sorte de vous familiariser avec tout ça ! dit-il en sortant un chewing-gum de sa poche. Vous n'allez pas tout apprendre en un jour, c'est clair, mais je vais faire de mon mieux.

Un joyeux murmure accueillit ses paroles.

— Je vois que vous avez pris des notes. Décidez quelle déclaration ou quels tweets vous voulez changer et je reviens dans une heure pour vous aider à poster ça sur Internet.

— Tu repars déjà alors que tu viens à peine d'entrer ? Je croyais que tu allais nous apprendre à hacker tout de suite, se plaignit Elinor.

— À tout de suite, lança Pluto.

Il se fourra un chewing-gum dans la bouche et s'éloigna, les mains dans les poches.

— Bon, il n'y a plus qu'à s'y mettre. Commençons par changer tous les messages de haine en messages gentils. Est-ce que l'une de vous a une suggestion ? demanda Greta.

Elle avait aussitôt pris les commandes.

Chacune se mit au travail. Certaines consultaient leurs notes, d'autres allaient sur Internet voir les dernières nouvelles. Les murmures allaient s'amplifiant quand Elinor finit par réclamer l'attention :

— J'ai ici un message que j'ai envie de changer, dit-elle, une ride soucieuse entre les sourcils. Quelqu'un menace de mettre un pays « à feu et à sang ».

— Rien de plus simple ! Il suffira de remplacer par « avec des fleurs et des abeilles », et tout de suite, ce sera un peu plus pacifique, dit Marie.

— Super ! Vous constatez vous-mêmes comme ça change le ton du message, reprit Greta, radieuse. Si des gens se menacent à coups « de fleurs et d'abeilles », cela ne provoquera pas de guerre.

Les femmes du groupe Virala acquiescèrent et entreprirent de remplacer systématiquement les idioties par des gentillesses. Mais au bout d'un moment, elles se rendirent compte que changer autant de méchancetés une par une prenait beaucoup trop de temps. Il fallait trouver quelque chose de plus rationnel.

— C'est plus difficile que je ne pensais, fit Marie avec un soupir.

— Et si nous faisions suivre une méchanceté de plein de phrases gentilles ? proposa Elinor. Comme ça, nous noierons le mal dans les messages aimables.

— Des bombes de gentillesse, c'est ça ? demanda Greta.

— Exactement. S'ils sont bêtes, à nous de les éduquer.

Les mamies continuèrent sur ce mode. Au bout d'une heure, toutes se levèrent pour aller prendre un café bien mérité. Chacune s'installa dans un fauteuil avec sa tasse et la discussion reprit de plus belle. Elinor faisait tellement de bruit en buvant à petites gorgées que les autres se turent en fronçant les sourcils.

— Tu es vraiment obligée de faire autant de bruit ? la gronda Greta.

Elinor se troubla un peu, mais soudain, son visage s'éclaira : elle avait été en son temps cantatrice d'opéra, avant de gagner sa vie comme ingénieure du son.

— Du BRUIT ! Nous devons travailler sur cette idée de bruit ! s'exclama-t-elle. Quand un président ou un dictateur proférera une bêtise ou un mensonge, nous remplacerons sa déclaration par des gazouillis d'oiseaux. Ce sera destructeur pour leur image.

L'atmosphère dans la salle se fit enjouée ; l'on discuta de quels chants d'oiseaux choisir. Les vociférations sans vergogne des gouvernants devraient être substituées par des cris de mouettes, jugèrent certaines, tandis que d'autres penchaient pour des piverts. Ceux qui ne mentaient qu'un petit peu pourraient émettre à la place des gazouillis plus agréables : mésanges bleues ou charbonnières, ou encore pinsons.

Greta descendit prendre à la bibliothèque un ouvrage sur les oiseaux. Puis elles feuilletèrent le livre ensemble en passant en revue les dirigeants du monde qui pourraient correspondre à telle ou telle espèce. Celui qui menaçait sans arrêt de balancer des missiles et d'avoir recours à l'arme nucléaire aurait droit aux cancans d'un canard, même si certaines trouvaient que le coassement d'une grenouille eût été plus adéquat.

— C'est vrai, pourquoi se limiter aux oiseaux ? insista Elinor. Les grenouilles, c'est parfait. Et on pourrait aussi faire appel à d'autres animaux, non ? Moi, je vote pour le mouton. J'imagine déjà l'effet d'un joyeux *Bêêêê*...

Sous le coup de l'inspiration, Greta sortit sa flasque de rhum de son sac à main ; elle la garda derrière son dos jusqu'à ce que les autres aient tourné la tête, puis elle se pencha et versa discrètement une larme de Bacardi dans chaque tasse. Toutes décrétèrent que le café était vraiment bon, aujourd'hui, et les conversations reprirent gaiement.

— Si on peut manipuler le son, on peut aussi bien déformer les images, non ? Toutes ces images trafiquées qu'on voit à la télé ? dit Greta en regardant les autres. Ainsi, chaque fois qu'un homme politique ment, on lui allongerait le nez comme Pinocchio. Ça doit certainement être possible sur le plan technique, d'une manière ou d'une autre.

Maintenant que les dames étaient lancées, et avec l'aide du soupçon de rhum (auquel Greta recourait d'habitude pour atténuer ses douleurs articulaires), leur imagination ne connaissait plus de limites. Les suggestions les plus farfelues surgissaient au milieu des rires, au point que Greta jugea qu'il était temps d'y mettre bon ordre.

— Nous allons voter pour les cinq meilleures propositions et nous les transmettrons à Pluto. Il les testera ensuite sur Internet et nous verrons ce que ça donnera.

Le gang des dames approuva l'idée et chacune y alla de sa proposition. Elles regagnèrent la salle de cours d'excellente humeur.

Quand Pluto revint, quelque temps plus tard, il entendit en s'approchant des bruits très étranges. On eût dit ici un cygne courroucé, là une mésange qui chantait à tue-tête, et soudain, un *meuh*. Quand il ouvrit doucement la porte, il fut accueilli par un concert assourdissant de cris de mouettes et de bêlements.

— Vous faites quoi, là ? demanda-t-il, stupéfait.

Greta, qui imitait un perroquet avec un cheveu sur la langue, fit signe aux autres de se taire.

— Euh, nous jouons aux hommes politiques, expliqua-t-elle, un peu gênée.

— Mais que vient faire un mouton là-dedans ? s'étonna Pluto.

— Ce sont les foules qui font ce qu'on leur dit de faire, expliqua Elinor.

Pluto se tripota le lobe de l'oreille.

— Mais il y a un problème. Les tweets sont des messages écrits, sans son.

— Alors nous écrirons *bêêê*, *meuh* ou *cui cui* à la place. On trouvera bien une solution, déclara Greta.

— C'est vraiment ça que vous voulez que je poste sur Internet, sérieux ?

Les dames échangèrent quelques regards, il y eut des raclements de chaise.

— Absolument, dit Elinor sur un ton sans réplique. C'est important que les menaces de missiles, d'armes nucléaires et autres soient déformées, pour tourner en ridicule les dirigeants.

À la fin, personne n'osera plus faire ce genre de menaces de peur de devenir la risée de tous.

— La guerre du futur aura lieu dans le cyberespace, alors c'est là que nous devons agir, ajouta Greta.

Pluto ne sut quoi rétorquer. Des chants d'oiseaux et des bruits d'animaux au lieu des appels à la guerre ? Si seulement le monde pouvait être aussi pacifique… Au fond, l'idée n'était pas si bête que ça. Il sourit. Cela pouvait être un moyen comme un autre de lutter contre la bêtise humaine et les psychopathes. Pourquoi pas ?

— OK, je comprends. Alors on y va !

# 25

Greta fut si contente qu'elle se leva et esquissa quelques pas de danse. Elle venait de se connecter à un forum de *chat* assez effrayant et pouvait suivre la conversation sans être vue par les autres (c'est en tout cas ce qu'elle croyait). Elle avait encore appris une finesse sur l'ordinateur !

Sans qu'elle soit à l'âge idéal pour hacker, Pluto l'avait prise au sérieux et s'était donné du mal pour la familiariser avec le nouveau logiciel et lui apprendre à surfer sur des sites glauques. Pendant tous les cours, il l'avait traitée avec respect. Face à un jeune homme aussi attentionné, elle avait mis tout son cœur pour être à la hauteur et ne pas le décevoir. La preuve : la dernière fois qu'elle était sortie faire des courses, elle avait acheté une revue d'informatique. Non pas qu'elle y comprît grand-chose, mais qui sait, elle pourrait saisir un ou deux trucs. Et quand Pluto la verrait feuilleter cette revue qui témoignait de son intérêt, il serait sûrement impressionné. Elle était le chef du groupe Virala, et à partir du moment où l'on était le boss, il importait de ne pas être complètement nulle. Il fallait de préférence en savoir plus que les autres. Elle parcourut du regard la salle d'informatique. Située dans l'aile gauche du bâtiment, cette pièce n'était pas aussi agréable que les autres, mais elle était pratique et correspondait parfaitement à sa finalité. Les tables étaient solides et stables, les chaises confortables. Les murs tapissés de papier peint des années 1940 étaient ornés des photos encadrées des chats que Marie avait recueillis ces dernières années : le chat errant Mozart, un siamois et un chat des forêts norvégiennes. Greta aussi aimait bien les chats, cela ne la dérangeait pas, mais peut-être auraient-elles dû mettre des objets décoratifs sur les rebords de fenêtres, et de jolis rideaux. Mais cela viendrait sans doute petit à petit. Marie avait disposé des plantes en pots, surtout des plantes araignées et des pélargoniums, qui donnaient un air plus chaleureux à la pièce. Mais Pluto n'était pas du genre à penser à les arroser. Il s'attachait peu aux apparences, y compris pour lui-même. Ses cheveux noirs n'avaient vu ni peigne ni coiffeur depuis longtemps et sa tenue était toujours négligée. Mais il se montrait toujours gentil avec elle, avec son drôle de sourire malicieux. Elle l'aimait davantage de jour en jour et s'appliquait à apprendre le maximum. Et elle progressait. Désormais, elle maîtrisait Twitter, Instagram et Facebook, et postait des messages toute seule. Pas sous son vrai nom, bien entendu, mais sous un alias, Galaxie, un nom qui selon elle faisait sérieux tout en titillant l'imagination. Là où l'on était obligé de donner un vrai nom, elle se faisait passer pour Anders Anderson, et au lieu de publier une vraie photo d'elle-même, elle avait mis celle d'un nain rieur. Il intimait le respect, une bonne chose quand elle surfait sur des sites glauques. De là à hacker, le chemin était encore long ; pour l'instant, elle devait toujours demander de l'aide à Pluto.

Chaque jour, elle notait consciencieusement toutes les phrases gentilles qui leur venaient à l'esprit avant de les regrouper dans un dossier sur l'ordinateur. Ces phrases ne faisaient qu'une ligne, mais allaient droit au but : les types agressifs du cyberespace en prenaient pour leur grade.

Greta esquissa encore quelques pas de danse pour s'assouplir avant de se rasseoir. Elle observa longuement l'écran sans rien faire, jeta un coup d'œil autour d'elle pour s'assurer qu'elle était seule, puis elle n'y tint plus : elle prit une profonde inspiration, baissa la tête et se lança sur les sites interdits.

Un jour qu'elle se promenait dans le cyberespace, elle était tombée sur un site de poker. À peine eut-elle cliqué dessus que d'autres sites de jeux en ligne apparurent à l'écran. Ce n'était pas une bonne chose : elle avait déjà eu beaucoup de mal à ne pas devenir accro aux machines à sous. Une fois, en vacances, elle avait perdu presque tout son argent au casino de Monte-Carlo. Heureusement, elle avait gagné le jackpot à la dernière minute et s'en était tirée. Mais le poker en ligne ! C'était la possibilité de jouer à n'importe quelle heure du jour ou de la nuit sans que personne ne le remarque. Elle avait déjà repéré les sites où l'on misait gros. Très gros.

Après les leçons de Pluto, elle avait commencé à aller sur Internet pour s'amuser, et maintenant qu'elle avait découvert les sites de poker, elle jouait un peu en cachette. Elle perdit d'abord deux fois, beaucoup d'argent, ce qui la vexa, mais cela faisait plusieurs jours de suite qu'elle gagnait : elle devait avoir la chance de son côté. Auparavant honteuse, elle se persuadait à présent qu'elle contrôlait la situation. Par prudence, elle évitait les sites où elle devinait que jouaient des pros. Elle savait parfaitement qu'elle aurait mieux fait de ne pas jouer, mais c'était si excitant, si prenant. Et si elle ramassait un beau pactole, elle pourrait l'investir dans le travail pour la paix. Cela profiterait à tout le monde. Et si elle perdait… Eh bien… Elle repoussa cette pensée. Il ne fallait pas que ça arrive, voilà tout.

Le lendemain, Dagny et Marie invitèrent Nils à examiner d'un peu plus près les photos de la maison voisine. Elles étaient loin d'être parfaites, étant donné la mauvaise lumière et le stress des deux femmes sur place. La visite avait été courte et assez angoissante. À la vue de ces photos, le message était clair : il fallait garder le plus possible ses distances avec Mark et John.

— On se demande vraiment ce qu'ils fabriquent, ces deux-là, dit Nils en se penchant vers l'ordinateur.

La lumière bleutée de l'écran conférait à la pièce un éclat sinistre.

— Des appareils ménagers, des outils de bricolage et des armes que je n'ai encore jamais vues.

— C'est affreux de démonter tous ces appareils ménagers pour cacher une bombe à la place du moteur ! s'écria Marie.

Elle pointa du doigt un four à micro-ondes et un aspirateur à moitié vide dans le coin d'une photo.

La peur ne l'avait pas quittée depuis qu'elle était sortie du bâtiment. Que se passerait-il si Mark et John découvraient que des gens étaient venus à l'atelier mettre leur nez dans leurs affaires ? Que feraient-ils ? Elle avait une boule dans l'estomac. Les films d'horreur avaient été un coup d'épée dans l'eau : elle avait encore plus peur qu'avant.

— Ils semblent se spécialiser dans des armes de taille modeste. Vous vous rendez compte, si jamais ils ont installé une sorte de poste de recherches secret pour développer ces machins-là ? murmura Nils en continuant à faire défiler les photos.

— Il y a vraiment quelque chose de louche ; les Russes devaient être des acheteurs. Je crois que nos chers voisins font du trafic d'armes. En tout cas de prototypes. Si l'on est chercheur et inventeur, on ne pense pas forcément aux conséquences destructrices de ce qu'on fabrique, dit Marie en réfléchissant à voix haute.

— Tous les pays fabriquent des armes. Il s'agit toujours d'avoir les plus récentes, les plus performantes. Si l'un a un arc et des flèches et l'autre un fusil, c'est le fusil qui remporte le combat. C'est toujours l'arme la plus moderne qui gagne.

Voilà ce qu'est l'industrie de l'armement. C'est effrayant..., commenta Dagny, philosophe.

— Effectivement. J'ai cherché sur Google les appareils découverts chez Mark et John, mais je n'ai pas trouvé d'équivalents exacts. Ils semblent bidouiller de vieilles armes pour fabriquer des prototypes qu'ils essaient de vendre ensuite.

— Il faut que nous sachions quelles sont les armes modernes d'aujourd'hui. Une foire d'armement va s'ouvrir dans les jours qui viennent à Älvsjö, annonça Dagny.

— Quelle bonne idée ! dit Marie. Nous pourrons en profiter pour manifester en faveur de la paix.

Nils ne put s'empêcher de sourire.

— Étudier les armes et en même temps manifester pour la paix, voilà qui est pour le moins original. Je sais que les femmes savent faire plusieurs choses à la fois, mais il s'agit quand même de bien planifier le déroulement de l'opération.

— Absolument. Pour la manif, je ne me fais pas de souci : nous commençons à avoir un peu d'entraînement, répondit Dagny, que l'idée réjouissait déjà. Mais je penche pour une action un peu plus osée, cette fois. Quelque chose qui paraîtra dans les journaux et sur les réseaux sociaux, avec photos à l'appui.

— Oui, nous devons faire en sorte de rallier les réseaux sociaux à notre cause. Ce sera la clé de notre succès, renchérit Marie.

— Précisément, et j'ai ma petite idée. Personne n'aura jamais rien vu de pareil, sourit Dagny.

— C'est bien ce que je crains, marmonna Nils.

— Nous ne finirons quand même pas en prison ? demanda Marie, inquiète.

— Le risque zéro n'existe pas. Les gens qui protestent contre la guerre se retrouvent souvent en prison. Mais cela ne fait rien. Je me suis toujours demandé comment c'était, en taule, dit Dagny. Une nuit en garde à vue, ça compte pour du beurre.

# 26

Les pâles rayons du soleil de l'après-midi ne réchauffaient guère l'atmosphère, et il soufflait un vent glacial. Les douze femmes prêtes à manifester grelottaient, agitaient les bras et s'impatientaient dans la file d'attente. C'était agaçant de devoir faire la queue pour entrer dans la foire d'Älvsjö ; et quand vint enfin leur tour, les vigiles les arrêtèrent. Après un rapide regard sur les pancartes du groupe de vieilles femmes qui prônaient la paix, l'amour et le désarmement, on leur intima l'ordre de repartir. Arrêt net. Dagny et Greta hésitèrent, supplièrent et parlementèrent longuement avec les vigiles, mais rien n'y fit. Les hommes baraqués portant uniformes et tatouages se montrèrent intraitables.

— Ils ne nous laissent pas entrer, soupira Dagny en revenant vers les autres, sa pancarte *Make Love Not War* sous le bras. Cette foire d'armement est réservée aux vendeurs et aux professionnels.

Les dames du Gang de fer s'étaient déplacées jusqu'à Stockholm pour protester contre la tenue d'une foire d'armes internationale dans un pays neutre comme la Suède, et voilà qu'elles se faisaient éconduire. C'était rageant. Dagny leva les yeux vers le grand bâtiment orange du hall d'exposition et jura tout bas. Qu'avait-elle espéré ? Qu'on les accueillerait à bras ouverts avec leurs banderoles, leurs pancartes et tout ?

Le refoulement dès l'entrée était couru d'avance. Elle péchait parfois par optimisme, certes, mais ce n'était pas une raison pour laisser tomber.

— Bon, c'était notre première tentative, constata-t-elle. La prochaine fois, nous passerons.

— C'est sûr, s'écria Greta en agitant une des pancartes.

— Absolument. Il va juste falloir ruser un peu, dit Elinor.

— Les marchands d'armes utilisent des jolies pin-up allongées sur les canons qu'ils veulent vendre, dit Marie, qui avait étudié quelques-unes des brochures sur papier glacé. Nous n'avons qu'à dire que nous avons été engagées comme mannequins pour les panneaux.

— Euh, je ne crois pas qu'ils vont gober ça, l'interrompit Dagny. Nous avons au moins quarante ans de trop.

— Mais si nous nous asseyons sur de vieux canons ? On devrait faire la paire, non ? intervint Greta, toute contente.

— Tu sais, les vieux canons ne deviendront pas plus sexy si on laisse des vieilles femmes les enfourcher, fit remarquer Dagny.

Greta éclata de rire.

— Maintenant, rentrons à l'hôtel pour cogiter un peu, dit Marie.

Elle avait un petit creux et envie de grignoter quelque chose de bon. Son cerveau tournait à plein régime. Dagny et elle avaient investi beaucoup de temps et d'énergie à planifier cette manifestation, elles avaient même trouvé de nouveaux slogans et cousu des tenues spéciales. Pas question de ne pas aller au bout de leur projet. Toute la question était de savoir comment faire.

L'hôtel *Haymarket*, sis dans l'ancien bâtiment PUB à Stockholm, était un endroit vivant où tout le monde s'affairait. Autour d'elles se hâtaient des hommes d'affaires et des clients du monde entier parlant anglais, français ou portugais.

Certains buvaient un cappuccino au café, d'autres sirotaient un verre au bar ou attendaient à la réception. Les dames du Gang de fer prirent leur café en observant la foule. Ce week-end était particulièrement chargé et les serveuses couraient dans tous les sens, leur carnet ou des plateaux garnis de plats et de boissons entre les mains. Pour les commandes spéciales, elles disposaient même de gros chariots de traiteur où elles disposaient le café et les sandwichs destinés aux salles de conférences. Dagny y jeta un coup d'œil distrait en dégustant un congolais. Elle avait entraîné toute la bande à Stockholm pour défendre la paix, il leur fallait à tout prix pénétrer dans la foire. Elle se fourra le dernier bout de gâteau dans la bouche et regarda du coin de l'œil le ballet des serveuses. L'une d'elles poussait un chariot élégant débordant d'assiettes et de couverts sales et de restes de nourriture. Dagny, qui s'apprêtait à porter la serviette à ses lèvres, s'immobilisa.

— Les filles, ça y est, j'ai une idée, s'exclama-t-elle, la voix de nouveau gaie et optimiste.

— Une idée ? répétèrent les autres.

Toutes se penchèrent en avant, curieuses d'en savoir plus. Dagny s'essuya la bouche et reposa sa serviette sur la table.

— Voilà ce que je vous propose, commença-t-elle.

Elle se mit à chuchoter pour que seules les dames du Gang de fer puissent l'entendre.

Tôt le lendemain matin, elles furent obligées de commander deux des plus grands taxis de Stockholm : les chariots de service empruntés subrepticement à la cuisine prenaient une place folle. Elles agissaient là à la limite de la légalité, mais que ne ferait-on pas pour la paix mondiale ? Ce n'était qu'un emprunt, elles les rapporteraient un peu plus tard.

Dagny regarda non sans inquiétude les chauffeurs de taxi charger les chariots à l'arrière de leurs véhicules. Des dames de la bande étaient passées à la pâtisserie près de l'hôtel pour acheter des tartes et des muffins encore chauds ; elles posèrent les boîtes sur les chariots. Sur le plateau supérieur, elles avaient fixé des cafetières et des cartons avec tasses et assiettes. Sur deux des chariots, elles avaient trouvé la place de glisser leurs sacs à main, les pancartes et les banderoles roulées.

Le plus difficile avait été de se procurer des tenues de serveuses en si peu de temps, mais même pour ça, elles avaient trouvé la solution. Marie, qui en son temps avait travaillé comme extra dans un grand restaurant, savait que chaque jour, on passait une tenue propre. Les sacs de linge étaient posés à l'entrée des restaurants ou à proximité de la cuisine, et l'hôtel *Haymarket* ne faisait pas exception à la règle. Profitant d'un moment d'inattention, Dagny et elle avaient subtilisé un de ces sacs de linge et l'avaient monté dans la chambre de Dagny. Elles y avaient trouvé les tenues adaptées et les tabliers qu'il leur fallait. Aucune n'avait l'intention d'utiliser de boutons ou de fermeture éclair : les grands-mères cousirent comme d'habitude des bandes Velcro à leurs tenues pour pouvoir les retirer au plus vite le moment venu. Ce travail leur prit une bonne partie de la nuit, mais à 1 heure du matin, Dagny et ses compagnes s'accordèrent une coupe de champagne : elles étaient prêtes.

Elles mirent le réveil de bonne heure et discutèrent pendant le petit déjeuner de la stratégie à adopter. Ensuite, elles relevèrent leurs cheveux en chignons, enfilèrent à grand-peine leurs manteaux et appelèrent les taxis. Arrivées à la foire d'Älmsjö, elles payèrent les chauffeurs, déchargèrent les chariots et déboutonnèrent leurs manteaux pour dévoiler leurs tenues de serveuses.

— Vous êtes prêtes ? demanda Dagny.

— Tremblez, vigiles et canons, nous arrivons ! répondirent les dames en gloussant tout bas.

Elles dressèrent toutes le pouce puis se hâtèrent vers l'entrée.

À la porte de la foire, il y avait autant de vigiles que la veille, mais cette fois, les femmes ne se laissèrent pas démonter. Vite, elles ouvrirent les cartons de muffins tout frais, laissèrent entrevoir leurs tenues de serveuses sous leurs manteaux et foncèrent droit vers un des vigiles.

— Vos papiers d'identité, s'il vous plaît !

— Bien sûr. Nous reviendrons avec tout à l'heure, mais si vous voulez bien nous excuser, nous sommes un peu en retard.

Une réponse idiote, un jeu à quitte ou double, mais la bonne odeur des pâtisseries troubla le vigile, et avant qu'il ait pu rassembler ses pensées, Dagny passa devant lui, suivie des autres et de leurs chariots. La bande se hâta de rejoindre le hall d'exposition où elles cherchèrent le cœur de la foire, là où se trouvaient les armes les plus grosses et les plus dangereuses. C'est là que se déroulerait leur scénario de paix, là qu'elles avaient décidé d'agir sans attendre avant d'être expulsées *manu militari.*

Mais avant cela, elles firent un petit tour aux toilettes pour femmes où elles attendirent un moment d'être seules. Plus une seconde à perdre. Tandis que Greta surveillait la porte, elles ôtèrent leurs manteaux et les glissèrent avec leurs sacs à main sous une nappe, sur le plateau le plus bas des chariots. Dans les grands miroirs des toilettes, Dagny constata que les chariots ressemblaient parfaitement à ceux que l'on voyait entrer dans les salles de conférences, même si les étagères du bas étaient un peu boursouflées. Elle écrasa les manteaux pour réduire leur volume, veilla à ce qu'aucun bout de ceinture ne traîne par terre et les recouvrit de nouveau avec les nappes. Puis elle recula d'un pas. Avec un peu d'imagination, on pouvait croire que les nappes dissimulaient des réserves de sandwichs, même si c'était un peu difficile à faire avaler. Les dames se regardèrent et prirent une profonde inspiration.

— Prêtes ? demanda Dagny.

Toutes hochèrent la tête et se tapèrent dans les mains avant de sortir d'un pas résolu. Une fois dans le hall d'exposition, Dagny embrassa les lieux du regard.

— Bon, on va commencer par celui à droite, dit-elle en montrant un grand missile tout au fond de la salle.

D'un pas décidé, la bande des mamies se dirigea vers le grand missile. Elles passèrent devant différents stands d'exposition : maquettes d'avions et de robots, vrais canons. Les haut-parleurs diffusaient des réclames pour telle ou telle arme, entrecoupées de musique tonitruante et de voix enjouées d'animateurs. Des vendeurs sur leur trente et un debout devant les armes alpaguaient les visiteurs comme s'ils vantaient des marchandises ordinaires, et certains stands montraient même des films publicitaires qui avaient dû coûter une fortune. L'un vantait les mérites de chars d'assaut peints en camouflage qui tiraient sur un ennemi invisible. On voyait des missiles lancés à partir d'avions et de véhicules armés. Dagny, en pensant à tous ceux qui mourraient un jour à cause de ça, dut s'appuyer contre son chariot. Que les hommes, qui prétendaient être les créatures les plus intelligentes sur terre, conçoivent ce genre d'engins !

Dans un costume sur mesure, les cheveux gominés vers l'arrière et un sourire lèche-bottes aux lèvres, un vendeur faisait l'éloge sur un podium d'un lance-roquettes de fabrication suédoise, au nom royal. L'homme parlait de longueur de portée et de vitesse de tir. Quand il eut terminé de parler et vit le chariot de restauration, il tendit aussitôt la main pour essayer de prendre un morceau de tarte.

— Eh ! La tarte n'est pas pour des gens comme toi, réagit Dagny, poussée par son cerveau reptilien, en éloignant le chariot.

— Comment ça ? protesta l'homme, qui réussit malgré tout à chiper un bout de tarte.

— Tu peux te mettre tes foutus lance-roquettes là où je pense ! lâcha Dagny.

— Hein ? dit l'homme en écarquillant les yeux, la bouche pleine de crème.

— Et n'oublie pas d'y mettre aussi celle-là, ajouta-t-elle en indiquant du doigt une sorte d'ogive.

— Ce sera pour sûr ton dernier tir, ajouta Greta en pouffant. Elle pouvait se montrer assez effrontée.

— Voyons, un peu de tenue ! gronda Marie.

Dagny et Greta sursautèrent.

— Tu as raison, chère sœur. Ne nous égarons pas. Il vaut mieux agir avant de se faire mettre à la porte. (Elle jeta un regard alentour et fit signe aux autres.) Bon, c'est le moment de faire notre *die-in !*

Les dames acquiescèrent ; au loin, sur la grande scène, un vendeur parlait de la puissance explosive des mines et d'un nouveau type de bombe à fragmentation qui remplaçait celles désormais frappées d'interdiction. Dagny et le Gang de fer s'approchèrent doucement. Quand le conférencier eut parlé suffisamment longtemps d'efficacité et de puissance explosive et montré l'effet d'une telle détonation, Dagny jugea que le moment était venu d'intervenir. Elle sortit les pinces et les sangles et les distribua à toutes. Puis elle brandit le poing en l'air, le signal convenu. Le Gang de fer sortit vite pancartes et banderoles, les fixa sur les côtés des chariots et serra les sangles. Bientôt, les chariots de restauration croulaient sous les messages de paix.

— *Make love not war !* cria Dagny.

L'instant d'après, ces dames se débarrassèrent de leurs costumes de serveuses et se laissèrent tomber sur le sol. Tout le monde recula : par terre gisaient douze femmes déguisées en squelettes.

# 27

Dagny et les autres s'immobilisèrent. En arrière-fond résonnait toujours la bande-son de films publicitaires, des tirs de canons ou des jets de grenades. Tout sembla s'interrompre un long moment, jusqu'à ce que Dagny perçoive des bruits de pas précipités et des voix pleines de colère.

— Allez, debout ! Qu'est-ce que vous fabriquez ? hurla une voix acerbe au-dessus de leurs têtes.

Personne ne remua d'un pouce. Elles s'étaient entraînées à rester de marbre dans des situations tendues. Des exposants aux chaussures brillantes s'approchèrent, se penchèrent au-dessus d'elles et éructèrent :

— Debout !

Pas un geste, personne n'obéit. Douze femmes d'un âge certain en justaucorps noirs peints de squelettes blancs étaient étendues sur le sol, comme mortes. Un panneau visiblement mal fixé dégringola bruyamment d'un chariot. La sangle devait être trop vieille.

— Par ici, les vigiles, par ici ! cria une voix.

On entendit des gens accourir.

Un homme au pantalon impeccable saisit la main de Dagny, et la tira de toutes ses forces tandis qu'un autre essayait de soulever Marie. Les vieilles dames se firent lourdes, très lourdes. Un des hommes parvint à lever le bras de Marie et la moitié de son buste avant qu'elle ne lui donne des coups de pied qui lui firent lâcher prise.

— Si vous ne vous levez pas de vous-mêmes, nous appelons la police, vociféra quelqu'un.

À la couleur verdâtre de son pantalon d'uniforme, Marie se dit qu'il devait être vigile.

*C'est parfait*, pensa-t-elle. Elle se réjouissait de l'attention qu'elles obtiendraient dans les médias. Des policiers qui traînaient douze vieilles dames sur le sol d'une foire, voilà qui ferait les choux gras de la presse du soir. Elles restèrent donc allongées par terre à jouer les mortes de la manière la plus convaincante possible. Le plus difficile était de rester immobiles : il faisait chaud et elles commençaient à suer. Leurs justaucorps les démangeaient. Peut-être à cause du blanc fluorescent, ou des produits chimiques dans le tissu. Malheureusement, elles avaient acheté les justaucorps dans un grand magasin de vêtements bon marché fabriqués en Asie du Sud-Est, sans contrôle de composants toxiques utilisés... Marie se gratta sous la poitrine. Ça démangeait *vraiment* beaucoup. Elle lorgna vers les autres. Elles aussi se tordaient dans tous les sens comme si elles avaient le corps couvert de fourmis. Qui a la tête à laver des vêtements neufs avant de les enfiler quand on lutte pour la paix ?

De plus en plus de curieux s'étaient rassemblés autour de ces dames en plein *die-in*. Tous avaient réussi jusque-là à garder leur calme, mais ça commençait à bien faire ! Les manifestantes en tenue de squelettes gigotaient malgré elles. Au-dessus de sa tête, Dagny entendit un homme appeler des renforts par radio.

— On a douze cadavres sur les bras. Magnez-vous ! cria-t-il.

— Ah merde ! Il y a eu des échanges de coups de feu ?

— Non, c'est rien que douze cadavres.

— Donc, plusieurs personnes qui se sont fait tirer dessus ?

— Non, elles sont vivantes.

— Comment ça ? Elles sont mortes ou pas ? Je dois appeler une ambulance ?

— Non, il y a douze bonnes femmes âgées déguisées en squelettes...

— C'est bon, arrête ton char ! dit la voix.

On raccrocha dans un grésillement.

Un véritable attroupement s'était créé, le chaos s'aggravait. Des sirènes de police retentirent et un autre groupe de vigiles accourut. Ils mirent du temps pour arriver jusqu'aux mourantes, mais Dagny sentit enfin des mains saisir à la fois ses bras et ses jambes et tenter de la décoller du sol. Elle serra fort les mains et se fit si pesante que les hommes durent la reposer plusieurs fois au sol pour trouver une meilleure prise.

Quand ils parvinrent enfin à la sortir du hall d'exposition, elle fit le signe de la paix et chanta *Make love not war* à pleine voix. Beaucoup, sur leur passage, huèrent les vigiles, d'autres sourirent et lancèrent des vannes. Les vendeurs d'armes, quant à eux, étaient pour la plupart furieux. Dans des positions assez alambiquées, les dames repassèrent toutes la porte, suivies par les organisateurs en colère et les marchands d'armes qui faisaient la gueule.

— Nous devons rapporter les chariots de restauration à l'hôtel, protesta Dagny. Et nous voulons nos sacs à main !

— Oui, oui, on va s'en occuper, marmonnèrent les vigiles en la remettant à la police.

Elinor eut droit au même traitement, puis Marie, Greta et les autres vieilles dames. La dernière à les rejoindre fut Gertrud, quatre-vingt-neuf ans, la plus discrète d'entre elles, mais qui tenait à manifester de son mieux.

Il s'était à présent formé un attroupement à l'extérieur du hall d'exposition ; Marie eut un large sourire en apercevant un photographe dans la foule. Elle leva la main en faisant le signe de la victoire. D'autres photographes accoururent, et quand les vieilles dames en justaucorps de squelettes furent embarquées par les fourgons de police, même la télévision était présente.

— Pourquoi faites-vous la guerre alors que le monde entier irait mieux en temps de paix ? cria Dagny en fixant les appareils photo.

— Avez-vous d'autres commentaires ? demanda un reporter en fourrant un micro sous le menton de Dagny.

— Nous sommes un groupe de mamies paisibles et luttons pour un monde plus pacifique, mais on nous traite comme des criminelles. La police peut être heureuse que nous ne répondions pas à la violence par la violence.

— Oui, je vois, dit le reporter, un peu troublé.

— Nous voulons la paix et l'arrêt des exportations d'armes. C'est pour ça que nous sommes ici, poursuivit Dagny.

Elle tapota gentiment le reporter sur la joue, ce qui acheva de le décontenancer. Marie se tenait un peu plus loin, satisfaite et amusée de voir le tour que prenait l'action. Le reporter n'en croyait pas ses yeux : il n'était pas question ici de bagarre ou de canons à eau, rien que de vieilles grands-mères adorables. Quelles photos enverrait-il à la rédaction ? Un cliché d'un des douze squelettes fluo revendiquant la paix dans le monde ?

L'une après l'autre, les dames furent poussées dans le fourgon, suivies de leurs trois chariots de restauration. Les véhicules de police partirent ; quand les dames agitèrent la main derrière les vitres, on entendit une version à plusieurs voix de *Give Peace a Chance* résonner sur le site de la foire. Le reporter se gratta la nuque. Il avait vu pas mal de choses dans son métier, mais jamais encore douze squelettes fluo qui se grattaient en entonnant une chanson pacifiste...

# 28

Il faisait nuit, et au commissariat de police de Kronoberg, Backman et Billström étaient sur le point de relever la brigade de jour. L'inspecteur Edgar Backman, qui officiait depuis trente ans à la prison, jeta un coup d'œil vers les cellules. Au loin dans le couloir, on entendait des cris et des chants repris en chœur par des voix cassées et grinçantes. C'était sacrément agaçant.

— Qu'est-ce que c'est que ça, putain ? marmonna-t-il.

— Douze vieilles dames qu'on a bouclées pour trouble à l'ordre public. C'est comme ça depuis leur arrivée ici : elles ont entonné tous les chants de paix possibles, répondit le gardien assistant, Sundström, en mettant son manteau.

Il était content de pouvoir enfin rentrer chez lui

— Des chants de paix ?

— Elles se font appeler Les Mamies pour la paix et protestent contre la guerre et le réarmement.

— Ah ! Je vois, des idéalistes, quoi.

L'instant d'après, les deux hommes furent interrompus par un concert tonitruant qui démarra de la cellule 4 : quelques vieilles dames entreprirent de chanter *Give Peace a Chance* de John Lennon. Aussitôt, d'autres voix stridentes et provocatrices issues des cellules 5 et 6 se joignirent à elles.

— Oh merde ! Je suis obligé d'écouter ça ?

— C'est une question d'habitude. Bonne chance ! fit Sundström avec un coup d'œil plein d'une joie maligne.

*Après tout, elles finiront par s'arrêter bientôt, ne serait-ce que par épuisement*, se dit Backman.

Il gagna son bureau sans se presser, s'installa à sa table de travail et alluma l'ordinateur. L'écran papillotait devant ses yeux et la fatigue l'envahit. Dès que les vieilles s'endormiraient, il sommeillerait. C'était ça l'avantage quand on bossait de nuit, on pouvait roupiller un bon bout de temps et être payé quand même. Mais d'abord, il lui fallait passer en revue les événements de la journée. Il sortit ses sandwichs et commença à parcourir le rapport du jour. Il essaya de lire, mais les chants continuels qui montaient des cellules rendaient difficile toute concentration. Ces dames chantaient avec beaucoup de pathos, mais à part ça… Il mangea une bouchée de son sandwich au jambon et recommença tout en haut de la page. Les voix des chanteuses transperçaient la pièce et il perdit patience. Il se leva et entra dans le bureau de Billström.

— Écoute, il faut qu'on fasse quelque chose. Moi j'y vais, putain, et je vais leur dire de fermer leurs gueules, à ces vioques.

— C'est pas trop tôt !

Billström emboîta le pas à son collègue.

Déterminés, les deux hommes remontèrent le couloir chichement éclairé et s'arrêtèrent devant une des cellules. Il faisait très noir, mais quelqu'un chantait d'une affreuse voix suraiguë et les voix stridentes fendaient presque les murs de pierre. Les deux flics se regardèrent et Billström se boucha ostensiblement les oreilles. Backman sortit sa lampe torche, ouvrit la porte, se pencha en avant et éclaira la cellule.

— Qu'est-ce que c'est que ça, bordel ! s'exclama-t-il.

Il recula si vite qu'il faillit tomber à la renverse. Par terre gisait une rangée de squelettes.

— *Make love not war*, piailla l'un d'eux.

— Paix et sérénité pour notre époque, psalmodia un autre.

— Arrêtez l'industrie de l'armement ! s'écria un troisième en se levant.

Backman fit encore instinctivement quelques pas en arrière.

— Sundström aurait pu nous avertir, quand même. Ces squelettes me foutent une trouille bleue ! gémit Backman dans la semi-obscurité.

— Pas des squelettes, des vieilles dames, corrigea Billström qui avait du mal à dissimuler un sourire.

Quand les mamies virent qu'elles avaient des spectateurs, elles s'assirent en cercle et formèrent le V, signe de la paix, avec les doigts. Backman jeta un coup d'œil à Billström avec de la résignation dans les yeux.

— Qu'est-ce qui se passe, putain ?

— Bah, on n'a qu'à les laisser là. Comme ça, au moins, elles la bouclent. De toute façon, elles ne vont pas tarder à s'endormir, fit son collègue pour le consoler.

Backman se rendit compte que Billström avait raison : plus les mamies resteraient étendues sur le sol, moins elles leur casseraient les oreilles, et dans le meilleur des cas, elles s'assoupiraient. Satisfait, il regagna le poste de garde avec son adjoint. Il avait apporté son iPad pour regarder un film ; ensuite, comme le plus souvent, il piquerait un petit roupillon. D'habitude, les gardes de nuit passaient assez vite, à condition qu'on ne leur ramène pas une flopée de poivrots et de petits voyous, bien entendu. Il mit des écouteurs modernes qui filtrent le son extérieur, bien décidé à ne pas se laisser déranger. Quand Billström réintégra son bureau, Backman alluma son iPad, téléchargea le film *La Compagnie des fous* et se pencha en arrière. Au bout d'un moment, il s'endormit.

Billström se lança dans une partie d'échecs contre l'ordinateur. Il s'était équipé de bouchons d'oreilles pour ne pas être dérangé. Mais il ne fallut pas longtemps à ces dames pour se relever (le sol était dur et froid) et se remettre à chanter. La protection auditive ne servait plus à rien. Finalement, n'en pouvant plus, Billström fonça jusqu'à une cellule et cria :

— Fermez vos gueules, nom de Dieu !

— Il ne faut pas jurer, s'exclama aussitôt une voix depuis une des cellules.

Après quoi, toutes celles qui étaient à l'intérieur, plus les dames des cellules 4 et 5 entonnèrent *We Shall Overcome*. Elles chantaient plus fort que jamais. Du coup, Backman se réveilla. Il se leva en chancelant, remonta le couloir d'un pas hésitant, se planta devant la cellule la plus proche et hurla :

— Mais taisez-vous, bordel !

— N'ai-je pas déjà dit qu'il ne fallait pas jurer ? répliqua aussitôt une voix insolente du fond de la cellule.

Backman se prit la tête à deux mains, se mordit la lèvre et respira profondément dans une tentative désespérée pour garder son calme. Il se tourna vers Billström.

— Écoute, si on les relâchait…

— Mais elles seront interrogées demain…

— On n'a qu'à dire qu'elles ont eu des problèmes cardiaques et qu'on n'a pas osé prendre cette responsabilité…

— Dans ce cas-là, vaut mieux appeler une ambulance.

Backman imagina les ambulanciers faisant irruption avec leurs brancards. Ce serait la cour des Miracles, sans compter qu'ils ne pourraient pas emmener les douze vieilles en même temps. Il planta les mains sur ses hanches et réfléchit à la meilleure manière de s'y prendre. Soudain, un changement se fit dans l'air : le calme était revenu. Soulagé, il regarda Billström.

— C'est pas trop tôt ! On a enfin réussi à leur faire entendre raison.

Les deux hommes tournèrent les talons ; ils étaient déjà loin dans le couloir lorsque le silence fut de nouveau rompu.

Les mamies avaient changé de tactique. À présent, elles étaient réunies en un seul grand chœur qui scandait tous les slogans de paix que Stefan leur avait appris en cours. Le boucan devint infernal.

— Et maintenant, qu'est-ce qu'on fait, putain ?

— On n'a qu'à leur donner leurs chariots à provisions. Elles avaient à manger, là-dedans. Si elles bouffent, elles seront obligées de se taire.

— Super idée !

Backman donna une claque dans le dos de son collègue ; tous deux entrèrent dans le local de stockage pour y prendre les chariots. Il restait les emballages, les boîtes à gâteaux et même les cartons de tasses et d'assiettes à dessert. Ces dames s'étaient fait embarquer avant même d'avoir eu le temps de distribuer leurs douceurs. Backman souleva le couvercle de l'une des boîtes à gâteaux, vit une tarte princesse avec sa couverture en pâte d'amande verte et de la crème, et ne put s'empêcher d'y goûter. Miam ! Discrètement, il mit la boîte entière de côté, et lorsque Billström se fut servi aussi, ils poussèrent les chariots jusqu'aux cellules.

— Vous voulez peut-être quelque chose à manger ? demanda gentiment Backman en ouvrant une porte.

Les chœurs se turent sur-le-champ, et un joyeux caquetage s'ensuivit.

— Quelle charmante attention, dit une dame aux cheveux blancs et au nez retroussé. On avait justement une petite faim.

Backman et Billström poussèrent les chariots à l'intérieur, refermèrent les portes des cellules et s'en retournèrent au bureau, assez contents. Backman ralluma son iPad et repassa son film tandis que Billström reprit sa partie d'échecs interrompue. Bientôt, le silence régna en garde à vue, et Backman s'assoupit. Dans les cellules, les mamies se regroupèrent autour des chariots.

— C'est incroyable ! On nous a donné une seconde chance, dit Dagny en caressant les boîtes de nourriture de la main. Heureusement qu'ils n'ont pas ouvert celles-ci…

On entendit des fous rires ; Greta allait déballer un des cartons quand Dagny l'arrêta.

— Mangeons d'abord. Ce sera meilleur.

Toutes s'accordèrent sur ce point ; étant donné qu'elles n'avaient rien avalé depuis le matin, elles s'empressèrent de faire un sort à tous les sandwichs et gâteaux qu'elles avaient eu l'intention de distribuer à la foire. Par malchance, on les avait coffrées très vite.

— Dieu que c'est bon, dit Marie en s'essuyant la bouche.

— Fantastique, dit Greta en rotant bruyamment.

— Je me demande combien de temps on va devoir rester ici. C'est pas en taule qu'on pourra se battre pour la paix, émit une Elinor rassasiée, désormais un peu somnolente et philosophe.

— Moi, je commence à être crevée. Ce serait bien de pouvoir rentrer à la maison et dormir, déclara Greta.

Certes, elle voulait instaurer la paix dans le monde, mais elle estimait que les manifs ne devraient pas être toujours aussi pénibles.

— Et notre arme secrète, alors ? demanda Marie en regardant autour d'elle dans la cellule. Il est peut-être temps de l'utiliser, non ?

On entendit un murmure indécis s'élever des rangs des mamies, qui échangèrent des regards.

— À ma connaissance, personne n'a jamais tenté un coup pareil, mais ça pourrait marcher, continua Marie.

Elle chercha à tâtons les cartons de nourriture marqués d'une petite croix. Elle était fière d'avoir pu apporter ses compétences. Il ne restait plus qu'à les mettre en pratique.

— Absolument. C'est maintenant ou jamais, dit Dagny en sortant un ouvre-boîte de son sac à main.

Les dames enlevèrent leurs pinces à cheveux trafiquées et se tinrent prêtes.

Billström avait achevé sa partie d'échecs et Backman s'était éveillé juste à temps pour le générique de fin du film. Il se tortilla pour se remettre en position assise et jeta un coup d'œil à la pendule. Elle indiquait 3 heures du matin. La relève n'était pas pour tout de suite. Heureusement, tout était calme. Les chants des vieilles dames et les chœurs rythmés avaient cessé dès qu'elles avaient eu quelque chose à se mettre sous la dent, et il se félicita de l'ingéniosité de son collègue. Encore somnolent, il se mit à chercher un autre film sur Internet. Billström était déjà passé au poker en ligne. Au plafond, les néons chuintaient et le ventilateur des ordinateurs ronronnait. Tout le reste était silencieux. Étrangement silencieux. La bande de mamies s'était-elle endormie ? Backman lui donna un coup de coude et Billström indiqua les cellules d'un geste.

— T'as vu, les vieilles ferment leurs gueules !

Billström leva les yeux avec un large sourire ; le bonheur est relatif. Pour l'instant, il en profitait pleinement...

— C'était couru d'avance. Les vieux, ça dort toujours après manger...

— C'est comme qui dirait *trop* calme, marmonna Backman, pas si rassuré que ça.

Père de deux enfants d'une dizaine d'années, il savait ce que le silence pouvait signifier : les gamins préparaient un mauvais coup. Mais les vieilles dames ? Il se leva, se faufila jusqu'à la première cellule, ouvrit la porte et jeta un coup d'œil à l'intérieur. Les chariots étaient un peu de travers, jonchés d'assiettes et de restes de nourriture. Allongées sur les couchettes, les mamies ronflaient doucement. Il referma la porte sans bruit et regagna son bureau.

— Rien à signaler, dit-il.

Il se remit à chercher un autre film sur Internet. Après avoir fait défiler les images pendant un moment, il venait de tomber sur une bonne histoire de détective quand quelque chose le fit réagir. Une odeur. Ça sentait horriblement mauvais. Ça puait, même ! Déconcerté, il regarda autour de lui. Quand il ouvrit la porte, un relent de pourriture envahit le poste de garde. On aurait dit que quelqu'un préparait une mixture de sorcière à base d'œufs pourris, de vomi et de harengs fermentés.

— Putain, qu'est-ce que ça pue ! dit-il en donnant un coup à Billström.

— Ouais, je te le fais pas dire ! renchérit son camarade qui avait fermé les yeux et se bouchait le nez.

— C'est pas possible de rester ici, dit Backman, gagné par la panique.

— Ça vient des cellules. Les mamies ont peut-être amené un putois apprivoisé, suggéra Billström avec un sourire en coin.

— Un putois, tu parles ! Dans ce cas, elles en auraient tout un élevage. On ferait mieux d'aller voir.

À contrecœur, les deux hommes s'approchèrent des cellules où les vieilles dames étaient enfermées. La puanteur augmenta jusqu'à devenir presque insupportable. Après avoir longuement hésité, ils finirent par se résigner à ouvrir une porte. Une bouffée de pestilence répugnante leur sauta au visage.

— Salut, s'écria d'un air réjoui la dame qui répondait au nom de Greta.

Elle avait sur le nez une pince à cheveux qui ressemblait à s'y méprendre à l'objet qu'elle avait absolument tenu à garder avec elle. Par terre, à ses pieds, se trouvait une boîte ouverte de *surströmming*, ces harengs fermentés qui puaient la mort, et un gros fromage rond tout juste sorti de son emballage.

— Vous en voulez un peu ? C'est un fromage géant de Sardaigne. Un *casu marzu*...

— … à un stade avancé de décomposition, ajouta la femme assise à côté d'elle, celle qui s'appelait Marie.

— En plus, il y a plein d'asticots vivants dedans ! rit Dagny, la chef de la bande, celle au nez en trompette.

— Des larves blanches qui se baladent un peu partout dans le fromage ! claironna Greta.

Sur quoi elle entonna gaiement le chant *Lyckans ost*, « Fromage du bonheur ».

Les deux flics s'aperçurent alors que toutes les vieilles dames s'étaient pincé le nez avec leurs épingles spéciales et ne semblaient pas du tout incommodées par la puanteur. Au contraire, elles paraissaient aux anges. À ce moment-là, les squelettes fluorescents entonnèrent un chant de paix de leur composition en tapant du pied en cadence.

Edgar Backman avait longtemps essayé de se contenir, mais il y a une limite à tout dans ce bas monde. Peu importe son chef, son boulot, la police des polices, toutes les éventuelles conséquences. Il en avait tout simplement ras le pompon ! Les mains tremblantes, il tapa les codes commandant l'ouverture des portes des cellules 4, 5 et 6. Puis il cria, il éructa, même :

— DEHOOOORS !!!!!

# 29

Ils ne découvrirent le pot aux roses que le surlendemain, en allant à l'atelier. Quelqu'un s'était introduit chez eux. D'abord, Mark refusa de le croire, mais John, tout pâle, cria tout de suite d'une voix tremblante :

— Il est où, le drone ? demanda-t-il, la télécommande à la main, en montrant du doigt l'étagère où l'engin aurait dû se trouver. On ne l'a quand même pas oublié quelque part après les vols d'essai ?

— Tu sais bien que celui-là, on ne l'a jamais testé, les gyroscopes n'étaient pas au point. Alors il devrait se trouver ici, quelque part, répondit Mark en regardant fixement l'étagère. T'es sûr de l'avoir laissé là ? Faut dire qu'on a tellement de prototypes, aussi...

— Si, j'en suis certain. J'avais coincé des cheveux entre la porte et le chambranle et ils ont disparu. Quelqu'un s'est introduit ici, je te dis.

— Mais comment est-ce possible ? On a une clôture et une alarme.

— Bon, alors trouve-moi le drone !

John fouilla du regard les étagères et le sol à la recherche d'une quelconque trace de présence humaine dans l'atelier. Tout semblait propre et il ne trouva rien de suspect. Il examina de plus près les différents appareils, les compta, et retourna finalement vérifier la porte d'entrée.

— Il manque juste le drone, sinon tout semble normal. Mais il y a un truc louche là-dessous. T'imagines, si quelqu'un nous espionnait ?

— C'est facile à savoir. On va tendre un piège. Si on a encore de la visite, on sera vite fixés.

— Un piège ?

— Une caméra de surveillance, bien sûr. On aurait dû y penser avant !

John eut l'air soulagé. Il était sous pression à cause du contrat qu'il avait signé et des livraisons d'armes qu'il avait promises. Il s'était passé trop de choses ces derniers temps, tout ça tournait dans sa tête. Pour ce drone, il pouvait bien sûr s'être trompé : après tout, il y en avait plusieurs dans l'atelier. Et les cheveux, allez savoir, avec le vent et la pluie, ils avaient très bien pu tomber. Une bonne caméra de surveillance lui éviterait de se sentir poursuivi. Avec un regard reconnaissant à Mark, il s'approcha du réfrigérateur et sortit deux bières.

— Bon, on fait comme t'as dit. Les caméras de surveillance, c'est facile à régler, je ne comprends pas qu'on n'y ait pas pensé plus tôt. Reste qu'on a la livraison à effectuer… Les marchands d'armes d'Arabie saoudite attendent, sans parler des États-Unis, de la Croatie et de l'Ukraine !

— T'as raison, marmonna Mark.

Il prit sa bière et en but une bonne lampée, puis jeta un coup d'œil à son copain. La Croatie et l'Ukraine ? Il avait entendu parler des marchands d'armes de là-bas, des types sans scrupules qui faisaient passer clandestinement des bombes « sales », contaminées par des déchets radioactifs, bref des gangsters dangereux qui ne reculaient devant rien. Ça le mettait mal à l'aise. Ses affaires et celles de John prenaient une mauvaise direction et il n'avait plus le contrôle total de la situation. Jamais il n'aurait cru qu'ils deviendraient les esclaves de trafiquants d'armes louches. Ce n'était vraiment pas ce qu'il avait imaginé au départ, en se mettant en cheville avec son comparse. Ils auraient dû bosser pour la Défense suédoise et concevoir de nouvelles armes destinées à garantir la neutralité de la Suède. Et aujourd'hui ? John ne comprenait-il pas que ce petit jeu était dangereux à la fois pour eux-mêmes et pour autrui ? Mark resta planté là, sa canette de bière à la main. C'était de la folie furieuse. À quoi bon faire fortune si on risquait d'y laisser sa peau ?

— On va effectuer les livraisons que tu as promises, mais après ça, il faudra que toi et moi, on discute de notre entreprise. Qu'est-ce que tu magouilles ?

— Écoute, tu peux dormir sur tes deux oreilles. Je choisis les acheteurs avec soin, je t'assure, et on vend uniquement aux pays qui ne sont pas en guerre.

Mark ne répondit pas. La réponse de John n'avait aucune importance. Il avait compris que son camarade lui mentait et que ça ne datait pas d'hier, loin de là. Maintenant, il s'agissait de se sortir de ce pétrin avant d'avoir des ennuis.

Les douze membres des Mamies pour la paix étaient de retour chez elles, hilares, surexcitées et aussi très fatiguées. À l'aube, elles avaient été ramenées à leur hôtel par la police. Les agents chargés de cette mission n'avaient eu qu'une hâte : se débarrasser d'elles au plus vite. Non seulement ça avait jacassé à tout va à l'arrière du fourgon, mais en plus les vieilles puaient le hareng fermenté et le vieux fromage coulant. Lorsque l'odeur était devenue trop insupportable, les flics avaient mis le gyrophare, appuyé à fond sur l'accélérateur et enfreint toutes les limitations de vitesse jusqu'au quartier de la City. Une fois devant l'hôtel *Haymarket*, ils avaient déposé sans ménagement les mamies et leurs chariots devant l'entrée, baissé toutes les vitres du fourgon pour faire entrer un peu d'air frais et filé sans demander leur reste. Ils avaient décampé si vite qu'ils n'avaient même pas entendu les vieilles dames les remercier chaleureusement pour le trajet.

À l'hôtel, Dagny et Marie n'avaient pas eu le temps de chômer. Aux premières lueurs de l'aube, elles s'étaient faufilées à l'intérieur avec les chariots qu'elles avaient abandonnés devant la salle de conférences. Ensuite, elles s'étaient rapidement changées et refait une beauté dans leurs chambres, puis avaient refourré les vêtements de service sales dans les sacs à linge. Elles avaient à peine pris le temps de souffler avant de régler la note et de prendre le premier vol du matin pour Sturup.

Quand le personnel de l'hôtel prit son service un peu plus tard dans la matinée, il ne manqua pas de s'interroger sur l'odeur pestilentielle qui flottait dans les couloirs. Devant la salle de conférences traînaient des chariots à provisions puants remplis de boîtes de nourriture, de cartons à gâteaux vides, d'assiettes et de tasses sales. Dans un des chariots, on avait abandonné une boîte de conserve ouverte contenant du hareng fermenté, et comme si ça ne suffisait pas, de petits asticots blancs grouillaient un peu partout dans quelque chose qui ressemblait à des restes de fromage. Face à la cuisine, dans le local où on entreposait généralement le linge sale, cela sentait tout aussi mauvais. Les sacs empestaient, et en plus, les vêtements de service crasseux étaient équipés de bandes Velcro surpiquées. Le personnel secoua la tête, médusé, mais comme le département s'était récemment doté d'une nouvelle directrice, on décida de faire profil bas. On ne pouvait jamais savoir, avec les chefs nouvellement promus. Ils avaient souvent des idées bizarres.

Après ce long voyage, Dagny et les mamies avaient absolument besoin de dormir quelques heures avant d'avoir la force de se doucher et de déjeuner. Elles étaient à peine installées à table que Stefan et Pluto firent leur entrée.

— La radio et la télé en ont fait des tonnes sur la manif à l'extérieur de la foire d'Älvsjö, annonça Stefan en s'asseyant.

— Génial ! s'exclama Marie.

— On te voit même, Dagny, dire que c'est mal de vendre des armes, et qu'au lieu de ça on devrait travailler pour la paix.

— Magnifique, dit Marie en battant des mains.

Le Gang de fer de retour de Stockholm sourit et ses membres se félicitèrent mutuellement, pas peu fières de ce qu'elles avaient accompli. Stefan se versa un verre d'eau et se servit de salade.

Il avait vu à l'écran l'échange verbal qu'avait eu Dagny avec le journaliste qui lui avait collé son micro sous le menton.

— Encore mieux, s'écria Marie en faisant le signe de la victoire.

— Sur le plan médiatique, vous avez parfaitement réussi votre coup, poursuivit Stefan en buvant une gorgée d'eau.

Cependant, il dit cela d'un ton tellement neutre que Dagny ne put décider s'il était sérieux ou ironique.

— Mais c'est ce qu'on veut, avec Les Mamies pour la paix, qu'on nous écoute, s'écria Marie.

— Bien sûr, c'était bien. Mais les flics ont fait tout un foin. Ils vous ont entendues brailler toute la nuit. Les chants de paix et les divers slogans que je vous ai appris sont faits pour être utilisés pendant les manifs, pas en garde à vue !

Stefan s'efforçait de prendre l'air sévère, mais il avait un sourire au coin des lèvres.

— N'empêche, ça a très bien marché, fit remarquer Dagny.

— J'ai entendu ça. Quand j'ai téléphoné au poste pour savoir comment vous alliez, ils vous avaient déjà relâchées.

Stefan tenta de garder son sérieux, sans grand succès. Ses yeux changèrent d'expression et devinrent brillants.

Dagny aimait quand sa tristesse se dissipait et que ses yeux bleus et charmeurs s'illuminaient. Depuis quelque temps, il s'était mis à sourire et à rire beaucoup plus souvent. Ça le rendait plus chaleureux et sympathique. Ses sourcils incurvés vers le bas remontaient quand il riait, et tout son visage s'animait. Les Mamies pour la paix lui faisaient du bien, c'était aussi simple que ça !

Il se plaisait tellement au centre de cours qu'il y venait tous les jours, même lorsqu'il n'enseignait pas. Alors il s'asseyait avec Pluto ou participait à l'un des autres cours. *Il a besoin de nous et de l'esprit positif qui règne à la ferme*, se dit Dagny en ressentant une chaleur soudaine. Après avoir fait de la prison à cause de ses convictions, il avait été découragé par toute la résistance à laquelle il s'était heurté. Sans oublier la maladie de son épouse dont il parlait rarement. Elle avait connu de longues phases dépressives avant de s'enfoncer définitivement dans l'obscurité. Il passait la voir parfois, mais ne parvenait pas à établir le moindre contact. C'est à peine si elle le reconnaissait. Ça devait être horrible. Pourtant, la gravité qui avait pesé sur lui les premiers temps était en train de se dissiper lentement. Il avait cru que le mouvement pour la paix des mamies se déroulerait dans les règles de l'art, mais admettait maintenant que tout ne devait pas forcément se faire sur un mode unique. Il existait tant de possibilités !

— Dagny, vous avez foutu la trouille à ces flics. Votre *die-in* était une chose, mais aviez-vous vraiment besoin de vous déguiser en squelettes luminescents ?

Sa voix se voulait revêche, mais ses yeux le trahissaient. L'histoire l'amusait beaucoup.

— Je me suis dit qu'il fallait qu'on soit bien visibles…

— Ah, pour ça, vous avez réussi votre coup. Encore heureux que personne n'ait eu d'infarctus.

— Tu sais, tout a marché comme prévu, continua Dagny, de la fierté et du défi dans la voix.

Elle lui offrit une nouvelle part d'omelette. Nils avait cuisiné une délicieuse omelette au curcuma et jambon, avec des tomates et beaucoup de fromage. Cela lui fit penser au fromage sarde, véritable bombe qu'elles avaient emportée en garde à vue. N'y tenant plus, elle se mit à pouffer.

— On était douze squelettes luminescents qui PUAIENT...

— J'ai entendu dire que la police avait dû faire intervenir une entreprise de nettoyage pour désinfecter, sourit Stefan.

— Oui, mais ça, tu connais bien. Ça faisait partie du plan. On ne voulait quand même pas rester trop longtemps en détention. C'était l'idée de Marie, qu'on a adoptée à l'unanimité.

— Oui, ça, j'ai pigé...

Stefan avait pensé leur dire que la manifestation s'était bien passée, mais que le passage par la case prison ne lui paraissait pas nécessaire. Néanmoins, en voyant leurs mines réjouies, il garda ses commentaires pour lui et se contenta de sourire, avant d'éclater franchement de rire. Son rire était contagieux. Les mamies faisaient fi de toutes convenances. Elles piquèrent un joyeux fou rire, vite rejointes par Pluto dans leur hilarité. Il donna un coup de coude dans les côtes de son père.

— Tu vois, papa, tout n'a pas besoin d'être sérieux à mourir simplement parce qu'on se bat pour la paix.

Son père acquiesça.

— Tu as raison, ça me donne de quoi réfléchir.

Pluto avait aimé les vieilles dames dès le premier instant parce qu'elles n'étaient pas aussi sombres que son père. À présent, il les aimait encore plus, parce que son paternel s'était dégelé en leur compagnie. Que Stefan soit devenu plus gai, plus ouvert et plus détendu expliquait en partie pourquoi il se plaisait tant à la ferme.

— Je me demande ce qu'ils vont écrire dans le rapport de police, continua Stefan en jetant un coup d'œil à Dagny.

— Ils vont probablement l'escamoter, fit Marie en souriant.

— Ou alors écrire que douze vieilles dames ont pété un câble, renchérit Dagny, toute gloussante.

Mais le rouge lui était monté aux joues : tout au fond d'elle-même, elle était un peu gênée par ce qu'elle avait organisé. Elle jeta un regard furtif à Stefan pour voir sa réaction.

— Tant que votre action nous vaut de la publicité pour notre combat pour la paix, pas de problème. Mais permettez-moi de dire ceci, annonça-t-il en posant son couteau et sa fourchette. Nous ne devons jamais franchir la frontière du ridicule, car cela irait à l'encontre de tout ce pour quoi nous luttons.

— N'empêche qu'avec le coup du fromage, on est restées dans les clous, non ? Ça faisait partie de notre plan pour sortir rapidement de la garde à vue, rappela Marie.

— Beau boulot, dit Stefan en faisant le tour de la table du regard. En agissant ainsi, vous avez attiré l'attention sur le mouvement pour la paix. Toute publicité est une bonne publicité, et là, c'était réussi, je l'avoue. En fait, vous m'avez appris quelque chose.

Le bruit des couverts s'éteignit et tous les regards se tournèrent vers Stefan.

— C'est vrai ? demandèrent Marie et Dagny d'une seule voix.

— En quelques mois, votre combat pour la paix a davantage frappé les imaginations que tout ce que mes anciens élèves et moi avons réussi à faire en plusieurs années...

— Tu vois ! s'écria Greta triomphalement.

— C'était peut-être un peu limite, reconnut Dagny, mais on voulait être connues. Car à partir de là, les médias nous solliciteront pour des interviews dès qu'il sera question de guerre et d'armes. Alors on pourra obtenir les infos qu'on veut.

— C'est comme ça que la presse fonctionne, ajouta Marie. Nous poursuivons bien le même but : se débarrasser des armes et des appels à la guerre, n'est-ce pas ?

— Exactement. Le problème, c'est que les armes sont extrêmement rentables à la fabrication et à la vente, soupira Stefan. Les banques soutiennent l'industrie de l'armement et trop de politiciens ferment les yeux.

— Dans ce cas, il faut détruire toutes les armes ! lança Greta sans ciller.

Ce fut le silence total, car tout le monde savait ce que ça signifiait si elles se faisaient prendre : la prison pour destruction de la propriété d'autrui.

— Mieux vaut faire appel à la ruse et de préférence ne rien détruire, estima Dagny.

— C'est vrai, mais c'est seulement quand on commence à détruire des armes qu'il arrive quelque chose. Quelle ironie, hein ? dit Stefan.

Il repensa à la fois où il s'était introduit dans une usine avec quelques militants pacifistes pour bousiller deux ogives nucléaires à coups de marteau. Ils avaient été condamnés à huit ans d'emprisonnement, mais il avait eu la chance de pouvoir rentrer chez lui au bout de deux années.

— Dans tes cours, tu prêches la non-violence. On a essayé tous les trucs habituels de la désobéissance civile, le *die-in* et d'autres happenings du même style. Mais comment passer à autre chose ? demanda Dagny.

Stefan sursauta, interloqué par l'opiniâtreté de cette femme. Lui-même n'avait-il pas failli renoncer face à toute la résistance à laquelle il se heurtait ? Toutes ces manifestations auxquelles il avait participé sans déboucher sur rien ? Dagny, elle, était pleine d'énergie et d'enthousiasme. Elle était d'une autre trempe qu'Edith, son épouse, qui avait pendant de nombreuses années pompé sa vitalité, jusqu'à l'épuisement. Elle avait été d'une beauté envoûtante, mais fragile, malgré son anxiété et son comportement autodestructeur. Avec les années, elle était devenue agressive et avait commencé à perdre la mémoire. Il avait fait tout ce qui était en son pouvoir pour lui venir en aide, mais un beau jour, à bout de forces, il avait dû se résoudre à la placer dans une institution. Au début, il était passé la voir très souvent, mais à présent, il n'y allait plus qu'une ou deux fois par mois. Généralement, il emmenait Pluto, mais le gamin n'aimait pas non plus rendre visite à sa mère. Elle n'avait jamais compris son fils et, la plupart du temps, l'engueulait et le critiquait. Stefan n'arrivait pas à comprendre qu'on puisse se comporter ainsi envers son propre enfant. Il avait un temps envisagé de divorcer, sans passer à l'acte. Aujourd'hui, cela n'aurait pas été correct.

Depuis qu'il avait commencé ses cours à Seniorboost, il s'était totalement immergé dans son travail. Tout était tellement plus simple et plus facile, ici, avec Dagny et les dames enthousiastes du centre de cours. Elles étaient merveilleuses, et il sentait qu'on avait besoin de lui.

— Comment passer à autre chose ? Je crois que vous êtes sur la bonne voie. Mais vous devrez planifier soigneusement la prochaine action.

— Dès l'instant qu'on ne blesse personne, on peut grosso modo manifester comme on veut, c'est ça ? demanda Dagny.

— Tout ce qui attire l'attention sur le travail pour la paix est bon à prendre. Vous, les mamies, vous avez indéniablement renouvelé l'art de manifester…

Devant son sourire franc et chaleureux, Dagny se sentit soulagée. Il était manifestement prêt à les laisser se développer et se débrouiller par elles-mêmes. Tout d'un coup, il grimpa encore dans son estime.

— Le plus gros problème, c'est les armes. Personne ne cessera de vendre des missiles simplement parce qu'on s'assied devant des bouches de canons. Il faut essayer quelque chose de plus intelligent. Tout casser ? Je ne sais pas…

Ce serait quand même mieux si on pouvait stopper la fabrication d'une façon ou d'une autre.

Stefan acquiesça.

— J'ai une certaine expérience et pas mal de connaissances, et de votre côté, vous maîtrisez l'art de manifester. Ensemble, on pourrait former une équipe redoutable. Vous n'êtes jamais à court d'idées, vous, les mamies.

De nouveau ce sourire. Peut-être Dagny pouvait-elle aller jusqu'à lui confier ce qu'elles avaient découvert chez les voisins ? Elle n'y avait pas pensé jusqu'ici, mais Mark et John s'occupaient bel et bien de fabriquer des armes, fussent-elles peu conventionnelles. Ne concevaient-ils pas des prototypes, ne mettaient-ils pas au point d'insidieuses armes ? Pourquoi ne pas les empêcher d'aller au bout de leurs projets en détruisant leurs terribles engins dès le stade des essais ? Dagny observa Stefan à la dérobée. Elle devait pouvoir lui faire confiance, mais jusqu'à quel point ? Ses beaux yeux bleus ne pourraient jamais dissimuler un mensonge. Il marcherait sûrement dans la combine. Elle se pencha en avant.

— J'ai quelque chose de très important à te raconter. Et on n'a pas toute la journée.

# 30

Marie regarda fixement la sonnette. Ça tintait dans le vide. Elle frissonna et appuya une fois encore sur le bouton encastré dans un montant du portail. Personne ne bougea dans la maison ni ne se montra en haut des marches. Inquiète, elle regarda autour d'elle en se mordillant les ongles. Elle avait rendu les films d'horreur en comprenant qu'elle ne parviendrait pas à vaincre sa peur de cette manière. Il s'agissait maintenant de s'entraîner dans la réalité. Elle devait s'aguerrir, comme elle l'avait annoncé à Dagny. Aussi avait-elle proposé d'aller rendre visite aux voisins, même si elle avait peur et aurait préféré en être dispensée. Pourtant, les fois où elle avait rencontré Mark, elle avait lu de la curiosité et de l'intérêt dans son regard. Même si c'était un geek des armes, il ne lui ferait sûrement pas de mal.

Elle baissa la poignée pour voir si le portail était fermé à clé et, à sa grande surprise, découvrit qu'il était ouvert. Si les deux hommes étaient dans le jardin, ils ne se souciaient peut-être pas de l'alarme. Le soleil brillait, il fallait sans doute s'occuper des pommiers et d'autres choses dans la ferme, alors ils ne devaient pas être loin. Marie se dirigea à petits pas vers l'arrière de la maison où elles s'étaient introduites clandestinement quelques semaines auparavant. Tout était calme et silencieux, elle ne vit que des caisses scellées, entreposées sur des palettes. Elle regarda alentour en criant « ohé » pour montrer qu'elle ne fouinait pas, qu'elle était venue avec de bonnes intentions, mais n'obtint pas de réponse. Elle continua donc son chemin, passa devant la terrasse en bois et le terrain de boules, et arriva à l'avant de la maison où un camion équipé d'un tuyau était en train de vider le puits. *Ah, c'est peut-être pour ça que le portail n'est pas fermé à clé*, se dit-elle. Elle appela de nouveau et, au bout d'un moment, John sortit en bleu de travail de la grange, en grande discussion avec le chauffeur du camion-citerne.

— Ah, vous voilà enfin. Ça tombe bien. C'est justement vous que je cherchais, cria Marie.

Il leva les yeux et son regard s'assombrit.

— Quoi, vous venez d'entrer ?

— Le portail était ouvert, alors j'ai pensé que vous étiez peut-être dans le jardin. Dagny et moi, on voudrait vous inviter à dîner. Que diriez-vous de demain à 18 heures ?

— Dîner ? Euh, il faut que j'en parle à Mark. On viendra volontiers, bien sûr, si on n'a pas d'autres engagements. Maintenant, si vous voulez bien m'excuser… Je suis malheureusement assez occupé, ajouta-t-il en indiquant de la tête le tuyau.

— Naturellement, dit Marie. Nous serions ravies de vous voir.

Sur ce, elle rentra chez elle. John ne lui avait pas fait faire le tour du propriétaire et elle n'avait pas eu la possibilité d'examiner les lieux. Mais sa visite n'avait pas été vaine pour autant. Elle y était parvenue, elle avait défié le danger même si elle n'en menait pas large.

Le lendemain, Mark et John arrivèrent avec un grand carton de jus de pomme et une boîte de pommes en conserve. Ils bavardèrent amicalement autour d'un verre, même si aucun d'eux n'arrivait à cacher une certaine nervosité. Dagny eut le sentiment qu'il y avait entre eux une certaine tension. Tandis que John tenait un long discours sur le greffage et les variétés de pommes, et proposait de vendre au centre de la compote à prix d'ami, Mark semblait passablement agacé. Il était certes le plus taiseux des deux, mais en ce moment précis, son esprit était ailleurs. Jouant distraitement avec ses doigts, il jetait des coups d'œil furtifs dans la cour comme s'il s'attendait à tout moment à ce que quelqu'un vienne leur rendre visite.

— Un petit whisky, peut-être ? proposa Marie.

Elle sortit deux verres et dévissa le bouchon d'une bouteille de Ballantine's.

— Volontiers, dit John.

Marie le servit.

— Non, merci, marmonna Mark en lui adressant un sourire timide.

Le regard était sympathique. Comment un homme tel que lui pouvait-il magouiller dans les armes ? Marie ne comprenait pas. D'accord, il était un peu spécial, avec ses lunettes démodées et sa posture tordue qui trahissait de nombreuses heures passées devant son ordinateur. Cependant, sa timidité et son visage doux exprimaient autre chose, le rendaient en quelque sorte attirant. C'était un geek des armes, mais aussi un homme très agréable. Pendant le mouvement *flower power* des années 1970, elle avait rencontré beaucoup de personnalités insolites qu'elle avait appris à aimer, à condition de prendre le temps de les découvrir, de les laisser s'épanouir. Mark était peut-être de ceux-là ? Arriverait-elle à le ramener à de meilleurs sentiments ? Il fallait quand même qu'il comprenne que tôt ou tard, l'humanité courrait à sa perte !

Ils se mirent à table, et John parla le plus. Il tint un long discours sur son champagne nordique. *S'il est tellement désireux de garder le secret, pourquoi en parle-t-il autant ?* se demanda Dagny. Pour dissimuler ses autres activités, bien entendu.

Lorsqu'ils en furent au plat de résistance, Marie vit Nils et Stefan se diriger vers la Volvo, démarrer et s'en aller. Il faudrait qu'ils disposent d'assez de temps avant que Mark et John ne pensent à rentrer chez eux.

— C'était qui, ces gars-là ? demanda Mark en voyant partir la voiture.

— Notre formateur, Stefan. Il doit aller récupérer son fils. Réunion de classe, vous savez, dit Marie qui se tourna vers Mark. Vous avez des enfants, vous aussi ?

Il se tortilla, mal à l'aise, et leurs regards se croisèrent. Tout à coup, il eut l'air vraiment triste.

— C'est une longue histoire. Tout n'a pas marché comme je l'avais pensé. J'aurais tant voulu...

Il s'interrompit.

— Écoutez, vous n'avez pas besoin de garder tout ça pour vous. Si vous ne voulez pas en parler maintenant, on peut éventuellement se voir une autre fois, dit Marie, prise d'un élan d'empathie.

Peut-être avait-il vécu un amour malheureux ? Qu'avait-il dit à propos de ses enfants et de son petit-fils ? Il y avait chez lui une sensibilité qui éveillait des émotions. Cela dit, il était au service de l'industrie de l'armement qu'elle abhorrait ! D'un autre côté, il n'était pas le seul. Combien d'hommes et de femmes de par le monde allaient au boulot chaque jour et fabriquaient des missiles et des lance-roquettes ? La plupart d'entre eux avaient sûrement aussi l'air gentil... Marie leva les yeux et rencontra le regard sévère de Dagny, on ne peut plus explicite. *Méfie-toi, imbécile*, disait ce regard. *Ne va pas en plus prendre sous ton aile des hommes sans défense !*

Ça sentait l'essence dans la voiture, peut-être à cause du réservoir de secours que Stefan avait rempli deux jours plus tôt. Il abaissa sa vitre pour aérer. Ensuite, il quitta la route principale et s'engagea sur le petit chemin qui menait à la ferme voisine. Arrivé à cent bons mètres de la maison, il s'arrêta et coupa le moteur.

— Allez, c'est parti, murmura-t-il en mettant son sac à dos sur ses épaules. Je n'en ai pas pour longtemps.

Nils le regarda d'un air inquiet.

— T'es sûr de vouloir y aller seul ?

— J'ai besoin que tu fasses le guet. Je te promets d'être prudent.

Stefan ouvrit la portière, sortit et regarda autour de lui. Puis il adressa un signe de tête encourageant à Nils et partit à grandes enjambées vers la maison. Il vit, comme prévu, qu'il n'y avait personne à proximité. Il marcha le long de la clôture et découvrit à sa grande déception qu'elle était protégée par une alarme. Un camion et des palettes se trouvaient dans la cour et, au loin, il aperçut la grange. Il sortit ses jumelles. La vieille bâtisse peinte en rouge avait une grande porte, quelques rares fenêtres, une bouche d'accès pour le remplissage du fioul et un raccordement au puits. Devant la porte, on distinguait des traces de roues dans le gravier. Il prit une photo avec son portable, fit demi-tour et longea de nouveau la clôture. Il devait bien y avoir quelque part une ouverture par laquelle entrer…

Le soleil se couchait et une lumière oblique et chaude brillait au-dessus de la belle ferme ancienne de Scanie. Stefan laissa son regard errer sur la propriété et les bâtiments annexes. C'était une de ces fermes classiques aux murs blanchis à la chaux et à demi-colombages que l'on ne trouve qu'à Österlen. Il fit quelques pas en avant et perçut soudain une sorte de reflet métallique. Il leva les yeux : vu sous un certain angle, quelque chose brillait près de la lanterne au-dessus de la porte de la grange. Il prit ses jumelles et zooma dessus. Putain, un objectif de caméra ! Ils avaient des caméras de surveillance, bien entendu, qu'avait-il cru ? Stefan resta planté là, rigoureusement immobile, en se demandant comment entrer. C'est alors qu'il entendit un coup de klaxon, le signal convenu. Il y avait urgence. Il ouvrit son sac à dos et sortit un micro espion. Vite, il se baissa, compta cinq poteaux à partir du chemin et s'assura qu'il était hors du champ de la caméra de surveillance. Puis il plaça le petit boîtier noir à côté d'une pierre, derrière la clôture. Ils avaient choisi un super micro professionnel, phénoménal pour les voix. Plus petit que la paume de la main, l'appareil sans fil avait une portée de plus de mille mètres. Doté d'une batterie à durée de vie prolongée, il était parfaitement adapté aux écoutes clandestines. Il regagna la voiture en courant et s'affala sur le siège. Nils avait déjà déplacé le véhicule en laissant tourner le moteur.

— Tu vois ce salaud, là ? dit-il en montrant du doigt un nuage de poussière plus loin sur la route. Une Skoda. Ça doit être les marchands d'armes.

Il mit les gaz, abaissa le pare-soleil et prit tranquillement la direction de l'autoroute. Quand ils croisèrent la Skoda, ils regardèrent droit devant eux à travers le pare-brise. Dans le rétroviseur, ils virent la voiture bifurquer vers la ferme.

— Hé ben, il était moins une. Heureusement que tu as klaxonné, dit Stefan.

— Ça ne me surprendrait pas qu'une grosse affaire soit en cours. Mark et John seront probablement de retour d'une minute à l'autre.

— Tu sais, c'est trop dangereux d'essayer de bousiller des armes chez eux. Ils ont installé des caméras de surveillance. Il faut qu'on trouve autre chose. Mais j'ai quand même placé mon boîtier.

— Bien, comme ça, on pourra les écouter et échafauder nos plans. Beau boulot. On pourra peut-être au moins empêcher les livraisons d'armes.

Nils avait les mains moites, mais tentait de cacher sa nervosité. Tout à coup, Stefan éclata de rire.

— Tu sais, le micro espion, c'était une idée de Dagny. Elle se doutait bien que ce serait difficile de pénétrer dans la grange.

— Cette vieille femme pense à tout.

— Quoique « vieille femme » ne soit pas le mot que j'emploierais pour elle, dit Stefan. C'est une femme assez unique.

Les deux hommes allèrent chercher Pluto puis retournèrent auprès de Dagny et des autres au centre de cours. Trop tard, cependant, pour avoir le temps de bavarder avec les invités. Mark et John étaient déjà dans l'entrée, l'air stressé.

— Vous partez déjà ? Vous n'êtes pas restés longtemps, dit Stefan.

— Oh, on a pas mal de boulot à la ferme qui nous attend, vous savez, répondit John en se raclant la gorge.

— Quel dommage, Dagny et Marie nous ont beaucoup parlé de vous et on espérait avoir le temps de bavarder un peu.

— Désolé. Ce sera pour une autre fois. En ce moment, on est débordés. C'est la saison qui veut ça, vous savez, enchaîna Mark en enfilant son manteau. Mais un peu plus tard, quand ça sera plus calme…

— Volontiers, c'est gentil de votre part, dit Nils.

*Plus calme ? Hum*, pensa Stefan sans rien dire.

# 31

Suite au dîner et à la visite de Stefan à la ferme voisine, Dagny et les autres surveillèrent leurs voisins le plus possible. Ils travaillaient en équipe dans la chambre de la tour, d'où ils épiaient avec des jumelles et écoutaient le micro espion sans fil. Les vieilles dames espionnaient aussi intensivement que des Allemands de l'Est employés par la Stasi. Grâce au petit boîtier placé près de la clôture, ils entendaient parler Mark et John pratiquement où qu'ils soient dans la cour.

— Leurs nouvelles armes ne doivent pas être mises sur le marché, martelait Dagny chaque jour au petit déjeuner. Il faut qu'on les arrête !

Tout le monde s'accordant sur ce sujet, on tirait au sort pour désigner les équipes et les roulements dans la tour. Bien entendu, personne ne voulait être de l'équipe de nuit, et au bout de quelques nuits blanches, Marie commença à se lasser.

— On ne devrait pas plutôt contacter la police ? dit-elle un matin, encore somnolente, des cernes noirs inhabituels sous les yeux.

— C'est hors de question, estimèrent les autres.

Dagny était la plus déterminée de tous. De fait, elle s'inquiétait pour ses deux installations non conformes : une annexe, derrière la maison d'habitation, où les participants aux cours pouvaient passer la nuit, ainsi qu'une grande réserve de quarante mètres carrés dotée de saunas. Elle ne voulait pas que les autorités viennent y fourrer leur nez et se sentait du coup un peu coincée. Si la Défense suédoise était vraiment derrière le centre d'expérimentations de Mark et John, ce serait un jeu d'enfant d'interdire les cours des mamies et de retirer la licence de leur restaurant, même s'il ne servait de repas qu'aux stagiaires. Avec les autorités, on ne savait jamais. Aussi Dagny et les autres décidèrent-elles de faire profil bas pendant un moment et de rassembler le maximum d'informations avant d'aller trouver la police. Ou, comme le disait Dagny :

— Pour pouvoir travailler comme des pros, il faut avoir des faits. Des faits tangibles et irréfutables.

Au fil des jours, depuis leur tour de guet, elles observaient tout ce qui bougeait dans la ferme voisine, réussissant même à relever des numéros d'immatriculation. Mais il était impossible de remonter jusqu'à leurs propriétaires, ces numéros ne figuraient pas dans le fichier des véhicules. Malheureusement, Mark et John n'étaient pas du genre bavard. La plupart du temps, ils se contentaient de marmonner, et parfois, le chien aboyait si fort que celle qui était de garde sursautait sur sa chaise et se voyait contrainte de baisser le volume. Enfin, le septième jour, alors que les deux hommes se rendaient à la grange, ils dirent quelque chose qui fit dresser l'oreille à Marie. Juste à cet instant, Dagny entrait dans la pièce pour relever sa sœur. Marie monta le son.

— *Leur montrer les engins, ça ne suffira pas. Les Saoudiens et les mecs de l'Est voudront vérifier qu'ils sont opérationnels*, dit John.

Mark et lui se trouvaient à la porte de la grange.

Marie lança l'enregistrement.

— *Les drones, donc ?* demanda Mark.

Sa voix était étonnamment claire et nette.

— *Les drones, les mines, les missiles, tout ce qu'on a.*

— *Dans ce cas, il faut faire des essais en vol. On ne peut pas faire ça ici, c'est trop dangereux. On pourrait se faire repérer.*

— *L'ancien aérodrome désaffecté fera l'affaire. Il n'y a jamais personne, là-bas, et si on teste tout à l'aube, personne ne sera réveillé, je te le garantis.*

John semblait optimiste.

— *De toute façon, on n'a guère le choix*, marmonna Mark d'une voix presque inaudible.

— *Ils arrivent après-demain, et ensuite…*

John fit démarrer le camion et sa voix se perdit dans le bruit. Après quoi, on n'entendit plus que le vacarme du moteur pendant plusieurs minutes ; enfin, les voix de John et Mark redevinrent audibles, mais ils parlaient déjà d'autre chose.

— Eh merde ! Ils ont mis quelque chose de nouveau en branle et on l'a loupé, soupira Marie.

— Il n'y a qu'un seul moyen. Il faut continuer à les espionner, décida Dagny. Et mobiliser les mamies.

— Toutes en même temps ?

— Exactement. Les cent dix mamies qui ont suivi le cours de désobéissance. En ce moment, on n'héberge personne, alors on peut faire ça.

Dès le lendemain, Dagny avait réussi à réunir la majorité des participantes aux cours précédents, soit cent trois dames en tout. Une bonne partie de celles qui habitaient en Scanie promirent de rester en stand-by et de quitter leur foyer dès qu'on les appellerait ; certaines s'étaient engagées à garder les petits-enfants et durent refuser. Néanmoins, la plupart débarquèrent à la ferme le lendemain avec ce qu'il leur fallait pour la nuit, sacs de couchage compris, prêtes à tout. Elles prirent leurs quartiers dans l'annexe derrière la maison et dans les chambres situées dans les ailes du bâtiment principal. Quelques-unes durent être logées dans un petit bed and breakfast des environs, mais comme c'était seulement pour une nuit, ça ne posait pas de problème.

Les mamies blaguaient, pouffaient de rire et échafaudaient les plans les plus astucieux dans la joie et l'enthousiasme, tandis qu'en cuisine, Nils proférait de longues tirades de jurons. Non seulement il devait préparer à manger pour tout ce petit monde, mais par-dessus le marché, il allait être obligé de passer les prochains jours en compagnie de plus de cent vieilles dames désobéissantes ! Certes, Marie avait fait venir un extra de chez un traiteur, mais c'était toujours lui le responsable principal. Si sa femme n'avait pas travaillé pour la paix dans le monde, il aurait carrément rendu son tablier.

Quand elles furent toutes installées, Dagny et Marie les convoquèrent à une réunion. Elles y exposèrent en détail la grande manifestation qui aurait probablement lieu deux jours plus tard. En attendant, elles allaient devoir reprendre l'essentiel du cours de désobéissance et s'entraîner aux exercices pratiques.

— Ça fait plaisir de reprendre du service, dit Elinor avec un large sourire et des yeux brillants.

Elle paraissait rajeunie de dix ans. Se sentir utile et avoir quelque chose de sensé à faire lui faisaient un bien fou.

— Espérons que Greta refera sa tarte aux myrtilles, elle était divinement bonne, dit Marie.

Elle trouvait parfois Greta pénible, mais ses talents de pâtissière excusaient tout.

— Bon, nous allons encore frapper un grand coup. Planquez-vous, les vieux schnocks, on arrive ! s'écria Elinor.

Elle rejeta la tête si brusquement en arrière que sa pince à cheveux tomba par terre.

La bande de mamies au complet sur les talons, Dagny trottina jusqu'à la salle de gym où elle fit en sorte que tout le monde ait de quoi travailler : couleurs, matériel divers et pancartes. Toutes contentes et surexcitées de se sentir une nouvelle fois utiles, elles se jetèrent sur leurs nouvelles tâches. L'ambiance était joyeuse et de nombreux éclats de rire fusaient. En allant à son bureau, Stefan s'arrêta et, piqué par la curiosité, poussa la porte.

— C'est incroyable ! lança-t-il.

Il regarda autour de lui en laissant éclater un rire franc et chaleureux.

Les mamies avaient envahi chaque recoin de la salle. Aux espaliers étaient suspendues des banderoles dont la peinture séchait tandis que dans un coin s'entassaient des pancartes terminées, avec des slogans pour la paix. Au milieu de la salle, on avait dressé une douzaine de tables avec de la peinture et des pinceaux, et tout autour, les dames avaient tracé une piste pour s'entraîner au traînage passif.

— On aura bientôt terminé les pancartes ; quand ce sera fait, tu pourras prendre le relais avec les exercices physiques, lui dit Dagny avec enthousiasme.

Elle brandit une pancarte : *Réfléchissez, faites le bon choix, arrêtez de fabriquer des armes !*

Stefan lut le texte et acquiesça. C'était un condensé de tout ce que représentait le mouvement pour la paix : stopper la fabrication des armes et combattre en faveur de la paix. Les mamies étaient le nouveau fer de lance de cet engagement.

— Je trouve que vous devriez faire quelques pancartes en anglais, suggéra-t-il. De façon à ce que les marchands d'armes comprennent aussi.

— Bien vu, on s'y met tout de suite ! dit Dagny en se dirigeant vers Marie.

Elle connaissait bien les anciennes participantes aux cours de croquis et d'aquarelle, et leur prodigua des instructions. Stefan s'approcha de leur table.

— Il y a une sacrée ambiance, ici ! constata-t-il avec un grand geste de la main.

— Approche-toi et admire par toi-même ! Ici, on fabrique de la colle, dit Marie en désignant la table où ses copines étaient à l'œuvre.

Une bande de mamies, Greta à leur tête, étaient occupées à touiller de la colle qu'elles emporteraient à la manif. Marie avait trouvé la recette sur Internet et elles s'appliquaient à bien mélanger les ingrédients.

— Les flics vont vivre un enfer, continua-t-elle.

Elle désigna fièrement les vieilles boîtes de conserve qu'elle remplissait de glu maison.

— Ça a l'air bien, acquiesça Stefan. La colle, c'est mieux que les chaînes. C'est toujours un problème quand il faut ouvrir le cadenas des chaînes et que celui qui possède la clé a fini en taule... D'ailleurs, c'est quoi comme colle ? ajouta-t-il en touillant avec un bout de bois dans une des boîtes de conserve.

La glu était inhabituellement liquide, et quand il sortit le bout de bois pour le renifler, il perçut une odeur pestilentielle.

— De la poudre énergétique ! répondit Marie d'un air très satisfait.

— Tiens donc. Sérieusement ?

Marie montra du doigt la table où elle avait posé les différents ingrédients. Il y avait du lait écrémé, du vinaigre et du bicarbonate. Elle avait aussi eu besoin de papier-filtre, d'un entonnoir, d'un verre mesureur et de béchers. Ça paraissait vraiment professionnel. Sur une autre table trônaient des boîtes de conserve plus petites.

— On a essayé à la fois la glu animale et la glu végétale, et on a trouvé une variante personnelle à laquelle on croit beaucoup.

— Ça risque d'être drôle, conclut Stefan en jetant un regard impressionné à Marie.

Dagny et elle étaient vraiment deux sœurs qui sortaient de l'ordinaire, sans compter qu'elles avaient bon cœur toutes les deux.

— Il existe même de la colle avec laquelle on peut soulever une voiture, mais on ne se risque pas à faire des trucs comme ça, poursuivit Marie. Nous, on fabrique une glu à composant unique, sans durcisseur, et ça fonctionne très bien. Ça se craquelle au froid et c'est parfaitement adapté à notre stratégie.

— Tu veux dire que cette colle est comme de l'eau qui se transforme en glace ?

— Quelque chose dans ce goût-là. Tu verras quand ça sera prêt, dit Marie en allant chercher un peu plus de bicarbonate. On a fait ça un peu à notre sauce, comme ça ce sera encore meilleur.

Marie se mit à touiller énergiquement dans une boîte de conserve, vraiment heureuse. Elle avait suggéré de faire leur propre colle et avait mis la fabrication en route elle-même. Stefan avait l'air très satisfait, et elle se sentait estimée. Quel plaisir de ne pas obéir uniquement aux ordres de Dagny et de prendre des initiatives !

Stefan la regarda faire un moment puis s'éloigna. Dès que la colle et les pancartes seraient prêtes, il regrouperait toutes les mamies pour un dernier exercice. Les vieilles dames devraient former un cercle en se tenant par les mains. Ensuite, il leur faudrait changer de configuration et semer la confusion dans les rangs de la police… Cette fois, elles seraient bien préparées, et la manifestation devrait se dérouler dans les meilleures conditions possibles.

Dagny et Marie avaient été pour beaucoup dans le développement du mouvement pour la paix : avec elles, le changement avait lieu, de la passivité à l'action, des événements paisibles et inoffensifs à des manifestations plus agressives. Les marches de protestation auxquelles elles participaient étaient imprégnées d'un sacré esprit de corps. On en avait bien besoin dans le monde actuel, où régnaient cynisme et agressivité. Quand Stefan vit toutes ces dames en plein travail, il en éprouva de la fierté. Sa philosophie de la désobéissance civile avait évolué et les autres mouvements pour la paix étaient à la traîne. Désormais, c'étaient Les Mamies pour la paix qui comptaient, et il s'agissait de détruire les bombes mortelles des voisins !

En sortant de la salle de gym, il se heurta de nouveau à Dagny. Elle venait de la tour, où elle était allée donner des instructions à celle qui allait prendre la garde, et semblait complètement effondrée. Ses mouvements étaient crispés et son visage d'une pâleur inquiétante.

— Il se trame quelque chose, Stefan, haleta-t-elle. Mark et John parlent de livrer tout de suite. On ferait mieux de se tenir prêts !

# 32

— T'as vu ça, putain. Ils bifurquent vers Ravlunda, dit Stefan, les yeux rivés sur la camionnette devant eux.

Dagny leur ayant annoncé qu'il y avait anguille sous roche, ils avaient surveillé sans interruption aux jumelles la ferme voisine. Dès que John et Mark eurent chargé la fourgonnette et pris la route, Nils et Stefan avaient sauté dans la Volvo pour les prendre en filature.

— Ravlunda ? Non, ils vont sûrement à l'aérodrome désaffecté dont ils parlaient.

— L'aérodrome militaire... Dans ce cas, la Défense suédoise est peut-être dans le coup, fit Stefan avec un soupir.

— Va savoir ; après tout, ils ont largement augmenté les exportations d'armes ces dernières années...

— Comme la plupart des pays. Bordel de merde !

La voiture de devant accéléra et les occupants de la Volvo essayèrent de suivre de leur mieux. Ils n'avaient aucune idée de ce que John et Mark comptaient faire, mais il était clair que quelque chose se tramait et que le moment décisif était imminent. Stefan tambourinait des doigts sur le volant. Il n'y avait pas beaucoup de circulation, ce qui l'inquiétait. Avec aussi peu de véhicules sur la route, ils risquaient davantage de se faire repérer. Tout à coup, la camionnette ralentit et bifurqua pour s'engager sur un chemin de terre plus large.

Stefan hésita. Fallait-il continuer la filature ? Il valait mieux leur laisser un peu d'avance. Il suivit donc, mais en roulant lentement et loin derrière. Au bout d'un moment, ils aperçurent le terrain d'aviation. Stefan tendit le doigt.

— C'est bien ce qu'on pensait, l'ancienne piste d'atterrissage désaffectée pour appareils militaires.

— Et pas une voiture dans les parages. Eh merde, ils peuvent nous voir, dit Nils, aux aguets.

— On ne s'arrête pas. Sors ton portable et prends des photos, ensuite on passe devant, c'est tout.

— Ne vaudrait-il pas mieux faire demi-tour ? Ils pourraient reconnaître la bagnole.

Stefan donna un grand coup de volant et effectua un demi-tour si brusque que l'épaule de son camarade cogna la portière.

— T'étais pas obligé de le faire aussi violemment ! Merci, hein…

Stefan continua sur sa lancée ; au bout d'un kilomètre, il bifurqua sur une route secondaire, se rangea au bord du fossé et coupa le contact. De là, on ne pouvait pas les apercevoir depuis la grande route, mais eux pouvaient regarder à travers les arbres et observer les voitures qui passaient.

— Avec un peu de chance, ils prendront la même route au retour, comme ça, on pourra ensuite aller inspecter l'aérodrome.

Stefan eut envie d'allumer une cigarette, bien qu'il ait cessé de fumer dix ans plus tôt. Il avait les mains moites. Qu'est-ce qu'ils foutaient là, au juste ? Ça pouvait être dangereux. Très dangereux.

Une heure s'écoula. Ils commençaient à se résigner à devoir attendre longtemps lorsqu'ils entendirent repasser la camionnette.

— Allez, zou, dit Stefan en regagnant la route. On devrait être tranquilles, maintenant.

Après avoir parcouru un bon kilomètre, ils arrivèrent à l'orée du bois, d'où ils jouissaient d'une bonne vue d'ensemble du terrain d'aviation. Toute la zone était clôturée ; non loin du portail se dressait un ancien baraquement. Stefan s'avança, s'arrêta, coupa le moteur et sortit une carte de la boîte à gants. Par prudence, ils avaient emporté une carte d'état-major de la Scanie, dans l'idée de jouer les touristes s'ils tombaient sur quelqu'un. Ils sortirent de la voiture et s'approchèrent du portail. Stefan abaissa la poignée. Verrouillé, bien sûr. Pourtant, des traces de pneus fraîches témoignaient que quelqu'un était venu tout récemment.

— En règle générale, il y a toujours moyen d'entrer, dit-il. Tu sais, les gars qui comptent les décollages et les atterrissages, les fondus d'aviation, quoi, ils réussissent toujours à pénétrer d'une manière ou d'une autre. Il y a certainement une ouverture dans la clôture quelque part.

Les deux hommes longèrent lentement l'aérodrome en ouvrant grand les yeux. Sur l'ancienne piste d'atterrissage, l'herbe avait percé l'asphalte, et de-ci de-là traînaient des pièces métalliques, du bois et un tas d'autres débris. De temps à autre, ils testaient la clôture. Heureusement, elle n'était pas électrifiée, mais elle avait rouillé par endroits. Lorsqu'ils arrivèrent dans la zone située à l'arrière du baraquement, ils découvrirent un renfoncement bizarre. Stefan pesa de tout son poids et la clôture céda. La voie était libre.

— On va pouvoir entrer par ici !

En unissant leurs forces, ils écartèrent la partie inférieure qui ne tenait pas et se ménagèrent une petite ouverture. Ils regardèrent autour d'eux, se mirent à quatre pattes et, en se tortillant un peu, parvinrent à se faufiler par-dessous. Après quoi ils se dirigèrent à grandes enjambées vers le baraquement. C'était un bâtiment gris, délabré et beaucoup plus grand qu'un baraquement ordinaire. Il avait dû servir de réserve et de local à ceux qui travaillaient là. Ils jetèrent un coup d'œil à l'intérieur, mais ne virent pas grand-chose. Ils continuèrent alors à faire le tour et, arrivés au pignon, ils tressaillirent. À l'arrière du bâtiment se trouvait la remorque. Stefan s'approcha et souleva la bâche.

— Je n'en reviens pas, putain. On dirait que nos chers voisins étaient tellement stressés qu'ils en ont oublié d'être prudents !

# 33

Quand la colle fut bien mélangée et toutes les pancartes terminées, Marie remercia tout le monde et alla se laver les mains. À peu près en même temps, Greta quitta la salle de gym encombrée et se dirigea vers la salle informatique. Le stress l'avait gagnée : désormais, le programme était chargé. En plus d'aider Marie pour les pancartes et la colle, elle avait ses exercices informatiques avec Pluto. Il avait promis de lui donner un coup de main pour naviguer sur Internet. Le groupe viral pour la paix et elle avaient travaillé dur avec tout ce qu'elles voulaient externaliser, et pour sa part, elle se sentait frustrée de n'avoir pas encore réussi à entrer dans le Darknet. D'un autre côté, ce n'était peut-être pas nécessaire, dans la mesure où sa collaboration avec Pluto fonctionnait bien. En entrant dans la salle informatique, elle le trouva en pleine concentration, penché sur son écran où s'affichaient plein de sourires heureux et de mots gentils.

— Je suis justement en train de poster vos messages avec quelques émojis joyeux.

— Ah, bombardement pour la paix, smileys compris. C'est chouette, dit Greta.

Pluto hocha la tête.

— Il ne faut pas laisser les forces obscures gagner du terrain, dit-il en cliquant sur des liens louches. Ceux qui mentent et haïssent sont des gens dangereux. Mais vous les ridiculisez. Ça va être génial. Écoutez-moi ça ! poursuivit-il en faisant apparaître quelques textes à l'écran. Ici, j'ai remplacé « guerre » par « câlin », « bombe atomique » par « ballon » et « attaque missile » par « brassée de roses ».

— Bravo, lança Greta, impressionnée, en commençant à lire : « Il fut abattu par une brassée de roses et en représailles menaça le dictateur d'un gros câlin. »

Elle pouffa de rire.

— C'était quoi, le message d'origine ?

— Un leader mondial a prononcé un discours sur la guerre et les représailles et a menacé d'utiliser la bombe atomique.

— Quel crétin ! le coupa Greta. Dire que des psychopathes pareils sont au pouvoir ! Ça devrait être interdit par la loi. Et les autres fichiers ?

Pluto trouva l'enregistrement d'une perruche en train de jaboter qu'il ajouta à trois autres cris d'oiseaux

— Ceci, je l'ai posté comme lien sur Facebook, dit-il.

Avec un large sourire, il monta le volume, inutilement : c'était une cacophonie de tous les diables.

— Bon sang, quel vacarme ! On dirait une émission en direct de la Chambre des communes anglaise, dit Greta en se bouchant les oreilles.

— Et ça, qu'est-ce que t'en penses ? continua Pluto.

Mais il s'interrompit en entendant des voix.

Ces dames du groupe Virala firent irruption dans la salle.

— Mais bon sang, que se passe-t-il ici ? Du caquetage, des cris de mouette et je ne sais pas quoi d'autre ! s'écria Marie.

— On fait de la politique, expliqua Greta.

— Ah, alors je comprends mieux.

— J'ai fait ce que vous m'avez dit : j'ai remplacé les méchancetés par des trucs gentils, annonça fièrement Pluto en montrant l'écran de l'ordinateur.

Il cliqua sur le travail du jour : les déclarations agressives de puissants leaders politiques s'étaient transformées en caquetage, en conseils gentils et tendres ou en beaux gazouillis d'oiseaux. Sans parler d'un improbable *cuicui*, *cuit*, *cuite*... ou quelque chose de ce genre.

— Mais, ma parole, c'est typique de la parade nuptiale, dit Elinor.

Elle avait entendu quelque chose de similaire sur Radio Sciences.

— Ce serait malheureux que les mauvais leaders se multiplient, s'écria Greta en grimpant dans les aigus.

— Regardez ça, poursuivit Pluto.

Il monta encore le son et fit pivoter son écran pour que tout le monde puisse voir.

Quand un leader de l'Est mentait devant la presse mondiale, Pluto avait remplacé ses déclarations par *bêêêêê*. Et quand un dirigeant occidental mentait tout autant et brandissait une menace d'invasion, Pluto avait substitué des cancanements de canard à son discours. Il avait beau tenter d'être autoritaire, ça donnait toujours *coin*, *coin*. Les mamies pouffèrent de rire et s'embrassèrent en jubilant.

— Ceci devrait vous plaire, c'est cool, reprit Pluto en souriant.

Il lança un clip vidéo puis se renversa en arrière sur sa chaise, l'air satisfait.

— Vous m'avez bien demandé de pirater les comptes où les politiciens se font peur avec des armes nucléaires ?

— Enfin, les grands dirigeants de ce monde, précisa Greta, la mine grave. Vous savez, il devrait exister une tétine pour politiciens, comme ça, ils n'ouvriraient pas leur gueule.

Les vieilles dames s'approchèrent encore de l'écran. Dans leurs yeux se lisait une impatience fébrile.

— Ça a été un peu dur de se procurer ça, mais le résultat est concluant ! continua Pluto en montrant les images de missiles menaçants pointés vers le ciel, prêts à être lancés. Je me suis débrouillé pour que chaque fois qu'un missile nucléaire est tiré à l'image, il se retrouve à pendouiller comme une plante fanée en manque d'eau.

— Ou tout mou, comme quelque chose de plus inconvenant, crut bon de préciser Greta.

— Avec pour résultat que le missile se tire une balle dans le pied, renchérit Pluto.

Sur ce, il passa encore et encore la scène où le missile s'inclinait à cent quatre-vingts degrés et mettait en pièces sa propre rampe de lancement.

— En plein dans le mille, gazouilla Greta.

— Génial, Pluto. Maintenant, on célèbre ça au champagne, décida Marie.

Mais elle fut interrompue par des pas pressés dans l'escalier.

— Non, pas encore ! intervint une voix pleine de gravité.

L'instant d'après, Dagny et Stefan débarquèrent dans la salle.

— John et Mark vont tester leurs armes demain !

— Demain ? s'écrièrent les mamies d'une seule voix.

— On a entendu dire qu'ils avaient l'intention de faire des vols d'essai avec plusieurs de leurs inventions, dit Stefan.

— Une démonstration pour les acheteurs, précisa Dagny.

— Mais comment vous le savez ? demanda Greta qui, malgré la fatigue, avait envie de champagne.

— Grâce au micro espion, bien sûr. On a entendu Mark engueuler John parce qu'il avait promis de tester les armes devant les acheteurs. Demain, à l'aube.

— Nils et moi, on est allés vérifier sur le terrain d'aviation désaffecté : ils y ont rassemblé un tas de prototypes, raconta Stefan. Il faut donc qu'on sabote leur démonstration pour que personne n'achète.

— Ou alors tout simplement bousiller les armes, vous ne pensez pas ? suggéra Greta.

Il y eut un grand murmure quand ces dames se mirent à discuter de ce qu'il convenait de faire. Personne n'aimait détruire, mais il s'agissait d'armes dangereuses. On pouvait faire une exception ? Après d'interminables palabres, Dagny mit les pieds dans le plat.

— Il n'est peut-être pas nécessaire de les détruire, mais on peut les manipuler. On enlève les bombes des aspirateurs robots et on les bricole pour leur rendre leur fonction première.

— Le plus simple, c'est peut-être de les remplacer par de véritables aspirateurs, proposa Stefan. Récupération écologique de matériel de guerre !

— Même chose pour les tondeuses robots : il faudra pouvoir tondre le gazon avec par la suite, dit Marie qui écoutait les autres depuis l'embrasure de la porte.

— Mais que va-t-on faire des drones et des bombes ? demanda Elinor.

— On trouvera bien une solution, répondit Dagny, toutefois quelque peu hésitante. Pourquoi ne pas manipuler les drones pour qu'ils volent en cercles et ne servent à rien ? T'en penses quoi, Stefan ?

Il la regarda. Modifier les angles des hélices des drones ? Ça ne lui serait jamais venu à l'idée. Il dévisagea les mamies de la bande l'une après l'autre, repensa à toutes les leçons qu'il leur avait données, à l'enthousiasme qu'elles avaient montré pour apprendre. Maintenant, ils étaient tous à l'orée d'un grand défi : une manif géante contre de dangereux marchands d'armes. Et les bombes ?

— On les désarme, on improvise, dit-il en jetant un coup d'œil en coin à Dagny. Nils et moi, on vous soutient.

— Formidable ! s'exclama Dagny en semblant retrouver sa joie de vivre.

Stefan sourit : la joie de Dagny lui faisait chaud au cœur. Pour la première fois depuis qu'il avait appris à la connaître, il se pencha en avant et la serra très fort dans ses bras.

# 34

Dans la faible lumière de l'aube, un vieux bus touristique de location cahotait sur les routes de Scanie. Il n'y avait presque pas de vent et le soleil se levait. Stefan conduisait ; sur les sièges, soixante-dix mamies rabâchaient les slogans pour la paix qu'elles avaient préparés. Comme d'habitude, elles portaient des vêtements à Velcro, des foulards et des chaussures Ecco, et cette fois, elles avaient même des sacs banane qu'elles venaient d'acheter. Notre « réserve ventrale », comme les appelait Dagny. Le reste de la bande suivait dans un minibus.

Les dames s'étaient divisées en différents groupes d'action. Le premier à sortir serait le Gang des cisailles, c'est-à-dire les mamies armées de coupe-boulons. Elles seraient suivies de près par le Gang de la colle, dont la mission première serait d'empêcher les avions radioguidés et les drones ennemis d'atterrir. En plus des petits flacons de parfum que Marie et sa bande avaient remplis de colle, elles avaient aussi des vaporisateurs habituellement destinés aux plantes d'un format pratique qu'elles portaient sur la hanche comme des revolvers pacifiques, vaporisateurs dont le contenu ne serait utilisé qu'en dernier recours, personne n'ayant eu le temps de les tester. Chacune portait à boire et à manger dans un petit sac à dos. Nul ne pouvait prévoir combien de temps elles allaient devoir rester sur le terrain d'aviation. Elles savaient seulement que c'était la manif la plus importante de leur vie, et elles n'avaient pas l'intention de flancher au premier coup de Trafalgar.

Installée sur le siège avant, Dagny se leva et prit le micro. Elle était aussi nerveuse que les autres, mais jugea que quelques paroles rassurantes ne feraient pas de mal. Elle se racla donc longuement la gorge puis tapota des doigts sur le micro pour vérifier qu'il marchait. Toutes les vieilles dames sursautèrent : dans l'état d'agitation où elles étaient, elles crurent un instant qu'on leur tirait dessus. Dagny les rassura, puis enchaîna comme un guide touristique.

— C'est la forme ?

— La super forme ! crièrent-elles en chœur.

— Très bien, mes chéries. L'heure est venue. Nous, Les Mamies pour la paix, on va frapper fort. On va stopper les armes dangereuses avant même qu'ils aient eu le temps de les vendre, et avant que quelqu'un ne soit blessé.

Dagny fit une pause théâtrale et promena son regard sur l'assistance. Jamais elle n'avait vu autant de femmes déterminées à la fois. Lorsque le silence fut tout à fait revenu et que tous les visages furent tournés vers elle, elle prit de nouveau son élan, tendit la main et cria :

— Il faut arrêter les fauteurs de guerre dans le monde entier. Il faut se montrer plus malin que l'industrie de l'armement !

Sa voix fut noyée sous les applaudissements et les cris ravis.

— On ne pourra mettre fin à la guerre que si chacun prend ses responsabilités, poursuivit-elle. Ceux qui pleurnichent et protestent, mais obéissent quand même à l'autorité font fausse route. Il faut être DÉSOBÉISSANT ! Désobéissant comme nous, les mamies !

— On est DÉSOBÉISSANTES !, hurlèrent les vieilles dames avant d'applaudir à tout rompre.

— Super désobéissantes, intervint Greta d'une voix forte. Pourquoi ne pas se battre pour que la désobéissance civile devienne une matière obligatoire dans les écoles ? Alors seulement, on pourra mettre un terme à la folie militaire.

— Peut-être bien, oui, continua Dagny avant d'enchaîner : Vous ici, dans ce bus, vous prenez vos responsabilités et je suis fière de vous. Si on n'agit pas, qui empêchera ces satanées armes de parvenir à leurs acheteurs ?

— Moi, ce que je préfère, c'est le *die-in*, dit Greta d'une voix forte.

Elle poursuivait sur sa lancée sans s'apercevoir qu'elle interrompait Dagny une nouvelle fois ; la nuit s'achevait à peine et elle était très fatiguée.

— Il est important de coordonner nos actions, insista Dagny.

D'un petit signe discret à Greta, elle lui intima de patienter avant de reprendre la parole.

— Ne faites rien de votre propre initiative, attendez mes ordres. On commence par ce qu'on a appris, donc on attaque par le cercle, ensuite viendront les subtilités.

— Je ne comprends pas pourquoi c'est toujours toi qui décides, marmonna Marie à mi-voix pour elle-même.

Mais Dagny l'avait entendue.

— À la prochaine manif, ce sera ton tour, Marie, mais pour l'instant il vaut mieux qu'on s'en tienne à ce qu'on a prévu, répondit Dagny du tac au tac pour ne pas laisser le trouble s'immiscer dans les rangs.

À vrai dire, elle avait pensé poursuivre son discours sur la quête de la paix dans le monde, mais le bus cahotait tellement qu'il était difficile de se tenir debout dans le couloir. Avant de se rasseoir, il lui fallait cependant lancer un avertissement.

— Je ne crois pas que les drones et les robots soient chargés de bombes, ils vont seulement servir à faire une démonstration. Quoi qu'il en soit, soyez prudentes, on ne sait jamais.

— Pourquoi faut-il qu'on soit prudentes ? coupa Marie. On ne peut pas empêcher la guerre simplement en s'asseyant par terre et en criant « paix ». Il faut aussi qu'on bousille les armes, non ?

Greta et Elinor paraissaient enchantées.

Le bus prit un virage brusque et Dagny dut s'accrocher pour ne pas tomber. Sujette au mal des transports, elle était toute pâle, nauséeuse. Même si elle avait envie de contredire sa sœur, elle n'eut pas la force de dire un mot. Tant pis, Marie pourrait pester librement sans être contestée.

— Pourquoi tous ces innocents devraient-ils souffrir simplement pour que l'industrie de l'armement gagne des milliards en fabriquant et en vendant des armes ? Il faut bousiller toutes les armes. Point final !

Marie hurla presque les derniers mots, les joues cramoisies.

Il y eut un murmure et l'anxiété se propagea. Bousiller les armes ? Ça avait l'air effrayant, le genre de choses qui pouvait vous valoir de longues peines de prison... Le bus s'engagea sur une route plus rapide et Dagny put enfin reprendre la parole.

— Tu as raison, Marie. Il faut toujours envisager de quelle façon nous pouvons améliorer nos méthodes. À présent, on va se débrouiller pour que les horribles armes de John et Mark ne soient ni fabriquées en série ni vendues dans le monde entier. Mais on n'a pas besoin de détruire quoi que ce soit. Nous ferons passer notre message quand même, dit-elle d'une voix cette fois nettement plus assurée.

Elle jeta un coup d'œil furtif à sa sœur, coupa le micro et se rassit.

Au début de leur combat pour la paix, Marie était beaucoup plus calme, mais à présent elle se rebiffait, plus agressive. Ces derniers temps, Marie s'était montrée rebelle, et Dagny n'aimait pas ça. Elle acceptait volontiers la contradiction et l'opposition, car les avis divergents permettaient de progresser. Mais on devait savoir choisir ses occasions, et dorénavant, il fallait que tout le monde aille dans le même sens, sans quoi on serait au bord du chaos.

Au bout d'un moment, le bus ralentit puis s'arrêta devant le terrain d'aviation.

— Je vous dépose ici, je file et je vous attends dans la partie boisée là-bas, dit Stefan en désignant un bouquet d'arbustes et d'arbres à l'est de l'aérodrome. Cachez-vous et ne vous montrez que lorsque les acheteurs voudront voir les essais. Comme ça, l'effet de surprise sera maximal.

— Après, on verra si on finit encore en taule, dit Dagny.

Elle rit au souvenir de la partie de rigolade chez les flics, la fois précédente.

— Dans ce cas, je viendrai vous tenir compagnie, dit Stefan en lui faisant un clin d'œil.

Puis il s'adressa aux autres à l'arrière du bus :

— N'oubliez pas ce que vous avez appris, bonne chance et soyez prudentes !

Sur ce, il ouvrit les portes et les dames se ruèrent à l'extérieur. Les premières en bas des marches furent les membres du Gang des coupe-boulons.

— Présentez armes ! s'écria Elsa la Dure.

Cette vieille dame bien conservée, portant beau ses quatre-vingts ans, brandit son coupe-boulons à bout de bras et rassembla son monde derrière elle comme un guide touristique.

Selon les plans, ses trois consœurs et elle devaient cisailler la clôture de manière à faire entrer tout le monde. Le groupe était composé des plus robustes des participantes ; en plus de la gymnastique normale, elles pratiquaient chaque jour la musculation. Les quatre vieilles dames étaient également adeptes de la lutte des doigts : autant dire qu'il ne fallait pas sous-estimer leur poigne.

Après le Gang des coupe-boulons, ce fut au tour du Gang de la colle de débarquer, suivi de près par le Gang de fer des Mamies pour la paix, les vieilles dames qui avaient fondé le mouvement et étaient là depuis le tout début, les troupes au sol. Elles quittèrent le bus aussi silencieusement que possible, équipées de leurs sacs à dos et de leurs sacs banane, et rejoignirent au petit trot la partie où la clôture était déjà faiblarde.

Ici, il suffisait d'élargir un peu l'ouverture jusqu'à ce qu'elle soit assez grande pour permettre à tout le monde de passer. Pendant leur entraînement, Elsa la Dure et ses consœurs s'étaient formées à se frayer un passage à la cisaille à travers un toit de villa en acier galvanisé ; la clôture près du baraquement ne leur faisait pas peur. Certes, il s'agissait d'une vieille clôture industrielle avec des barbelés au sommet, mais qu'est-ce que ça pouvait bien faire du moment qu'on la cisaillait en bas ? Les vieilles dames se dirigèrent en silence vers leur objectif. Une fois sur place, Dagny leva la main.

— Bon, Elsa, vous vous occupez d'abord de la clôture, puis on vous suit, dit-elle avec un signe de tête.

Les dames du Gang des coupe-boulons se mirent à l'œuvre. Leur pratique de la musculation leur fut utile, et les sept exercices différents de renforcement des mains et des doigts tombèrent à pic. La clôture était une proie facile ; elles la cisaillèrent si proprement qu'une fois refermée, nul n'aurait pu remarquer que quelqu'un s'était introduit sur le terrain d'aviation. Avec une remarquable célérité, elles pratiquèrent une ouverture si large que même les plus corpulentes des représentantes de la gent féminine purent s'y glisser. L'une après l'autre, elles se faufilèrent. Puis Kristina, quatre-vingt-cinq ans au compteur, se montra un peu tête en l'air. Dagny avait pourtant bien précisé que personne ne devait porter de chapeau ce jour-là, mais cela lui était complètement sorti de l'esprit. Et voilà que par un curieux hasard, son beau chapeau blanc à fleurs se retrouva accroché dans les barbelés tout en haut de la grille. Pendant que le reste de la bande pénétrait sur l'aérodrome, sa coiffe blanche resta à se balancer sur les barbelés comme un oiseau isolé. *Pourvu que personne ne la prenne pour une cible militaire à abattre*, se dit Dagny, horrifiée, quand elle comprit qu'elles n'auraient pas le temps de récupérer le chapeau. Elles n'avaient pas le choix : il leur fallait aller se cacher le plus vite possible et ne faire connaître leur présence qu'une fois la démonstration commencée. À ce moment-là, elles pourraient peut-être récupérer le précieux couvre-chef...

À la vieille ferme de Solarp, Mark et John se préparaient à la visite des négociants d'armes. Mark avait rarement vu John aussi nerveux. Il courait entre la grange et la camionnette, contrôlait les drones, les mines et les télécommandes tout en lui demandant sans arrêt si ces trucs allaient fonctionner.

— Sers du café, non, de la bière, putain. Il faut qu'on leur offre quelque chose avant de filer au terrain d'aviation.

Sur ce, il ressortit de la cuisine en courant. Mark resta un instant planté au milieu de la pièce puis se ressaisit, prépara les sandwichs, sortit de la bière et mit en marche la cafetière. Jusqu'ici, John avait géré toutes les ventes lui-même, en particulier à Stockholm et Malmö. Mais cette fois-ci les marchands d'armes étaient invités à venir sur place pour voir les armes en action. L'attente fut pénible ; finalement, deux voitures se garèrent dans la cour. Mark jeta un coup d'œil par la fenêtre et vit s'approcher des hommes vêtus de noir. Son malaise s'amplifia. Certes, il avait déjà été en contact avec eux par mail et téléphone crypté, mais cette fois il allait les rencontrer en chair et en os...

Une puanteur de sueur et de bière envahit le hall quand les types y pénétrèrent ; leurs vêtements étaient grisâtres et râpés. Ils se débarrassèrent de leurs manteaux et entrèrent dans la cuisine. Dans la poche de pantalon de celui qui paraissait être le chef, Mark crut voir un pistolet. Ce n'était pas ainsi que se déroulaient les négociations d'habitude, mais son imagination devait lui jouer des tours.

— Boris.

— Ivan.

— Serguei.

— Amin.

Ils lui serrèrent la main avec une telle vigueur que Mark, un sourire crispé aux lèvres, se tâta inconsciemment les doigts pour voir s'il n'avait rien de cassé. Les yeux froids et les visages durs, inexpressifs, lui donnèrent la chair de poule. Comment John pouvait-il traiter avec des gars de ce genre ?

— *Welcome !* dit-il le plus chaleureusement possible en les priant de s'asseoir.

Il offrit de la bière à tout le monde et appela John. Tout en servant leurs visiteurs, Mark s'enjoignit de se ressaisir : il devrait se réjouir que ses inventions et améliorations d'armes obsolètes soient appréciées. Pourtant, son malaise ne se dissipa pas, et il ressentit un grand soulagement quand John prit le relais. Son compère, avec son assurance de vendeur irrésistible, sortit des chips, des cacahuètes, des verres et une bouteille de vodka. Ensuite, il donna une tape dans le dos de Mark.

— Ce gars-là est un génie. Avec son travail, il a au moins dix ans d'avance sur le développement officiel. Je ne sais pas comment il se débrouille !

John ignora la bière, fit circuler la bouteille de vodka, leva son verre et porta un toast.

Mark, tout perdu, sourit et but docilement un peu de vodka. Cependant, ses pensées étaient bien loin. John alla chercher des documents et les posa sur la table.

— Voilà les différentes armes, leurs performances et leurs prix. Mais bien entendu, vous n'allez pas acheter quelque chose sans être convaincus. C'est pourquoi nous avons prévu une démonstration sur le terrain d'aviation à proximité.

Les hommes se penchèrent en avant et feuilletèrent les documents. Un gros cigare au coin des lèvres, Boris avait l'air d'un méchant tout droit sorti d'un film de James Bond. Les autres arboraient des mines maussades, parlaient un anglais rocailleux et évoquaient irrésistiblement les bandits patibulaires des mauvais films de gangsters en noir et blanc du début des années 1930. Les mains de Mark tremblaient. Ils trempaient dans des affaires louches, ces types-là ne reculeraient devant rien. Les voix se diluèrent en arrière-plan et il regarda fixement devant lui sans rien voir.

— Pas vrai, Mark ?

La voix lointaine de John le fit sursauter. Il n'avait pas compris ce que son camarade disait, mais John se leva et les autres en firent autant.

— On va d'abord faire un petit tour au sous-sol et à l'atelier, ensuite on filera au terrain d'aviation. Vous serez surpris par nos produits, assura John. Nos prototypes sont les plus intelligents qui existent sur le marché. Si vous achetez ces engins-là, vous serez en avance sur tous les autres !

Mark se leva avec lenteur, l'air pensif. Il avait passé toute sa vie active dans le domaine des armes et ce qu'ils allaient présenter maintenant était le summum de son art. Il fallait absolument conclure cette affaire. Ce n'était pas le moment d'hésiter.

# 35

Sur le terrain d'aviation, les mamies commençaient à s'impatienter. Cela faisait plus de deux heures qu'elles attendaient et, à part une Volkswagen et un taxi, elles n'avaient pas vu de voitures sur la route. Le gang des grands-mères brûlait de passer à l'action ; ce silence et ce désert les décevaient. Petit à petit, le sommeil les gagnait. À ce jeu, la plus impatiente de toutes était peut-être Marie. Elle supportait de plus en plus mal le carcan de la discipline et avait protesté quand Dagny avait dit qu'elles ne détruiraient aucune arme. Il fallait pourtant les rendre inutilisables si l'on voulait créer les conditions de la paix. Les mettre en pièces serait peut-être trop radical, mais elle avait imaginé une autre astuce. Aussi, tandis que les autres attendaient à la lisière du bois, elle se faufila silencieusement jusqu'à la remorque où Stefan avait dit avoir vu des drones. Après s'être assurée d'être seule, elle souleva la bâche avec précaution.

Il avait vu juste. Elles étaient bien là, les horribles araignées métalliques dotées d'hélices. Il y avait même des aspirateurs et des tondeuses à gazon robots. Marie ouvrit son sac banane et, sans penser que ce pouvait être dangereux ou qu'une bombe pourrait exploser accidentellement, elle en sortit un flacon de miel. Elle examina soigneusement les appareils et versa du miel dans toutes les cavités possibles.

Il ne s'agissait pas de n'importe quel miel : les prototypes de Mark eurent droit à une petite giclée de miel de tilleul d'Österlen récemment récolté. Pour les drones, ce fut un peu plus compliqué, car elle n'y trouva aucun orifice. Mais elle se dit que si elle barbouillait toutes les hélices, les engins ne pourraient probablement pas être manœuvrés comme prévu. Satisfaite de son intervention, elle remit la bâche en place et réussit à rejoindre les autres à peu près au moment où un bruit de moteur se faisait entendre sur la route. C'était une camionnette.

John s'arrêta devant le portail que Mark déverrouilla puis ils roulèrent directement jusqu'à la piste d'atterrissage. Comme John ouvrait les portes arrière pour décharger, il s'aperçut avec horreur que ses invités de l'Est n'étaient plus aptes à manipuler des armes. Les jambes flageolantes à cause de la vodka, ils balançaient les boîtes les unes après les autres sur l'asphalte sans penser aux conséquences. Boris entonna *Kalinka* et réclama du jus de pomme avec son hot-dog. Mark leva les bras au ciel et tenta d'éviter un massacre.

— *Take it easy !* cria-t-il en pensant à la sensibilité de l'électronique.

— Calme-toi, putain, c'est nos clients, marmonna John.

Il se mit à donner de petites tapes amicales dans le dos des types et à débiter de mauvaises blagues.

Mark les regarda, de plus en plus agacé. Il avait travaillé jusque tard la nuit pour produire les prototypes les plus sophistiqués et voilà que John déconnait comme s'ils vendaient des jouets en plastique !

Mark ouvrit les boîtes et sortit avec précaution le deuxième plus gros drone, qu'il équipa de caméras. L'une d'elles relayait des images tout à fait ordinaires, une deuxième filmait en infrarouge et la troisième enregistrait au ralenti, le tout en même temps. Après quoi, il déballa méticuleusement son plus gros drone, qui était armé d'un missile guère plus grand qu'une bougie normale. On pouvait le tirer depuis n'importe quel angle droit vers l'objectif programmé. Il le regarda fixement pendant un court instant et réalisa à quel point il était insidieux, une invention démoniaque exploitable en tout lieu, à même de tirer des missiles mortels au moment où l'on s'y attendait le moins.

— T'es prêt ?

John gesticulait en faisant les cent pas, impatient qu'il se passe quelque chose. Il était toujours comme ça. Dans son monde à lui, tout allait toujours trop lentement, les drones auraient dû être en action depuis longtemps. Mark examina l'équipement une dernière fois, vérifia les télécommandes et démarra le programme. Il commença par son drone le plus récent.

— Celui-ci, nous en sommes vraiment fiers, dit-il en déployant les bras du drone et en sortant la télécommande de sa poche arrière. En plus de recevoir les signaux de plus de vingt satellites, il est doté d'un gyroscope pour filmer sans interférence. Et il va vite…

— … oui, sa vitesse dépasse les quarante miles à l'heure, précisa John.

Avec des gestes précis, Mark manœuvra le drone dans les airs et commença à filmer. Les marchands d'armes, les mains en visière, suivirent l'engin du regard tandis qu'il volait en cercles au-dessus d'eux. Finalement, Mark fit se poser l'appareil juste aux pieds de Boris.

— Voyez vous-mêmes, dit Mark en soulevant le drone.

Il montra d'abord les photographies qu'il avait prises, puis le film où les hommes purent se voir d'en haut, en infrarouge et au ralenti, avec ou sans coordinateur GPS.

— Vous pouvez utiliser celui-ci pour espionner ou pour des missiles, poursuivit-il.

— C'est un modèle un peu dépassé, vous n'avez rien de plus récent ? demanda Boris en arrachant un morceau de son cigare d'un coup de dents. Et il fait trop de bruit. Nous, on veut des engins qui volent plus silencieusement.

Mark fut déconcerté. Cet appareil ne faisait pas beaucoup de bruit. Il avait bossé comme un fou pour réduire considérablement son niveau sonore. Lui qui d'habitude avait toujours le dernier cri… Peut-être valait-il mieux leur montrer celui qui fonctionnait à l'électricité et celui qui avait un canon laser.

— Voici un tout autre modèle. On peut viser le mât de drapeau, là-bas, à la lisière du bois. On voit le bout qui dépasse. Oui ? dit Mark en le montrant du doigt.

Boris ôta le cigare de sa bouche et acquiesça.

— *Okay, show me !*

Mark laissa le drone prendre son envol vers l'orée du bois et, quand il fut près du mât, il tira. À peine avait-il appuyé sur le bouton de tir que le bout du mât en forme de bulbe explosa dans une grande gerbe d'étincelles.

— Waouh ! s'exclama Boris, aux anges.

Mark prit un air modeste. De meilleure humeur désormais, il ramena le drone qui atterrit devant les spectateurs ébahis.

— Nous fabriquons d'autres engins qui n'ont pas besoin de terrain d'aviation ni de piste d'atterrissage. Venez avec moi, vous allez voir quelque chose que vous n'avez encore jamais vu.

Ce disant, il retourna à la fourgonnette d'où il sortit une petite boîte en bois. Il déballa précautionneusement un petit drone armé et tint l'appareil en l'air pour que tout le monde puisse l'admirer.

— Celui-ci peut détruire en une poignée de secondes un objet à plusieurs kilomètres de distance, dit Mark avec fierté. Avec ça, on peut neutraliser des mâts radio, des véhicules, ce qu'on veut, en fait. Ou frapper les moteurs d'un navire de guerre, brûler un rabat d'aile afin qu'un avion ne puisse pas décoller, pour ne citer que quelques exemples.

Il démarra le drone et l'envoya droit sur le mât de drapeau.

— Bon, regardez là-bas, dit-il en enclenchant le canon à rayon laser.

Il y eut une flamme et des parties brûlantes du mât tombèrent par terre. Le feu se changea vite en fumée et s'éteignit après un moment.

— Super, c'est ces trucs-là qu'on veut, décrétèrent les marchands d'armes, du coup eux aussi de meilleure humeur.

John passa un bras amical autour des épaules de Mark et chuchota :

— Maintenant, mon pote, on va se renflouer !

À la ferme de Hemryd, la vieille Olga venait d'être éveillée par un vacarme infernal. Lorsqu'elle regarda par la fenêtre, elle aperçut des flammes et des étincelles sur l'ancien terrain d'aviation. Elle resta plantée là sans trop oser ouvrir la vitre. Finalement, elle prit son courage à deux mains et ouvrit la fenêtre en grand. Depuis qu'ils avaient fermé l'aérodrome, quelques années plus tôt, c'était calme et tranquille à la ferme, et elle n'aimait pas être dérangée. Elle adorait la quiétude de la campagne et avait cru l'y trouver ici pour de bon. Mais que diable se passait-il à présent ? Étaient-ce des feux d'artifice ou une bombe ?

Et si le terrain d'aviation s'était transformé en camp d'entraînement secret pour terroristes ? Quand des flammes et une pluie d'étincelles illuminèrent de nouveau le ciel, elle sortit son portable, bouleversée. Il fallait en informer la police tout de suite. On ne pouvait pas laisser passer ça !

Le temps que son appel aboutisse au commissariat d'Ystad, elle était passablement énervée. Aussi son message à l'agent de permanence fut-il véhément, bref et précis.

— Venez vite ! Ça tire à tout va là-bas sur l'aérodrome. Je vois des flammes et des étincelles, je vous jure. Mon Dieu, ce sont peut-être des terroristes. S'il vous plaît, faites vite !

# 36

Dagny et les autres n'avaient pas du tout escompté que Mark et John auraient des armes dans la voiture. Assises le plus confortablement possible, elles mangeaient leur pique-nique quand elles entendirent le bourdonnement du premier drone.

*Mince, j'aurais dû m'en douter*, pensa Dagny en voyant l'engin dans les airs.

Elle braqua ses jumelles sur la piste d'atterrissage et aperçut un drone filant droit vers un mât de drapeau. Il y eut aussitôt un grand bruit suivi de flammes et d'étincelles. Oh, ce n'était pas bon du tout… Les mamies et elle auraient dû s'asseoir en cercle sur la piste et empêcher ces horribles araignées de guerre de décoller. Dire qu'elles avaient loupé ça ! Désormais, il s'agissait de rassembler toute la bande au plus vite et d'aller sur le terrain. Elle se leva ; quand les hommes près de la camionnette leur tournèrent le dos, elle fit signe à ses troupes de se tenir prêtes.

— Assaut pour la paix. À vos positions ! annonça-t-elle en langage des signes.

Le message passa discrètement d'une vieille dame à l'autre. Résolument, les mamies se levèrent et se dirigèrent vers la piste d'atterrissage, à l'exception d'une ou deux qui, ayant négligé la gymnastique, restèrent par terre sans pouvoir se relever. Comme personne n'avait le temps de leur tendre une main secourable, les rangs des manifestantes s'en retrouvèrent un peu décimés.

Une fois à destination, les mamies prirent rapidement leurs positions et attendirent les ordres. Dagny ouvrit son sac banane, tint le « flacon de parfum » au-dessus de sa tête pour que toutes puissent le voir et dévissa le bouchon. Une bonne centaine de vieilles dames l'imitèrent et s'enduisirent les paumes des mains de colle faite maison. Ensuite, elles se donnèrent toutes la main. « L'Opération colle et paix » ou « Le cercle indestructible », comme l'appelait Dagny, avait commencé.

À l'arrière-plan, Marie jouait le jeu en silence, mais sans glu sur les mains. Elle observa les mamies se mettre en place et former un grand cercle sur la piste. *Comme c'est banal,* pensa-t-elle. *Tout ça, c'est beaucoup trop gentil. De nos jours, il faut des trucs plus violents si l'on veut que les médias mordent à l'appât.* Elle sortit discrètement son portable et jeta un coup d'œil à son SMS. Quand tout serait prêt, elle l'enverrait.

Si à ce stade Mark et John ou l'un des marchands d'armes s'étaient retournés, ils auraient découvert une horde de mamies vêtues de noir installées au milieu de l'aérodrome. Mais ils étaient scotchés près de la remorque comme des petits garçons devant leur premier vélomoteur, à examiner les armes jusque dans les moindres détails. De temps à autre, il leur fallait chasser une guêpe, mais cela ne douchait pas leur enthousiasme. Bien au contraire, ils discutaient des armes, de leurs qualités au combat, de leurs prix et de leurs performances.

— Et si vous faisiez voler un tas de drones en même temps ? suggéra Ivan.

Boxeur dans sa jeunesse, il en avait gardé un nez cabossé. On aurait dit qu'il s'était écrasé le nez contre une fenêtre et n'avait jamais pu lui rendre sa forme initiale.

— Plusieurs drones en même temps ? L'effet sera encore meilleur, bien sûr, dit Mark qui voulait se montrer conciliant.

Attendez un peu. John, tu leur montres les robots d'abord et ensuite j'envoie les drones ?

— Pas de problème. Regardez un peu ça ! dit John en tapotant le capot d'une tondeuse à gazon robot. L'attaque peut venir des directions les plus inattendues.

Il la démarra et, contaminé par l'enthousiasme de Mark, la dirigea vers le bord de la piste, où l'herbe était haute.

— Un robot comme celui-ci peut tondre le gazon tout en étant une bombe, dit-il en appuyant sur un bouton.

Il y eut une grande flamme : la tondeuse robot avait fait son travail. Les marchands d'armes parurent intéressés et Mark échangea un regard satisfait avec John. Puis il fit partir les petits drones légers, programmés pour voler en formation. C'étaient ses prototypes, ce qui se faisait de mieux sur le marché. Ils partirent en formation en V, comme des avions de combat, mais tout à coup, ils furent pris en chasse par un essaim de guêpes. Leur comportement en l'air se fit capricieux et ils se mirent à tanguer de façon incontrôlée. L'un monta en flèche dans le ciel puis perdit aussitôt de l'altitude et s'écrasa au sol. Un autre se mit à décrire des spirales descendantes et Mark dut mettre la gomme pour le sauver. L'engin reprit de la vitesse, refit un passage au-dessus de la piste après avoir viré de bord, et l'instant d'après, les moteurs s'arrêtèrent et l'appareil plongea vers le sol.

— Qu'est-ce que vous foutez, là ? demanda Boris en tirant quelques bouffées de son cigare. On n'est pas venus ici pour assister à des essais, nous, on veut voir des résultats.

— Désolé, on blaguait, c'est tout. Maintenant on va vous montrer tout ce dont ces prototypes sont capables.

John tenta de s'expliquer avec son plus beau sourire de vendeur.

— Et ça, c'est une blague aussi ? fit Boris avec un signe de tête vers la piste d'envol.

Mark et John suivirent son regard.

Sur l'asphalte fissuré et parsemé de plaques d'herbe était assis un groupe de dames d'âge avancé, vêtues de noir, qui se tenaient par la main. Sur des pancartes fichées dans le sol, on pouvait lire : *Make Love Not War*, et une banderole pendue entre deux arbres à proximité proclamait : *Weapons Kill. Ban Weapons.*

— C'est quoi, ça, putain ! gémit John.

— Dites-moi que c'est pas vrai, j'hallucine, marmonna Mark en se prenant la tête à deux mains.

— Ne reste pas planté là comme un imbécile. Il faut à tout prix qu'on les vire ! beugla John en s'élançant vers la piste.

Haletant, il se précipita sur la vieille dame la plus proche, une mamie de quatre-vingts printemps portant une longue jupe noire. Il s'arrêta et essaya de la raisonner sur un ton doux, mais déterminé.

— Excusez-moi, mais nous on travaille, ici. Auriez-vous l'obligeance de vous déplacer ?

— Jamais de la vie, cracha Greta.

— Je suis désolé, mais vous devez absolument…

— Pas du tout. Vous êtes le propriétaire, peut-être ?

John se racla la gorge et tenta de mettre de la conviction dans ses paroles.

— Allez, ma petite dame. Levez-vous. Vous ne pouvez pas rester assise là !

— Je ne bougerai pas d'un pouce. Ne croyez pas que vous pouvez venir ici me donner des ordres.

Quelque chose se brisa en lui ; il saisit le bras de la vieille pour l'obliger à se lever. Mais cette carne résista ; quand, furieux, il l'attrapa par ses vêtements, il se retrouva les mains pleines de tissu. Le Velcro, comme d'habitude, s'était détaché.

— Qu'est-ce qui se passe, bordel ?

— J'ai dit que je n'avais pas l'intention de bouger, pigé ? lui claironna Greta en pleine figure. Maintenant, soyez gentil, rendez-moi ma jupe !

# 37

Mark crut avoir des hallucinations. La piste d'atterrissage grouillait de dames vêtues de noir, le plus grand nombre de femmes d'âge mûr qu'il ait jamais vues de sa vie. Elles ne semblaient pas être là par hasard. Assises par terre, elles formaient un grand cercle, jambes croisées, en se tenant par la main. C'était quoi, ce bordel ? Elles empêchaient leur démonstration... Il fallait à tout prix expulser ces vieilles saboteuses, sinon ils ne pourraient vendre aucune arme.

— Faisons-les dégager, dit-il à Boris en fonçant à son tour vers la piste.

Il contempla cette véritable marée de vieilles dames et saisit la plus proche de lui. Il tira et tira, mais à sa grande surprise, elle ne bougea pas d'un poil.

— Donne-moi un coup de main ! demanda-t-il à Boris.

Ensemble, ils s'emparèrent de tout ce qu'ils purent, mais lorsqu'ils unirent leurs forces pour soulever la malheureuse, trois autres vieilles dames suivirent le mouvement ! Haletants, ils durent se résoudre à reposer leur fardeau et à changer de stratégie. S'ils essayaient avec une femme plus petite et légère ? Mark regarda autour de lui et ses yeux tombèrent sur Dagny, sa voisine. Que diable faisait-elle ici ? Mille pensées lui passèrent par la tête, puis il se rappela son discours pacifiste et sa suggestion à John de rejoindre un mouvement pour la paix. Sur le moment, il ne l'avait pas prise au sérieux... Cette bande de mamies n'était pas n'importe qui, mais les manifestantes pour la paix qui s'étaient entraînées en suivant des cours chez Dagny ! Il poussa un juron. John et lui étaient sur le point de finaliser l'affaire de leur vie et voilà qu'ils en étaient empêchés par une mafia de vieilles dames. Putain de merde !

Il prit de nouveau son élan puis s'arrêta au beau milieu de son mouvement. On entendait un nouveau bruit dans le lointain. Un sifflement de pales de rotor. Un hélicoptère de la police !

Mark comprit d'instinct qu'il lui fallait cacher les drones et les autres armes, mais fut interrompu dans ses pensées par des sirènes de police.

— John, putain. Les tondeuses ! s'écria-t-il.

Son compagnon n'arrivait pas non plus à se débarrasser des vieilles dames. Or, deux tondeuses robots minées s'étaient détachées des autres et s'éloignaient à pleine vitesse.

— Emmène Boris et les autres au baraquement, moi je m'occupe du reste, répliqua John en arrachant les clés de sa poche de pantalon pour les lui remettre.

Sur ce, il se mit à courir, mais il n'alla pas loin : deux policiers se précipitaient sur lui. Ce n'étaient pas des agents ordinaires, mais des flics avec visière et équipement de protection. John s'arrêta ; quelqu'un avait dû donner l'alerte. Dans ce cas, mieux valait prévenir que guérir. Il s'avança vers eux avec son plus beau sourire de vendeur et tendit la main à celui qui semblait être le chef et qui n'avait pas encore abaissé sa visière.

— John, John Gudmundson, se présenta-t-il.

— Bertil Ström, répondit l'autre. Que se passe-t-il ici ? demanda-t-il en montrant la piste d'atterrissage.

— Nous testons quelques inventions. Désolés si nous avons dérangé quelqu'un, commença John.

Du coin de l'œil, il vit Mark pousser les marchands d'armes dans le baraquement. L'officier de police Bertil Ström secoua la tête.

— Mais pourquoi toutes ces vieilles dames sont-elles assises là-bas ?

— Nous avons nos admirateurs, ou plutôt nos admiratrices, disons. Comme des idoles de rock ! répondit John en se raclant la gorge.

— Et comment expliquez-vous la pancarte *Make Love Not War ?* demanda l'officier de police.

— Les vieilles dames ont tendance à être hypersensibles. Il nous faut des drones pour le tournage d'un film, mais les mamies là-bas croient que ce sont des armes. Les femmes, ça ne connaît rien à la technique, vous savez.

— Ah bon, acquiesça l'officier Bertil Ström en se grattant le cou. Si c'est ça, je peux peut-être aller leur parler.

— Ce serait gentil de votre part. Voyez-vous, elles sont en travers de la piste.

Le lieutenant Bertil Ström se dirigea vers une dame d'âge mûr aux cheveux blancs qui semblait commander les autres.

— Bonjour, madame. Qu'est-ce qu'une petite dame comme vous fait ici le matin de si bonne heure ?

— Nous manifestons contre l'industrie de l'armement. Nous sommes des manifestantes pacifiques et nous avons le droit de rester ici aussi longtemps que nous le voulons, répondit Dagny.

*Libre à vous*, eut envie de rétorquer le flic, mais il s'efforça de se montrer aimable et compréhensif.

— Ceci est un ancien aérodrome désaffecté qui appartient à l'armée. Vous ne pouvez malheureusement pas rester ici. Vous avez pénétré illégalement dans une zone militaire.

— Et les types qui font voler leurs engins, alors ? Ils n'ont pas pénétré illégalement, eux ? Nous sommes plus de cent grands-mères qui manifestons pour la paix, et ces gars là-bas fabriquent des armes. Nous devons les arrêter.

— Je regrette, mais vous devez partir. Je vous demande de bien vouloir quitter les lieux.

— Jamais de la vie !

La réponse de Dagny fusa sur un ton si cinglant et provocant que Bertil Ström prit la mouche. C'était le genre d'homme accommodant quand il arrivait à ce qu'il voulait, mais complètement insupportable dès que quelqu'un le contredisait. À peine Dagny eut-elle prononcé le mot « jamais » qu'il se résolut à employer la méthode forte.

— Évacuez-moi cette bande de mamies ! cria-t-il à ses hommes en abaissant sa visière. Et plus vite que ça !

L'instant d'après, une douzaine de flics se rua sur les vieilles dames pour les soulever et les obliger à décamper.

— Ignorez les coups de pied et les cris. Il n'y a qu'à les porter et les déposer de l'autre côté de la clôture, beugla Bertil Ström.

— Mais ce sont de vieilles dames désobéissantes, on ne peut quand même pas..., hasarda un jeune policier.

— Violation de propriété. Pas de discussion. Exécution !

Les agents obéirent. Chacun saisit une manifestante d'une poigne ferme pour la soulever, mais à chaque traction, plusieurs autres suivaient le mouvement.

— Putain, elles se sont attachées les unes aux autres ! lança un des flics.

— Alors détachez-les, ordonna le lieutenant Bertil Ström.

— On n'y arrive pas, leurs mains sont collées.

— Dans ce cas, coupez ou utilisez la scie circulaire !

— Eh, du calme ! *Peace in our time !* s'écria Dagny en se faisant encore plus lourde.

— Paix par-ci et paix par-là. Levez-vous ! marmonna un grand flic costaud d'Ystad en tirant de toutes ses forces.

Il crut d'abord que Dagny était tout simplement en fort surpoids, puis il découvrit la longue file de vieilles dames qui venaient avec quand il tirait.

— Évacuez ! Disparaissez ! rugit-il en tirant sur tout ce qu'il pouvait.

Soudain, dans un grand bruit de scratch, il se retrouva sur les fesses, les bras pleins de tissu. En tentant de s'en débarrasser, il eut la surprise de constater que le textile tenait bon. Les bandes de Velcro s'étaient coincées dans son étui à revolver et des volants collaient à ses jambes de pantalon.

— Putain de merde ! s'écria-t-il.

À grand-peine, il parvint à se défaire d'une des jupes.

— *Make love not war !* hurla la horde de mamies.

Puis elles entonnèrent un *All you need is love* très rythmé.

Le lieutenant Bertil Ström observait la scène, cramoisi. Dire qu'il aurait pu rester tranquillement au poste et roupiller, lui qui avait trimé toute la semaine. Au fond, ces femmes n'étaient pas des terroristes, mais des idéalistes qui ne faisaient rien de mal. N'empêche, elles étaient quand même assises là sans autorisation, comme des vaches sur leur gros cul au beau milieu d'une zone militaire... Il était forcé d'intervenir. Il contempla cet océan de vieilles dames, pensif. Soudain, il entendit deux voitures approcher sur la route, ralentir et s'arrêter devant le portail. Il se retourna et écarquilla les yeux. Bon sang ! Un des véhicules portait la mention *Sydsvenska Dagbladet*. Des journalistes ! On ne lui laissait pas le choix : il allait devoir faire preuve d'autorité.

Bertil Ström s'avança vers le cercle des vieilles dames et choisit celle qui était grande et mince, avec des cheveux blonds et une frange droite. Celle-là, il arriverait certainement à la déplacer, vu qu'elle semblait avoir les mains libres et n'était pas collée aux autres.

— Auriez-vous l'obligeance de vous lever ?

— Pas question, répondit Marie.

— Levez-vous ! Nous devons évacuer la zone.

— Jamais de la vie. Nous manifestons contre la fabrication et l'exportation d'armes. Vous voyez les drones et les robots, là-bas ? Ce n'est pas nous que vous devez arrêter, mais les hommes qui les ont mis au point !

Elle regarda autour d'elle et aperçut les journalistes. Excellent. Elle avait envoyé un SMS à toutes les rédactions figurant sur sa liste de presse et plusieurs paraissaient avoir répondu à l'appel.

— Des robots ? Je ne vois rien, moi, juste des tondeuses à gazon, rétorqua le lieutenant de police.

— Méfiez-vous, ces tondeuses-là sont vicelardes, vous pouvez me croire. On peut les équiper de missiles, de mines et de bombes à fragmentation. Ces types sont là pour tester leurs nouvelles armes. C'est pourquoi nous voulons les arrêter. Nous travaillons pour la paix !

— Ma chère petite dame, ça, il faudra en parler dans les journaux et organiser des débats. En attendant, vous ne pouvez pas rester sur un terrain militaire. C'est interdit. Levez-vous.

Marie demeura assise. Elle n'appréciait pas du tout qu'on l'appelle « ma petite dame ». C'en était trop ! D'un air décidé, elle sortit son vaporisateur de plantes et en versa le contenu sur sa jupe. Ça ne sentait pas tellement bon, mais ça marcherait sûrement.

— Au cours des vingt dernières années, la fabrication d'armes dans le monde a presque doublé, continua-t-elle d'une voix forte. Ces gars-là produisent de nouveaux drones sournois, placent des mines dans des tondeuses et des aspirateurs robots et les vendent à des trafiquants d'armes louches. Il faut les arrêter !

Bertil Ström commençait à perdre patience.

— Je comprends, des armes dans des aspirateurs et des tondeuses à gazon… Il y en a peut-être aussi dans des brosses à dents ? Ce sont des choses terribles. Mais à présent, ma petite dame, il vaut mieux que vous déguerpissiez avant que je ne me mette vraiment en rogne.

— Ne comprenez-vous pas que des gens vont mourir ? insista Marie.

— Bon, maintenant, ça suffit !

Le lieutenant en avait ras le casque. Sans un mot de plus, il se pencha en avant et la saisit fermement par la taille, bien décidé à la soulever. C'était justement ce à quoi elle s'était attendue. Lorsqu'elle vit la tête et les bras du flic s'approcher, Marie noua ses mains autour du cou de son agresseur et l'attira la tête la première vers sa jupe. La visière et le col d'uniforme, ainsi que la longue queue-de-cheval si à la mode qu'il s'était laissé pousser récemment, restèrent collés dans la glu spécialement conçue.

— C'est quoi, ce bordel ! meugla l'officier de police en tentant de se libérer.

Il avait le nez plongé dans un océan de jupons. La glu touillée par le Gang de la colle avait durci aussitôt et il eut beau se débattre, il resta irrémédiablement coincé. C'est pile à ce moment-là que les journalistes arrivèrent. C'étaient des reporters de la télé locale, de *Sydsvenska Dagbladet*, d'*Ystad Allehanda* et des quotidiens nationaux, suivis de près par les meilleurs chroniqueurs de la radio suédoise. Ils regardèrent fixement l'inspecteur de police.

— Regardez les forces de l'ordre, dit Marie avec un sourire en montrant du doigt la nuque de Bertil Ström.

Des *grumpf grumpf* montaient de son entrejambe.

— Vous avez vu le chef de la police, putain, fit un des types de la télé en laissant tourner sa caméra.

Ce n'était pas tous les jours qu'ils voyaient le policier le plus haut gradé de la région la tête coincée entre les jambes d'une vieille dame. Ils prirent donc des photos et filmèrent un long moment, tandis que les reporters de la presse locale faisaient le tour et interviewaient les comparses de Marie. Les journalistes s'en donnaient à cœur joie. Quant au lieutenant de police, plus il bougeait la tête pour tenter de se dégager, plus le piège se resserrait. S'il s'était calmé et avait enlevé son casque, tout serait rentré dans l'ordre, mais comme il se débattait comme un beau diable, la mentonnière et la moitié du casque se retrouvèrent elles aussi prises dans la colle. Le lieutenant Bertil Ström était vraiment dans la mouise.

Pendant ce temps-là, John avait complètement oublié l'aspirateur et les deux tondeuses robots qui tournaient sur le terrain un peu au hasard. Un bruit bizarre retentit soudain.

— Videz le sac, annonça un des aspirateurs qui n'était pas équipé d'une bombe, mais travaillait encore comme un bon vieux Siemens.

Sans raison visible, l'engin se dirigeait tout droit vers un des flics aux prises avec les mamies. Il contourna sa jambe gauche puis happa un morceau de son pantalon avec un bruit de succion impressionnant. La force d'aspiration de l'appareil trafiqué était telle que le pantalon du policier se déchira ; tout le tissu de la jambe gauche disparut dans l'embouchure. Le matin même, cet agent n'avait pas trouvé son caleçon et enfilé une culotte de sa femme à la place ; il vit avec horreur son pantalon d'uniforme se faire avaler par l'aspirateur et exhiber une choquante petite culotte rose. Mais même pour un authentique Siemens, une jambe de pantalon était beaucoup trop volumineuse à absorber. Il y eut un bruit bizarre, le moteur s'emballa, puis tout s'arrêta.

Les deux tondeuses robots avaient elles aussi dévié de leur trajectoire. John leur courut après, mais trop tard. Les robots, ne disposant ni de système de boucle ni de marche arrière et ne répondant à aucune commande, se déplaçaient librement. L'un d'eux fonça droit sur une souche, s'emmêla dans les racines et s'arrêta, l'autre se heurta à un morceau de ferraille, pivota, franchit un talus, fit des tonneaux et échoua dans un fossé les roues en l'air.

— Oh non, pas celui-là aussi, s'écria John en gémissant.

Boris et ses compagnons sortirent du baraquement et contemplèrent avec ébahissement le chaos général. En bas, sur la piste, les policiers et les vieilles dames se volaient dans les plumes, tandis que les armes secrètes gisaient pêle-mêle sur le terrain d'aviation ou dans le fossé. John s'avança vers ses clients pour essayer de recoller les morceaux.

— Quand nous testons nos produits, nous impliquons toujours la police. Personne ne doit voir à qui nous vendons. Ils sont là pour éloigner les personnes non autorisées. Avec des bakchichs, on arrive à tout.

— Ça ne semble pas avoir donné de si bons résultats que ça, objecta Boris en désignant les mamies de la tête. Des vieilles dames qui prônent la paix ? Vous vous foutez de nous ?

— Absolument pas, non, elles ont surgi de nulle part. Mais elles n'ont pas la moindre idée de ce qu'on fait. On poursuivra les tests dès que les flics les auront expulsées.

— Peu importe. Ces vieilles biques en ont trop vu. Elles risquent de moucharder. Débarrassez-vous d'elles.

— Des mamies ?

John parut dubitatif.

— Éliminez les meneuses, dit Boris en passant un doigt sur sa gorge. Avoir un mouvement pour la paix dans les parages, c'est pas bon pour le business. Personne ne voudra acheter vos armes si vous n'arrivez pas à gérer ce genre de problème. Pour notre part, c'est tout vu.

— Mais…

— On trouvera d'autres fournisseurs.

John fit de son mieux pour arranger les choses, mais Boris était en rogne. Fou de rage, il jeta son cigare par terre et le piétina.

— On a assez perdu de temps. Reconduisez-nous !

— On pourrait vous faire de bons prix…

— Vous ne comprenez pas ? C'est fini entre nous. Les Mamies pour la paix, ah, très drôle !

Son rire était dur et méprisant. Il tourna le dos à John et s'avança vers la voiture.

# 38

Les policiers Brännström et Larsson venaient de prendre leur service quand du bruit à la porte d'entrée attira leur attention. L'inspecteur Brännström, qui souffrait de migraine, se prit la tête à deux mains et soupira.

— Ne me dites pas qu'on nous amène encore du monde. On a déjà deux poivrots en cellule de dégrisement.

Larsson se leva. Le chahut n'avait rien à voir avec les beuglements habituels, c'étaient au contraire des voix joyeuses et aiguës. Il ouvrit la porte, écarquilla les yeux, puis retourna en hâte auprès de son collègue.

— Si je te le dis, tu ne vas pas me croire, annonça-t-il.

Brännström eut un pincement au cœur.

— Des dangereux criminels ?

— Non, pire que ça.

— Quoi donc ?

— Tu te rappelles les vieilles dames dont parlait Edgar Backman, à Stockholm, celles qui chantaient déguisées en squelettes ? Elles sont en Scanie...

— Mon Dieu, oh non, c'est pas vrai !

— Eh si ! Elles brandissent des pancartes *Les Mamies pour la paix*, rabâchent *Peace in our time*, et toute la clique a plus de soixante-dix ans.

— Elles sont aussi déguisées en squelettes ?

— Non, pas encore, en tout cas.

Le lieutenant Brännström était un homme grand et costaud, doté en temps normal d'une grande force intérieure. Mais quand il apprit que les célèbres grands-mères étaient à l'entrée de son poste, il en eut le souffle coupé. Après toutes les histoires qu'on lui avait racontées sur elles, il redoutait le pire. Était-ce sa migraine ou bien le caquetage des vieilles dames ? Il pâlit et dut s'appuyer sur son bureau.

— Oh non, tout, mais pas les mamies, gémit-il.

— Oh que si, voilà la brigade des mémés ! reprit Larsson.

Brännström vit venir des grands-mères aux cheveux blancs à l'air gentil et inoffensif. Elles se présentèrent avec un sourire chaleureux et s'affalèrent sur les chaises devant son bureau, prêtes pour l'interrogatoire. Elles semblaient connaître la musique. Il s'assit, alluma l'ordinateur et se tourna vers les femmes vêtues de noir.

— Que me vaut l'honneur de cette visite ? commença-t-il en jetant un regard las à la bande de mamies.

Il n'eut pas le temps d'aller plus loin : divers grognements se firent entendre et une nouvelle cohorte de flics fit son entrée. Ils haletaient comme des forcenés, traînant deux ivrognes… À moins que ? L'inspecteur Brännström remonta ses lunettes sur son front, éberlué. Bonté divine ! Voilà que débarquaient une autre activiste de la bande de vioques et l'officier de police Bertil Ström que, pour une raison mystérieuse, elle tenait dans ses bras. Ou pour être plus exact, un tantinet plus bas. Son supérieur avait la tête coincée entre les jambes de la militante qui gardait calmement les mains nouées sur le haut du casque.

— Paix en notre temps, dit Marie.

— Qu'est-ce que vous foutez, bordel ? éructa Brännström.

— Votre commandant est coincé. Il s'est garé ici, expliqua-t-elle en désignant la tête casquée de Bertil Ström. Stationnement longue durée.

L'inspecteur Brännström se leva d'un coup et cria :

— Mais faites quelque chose pour le décoincer, nom de Dieu !

À ces mots, les flics transportèrent leur étrange fardeau jusqu'au canapé du personnel et y déposèrent le couple. Puis ils épongèrent la sueur de leur front et s'écroulèrent sur les chaises les plus proches en soufflant bruyamment.

— *Grumpf, grumpf*, geignit le commandant qui se débattait comme un beau diable.

— On n'arrive pas à le décoincer, c'est pas faute d'avoir essayé, déclarèrent les policiers qui l'avaient porté.

Et ils se mirent à parler tous à la fois. Marie dut tambouriner sur le casque avec autorité pour reprendre la parole.

— Il s'est permis des familiarités et a fini dans ma jupe, déclara-t-elle avec un sourire innocent. Malheureusement pour lui, il s'est englué dans notre colle spéciale manif. Mais j'accepterais volontiers qu'on m'aide à le tirer de là !

L'inspecteur Brännström constata rapidement que son supérieur était irrémédiablement pris dans la glu et fit signe au personnel d'aller chercher du diluant. Mais ils eurent beau appliquer de l'alcool dénaturé et de l'acétone, rien n'y fit. Ils n'avaient jamais vu pareille colle. Dagny jugea alors qu'il valait mieux tendre une main secourable aux forces de l'ordre.

— Prenez du gel en spray, comme ça la colle va se craqueler.

— Mais qu'est-ce que vous racontez ? marmonnèrent Brännström et Larsson d'une même voix.

Mais il y avait urgence : ils durent obéir. Elle eut même l'amabilité de leur tendre un flacon de gel. Le commandant retrouva enfin sa liberté de mouvement. Il en fut quitte pour une grosse rougeur au menton et à la joue, et une queue-de-cheval en moins : on avait été contraint de la couper. Mais Brännström et Larsson étaient si exténués qu'ils n'eurent même pas la force de pousser un hourra. Tout juste leur restait-il assez d'énergie pour dire :

— Pas de dames en détention cette nuit. Dehooors !

Cependant, l'officier Bertil Ström avait repris ses esprits. Il se releva et étendit les bras pour bloquer le passage.

— Halte là. Personne ne sort. Ces femmes ont pénétré illégalement sur un terrain militaire et de surcroît causé un préjudice à un policier dans l'exercice de ses fonctions.

— Il n'y a pas mort d'homme, il s'est juste fait couper les cheveux, intervint Marie. En plus, vous êtes beaucoup plus mignon comme ça.

Malgré leurs protestations bruyantes, le commandant ne céda pas d'un pouce. Il se chargea personnellement de l'interrogatoire, et dès qu'il en eut terminé, Dagny, Marie, Greta et Elinor finirent derrière les barreaux. Cette fois-ci, il ne s'agissait pas d'une simple nuit en cellule. Les grands-mères furent placées en garde à vue.

# 39

La cellule était rudement froide et manquait singulièrement de confort. C'était une pièce minuscule tout en longueur, équipée d'une couchette dure et d'un évier en métal. *C'est l'enfer sur terre*, pensa Dagny. Les mamies œuvraient pour la paix et c'était elles qui se retrouvaient derrière les barreaux ! D'accord, elles avaient fait grand bruit dans les médias, ça faisait partie de la lutte pour la paix, mais le résultat était le même. Tandis que les fabricants d'armes et leurs acheteurs et revendeurs s'en tiraient à bon compte, elles-mêmes finissaient sous les verrous. Au bout de quelques jours seulement, Dagny en avait déjà assez. Stefan, le pauvre, avait été emprisonné pendant plusieurs années. À combien de sacrifices avait-il consenti pour que d'autres hommes puissent échapper à la guerre ? Tout à coup, elle éprouva à son égard quelque chose qui ressemblait à de l'admiration. Lui était un vrai combattant de la paix, il fallait qu'elle soit à la hauteur ! Les Mamies pour la paix ne devaient pas se laisser intimider. Mais pour ça, il s'agissait de sortir de ce trou à rats.

Stefan traversa la cour, les mains dans les poches, et donna un coup de pied dans une pierre qui traînait. Les meneuses de la manif s'étaient encore une fois fait coffrer ! Il avait cru que Dagny et les autres seraient relâchées tout de suite, mais, pour une raison qu'il ignorait, elles avaient été placées en garde à vue. Qu'allait-il faire maintenant, continuer lui-même le cours de désobéissance civile ou attendre leur retour ? Il s'arrêta près du petit jardin au milieu de la cour et s'agenouilla. Nils lui avait demandé d'aller chercher des aromates pour la soupe. Il y avait du thym, de l'origan et de la mélisse, et de la ciboulette verte et juteuse. Stefan cueillit une poignée de chacune des herbes et retourna à la maison.

Un an s'était écoulé depuis qu'il avait entendu parler pour la première fois des Mamies pour la paix. Sans que cela soit planifié ou même qu'il y ait réfléchi, ce nouveau mouvement avait pris une place de plus en plus importante dans sa vie. Après le succès du stage d'été, il avait continué à enseigner en automne, en hiver et au printemps. Désormais, il préparait déjà le stage de l'été prochain. Si toutefois il pouvait avoir lieu, sachant que Dagny et Marie étaient en garde à vue… La police d'Ystad ne voulait pas les relâcher, ce que Stefan avait du mal à comprendre. Agissaient-ils sur ordre de quelqu'un haut placé, le commandant avait-il touché des pots-de-vin ?

Sans Dagny et Marie, la vie à la ferme était devenue bien terne. Nils s'occupait de son mieux de la gestion tandis que les profs d'aquarelle, de méditation et d'œnologie menaient leurs activités habituelles. Stefan avait accepté des missions à la pige et tenait de temps en temps des conférences un peu partout en Scanie. Mais Pluto et lui restaient à la ferme. Ils en avaient pris l'habitude, et il fallait bien que quelqu'un s'occupe de Morris. Il emmenait souvent le chien se balader en forêt, ou descendait en voiture jusqu'à la plage pour faire de longues promenades. La vie continuait, moins agréable.

Stefan entra dans la cuisine, déposa les aromates sur la table et appela Nils à grands cris. À peine avait-il franchi le seuil que Mozart s'avança vers lui et se frotta contre sa jambe en miaulant. La chatte de Marie avait fait des petits ; âgés d'à peine quelques semaines, ils étaient incroyablement amusants à observer. Il aimait cette joie et cette espièglerie qu'ils répandaient autour d'eux, et Pluto et lui jouaient volontiers avec les chatons. L'adolescent les avait baptisés Tarzan, Zorro et Nounours, et même pour lui, en l'absence prolongée de Dagny et Marie, ces petites bêtes étaient importantes. Stefan appela une nouvelle fois Nils ; il devait être occupé ailleurs.

En l'absence des dames, celui-ci trimait. Il gérait la plupart des tâches ménagères et Stefan l'aidait de son mieux. Ils dînaient ensemble, puis Pluto et lui se chargeaient généralement de la vaisselle.

Le jeudi, Nils faisait juste de la soupe de pois aromatisée au thym, des crêpes et du punch chaud. D'une certaine manière, il avait lui aussi perdu le feu sacré : il préparait ses plats sans plus y mettre tout son cœur. Les convives toujours présents devaient se contenter de plats à la bonne franquette ou de cuisine familiale.

Après les repas, chacun vaquait à ses propres occupations. Pluto s'installait devant son ordinateur, Nils zappait entre les diverses chaînes de sport à la télé, et Stefan préparait ses cours ou bouquinait. Il était allé deux fois voir son épouse à l'hôpital, mais ces visites n'avaient fait que le mettre mal à l'aise. Elle ne les reconnaissait pas toujours, ni lui ni Pluto, et c'était si triste qu'il en souffrait pendant plusieurs jours. Il ressentait à la fois culpabilité et chagrin. La vie était vraiment injuste. Certains étaient en bonne santé toute leur vie, d'autres souffraient terriblement. Dorénavant, il semblait qu'il n'y ait plus aucun espoir. Il tentait de se rappeler les belles années qu'ils avaient vécues ensemble, Edith et lui, mais au lieu de la joie, il n'en éprouvait que de la douleur.

Mozart se frotta de nouveau contre sa jambe, miaulant pour réclamer encore du hareng. La chatte de Marie ne mangeait ni conserves ni croquettes, il lui fallait de vrais repas. Stefan alla chercher quelques filets de poisson dans le frigo et les posa dans l'assiette. Cet animal savait vraiment ce qu'il voulait et n'en démordait pas. Cela lui fit penser à Dagny. Tout était si vide, sans elle. Dire qu'une tête de mule de plus de soixante-dix ans lui manquait…

Dagny regardait fixement les barreaux en acier de la fenêtre. Combien de temps allaient-elles rester en détention ? La colère et l'agacement l'envahissaient. On les gardait semaine après semaine sans leur donner la moindre information sensée. Elles languissaient sous les verrous tandis que dehors, le soleil brillait.

Les autorités étaient en désaccord sur la conduite à tenir. Finalement, comme le personnel allait partir en vacances, elles furent relâchées. Lors de la dernière réunion avant l'été, on avait conclu que les grands-mères avaient sûrement compris la leçon et que plus jamais elles n'oseraient enfreindre la loi.

En apprenant la nouvelle, suivie d'un sermon de la police qu'elle écouta avec patience, Dagny sourit en son for intérieur. Comme si elle allait obéir ! Siffle toujours, beau merle ! Mais pour une fois, elle eut la présence d'esprit de fermer son clapet.

# 40

Le soleil brillait quand Dagny et ses complices furent enfin autorisées à quitter la prison. Elles avaient annoncé leur retour ; à la maison, tout le monde s'était rassemblé dans la cour pour former un petit comité d'accueil. Nils avait préparé du café et des gâteaux, et déplié une table de jardin que Stefan et Pluto décorèrent de fleurs des champs.

La matinée s'écoula dans l'attente, et enfin, un grand taxi fit son entrée dans la cour. Stefan s'avança vers la voiture pour ouvrir la portière. Quand Dagny en sortit, il la serra fort dans ses bras.

— C'est super que tu sois de retour, murmura-t-il en la tenant contre lui. Je suis fier de toi et de ce que vous avez fait. Tu sais, on a beaucoup de nouveaux membres, et ils ont même versé de l'argent ! Les gens ont vraiment voulu nous soutenir.

— Formidable ! marmonna Dagny, submergée par l'émotion.

Elle ne s'était pas attendue à un comité d'accueil ni à cette accolade. À son tour, Nils enlaça Marie et la tint fort contre lui.

— Tu n'as pas idée à quel point tu m'as manqué, réussit-il à dire d'une voix rauque.

Les deux sœurs échangèrent des coups d'œil satisfaits. Laissés seuls à la maison pendant un certain temps, les hommes se rendaient compte à quel point ils tenaient à leurs femmes… Il aurait été exagéré de rester en détention pour cette seule raison, mais leur emprisonnement avait au moins eu cette vertu. Dagny était sur un petit nuage. De nombreuses personnes lui avaient dit l'aimer, mais elle avait toujours du mal à accepter les sentiments d'autrui. Pourtant, à la vue de la table dressée pour l'occasion, elle sentit une vague de chaleur l'envahir : pour la première fois depuis longtemps, elle éprouva un véritable sentiment de bonheur.

Pluto se tenait en retrait tandis que le comité d'accueil acclamait les grands-mères. Il les contemplait, un peu sur la réserve, la casquette sur la tête et les mains dans les poches. Toutefois, quand Dagny et Greta s'avancèrent vers lui, il se fendit d'un large sourire.

— C'est cool que vous soyez de retour, dit-il.

Il prit chacune d'elles maladroitement dans ses bras, remit sa casquette en place et se rendit compte qu'il avait les joues en feu. Elles lui avaient manqué, il se sentait seul dans la salle des ordinateurs. Mais il n'avait pas chômé.

En l'absence de Greta, il s'était mis à faire ses propres explorations sur Internet et s'était impliqué toujours plus intensément dans le mouvement des Mamies pour la paix. Il avait découvert que leurs fonds étaient au plus bas, ce qui l'avait réellement inquiété. Dagny et Marie en prison, presque pas d'argent dans les caisses : tout ça pouvait signifier la fin du mouvement pour la paix. Il fallait agir.

Après avoir longuement réfléchi, envisagé le financement participatif et une collecte de fonds à l'école ou à Ystad, Pluto avait conclu que de telles méthodes ne rapporteraient pas grand-chose. Il fallait trouver mieux. Un matin, alors qu'il regardait sur Internet des films de propagande de la Défense suédoise, l'idée lui était venue. Il allait créer un faux compte pour récolter des fonds en faveur de la recherche en armement et de l'achat de nouvelles armes.

Les milliers d'heures passées devant son ordinateur se révélèrent fort utiles : il put rapidement concevoir son compte secret. Il s'interrogea un moment sur le nom à lui donner puis eut la bonne idée de le baptiser « Compte de soutien aux amis de la défense ». L'argent afflua vite, et il lui suffit de transférer les sommes récoltées via le Darknet sur un compte caché en Suède. Après s'être assuré que le compte n'était pas piraté, il osa virer les fonds sur celui de Seniorboost. Il se montrait d'une prudence de Sioux, prenant soin d'effacer toute trace de chacun de ses transferts. Sachant que le centre de cours recevait des dons anonymes de temps en temps, il était sûr que personne ne remarquerait rien. Marie et Greta, qui s'occupaient de la comptabilité, croiraient certainement que le bilan positif en caisse était dû à l'énorme publicité dont avait bénéficié leur mouvement ces derniers temps. Depuis la prison, Dagny avait écrit un blog qui avait intéressé beaucoup de suiveurs. Pluto vérifiait le solde chaque jour, voyait que l'argent rentrait et était fier de son travail. Mais il ne le raconta à personne, pas même à Greta. Il savait que les mamies avaient besoin d'argent, mais ne voulait pas les impliquer dans une action pas vraiment légale.

Pour le dîner, Nils avait préparé un somptueux buffet avec rosbif, gratin de pommes de terre, poisson, crustacés et ragoût de champignons. Pour l'accompagner, il offrit du champagne et de bons vins français de sa réserve personnelle. Les dames mangèrent, trinquèrent, burent et fêtèrent leur liberté retrouvée. Dagny osa même goûter à un risotto plein de champignons. Elle sourit en pensant à tout ce qui était arrivé depuis que Stefan leur avait appris le *die-in*. Elles avaient déjà obtenu de beaux résultats, mais il leur restait du pain sur la planche. La détention ne les avait vraiment pas matées !

Après le dîner, tout le monde se rassembla dans la salle de réunion où Stefan les avait conviées à une petite représentation. Il diffusa des extraits de films et d'images empruntés au journal télévisé local et aux médias nationaux de leur action sur le terrain d'aviation : il avait monté un court-métrage avec divers effets sonores. Dagny et sa bande de mamies revécurent les drones, les robots et les rayons laser ainsi que le moment inoubliable où le commandant Bertil Ström, qui allait soulever Marie, s'était retrouvé coincé entre ses jambes. Tout le monde applaudit. Leur chère Greta eut une telle crise de fou rire que les autres durent lui taper dans le dos pour qu'elle retrouve son calme. Elle taquina Marie en lui lançant un coup de coude dans les côtes :

— Je ne savais pas que tu étais dingue de mecs à ce point-là ! C'est comme ça que tu dragues, d'habitude ?

Puis elle piqua une nouvelle crise de fou rire. Tout le monde finit par se joindre à elle, on réclama un nouveau visionnage. Nils alla chercher le meilleur champagne de sa réserve secrète, et quand Stefan eut repassé son court-métrage à trois reprises et que les mamies eurent bu presque autant de verres de champagne, tout le monde se déclara satisfait. Stefan prit alors la parole :

— Votre opération à l'aérodrome a été tout simplement splendide. Grâce à vous, les marchands d'armes sont rentrés chez eux et aucune affaire n'a été conclue. Rares sont ceux qui réussissent leurs manifs aussi bien. (Il fut interrompu par des hourras et des applaudissements et dut étendre les mains dans un geste d'apaisement pour ramener le silence dans la salle.) Vous êtes donc parvenues à stopper une grande vente d'armes, c'est admirable.

— Mais c'est toi qui nous as tout appris, dit Dagny. Sans toi, ça n'aurait jamais marché.

Stefan en perdit le fil un instant, ému et bouillonnant à la fois, puis il reprit :

— Nous ne pouvons pas nous reposer sur nos lauriers : nos chers voisins n'ont pas cessé leur production. Grâce à notre micro espion, nous avons entendu ce que Mark et John mijotent. Pendant votre détention, ils ont testé de nouveaux drones, lasers et robots. Ils semblent désespérés et bossent presque nuit et jour. Je crois qu'ils sont sur un gros coup.

Un silence total se fit dans la salle. De nombreuses vieilles dames s'inquiétaient de la suite des événements. Elles avaient écouté les enregistrements du micro espion et savaient que l'heure était grave. Au cours des deux dernières semaines, depuis la tour d'où elles espionnaient, elles avaient capté des querelles et des voix d'hommes qui parlaient de nouveaux tests. Il leur était même arrivé d'intercepter des conversations en langue étrangère, apparemment de l'anglais américain. Mark et John avaient manifestement quelque chose de nouveau en préparation.

— Il n'y a qu'à intervenir comme d'habitude, dit Greta en serrant le poing. Je suis partante !

— Comme ils n'ont pas pu vendre d'armes la dernière fois, peut-être qu'ils feront affaire maintenant avec des trafiquants encore plus louches, fit Dagny, réfléchissant à voix haute. Si on manifeste de nouveau, ils risquent d'être mieux préparés et on pourrait avoir de gros ennuis. Il faut qu'on trouve autre chose.

— Absolument. Je ne leur fais pas confiance une seule seconde, renchérit Marie.

— Dire qu'ils continuent leurs magouilles comme si rien ne s'était passé, tandis que nous, on a eu droit à la taule, lâcha Dagny en jetant un coup d'œil à Stefan. Pourquoi ceux qui vendent des armes s'en sortent alors que nous qui voulons la paix, on se fait punir ? C'est le monde à l'envers !

— N'oubliez pas tout ce que vous avez déjà accompli : vous avez empêché une livraison d'armes, et la presse a publié des articles sur les exportations illégales d'armement.

— Mais il faut aller plus loin ! Marquer les esprits, poursuivit Dagny.

Stefan lui sourit, ils échangèrent un regard de connivence. Il comprenait ce qu'elle voulait dire : il ne fallait jamais céder, on devait lutter et poursuivre sans relâche des objectifs ambitieux.

— J'ai pensé à un truc, reprit-il. Dans quelques mois auront lieu en Suède les plus grandes manœuvres militaires depuis des décennies.

— Les militaires vont s'exercer sur terre, en mer et dans les airs. Ce sera géant, intervint Pluto qui suivait déjà la chose sur Internet.

— Des manœuvres militaires ? Dans ce cas, c'est le moment ou jamais, dit Dagny. Il est probable qu'une flopée de négociants d'armes sera sur place.

— Ça ne m'étonnerait pas. Mais les pancartes, les slogans et la désobéissance générale ne suffiront pas, déclara Marie.

— Non, notre but doit être de stopper l'industrie de l'armement de notre mieux et d'envoyer les marchands d'armes illégales en prison, décréta Dagny.

— Il faudrait qu'on fasse condamner des fournisseurs d'armes criminels comme Mark et John. Ça pourrait devenir un cas d'école qui permettrait par la suite d'envoyer en taule d'autres voyous de cette engeance, reprit Marie.

Dagny l'approuva d'un hochement de tête.

Sidéré, Stefan observait les vieilles dames. À peine sortaient-elles de détention qu'elles envisageaient déjà de nouvelles actions. Loin de se contenter des protestations habituelles, elles voulaient coincer ceux qui enfreignaient la loi. Les mamies ne se laissaient pas intimider et voulaient frapper de nouveau, mettre la pression sur l'industrie de l'armement...

Pourtant, c'était dangereux ! De gros intérêts étaient en jeu. Il se racla la gorge.

— Selon les premières infos en ligne, ces manœuvres coûteront au bas mot 600 millions de couronnes. Plus de vingt mille militaires suédois y participeront, ainsi que beaucoup de monde venu des États-Unis, de France, d'Allemagne, d'Estonie et des autres pays nordiques. Pendant les semaines où se dérouleront les exercices, de nombreux individus peu recommandables traîneront autour de la zone de manœuvres, des gens qui fuient la publicité, cherchent à espionner ou à vendre des armes.

— Comment tu sais ça ? demanda Elinor, toujours avide de faits.

— C'est toujours comme ça. Les manœuvres militaires sont une manière pour les pays de l'Est ou occidentaux de montrer leurs muscles à des ennemis, réels ou imaginaires, mais c'est en coulisses que tout se joue : espionnage, ventes d'armes, contacts...

— Dans ce cas, il faut aller à Stockholm ou Göteborg pour se familiariser avec le terrain avant de passer à l'attaque, dit Marie.

Soudain, elles se mirent toutes à parler en même temps. Les militaires et les marchands d'armes continuaient leur petit manège comme si rien ne s'était passé. Quelle engeance ! Les mamies jacassèrent un bon moment pour décider de ce qu'il convenait de faire, tandis que Dagny et Marie s'entretenaient à part. Finalement, Dagny se leva et parcourut du regard les têtes blanches de la salle.

— Vous pouvez être fières du travail que vous avez accompli jusqu'à présent, mais notre plus grand défi se profile à l'horizon. Nous allons devoir être encore plus désobéissantes, lança-t-elle d'une voix forte, avec autorité. Et vous savez quoi ? C'est la chance de notre vie !

— La chance de notre vie ? répéta Stefan.

— Je suis prête à parier que Mark et John essaieront de fourguer leurs armes pendant les manœuvres. Eux et tous les pontes de la Défense seront réunis en un seul endroit. Que demander de mieux ? C'est à ce moment-là qu'on frappera. Vous suivez ?

Des respirations oppressées se firent entendre, suivies de la voix sérieuse de Stefan.

— Mes Mamies pour la paix au beau milieu de manœuvres militaires internationales… ?

— Oui, les militaires, les marchands d'armes, et nous !

— Ça risque d'être une sacrée surprise, murmura Stefan, quelque peu dubitatif.

Dagny avait souvent dit qu'il fallait se renouveler au sein même du mouvement, mais de là à s'attaquer en même temps aux militaires et à l'industrie de l'armement ?

— Il faudra aussi qu'on bousille les armes, dit Marie d'une voix inhabituellement sourde, fidèle à son idée de base.

Greta hocha la tête en signe d'approbation.

— Ça s'appelle désarmer, intervint Dagny. Bousiller des armes peut nous valoir des années derrière les barreaux. Mieux vaut agir par ruse. Ton miel sur les drones et les robots nous a coûté une longue détention, je te rappelle.

Un murmure traversa les rangs. Les mamies paraissaient courageuses et endurcies, mais elles n'avaient aucune envie de se retrouver en taule.

— Vous vous rappelez le missile Pershing II dans les années 1980, l'arme nucléaire la plus rapide de l'époque, celle qui possédait une force explosive correspondant à dix bombes d'Hiroshima ?

Les dames acquiescèrent.

— Il pouvait couvrir la distance entre les États-Unis et l'Union soviétique en dix minutes, mais quelques militants pacifistes l'ont détruit.

— Et ils ont été condamnés à huit ans de prison, enchaîna Pluto.

Depuis qu'il s'était mis à transférer de l'argent sur le compte de Seniorboost, il s'intéressait aux mouvements pour la paix. Fasciné, il avait lu tout ce qu'il avait trouvé sur les diverses manifestations et actions dans le monde. Et plus il lisait, plus il éprouvait d'admiration pour Dagny, Greta, Marie et les autres. De vraies mamies flingueuses !

— Les militants pacifistes en ont pris pour huit ans, mais ont été relâchés au bout de deux ou trois ans, précisa Greta qui elle aussi surfait sur le Net.

— Quoi qu'il en soit, ils y sont allés, dit Stefan. De nos jours, on a des armes qui sont cent fois, non, mille fois pires. Si les pays continuent à se réarmer à cette cadence, il y aura bientôt une grande guerre pour de vrai.

— Le mieux, ce serait que ces armes s'autodétruisent, hasarda Marie. Comme ça, personne n'aurait besoin de finir en taule.

— Faire en sorte que les armes s'autodétruisent…, murmura Dagny. Marie, tu es un génie ! C'est bien sûr là-dessus que nous allons miser ! Nous la tenons, notre idée !

# 41

La nuit avait fini par tomber. Dans la ferme voisine, Mark et John dînaient dans la cuisine. Ils étaient aux abois. Après le fiasco de l'aérodrome, Boris et les autres marchands d'armes avaient filé sans rien acheter, alors que John, avant les essais en vol, croyait que l'affaire était dans le sac. Comme si cela ne suffisait pas, la banque leur mettait des bâtons dans les roues en leur refusant de nouveaux prêts. John écrasait une cigarette après l'autre sans même les terminer. Mark, qui détestait la fumée, rugit.

— Arrête de fumer, putain. Regarde les choses en face. Qu'est-ce que tu magouilles, encore ? Qu'est-ce qui se passe ?

John ne répondit pas. Depuis le rendez-vous à la banque, plus tôt dans la journée, il se montrait encore plus taciturne que d'habitude. Chaque fois que Mark lui posait des questions, il l'envoyait balader. La tension entre eux s'était aggravée ; bien que Mark eût préparé un bon repas et sorti plusieurs canettes de bière forte, c'est à peine s'il avait pu arracher un mot à son camarade.

— Mais dis quelque chose, bon sang ! C'est moi qui t'ai embauché, me semble-t-il, j'ai donc le droit de connaître l'état de nos finances.

John posa son couteau et sa fourchette sur son assiette et s'essuya longuement avec le dos de la main avant de lever enfin les yeux et de le fixer d'un regard dur et froid.

— Tu comprends pas ? Tout part en couille ! s'écria-t-il. On a claqué trop de fric. Tous nos investissements dans les appareils et les machines, le matériel, le carburant et Dieu sait quoi d'autre nous ont coûté des millions et des millions. Sans parler de cette baraque, bien sûr. On a intérêt à se faire du blé maintenant, sinon c'est la faillite.

Mark sursauta. L'éclat de colère de son ami lui flanquait la frousse. C'était John qui achetait leur nourriture, et d'habitude, c'était lui aussi qui faisait la vaisselle et nettoyait la cuisine. La semaine précédente, il n'avait pratiquement rien fait. Aujourd'hui non plus. Le fromage et les tartines qui restaient du déjeuner étaient encore sur la table, des assiettes et des verres sales traînaient sur le plan de travail. Le robinet de la cuisine gouttait, le sol était sale et personne n'avait vidé les poubelles depuis des jours. Quand Mark menait ses expériences, c'était généralement John qui se chargeait de toutes ces tâches, et maintenant, il s'en foutait…

— On finira bien par trouver des acheteurs, tu verras, dit Mark en s'efforçant de garder son calme. On a tellement avancé dans la mise au point, bordel, et on a un tas de trucs cool à fourguer. Ne baisse pas les bras aussi facilement.

— *People need love*, répondit John avec une grimace. Ces salopes de mamies me font vomir. Si tout est parti en quenouille, c'est de leur faute. *Make love not war*. Mon cul, ouais ! Il faut qu'on se débarrasse de ces vieilles biques !

Mark resta assis sans rien dire, attendant que la crise passe. Mais John continua sur sa lancée.

— Tu piges pas ? On ne pourra pas faire une seule affaire tant qu'on aura cette bande de vioques sur le dos. Notre truc à nous, c'est de concevoir des armes. On ne peut pas avoir des militantes pacifistes pour voisines. Je suis de l'avis de Boris : il faut les éliminer.

John reproduisit le geste d'égorgement qu'avait fait le Russe.

— Calme-toi. On peut toujours déménager. Il y a d'autres fermes à vendre à Österlen.

— Pas maintenant, c'est hors de question. On n'a pas les moyens. Pense à notre équipement spécial, à toutes les machines neuves qu'on a installées et aux vergers de pommiers qui nous servent d'alibi. C'est aux vieilles de foutre le camp.

— On pourrait leur proposer de déménager, dit Mark.

Mais il entendit lui-même à quel point cette idée était idiote.

— « Gentilles, charmantes petites vieilles pour la paix, auriez-vous l'obligeance de déménager ? » mima John d'une voix dégoulinante de sarcasme. T'es dur de la feuille ou quoi ? Cette bande de foldingues ne bougera pas d'un millimètre. Ces emmerdeuses vont s'accrocher comme des teignes ! s'emporta-t-il d'une voix suraiguë. Non, du balai, les vioques !

John ouvrit la porte du frigo à la volée et en sortit une autre bière forte. Il arracha l'anneau et but directement à la canette. Après quelques gorgées, il s'avança vers Mark et agita son index devant le visage de son complice.

— Aurais-tu oublié que je suis ton associé dans l'entreprise ? Putain, j'ai pas l'intention de perdre mon pognon à cause de ces salopes là-bas. T'as pas entendu ce que Boris a dit ? Les militantes pacifistes doivent débarrasser le plancher, sinon on ne pourra plus faire d'affaires. Plus jamais. C'est elles ou nous.

Le silence s'installa entre eux, pesant, gênant et tenace. Comme John, Mark avait investi tout son argent dans l'entreprise. Il n'avait pas d'autre boulot et ne pouvait pas non plus compter sur une quelconque retraite. Il était autoentrepreneur depuis longtemps et n'avait jamais pensé à mettre du fric de côté pour ses vieux jours. Bref, ses comptes étaient à sec.

— Les mamies ou nous. Il y a sûrement une solution. On peut toujours en discuter, et...

John l'interrompit avec un rire moqueur.

— Ça sert à rien d'essayer de raisonner des fanatiques. C'est comme du ciment durci. Non, je préconise un AVC ou une crise cardiaque camouflée. On peut louer des gens. On n'y verra que du feu.

— Laisse tomber, bordel ! dit Mark en tapant du poing sur la table.

— Alors il vaut mieux que tu saches de quoi il retourne ! poursuivit John en baissant la voix. En ce moment, on est dans une merde pas possible. J'ai passé un marché avec deux marchands d'armes illégaux, peut-être pas ceux que j'aurais choisis il y a quelque temps, mais là, j'avais le couteau sous la gorge. Je leur ai promis des prototypes testés et prêts à servir dans un délai de deux mois. Ils ont payé la moitié d'avance. Mais s'ils n'ont pas leurs armes au moment prévu... Tu vois ce que je veux dire ?

Tout en l'écoutant, Mark avait terminé sa bière et écrasé la canette entre ses mains. John lui faisait peur. Étudiants, ils s'étaient toujours bien entendus. John était l'optimiste, le boute-en-train, l'organisateur des virées. C'était toujours lui qui s'occupait de tout, qui arrangeait tout. Et soudain, il ne connaissait plus de limites. En cette situation de crise, il dévoilait des facettes de sa personnalité que Mark n'aurait jamais soupçonnées. Il parlait des vieilles dames comme de pions à éliminer. Un malaise l'envahit, toutes les fibres de son corps protestèrent.

— John, du calme. Nos armes sont uniques. On va régler ce problème.

Son camarade alluma encore une cigarette, se renversa en arrière et expira la fumée. Puis il sortit son iPhone et se mit à feuilleter dans sa galerie de photos. Au bout d'un moment, il trouva ce qu'il cherchait et tendit l'appareil à Mark.

— Tu vois. Voilà tes armes meurtrières. T'as pas idée du nombre qu'on a vendu illégalement. Sans déclaration de revenus, bien entendu. Rien qu'ici, j'ai suffisamment de preuves pour t'envoyer en taule pendant de nombreuses années. Tu comprends dans quel pétrin tu t'es fourré ? Alors soit on fait comme je dis, soit tu auras des problèmes. Des gros problèmes.

Mark déglutit. Sa pomme d'Adam fit du yo-yo, mais pas un son ne sortit de sa bouche. John continua sa harangue. Quand il eut terminé, Mark se leva et alla sous le porche d'un pas chancelant. Pâle comme un mort, il s'agrippa à la balustrade, se pencha en avant et vomit.

# 42

Greta s'habilla en silence avant de monter à la salle des ordinateurs pour jouer au poker. Malheureusement, les choses avaient encore mal tourné pour elle, et elle espérait récupérer l'argent perdu. Cela ne devrait pas prendre trop de temps, une ou deux parties seulement pour au moins rentrer dans ses frais.

La nuit était déjà bien avancée, toutes les autres étaient allées se coucher. Parfois, quand quelqu'un l'entendait, elle prétextait qu'elle avait du mal à trouver le sommeil. Elle jeta un coup d'œil à l'heure : 2 heures du matin. Seigneur ! Encore somnolente, elle monta les marches et entrouvrit la porte.

Elle crut d'abord avoir oublié d'éteindre la lumière, puis elle aperçut Pluto penché vers son écran.

— Ça alors, tu veilles drôlement tard, lui dit-elle avec un sourire. Je n'arrive pas à dormir, alors je me suis dit que je pourrais venir m'entraîner un peu.

Elle remarqua que le gamin cliquait rapidement pour fermer le lien qu'il avait à l'écran avant de se tourner vers elle.

— T'entraîner ? Cool, marmonna-t-il. D'ailleurs, je viens de terminer. J'ai compilé quelques déclarations d'hommes politiques. Des trucs idiots, le genre de merde qui semble sans fin. On pourrait en faire un best-seller intitulé : *Et les grands de ce monde ont parlé.*

— Pourquoi pas… Tu as tellement d'idées !

Il lui sourit, bâilla, se leva et se dirigea vers la porte. Greta tendit la main et lui tapota la joue en signe d'encouragement.

— Je suis si contente de toi, Pluto. Grâce à toi, notre mouvement Virala fonctionne à merveille. Dire que j'ai encore tant de mal à pirater des sites obscurs, mais j'apprendrai. Bientôt !

— Tu y es presque. C'est bien que tu t'exerces. Mais ne reste quand même pas debout toute la nuit, dit-il.

Il releva sa casquette sur sa tête et franchit la porte sans se presser. En descendant les marches, il poussa un soupir de soulagement. Ayant entendu des pas dans l'escalier, il avait eu le temps d'effacer l'historique. L'ordinateur était nettoyé. Au cours de la soirée, il avait trouvé le moyen de transférer un tas de fric sur le compte du mouvement pour la paix. L'action de Göteborg coûterait une blinde et elles auraient besoin de capital.

Le lendemain, les mamies avaient une réunion de la plus haute importance. Dagny regarda autour d'elle. Le soleil se levait lentement au-dessus de la mer et des ombres immenses s'étendaient sur le sol. Les mamies avaient choisi un endroit fantastique. La hauteur impressionnante, les blocs de pierre gigantesques et la mer infinie où le ciel se mirait dans les eaux d'un bleu profond. Ici, depuis des milliers d'années, les gens se rassemblaient. Maintenant, c'était au tour des Mamies pour la paix d'utiliser cet emplacement pour leur grande réunion. Elles étaient si nombreuses que Dagny et Marie avaient décidé qu'au lieu de la salle de réunion, elles se retrouveraient toutes aux mégalithes de Ale. C'était ici, sur ce site antique, que leurs ancêtres s'étaient regroupés pendant des millénaires, alors quoi de plus approprié ?

Dagny fit signe à Greta d'éteindre le lecteur MP3 ; les dernières notes de *The Final Countdown* se turent. Les vieilles dames rangèrent les tasses à café et les Thermos et retapèrent leurs coussins pour s'asseoir. La séance pouvait commencer.

Si tôt le matin, elles pourraient tenir leur réunion sans être dérangées. Cet imposant site archéologique aux hautes pierres sombres était le cadre idéal pour leur projet ; Dagny se dit que l'atmosphère correspondait parfaitement. Pour sauver la paix dans le monde et stopper l'industrie de l'armement, elles avaient besoin d'un environnement imposant et stimulant.

Stefan avait convié l'ensemble des participantes aux cours précédents ; toutes étaient là pour entendre les dernières nouvelles et s'informer des actions à venir. Il se leva et attendit le silence.

— Le Mouvement des socs de charrue, vous le savez, commença-t-il, tirait son nom de la volonté de ses membres de changer les épées en socs de charrue et les lances en cisailles, et…

— Super, c'est beaucoup mieux que de fabriquer des armes ! intervint Greta.

Stefan et Dagny échangèrent un coup d'œil. Greta était un peu spéciale et coupait souvent la parole à tout le monde, mais c'était par zèle, on ne pouvait pas lui en vouloir. Et puis, elle était toujours positive et aimable.

— Quoi qu'il en soit, ce mouvement a réussi tout un tas d'actions, poursuivit Stefan. Ses membres ont désarmé…

— … ou plutôt bousillé ! corrigea Greta.

— … oui, ont désarmé des missiles nucléaires, des avions de combat, des sous-marins nucléaires, des hélicoptères et une flopée d'autres armes.

— Mais pour ça, il faut des marteaux de forge, enchaîna Greta. On ne peut pas taper sur des ogives nucléaires avec un marteau ordinaire, sinon il se démanche.

Dagny sourit. Elle leur avait raconté son rêve du hangar, et l'épisode où Marie avait frappé si fort que la tête de son marteau s'était détachée. Visiblement, Greta n'avait pas oublié cette histoire.

— Des marteaux de forge... Tu as tout à fait raison, je vois que tu as fait des recherches, répondit Stefan.

Il commençait à bouillir intérieurement.

Un vent froid soufflait de la mer, et sur la colline, ils n'avaient rien pour s'abriter des rafales. Il faisait plus froid que prévu, leur réunion ne devait pas s'éterniser !

— Évidemment que je me documente, il faut bien se tenir au courant. J'ai vu sur Internet qu'il existe des missiles de trente mètres de haut qui coûtent des milliards.

Greta se tourna vers les dames et écarta les bras dans un geste dramatique.

— Il existe des monstres meurtriers qui pèsent environ deux cent mille kilos et dont la vitesse est supérieure à trente mille kilomètres à l'heure. Ils peuvent détruire le monde comme ça, paf, paf, en une heure ! poursuivit-elle en claquant des doigts comme si elle dressait un chien de cirque.

Les mamies autour d'elle s'agitèrent, mal à l'aise. L'énorme navire de pierre des mégalithes de Ale se dressait sur cette colline depuis plus de mille ans. Se pouvait-il qu'une bombe géante de ce genre puisse anéantir ça aussi ? Elles ignoraient que ces abominables armes modernes pouvaient détruire le monde aussi rapidement et avaient beaucoup de mal à l'accepter.

— Vous comprenez alors combien il est important d'œuvrer pour la paix, continua Stefan. Si un pays viole le droit international et la charte des Nations unies sur les Droits de l'homme, nous devons agir.

— Génial ! Notre mouvement pour la paix a du mordant et aime relever les défis, lança Greta.

Puis elle se leva et montra ses biceps.

— Officiellement, les fabricants d'armes ne vendent qu'aux pays qui ne sont pas en guerre, poursuivit Stefan en l'ignorant. Mais comme nous le savons, ces armes sont ensuite revendues aux peuples en guerre.

— Ouais, je sais. On contourne les lois uniquement pour se faire du fric et tout le monde se fout du nombre de morts. C'est dégueulasse !

Le visage de Greta s'était empourpré de colère.

— C'est ici que nous autres, Mamies pour la paix, entrons en scène, intervint Dagny. On a bien réussi, il y a quelques mois, à empêcher une vente d'armes. Maintenant, on doit empêcher les principaux acteurs de poursuivre leurs activités…

— À l'assaut ! s'exclama Greta.

Puis elle mit deux doigts dans la bouche et siffla.

— Mais pour ce faire, il faut davantage de rentrées d'argent, et former plus de militantes, continua Dagny comme si de rien n'était.

Voir un tel engagement de la part des vieilles dames donnait de la force à Stefan. Sans Dagny et son mouvement, il aurait peut-être laissé tomber. Il sortit des papiers de son sac à dos et brandit bien haut un formulaire d'embauche. Le papier flotta au vent.

— Imaginez faire un boulot où vous fabriqueriez tous les jours des armes qui tuent des innocents.

— Les gens sont beaucoup trop obéissants ! Mais nous, ici, on n'obéit pas. On pense par nous-mêmes, brailla Elinor, soudain prise d'inspiration.

— Aussi, à long terme, nous devons nous efforcer de contraindre l'industrie de l'armement à fabriquer autre chose.

Je vote pour des panneaux solaires, des stations d'épuration, ce genre de choses, poursuivit Stefan.

Un murmure d'approbation parcourut les rangs ; les mamies prirent acte. La bande de vieilles dames était installée à l'extrémité arrière du vaisseau de pierre où les scientifiques avaient mis au jour des trésors archéologiques datant du VIe siècle. L'emplacement était en partie protégé par d'énormes pierres, mais il y faisait tout de même étonnamment froid. L'été avait été plus frais que d'habitude. Mieux valait ne pas s'attarder pour éviter que tout le monde ne s'enrhume.

— Je vote pour qu'à terme, nous agissions en faveur d'une fabrication alternative. Mais pour le moment, ces manœuvres militaires sont dans notre collimateur, trancha Dagny.

Stefan, Marie et elle-même avaient discuté avant la réunion et étaient convenus de traiter diverses questions. Maintenant, c'était au tour de Dagny.

— J'ai entendu dire que les manœuvres les plus importantes auront lieu à Göteborg. Plusieurs navires de guerre évolueront dans le port. Ces unités de guerre ont des missiles et des canons.

— Bang ! s'écria Greta dans le feu de l'action.

Bien que tout le monde fût en plein air et sous un vent violent, on l'entendit si distinctement que l'assistance entière sursauta.

— Dans certains cas fâcheux, il peut arriver que les choses tournent mal. C'est pourquoi nous avons envisagé d'endommager les missiles les plus dangereux pour les rendre inutilisables. Cela peut nous valoir une longue peine de prison ; celles qui ne veulent pas en être sont priées de le faire savoir.

Dagny parcourut l'assemblée du regard. Elinor leva la main.

— C'est le moment de vous expliquer, dit-elle. Moi j'ai rejoint ce mouvement des mamies pour protester pacifiquement. Pas pour autre chose.

— Nous avons l'intention d'endommager, de désarmer. De rendre inoffensif ce qui était dangereux, expliqua Marie. Comme faire des socs de charrue avec des épées.

Elinor hocha la tête, mais elle semblait encore douter. Stefan reprit la parole.

— Un jour, avec un groupe de militants, aux États-Unis, j'ai mis en pièces une fusée Pershing II et une rampe de lancement. On a *désarmé* le missile.

Un murmure courut parmi les grands-mères.

— On a été condamnés à huit ans de prison, mais ils m'ont relâché au bout de vingt mois. L'un des gardiens était une véritable ordure. (Stefan remonta une manche de son pull et tint son avant-bras en l'air afin que tout le monde puisse constater.) Vous voyez cette cicatrice ? La blessure a mis six mois à guérir. Mais je parie que personne n'osera s'attaquer à vous.

— Ça non. Personne ne frappe une mamie. Qu'ils osent donc, pour voir ! s'écria Greta.

— Néanmoins, il reste bien sûr une part de danger dans ce qu'on envisage de faire à Göteborg, reprit Dagny. On défie les forces obscures. C'est pourquoi Marie, Stefan et moi irons d'abord là-bas en reconnaissance. Quand nous lancerons notre opération, rien ne devra être laissé au hasard.

— Mais il y aura quand même un peu d'action, non ? Après tout, on est les mamies avec un dard ! Des mamies qui piquent ! piailla Greta.

Elle alluma son lecteur MP3. L'instant d'après, les notes de *The Final Countdown* résonnèrent de nouveau à plein volume, et Dagny dut lui dire d'éteindre. Lorsque le calme fut revenu, elle poursuivit :

— On peut s'attendre à ce que les marchands d'armes, les militaires et les politiciens se donnent tous rendez-vous à Göteborg. C'est à ce moment-là qu'on frappera. Mais il faut tout planifier très soigneusement.

Elle exposa brièvement ce qu'elle attendait de chacune au moment où le pays entier grouillerait de forces armées suédoises et étrangères en manœuvre. Quand elle eut terminé, son regard se porta sur la mer et l'horizon d'un gris bleuté. Le vent forcit. Dans quel guêpier s'était-elle encore fourrée ? Et comment tout cela finirait-il ?

# 43

Une fine bruine tombait, il faisait froid et humide. John crispa les épaules et releva le col de son manteau. Il remâchait sa rancœur corrosive contre les mamies et leur maudit centre de cours. Seniorboost ! Il cracha par terre et grinça tellement des dents que sa dent de sagesse lui fit mal.

— Ah bordel, putain de voisines ! jura-t-il en ouvrant le portail.

Il resta immobile un moment ; après s'être assuré que personne ne le voyait, il entra dans la cour sans bruit, d'une démarche saccadée. Il continua à jurer même si personne ne l'entendait. La vieille bâtisse en briques le toisait. De là où il se trouvait, dans l'obscurité, il crut distinguer de la lumière et entendre du bruit à l'intérieur. Mais il n'en démordait pas : il avait tiré ses conclusions et écarté tout ce qui l'empêchait d'atteindre son objectif. Toutes les émotions, tous les obstacles qui se trouvaient entre lui et la réussite devaient être éliminés.

Les coups du sort à répétition l'avaient mis hors de lui. Il avait besoin de fric, et pas seulement de ça. En son for intérieur, il aspirait aussi à la reconnaissance et à l'estime de tous ceux avec qui il faisait des affaires. Réussir était une drogue, une ivresse qui lui donnait la force de vivre, même s'il avait du mal à se l'avouer. Mais il n'existait pas d'autre réalité. Pas pour lui.

Le vent soufflait de la mer et une odeur d'algues lui chatouillait les narines. Il devait s'en sortir par lui-même. Mark n'avait pas besoin de savoir. Mieux : Mark ne devait pas savoir. Il allait le laisser bosser tranquillement à ses inventions et tous deux pourraient continuer à vendre les armes ingénieuses conçues par le cerveau de Mark. En unissant leurs efforts, ils pouvaient en sortir grands vainqueurs. Mark à la conception, à la mise au point, lui au démarchage et à la vente. C'est comme ça qu'ils avaient toujours travaillé, jusqu'à tomber sur ces foutues militantes pacifistes. Quelle malchance ! Désormais, il s'agissait de régler le problème afin de faire fortune, comme il y aspirait depuis si longtemps. Malheureusement, Mark n'avait pas compris qu'il fallait parfois faire des choix, dans la vie. Toute la responsabilité reposait à présent sur les épaules de John. Mais la chose était entendue : ce qui se mettait en travers de la route devait être éliminé, sinon tous deux se retrouveraient vraiment dans la mouise.

Il scruta de ses yeux gris et froids la bâtisse en briques et ses hautes ailes adjacentes. Une ancienne école, désormais agrandie pour servir de centre de cours. Comme ça semblait mignon... N'empêche, la mafia de vieilles dames là-dedans se battait contre l'industrie de l'armement. Comment pouvait-on être aussi stupide ? C'était une activité que même les dirigeants les plus puissants de ce monde ne pouvaient contrôler. Or, voilà que cette bande de salopes à la retraite prétendait lui tenir tête. Les Mamies pour la paix, mon cul, oui ! Le commerce des armes avait une vie qui lui était propre, et les idéalistes qui s'y étaient opposés avaient toujours été broyés. Ces vieilles bonnes femmes ne feraient pas exception à la règle. Certes, Mark lui avait posé un ultimatum. Quand John avait dit vouloir s'en prendre aux vieilles, son comparse l'avait menacé non seulement de mettre un terme à leur collaboration, mais aussi de détruire tous les prototypes, les plans et les notes sur les armes auxquelles ils travaillaient. Il avait aussi prétendu pouvoir poursuivre ses travaux avec quelqu'un d'autre. Mais Mark n'avait pas besoin d'être mis au courant de ce que John comptait faire maintenant…

Il était étonné de la détermination de son camarade. Mark fabriquait des armes depuis de nombreuses années. N'avait-il jamais compris ce qu'il faisait ? Il était bel et bien un de ces cerveaux éminents qui fournissaient à l'industrie de l'armement ce dont elle avait le plus urgemment besoin : des armes modernes, intelligentes et insidieuses. Des prototypes qui, selon les demandes, pouvaient être développés et produits en série. Mark possédait un talent hors du commun sans en avoir conscience. Il était irremplaçable, comme le prouvait sa toute dernière idée d'armes autonomes pouvant être tirées à l'aide de robots. Pas de difficile processus de décision : boum ! C'était l'intelligence artificielle qui décidait. Cela ressemblait à une utopie, mais ça ne l'était pas. La technologie existait et Mark était en train de concevoir son prototype !

Oui, Mark était un génie, mais aussi un idiot qui ne comprenait pas l'importance des ventes pour leur avenir commun. John ne voulait que le meilleur pour eux deux, et devait donc agir à l'insu de son comparse. Tandis que Mark était assis tranquillement à la maison avec ses croquis, lui avait sillonné le pays et décroché de grosses commandes. Dieu sait s'il en avait pris, des avions ! Pour vanter les prototypes de Mark, il avait offert bien des dîners, vantant leurs produits jusqu'à ne plus avoir de voix ni de fric. Et au moment où il avait cru toucher au but, les mamies avaient tout foutu en l'air.

Les affaires avec Boris et les autres, qui lui auraient procuré une vie de luxe, avaient capoté sur l'aérodrome désaffecté de Ravlunda. Maintenant, il était obligé de recommencer à zéro et de trouver d'autres acheteurs que les marchands de l'Est. Il y avait bien ces deux trafiquants dont il avait en fait peur, mais heureusement, de grandes manœuvres militaires auraient bientôt lieu à Göteborg. Tout marchand d'armes digne de ce nom serait sur place, en coulisses ; John avait la ferme intention de s'y trouver lui aussi pour conclure des commandes. Cette fois-ci, Mark et son collègue avaient modifié tout leur arsenal et élaboré les plans d'un nouveau prototype basé sur l'électromagnétisme. Ce dernier était prêt à la vente. Il ne restait plus qu'à éliminer les vieilles salopes.

John observa attentivement les alentours de la maison d'habitation, la ferme et les deux ailes de la bâtisse en briques. Ensuite, il repartit, se mit au volant et s'engagea sur la route principale. Il rejoignit le gang de motards au bout de plusieurs dizaines de kilomètres. Il savait précisément comment présenter les choses : un boulot contre paiement. Rien d'autre. Dès que sa mauvaise conscience pointait le bout de son nez, il la chassait. Avait-il seulement le choix ? Les marchands d'armes qui attendaient leur livraison n'étaient pas des enfants de chœur. La veille, ils l'avaient menacé de mort s'il ne les livrait pas au plus tard dans la semaine. Alors cette histoire de mamies... Tant pis pour elles, elles l'avaient bien cherché. Ses mains se crispèrent sur le volant. Personne ne devrait jamais savoir qui tirait les ficelles. Jamais. Il fallait que tout reste étanche. Et tout bon apprenti membre d'un gang de motards renommé savait ce qui comptait : le silence.

Lorsque, une heure plus tard, John quitta le gang, il pleuvait à seaux. Il tint son porte-documents au-dessus de sa tête et, courbé en deux, fit quelques pas vers la voiture. Pas très fier de lui, il tentait encore de se convaincre qu'il n'avait pas pu faire autrement. Ces types-là étaient parfaits pour ce boulot. Des pros. Personne ne le soupçonnerait, pas même Mark. Quand l'accident se produirait, ils seraient tous les deux en voyage en Pologne, et à leur retour, tout serait arrangé. Un alibi parfait. Ensuite, ils pourraient continuer leurs activités sans être dérangés.

# 44

Toute la maison semblait endormie et, dans la nuit, les fenêtres brillaient comme de grands yeux noirs. Il était bien là, le centre de cours Seniorboost dont le patron avait parlé. Le motard Berra Lindholm coupa les gaz et inspecta les lieux. Les silhouettes de la bâtisse principale et des deux ailes bien proportionnées émergeaient de l'obscurité. On aurait dit une ancienne ferme du XIX^e siècle dans un film policier anglais ; à cette heure de la nuit, tout revêtait un aspect assez lugubre. Quand il était venu repérer les lieux plus tôt dans la semaine, il s'était décidé pour l'aile est, celle qui abritait une salle de réunion, des salles de cours et une salle d'exposition. Il y avait aussi des pièces à l'étage, mais il n'avait pas vu si elles étaient occupées. Cette partie de la maison devait être vide la nuit ; quand les flammes jailliraient par les fenêtres, les gens occupant le bâtiment principal se réveilleraient. Non, pas d'incendie meurtrier ici, mais un feu assez important pour flanquer la trouille à ceux qui habitaient là. C'était quoi, déjà, la consigne du type qui avait commandité le boulot ? Ah oui : que les propriétaires de l'endroit foutent le camp. Définitivement.

Il s'arrêta près du fossé, descendit de sa machine et dissimula soigneusement la moto derrière des arbustes. Puis il fit semblant de pisser tout en regardant autour de lui. Un oiseau de nuit s'envola d'un bosquet éloigné ; la circulation sur l'autoroute grondait en bruit de fond. Mais il ne vit personne aux alentours. La mer était calme. À l'horizon, les nuages étaient illuminés par de violents éclairs. L'orage qu'il avait appelé de ses vœux approchait. Un éclair zébra le ciel et il compta jusqu'à entendre le tonnerre gronder. La tempête, encore à quelques kilomètres de distance, ne tarderait pas à se déchaîner. Il pensa à l'aile est. Un éclair et elle prendrait feu. Personne ne soupçonnerait rien. Tout le monde savait qu'une maison pouvait se mettre à brûler là où la foudre frappait. Il n'avait pas de mouron à se faire.

Le tonnerre gronda, lugubre, au-dessus de la mer ; il sentit les premières gouttes de pluie. Il vérifia silencieusement le contenu de son sac à dos puis referma le zip et remit le sac sur ses épaules. À vrai dire, il n'aimait pas cette mission. Il n'avait pas imaginé devoir accomplir ce genre de boulot pour être admis comme membre à part entière du gang de motards. Il était costaud, soulevait cent soixante-quinze kilos au développé-couché, et avait envisagé qu'on l'utiliserait pour le recouvrement, le chantage ou autre chose de ce genre. Mais un incendie criminel ? Quel con d'avoir accepté cette besogne ! Toutefois, il fallait bien en passer par là. Comme la police s'y entendait pour dépister les causes d'incendie, il avait été contraint de préparer minutieusement son affaire. Au lieu d'acheter du liquide inflammable dans une station-service ou un grand magasin à proximité, il avait piqué l'alcool à brûler de sa mère. Il n'avait pas l'intention non plus d'utiliser une minuterie : les flics pourraient suivre les fils. Il avait aussi renoncé aux guirlandes lumineuses de Noël, au coton imbibé d'huile et autres vieux trucs de pyromanes. Il fallait que ce soit simple, rapide et efficace. Un petit défaut électrique ou un peu d'alcool à brûler et le tour serait joué… Il jeta un dernier regard alentour, rabattit sa capuche sur sa tête et se dirigea vers la maison.

Greta était assise dans la salle d'informatique devant son ordinateur portable, totalement absorbée, une vieille bouteille de jus de sureau vide posée à côté d'elle. Cette fois-ci, elle avait un beau jeu avec de fortes chances de rafler la mise. Maintenant, elle allait certainement regagner son argent... Elle s'interrompit et leva les yeux en croyant entendre du bruit dans l'escalier. Et merde ! Des pas. On aurait dit Dagny et quelques autres. Elle quitta en toute hâte le site de poker et effaça l'historique, puis elle cliqua sur un lien menant à un site énumérant les armes les plus dangereuses du monde, pour avoir l'air de bosser.

Personne n'avait compris ce qu'elle magouillait si tard la nuit, car elle avait tout fait pour le dissimuler. Sa dépendance au jeu s'était accrue, et elle était en train de perdre le contrôle. Honteuse, maudissant sa propre faiblesse, elle avait terriblement peur que quelqu'un ne la surprenne. Au début, tout s'était bien passé, jouer l'avait mise de bonne humeur. Mais au cours des semaines précédentes, elle avait subitement commencé à perdre beaucoup d'argent. Ça l'avait énervée, parce qu'elle jouait toujours aussi bien qu'avant. Elle n'était pas devenue soudain mauvaise au poker ; c'était probablement une flopée de jeunes quelque part dans le cyberespace qui avaient préprogrammé leurs ordinateurs. Il lui était arrivé de faire des cauchemars où elle jouait contre des programmes informatiques anonymes. Elle n'aurait pas dû commencer à jouer, bien entendu ; elle avait cru qu'elle pourrait décrocher à tout moment. Désormais, elle faisait tout pour regagner sa mise initiale. C'était bien ça, la dépendance au jeu, non ? À présent, les choses étaient allées si loin qu'elle aurait déjà été satisfaite de récupérer l'argent de sa retraite. Sans cela, elle ignorait comment elle passerait le mois. Ça pouvait aller si vite ! Elle qui avait espéré tout arranger, au point de renoncer au crédit immobilier qu'elle avait souscrit.

La société ne devrait pas être autorisée à fixer des taux d'intérêt exorbitants de plus de vingt pour cent. Seigneur, elle préférait ne pas y penser !

Débarquer à ce moment précis, c'était du Dagny tout craché. Si seulement elle avait pu terminer sa partie, elle aurait probablement empoché de gros gains. Il aurait alors suffi d'un autre succès et tous ses problèmes auraient été résolus.

On marchait d'un pas lourd dans l'escalier, le bruit se rapprochait. Elle regarda fixement la porte.

— Greta, tu es là ?

La porte s'ouvrit en grand, et Dagny, Stefan, Pluto et Elinor firent irruption tous ensemble dans la pièce, bientôt suivis de Marie qui portait un plateau avec du thé, des petits pains et des gâteaux.

— Ça tombe bien, j'allais justement me coucher, prétendit Greta.

— Mais il y a de l'orage. Je pensais que ça pourrait être sympa de se tenir compagnie. On pourrait en profiter pour jeter un coup d'œil aux dernières nouvelles sur Internet. On a des paratonnerres sur le toit, alors ça ne risque rien. L'ordinateur n'en souffrira pas.

— Bois une gorgée de café, ça requinque, proposa Marie en posant une tasse à côté de l'ordinateur de Greta.

Cette fois, outre ses petits gâteaux, elle avait aussi fait des pains au lait avec du safran. Ce n'était pas vraiment la saison, mais elle s'en fichait. Elle était folle de safran.

— Qu'est-ce que tu prendras ?

— Pas de café pour moi, en tout cas. Whisky, dit Greta, encore agacée d'avoir été dérangée.

Au moins, un bon whisky compenserait. Marie sourit, se leva et alla chercher la bouteille et de la glace dans le bar. Elle lui servit un verre, tous les autres prirent une tasse de café, puis on fit cercle autour de l'écran de Greta, le plus grand que Pluto ait connecté à son ordinateur.

— Voyons voir ce qui s'est passé aujourd'hui. Toujours les mêmes chamailleries politiques, ou des messages d'idiots qui ont tiré des missiles ? demanda Marie en approchant sa chaise de l'écran.

Greta, qui avait négligé de passer en revue les nouveautés du jour sur Facebook et Twitter, rougit légèrement.

— Oui, un tas de chamailleries entre politiques, mais j'ai remplacé les pires âneries par des cris de perruche. Sauf que ça ne nous avance guère, il faudrait tester autre chose, dit-elle.

— Du bruit industriel, peut-être, proposa Marie.

— Aujourd'hui, j'ai vu que certains leaders politiques étaient accusés de corruption, intervint Pluto en jetant un coup d'œil à l'écran de l'ordinateur.

En dépit de sa jeunesse, le piratage et la surveillance des puissants de ce monde lui avaient dessillé les yeux.

— Ces types corrompus méritent d'être traduits devant les tribunaux.

— Encore de la corruption, Seigneur, ça commence à bien faire, marmonna Dagny.

Elle fit un doigt d'honneur comme un automobiliste en rogne coincé dans les bouchons.

— Quand les dirigeants apprendront-ils à partager ? Il n'y aurait plus autant d'inégalités dans le monde !

— Écoutez, nous devons nous concentrer, coupa Stefan.

— Nous travaillons pour la paix, nous ne pouvons pas en plus sauver les finances du monde !

— Mais s'il n'y avait pas tant de pauvres sur terre, il n'y aurait pas autant de guerres, s'emportèrent Dagny et Marie d'une seule voix.

— Dire que les gens n'arrivent pas à se mettre ça dans le crâne !

— D'accord, mais maintenant, on a du boulot !

Le ton de Stefan était sans réplique. Ensemble, ils se mirent à éplucher toutes les bêtises que les dirigeants du monde avaient laissé échapper ces dernières vingt-quatre heures. C'était un travail de Titan et, comme d'habitude, ils remplacèrent les pires insultes par des chants d'oiseaux ou des reparties aimables.

— On devrait récompenser le discours le plus débile. Quel dictateur ou président on va choisir ? lança Elinor.

— Oh, ça va être dur, ils sont tellement nombreux à dire des conneries ! J'ai une autre proposition. Je pense aux complices, ceux qui devant les caméras de la télé font l'éloge de leaders qu'au fond d'eux-mêmes ils haïssent cordialement ou dont ils ont la trouille. Ces lèche-cul soutiennent des décisions insensées juste parce qu'ils espèrent s'emparer du pouvoir et gravir les échelons. Les gens de cet acabit sont dangereux.

— Pour ça, j'ai une super solution, piailla Greta.

Elle ouvrit un célèbre site animalier, navigua un moment et finit par trouver ce qu'elle cherchait. Elle leva les yeux et poussa le volume au maximum.

— BRAAAAAH !

Une sorte de rugissement rauque emplit la salle d'informatique.

— Au secours, baisse le son, bordel. C'était quoi, ça ? s'écria Dagny en faisant un bond en arrière, comme les autres.

— Un cerf en rut, répondit gaiement Greta, des étoiles dans les yeux.

— Éteins-moi ça avant que la cour se remplisse de biches en chaleur, dit Stefan, qui sentait que ça partait dans tous les sens.

— Il ne faut quand même pas exagérer !

Pluto, intérieurement mort de rire, eut du mal à se concentrer. Il lui fallut un bon moment pour pirater les comptes des dirigeants mondiaux et copier dessus le brame du cerf.

— Ça, j'adore. Il n'y a rien de plus jouissif que de tourner en ridicule ces dirigeants imbus d'eux-mêmes. Ils n'ont que ce qu'ils méritent, déclara Dagny. Tu effaces bien toutes les traces pour que personne ne puisse remonter jusqu'à nous, n'est-ce pas ?

Pluto redevint sérieux. Leurs petits jeux pouvaient se révéler dangereux. Heureusement, il connaissait le Darknet ; par mesure de sécurité, il avait lancé plusieurs fausses pistes. Les pirates du cyberespace ne devraient pas être en mesure de le localiser. Chaque jour, il prenait mille précautions, et depuis qu'il avait commencé avec son compte pour la paix, il redoublait de prudence. Il fallait protéger les mamies.

— Évidemment que j'efface toutes les traces !

— Oh, Pluto, tu es vraiment merveilleux ! Si tu savais combien ton aide nous est précieuse. Mon rêve serait de devenir aussi calée que toi ! s'exclama Greta.

— Il te faudra un peu de temps, mais disons que tu es sur la bonne voie. Il suffit de pratiquer, dit Pluto, réellement fier.

— C'est bien ce que j'ai l'intention de faire, chaque jour, dit Greta.

Elle était toute contente d'avoir trouvé une bonne excuse pour rester debout tard et jouer au poker.

Pluto bâilla et Stefan lui posa un bras sur l'épaule.

— Je crois que c'est bon pour aujourd'hui, Pluto. À chaque jour suffit sa peine, comme on dit.

Pluto acquiesça et éteignit l'ordinateur. Stefan constata à sa grande surprise que son fils allait se coucher de son plein gré. Dagny était très fatiguée aussi ; même si elle serait volontiers restée pour bavarder un moment, elle n'en avait plus la force. Elle se leva et jeta un coup d'œil par la fenêtre. Le tonnerre grondait dans le lointain, les éclairs n'étaient pas trop proches. Cette tempête ne serait peut-être pas aussi terrible que les météorologues l'avaient laissé entendre.

— Allez, c'est terminé pour aujourd'hui. Merci pour le thé et les petits pains au safran, Marie, et dormez tous bien. Moi, je vais me coucher, annonça Dagny.

Tous les autres se levèrent à leur tour et quittèrent la pièce. Dagny s'arrêta sur le seuil de la salle.

— Et toi, Greta ?

— Je n'en ai pas pour longtemps. Il faut juste que je sauvegarde quelques fichiers, dit-elle en espérant qu'on ne la verrait pas rougir.

Quand tout le monde fut parti, elle retourna sur son site de poker. Il fallait au moins qu'elle récupère ce qu'elle avait perdu, et de préférence qu'elle rafle la mise.

# 45

Lorsque Berra arriva en vue de la maison, il contourna l'imposante bâtisse à pas de loup. Apparemment, il n'y avait personne, les lumières étaient éteintes et tout était silencieux. Sans faire le moindre bruit, il continua vers l'aile est où se trouvaient la salle d'exposition et les salles de classe. Il y avait là plusieurs fenêtres et portes ; à l'arrière, il découvrit un petit battant en bois. Il s'arrêta. Il menait peut-être à la cave. Berra abaissa la poignée. La porte s'ouvrit aussitôt. Il n'avait pas imaginé que ce serait aussi facile : il n'aurait même pas besoin de forcer la serrure. Il ne lui restait plus qu'à entrer.

Quand ses yeux se furent accoutumés à l'obscurité, il aperçut une caisse de bouteilles vides et quelques chopines sur une étagère. Un déclic se fit dans sa tête. Il se souvint tout à coup d'un pyromane qui s'était servi d'une bouteille d'alcool à brûler trouvée chez sa mère. Grâce à la bouteille, on avait pu remonter jusqu'à lui et le gars s'était fait pincer. Berra jura. Bordel de merde ! Comment avait-il pu laisser passer ça ? Utiliser l'alcool à brûler de sa mère n'était pas une bonne idée. Il valait mieux laisser tomber. Il recula de quelques pas et décida de revenir un autre jour. Mais au moment de sortir, il aperçut un frigo sous l'escalier. Il alluma sa lampe torche. C'était un de ces anciens modèles au fréon… Le vieil appareil joufflu était placé à proximité d'une palette de sacs de bois, d'une corbeille de copeaux, de vieux journaux empaquetés et d'une étagère chargée de bouteilles de jus de fruits et de boîtes de compote. Pas besoin de diplôme d'ingénieur pour savoir qu'un vieux réfrigérateur débranché et humide, qui n'a pas servi depuis un moment, peut prendre feu facilement si on le met brusquement en marche et qu'il fuit un peu... Et ça, il ferait en sorte que ce soit le cas...

Il eut un petit sourire et fit quelques pas en avant. Les vieux appareils de ce type n'explosaient pas au moment où on les branchait, ça pouvait bien prendre une heure ou deux. Il sortit de son sac à dos un tournevis et une pince coupante. Presque tous les incendies de réfrigérateurs étaient dus à un défaut du relais de démarrage qui déclenche le compresseur. S'il s'arrangeait pour mettre le frigo en marche et qu'il goupillait bien son affaire, personne ne soupçonnerait l'incendie criminel. Lui qui voulait être accepté comme membre à part entière du gang de motards, il voulait faire du bon boulot, mais n'avait tout de même aucune envie de se retrouver en taule. Il avait été mécanicien pendant de nombreuses années et travailla vite. Tandis qu'il bricolait les câbles emmêlés à l'intérieur de la machine, il se sentit gagné par l'euphorie. Le crime parfait. Tout était une question de chance.

Quand, un moment plus tard, il se faufila hors de la cave, l'orage avait déserté la mer pour s'avancer au-dessus des terres. Des éclairs zébraient le ciel et le tonnerre roulait, sinistre. La pluie torrentielle allait leur tomber dessus d'une minute à l'autre. Il rabattit sa capuche sur sa tête et fonça vers sa moto. Ensuite, il mit son casque, démarra et fila pleins gaz dans la nuit.

Greta ne se tenait plus de joie. Après de nombreuses donnes, elle avait laissé croire à son adversaire qu'il allait gagner alors qu'elle avait une main exceptionnelle. Dans le langage du poker, on appelait ça un *heater*. Elle avait beaucoup gagné cette nuit, avec une chance insensée, et avait fini par rafler la mise. Enfin, les choses tournaient bien pour elle, et plusieurs fois de suite ! Elle avait bu plusieurs tasses de café et n'était pas allée se coucher du tout. Tout ce qu'elle avait perdu au cours de la semaine, elle l'avait récupéré en une seule soirée. Elle voulait juste jouer encore un peu pour terminer sur une note positive, tout en se demandant si elle ne ferait pas mieux de s'arrêter et de se contenter de ce qu'elle avait.

Enfin, elle prit une décision. Elle bâilla, croisa les mains derrière sa tête, puis se déconnecta. Elle referma son ordinateur portable et s'approcha de la fenêtre. La tempête qui était restée bloquée à l'horizon toute la soirée avait fini par gagner les terres. Il y avait des éclairs et du tonnerre, mais cela ne lui faisait pas peur, au contraire : elle trouvait les orages passionnants. Dès qu'il y avait de la tempête, elle aimait aller sur les falaises contempler la mer déchaînée. Alors pourquoi ne pas monter dans la tour ? De là-haut, on avait une belle vue. Mais elle avait une dernière chose à faire avant cela : fêter sa victoire. Une boîte d'olives et une demi-bouteille de champagne, ça ne serait pas une mauvaise idée.

Elle quitta la salle d'informatique, descendit l'escalier, sortit dans la cour et gagna l'aile est. Elle ouvrit la porte de la réserve silencieusement et avec précaution. Une odeur de vieilles pommes de terre et de renfermé lui monta aux narines. Là-bas, près du tas de bois, des paquets de journaux et des étagères avec le jus et la compote, se trouvait le frigo contenant sa réserve secrète. Elle sourit intérieurement. Elle ne picolait pas en cachette, mais gardait là juste un peu de champagne et de quoi grignoter. Elle évitait ainsi de mettre le foutoir dans la cuisine au beau milieu de la nuit quand elle avait quelque chose à célébrer, de réveiller qui que ce soit et d'être forcée de révéler qu'elle avait recommencé à jouer.

Elle passa devant l'étagère des bouteilles de sirop de fruits, où se trouvaient aussi quelques sculptures bizarres du cours d'art. Quelle chance elle avait eue ! Elle qui rêvait de regagner au poker, voilà qu'enfin la roue avait tourné ! Champagne, champagne ! Soudain, il lui revint en mémoire qu'elle avait fait décongeler le réfrigérateur la semaine précédente et oublié de le remettre en marche. Le champagne serait chaud, ce serait comme boire de la bière éventée... Elle s'arrêta, hésita. Bien sûr, elle pourrait fêter ça le lendemain, après tout, elle s'était déjà envoyé un whisky... D'ailleurs, elle était complètement sur les rotules. Greta posa les mains sur ses hanches, réfléchit un moment et changea d'avis. Au lit ! Mais d'abord, remettre le frigo en marche afin que le champagne soit frais le lendemain. Elle longea le panier aux copeaux, les journaux empaquetés, et venait d'arriver au réfrigérateur quand elle s'aperçut que la porte de la cave donnant sur la cour était entrouverte. Mieux valait la refermer pour éviter que la fenêtre ne claque dans le courant d'air. À ce moment-là, la pièce s'illumina soudain comme en plein jour et une langue de feu jaillit du frigo. *Seigneur, ça doit être la foudre*, eut-elle le temps de penser avant que la fumée ne l'oblige à reculer. Elle quitta la pièce en toussant. En allant vers la porte, elle remarqua que la pile de journaux et le panier à copeaux étaient très proches du réfrigérateur où le feu faisait rage. Elle tenta d'éloigner le panier d'un coup de pied, mais en vain, et assista impuissante à la progression du feu. La chaleur se rapprochait, Greta avait du mal à respirer à cause de la fumée, et elle n'avait qu'une idée en tête : sortir, sortir, de l'air ! Elle franchit les derniers mètres en courant, sortit dans la cour et referma la porte à la volée.

Elle avait entendu dire qu'un feu pouvait étouffer par manque d'oxygène ; il fallait donc qu'elle ferme aussi la fenêtre. Mais lorsqu'elle tourna au coin du bâtiment, les flammes sortaient déjà par l'embrasure. Trop tard. Il fallait prévenir les pompiers ! Plusieurs détonations retentirent dans la cave. Greta supposa que les bouteilles de champagne venaient d'éclater sous la chaleur. Les mains tremblantes, elle composa le numéro du poste de secours, puis se précipita dans le bâtiment principal pour réveiller les autres.

L'alarme à incendie se déclencha. Hébétés, Dagny, Nils, Marie et les autres enfilèrent en hâte leurs manteaux et descendirent dans la cour. Le feu rugissait, Morris aboyait comme un fou et de grandes flammes jaillissaient par la fenêtre. Dagny fonça vers Greta.

— Tout le monde est sorti ?

— Oui, j'ai compté, ils sont tous sortis, et les pompiers sont en route.

— Merci, Greta, dit Dagny en la serrant brièvement dans ses bras.

Elle guetta les pompiers, sans entendre de sirène ni apercevoir la moindre voiture. Alors elle se dépêcha de gagner l'aile est pour tâcher de sauver une partie des équipements qui s'y trouvaient, mais dut renoncer. La fumée et les flammes étaient partout et la chaleur lui brûlait le visage. C'était sans espoir. Tout ce qui était à l'intérieur allait se consumer. Marie, Elinor et les autres s'avancèrent vers elle. Le désespoir se lisait dans leurs yeux et quelques-unes pleuraient. Paniquées, en chemise de nuit avec juste un manteau jeté sur les épaules, elles observaient le feu se rapprocher dangereusement du bâtiment principal.

— Ne vous inquiétez pas. Le feu ne se propagera pas. Nous avons un système d'arrosage moderne, dit Dagny pour tenter de consoler son monde, soulagée que personne n'ait été blessé ni piégé par l'incendie.

Mais le spectacle n'était pas joli à voir. Les flammes léchaient les murs et la fumée s'échappait par les ouvertures. Tandis qu'elle assistait, impuissante, à la propagation du feu, des pensées l'assaillirent : Yvonne avait-elle été prisonnière d'un enfer de flammes comme celui-ci ou avait-elle péri sous les bombardements ? Dagny joignit les mains et essaya de chasser ces images atroces, mais elle ne put retenir ses larmes. Pas sa maison, pas le centre de cours ! Était-ce la fin de Seniorboost et de tout ce à quoi elle travaillait ? Que ferait-elle ensuite ? Elle enfonça ses ongles dans ses paumes et lutta pour reprendre son souffle. Elle devait essayer de sauver ce qui se trouvait encore à l'intérieur !

Désormais, le feu approchait de la cuisine ; il pouvait à tout moment sauter par-dessus le toit et se propager à la bâtisse principale. Pourquoi le système d'arrosage ne se mettait-il pas en marche ? Tenaillée par l'inquiétude, elle se précipita. Elle ne pouvait pas rester là les bras croisés à regarder tout se consumer ! À ce moment-là, elle entendit enfin les sirènes. Quand le camion des pompiers vira pour entrer dans la cour, le système d'arrosage se déclencha. La fenêtre crachait des flammes et de la fumée, mais lorsque les soldats du feu déroulèrent leurs lances à incendie et commencèrent à arroser, le pire de la fournaise sembla d'abord derrière eux. Puis le feu reprit soudain de plus belle. Les hommes casqués en vestes de cuir noir aspergèrent le foyer à travers les fenêtres. Dagny et les autres les regardaient faire en tentant de se réconforter mutuellement.

Il s'écoula un certain temps avant que les flammes diminuent et que le foyer de l'incendie se transforme en grosses volutes de fumée grise et noire.

— Le pire a été évité, on arrivera sans doute à sauver les bâtiments, dit Dagny.

— Pourvu qu'ils accèdent au départ du feu, marmonna Marie.

Quelques pompiers pénétrèrent dans la bâtisse ; apparemment, ils avaient maîtrisé l'incendie. Dagny balançait entre espoir et désespoir ; ce fut seulement lorsqu'elle ne vit plus de flammes et que les soldats du feu dans la cour parurent se détendre qu'elle comprit que la ferme était sauvée. Elle pensa au vendeur qui lui avait conseillé d'installer des extincteurs automatiques. Elle lui téléphonerait pour le remercier.

— C'est vous, la propriétaire de la maison ? demanda un pompier un moment plus tard en s'avançant vers elle.

Elle acquiesça.

— Heureusement qu'on a été alertés aussi vite, ça nous a permis de venir à bout du sinistre. Maintenant, il ne nous reste plus qu'à prendre les dernières mesures pour que le feu ne reparte pas.

— Dieu soit loué, dit Dagny.

Elle était infiniment soulagée que la maison d'habitation, le corps de ferme et les ailes soient encore debout. Puis le chagrin la rattrapa. Beaucoup de choses avaient été détruites. Qu'allaient dire les assurances, comment allait-elle donner les cours de la semaine ? Stefan perçut son inquiétude.

— Dagny, le feu est éteint. Nous pouvons regagner nos chambres. Elles ne sont même pas endommagées par la fumée. On s'occupera demain de tout l'aspect pratique.

Pourtant, cela ne calma pas Dagny. Elle était trop bouleversée.

— Mais pourquoi, Stefan, pourquoi cela est-il arrivé ?

Avant qu'il ait eu le temps de répondre, l'orage éclata et une pluie torrentielle se mit à tomber. Le ciel était plein d'éclairs, le tonnerre grondait au-dessus des champs et les rafales cinglaient les visages. Il pleuvait avec une violence que seule connaît la Scanie, et tous coururent se mettre à l'abri. Seuls Dagny et Stefan restèrent dans la cour, grelottants. Stefan mit sa veste sur les épaules de Dagny pour la protéger.

— Qu'est-ce qui a déclenché l'incendie ? Un défaut électrique, peut-être, ou bien la foudre, répondit-il. Normalement, les pompiers savent déterminer la cause d'un incendie. Ne t'inquiète pas.

Il l'attira contre lui et la serra dans ses bras. Dagny, qui ne s'y attendait pas, fit un pas en arrière, confuse. Elle aurait bien eu envie de poser sa tête sur son épaule, de se laisser aller et de pleurer tout son soûl. Son cœur battait fort et elle était désespérée, mais elle ne céda pas. Elle n'osa pas. Son mari lui avait fait tant de mal… Et Stefan était marié. Cependant, elle ne se dégagea pas, se contentant de rester là, immobile, apathique et passive, les bras de Stefan autour d'elle. Triste, engourdie et choquée.

Stefan la garda contre lui encore un moment puis s'écarta doucement.

— On va bientôt pouvoir entrer dans l'aile endommagée. Si tu veux, on peut aller voir à quoi ça ressemble.

Dagny hocha la tête. Plus tard, alors que les pompiers étaient en train de remballer leur matériel, Stefan et elle pénétrèrent dans l'aile est en compagnie du chef de la brigade.

Le hall d'exposition avait été entièrement ravagé par l'incendie, la réserve et certaines parties de la salle de réunion avaient été endommagées. Quant à la salle de gym et aux couloirs, ils étaient noircis par la fumée. Dagny se mit à pleurer et Stefan lui passa un bras autour des épaules pour la réconforter. Le capitaine des pompiers examina l'étendue des dégâts.

— Vous avez eu de la chance. Cet incendie aurait pu mal tourner si vous n'aviez pas eu de système d'arrosage. Heureusement que vous avez découvert le sinistre à temps.

— Tout le mérite en revient à Greta. Sans elle, l'aile aurait pu entièrement se consumer et le feu se propager à la maison d'habitation.

— Par bonheur, nous n'avions pas de cours cette semaine, autrement ça aurait pu mal se passer pour ceux installés à l'étage.

— Est-ce que vous reconnaissez ceci ? intervint le chef de brigade en lui tendant quelque chose.

Dagny vit un fil électrique brûlé et quelque chose de carré qui semblait avoir fondu jusqu'à devenir une masse informe. Elle secoua la tête.

— Il se pourrait que ce soit ça qui ait déclenché l'incendie, mais on n'en est pas encore sûrs.

— Le relais de démarrage du frigo ! C'est dingue, et même très bizarre. Il était éteint, dit Stefan.

— Éteint ? Ce n'est pas ce qu'indique cette pièce.

— S'il vous plaît… Il faut absolument trouver la cause de l'incendie, sinon nous n'oserons plus faire cours ici. Je ne veux pas qu'il arrive quoi que ce soit à ceux qui assistent aux cours, déclara Dagny d'une voix tendue.

— Nous verrons bien ce qu'indiquera l'enquête. On vous tiendra au courant le plus tôt possible. Mais dites-moi, qu'est-ce que c'est, ça ?

Le chef de brigade montrait des morceaux de métal informes qui gisaient un peu partout. Dagny reconnut une œuvre venant du cours d'art. Voilà tout ce qui restait d'un arbre en cuivre.

— C'est de l'art, répondit-elle.

— De l'art ?

— Oui, nous organisons des cours d'aquarelle et de sculpture, et ils avaient leur réserve et leur salle d'exposition là-bas.

— Dans ce cas, comment appelleriez-vous ceci ?

Le capitaine des pompiers lui tendit une création en métal ressemblant à une araignée dont les pattes, éparpillées dans tous les sens, auraient partiellement fondu jusqu'à devenir des morceaux carbonisés.

Dagny ne put s'empêcher de sourire.

— Probablement *Rêve d'artiste fondu*, répondit-elle.

# 46

Après avoir accosté à Ystad avec le ferry venu de Pologne, John et Mark avaient décidé de rentrer directement chez eux en voiture. Ils avaient fait le voyage jusqu'à Varsovie avec l'espoir d'en revenir avec plusieurs commandes fermes, mais on les y avait fraîchement accueillis ; ils n'avaient vu aucun moyen de se remplumer rapidement. Sans qu'ils se l'avouent, ce voyage avait plutôt les allures d'un fiasco. Tous deux s'étaient envoyé beaucoup trop de bières sur le ferry et ne s'étaient pas couchés avant le petit matin. John avait à peine dormi, ruminant ses manigances. Dans quel pétrin s'était-il fourré ? Comment les choses avaient-elles pu aller aussi loin ? Quand il s'était lancé dans sa collaboration avec Mark, il n'avait jamais imaginé qu'ils feraient des trucs illégaux, mais peu à peu, la limite de l'imaginable s'était déplacée. Au bord de la faillite, toutes les digues avaient cédé. Mais un incendie criminel ? Quand il avait organisé ça, il était furieux et pensait que c'était le moyen idéal de se débarrasser de ces foutues mamies. Mais si jamais les flics découvraient qu'il s'agissait d'un sinistre volontaire, pourraient-ils remonter jusqu'à lui ?

Quand ils quittèrent la route principale et s'engagèrent sur le chemin qui menait à la ferme, il éprouva des sentiments mitigés. Il se maudissait pour ce qu'il avait fait. Le centre de cours devait disparaître, il n'y avait pas à tergiverser, mais pourquoi avait-il été si pressé ? Et si quelqu'un avait péri dans les flammes ? Il appuya à fond sur l'accélérateur et les roues dérapèrent sur les gravillons. Au dernier moment, il parvint à redresser la voiture. Incendie criminel… Il ne devait pas y penser. Pourvu que la ferme soit partie en fumée et que les mamies aient déguerpi pour toujours.

Lorsqu'il sortit du virage, il se figea. La ferme… Cette merde était toujours debout ! Sa colère éclata ; il lui sembla que ces bonnes femmes lui faisaient un immense doigt d'honneur…

— PUTAIN DE MERDE !

Mark le regarda, surpris.

— Qu'est-ce qu'il y a ?

— Oh rien, c'est juste à cause de ces vioques. Elles me rendent dingue.

— La mafia des vieilles dames ? C'est un sacré manque de bol de les avoir sur le dos, mais ne sois pas si à cran. On a quand même vendu deux drones.

Pour toute réponse, John marmonna. Ce gars du club de motards n'avait manifestement pas fait son boulot, bien qu'il ait été payé. Il passa la main sur son menton mal rasé et réfléchit à ce qu'il allait faire. Il ne restait plus que quelques semaines avant les manœuvres militaires de Göteborg, et d'ici là, Mark et lui seraient fort occupés. Ils devaient développer d'autres prototypes et fabriquer de nouvelles armes. Il n'aurait pas le temps de faire un sort aux mamies. À moins de trouver quelque chose de vraiment intelligent et diabolique, bien entendu…

— Je hais cette bande de mamies. Elles nous ont mis des bâtons dans les roues, des affaires qui nous auraient rapporté des millions nous ont filé sous le nez, et Dieu sait que nous aurions bien besoin de ce pognon en ce moment. On devrait vider leur compte en banque et confisquer leur ferme, c'est le minimum, dit John en frappa du poing le volant.

— Vider leur compte en banque ? Tu dis des conneries, là. On ne peut pas vivre sur les retraites. D'ailleurs, t'as vu ?

Mark s'arrêta et baissa sa vitre.

— Arrête-toi, bon sang ! Ça a brûlé, là-bas.

— Qu'est-ce qui a brûlé ? demanda John.

Il prit un air surpris alors qu'il ressentait soudain du soulagement. Ça avait peut-être fonctionné quand même ?

— Le centre de cours, regarde l'aile est !

Mark pointa le doigt. John l'aperçut à son tour : l'aile entière avait été la proie des flammes. La bâtisse ne s'était pas consumée, mais autour des fenêtres et des portes, tous les murs étaient noirs. Cela avait dû être un véritable brasier. Il se sentit aussitôt de meilleure humeur.

— Dieu punit certaines personnes sur-le-champ. Bien fait pour elles. Maintenant, elles vont être obligées de déménager.

Mark vit le visage de John s'illuminer et remarqua l'air enchanté de son comparse. Un soupçon monta en lui.

— T'as rien à voir avec ça, j'espère ?

— Bien sûr que non, bordel, t'es cinglé ou quoi ?

Personne ne dit plus rien jusqu'à ce qu'ils arrivent chez eux. John coupa le moteur et descendit de voiture ; Mark tarda un peu à le suivre. Il jeta un regard à la ferme voisine, au loin.

— On pourrait peut-être aller les voir et leur demander comment elles vont ? dit-il.

John haussa les épaules.

— Bof, j'espère surtout qu'elles vont décamper et ne jamais revenir. On n'a pas le temps de faire des salamalecs. On devrait se concentrer sur les manœuvres militaires à Göteborg. Ça va grouiller de militaires et de marchands d'armes, ce sera une occasion unique. Tes trucs électromagnétiques vont faire un tabac, je te le dis. Pas besoin de poudre, mais des armes qui pulvérisent le béton. C'est l'avenir !

— Pour l'instant, je n'ai que des idées et des plans, rien de plus. J'ai besoin d'équipements, de machines et d'argent pour pouvoir engager des gens et développer ça. Je ne peux pas tout faire à moi seul, répliqua Mark.

— On arrangera ça. Et ton laser qui grille les ailes des avions, ou notre nouvel engin qui intercepte les drones ennemis. Quels bijoux ! Je crois que les commandes se chiffreront en centaines de millions !

Mark dévisagea John. Voilà que son complice avait retrouvé son bon vieil optimisme ; il reconnut son copain d'antan. Apparemment, il avait juste traversé une crise. Pendant un moment, Mark avait été vraiment inquiet.

Une bonne semaine plus tard, lorsqu'un menuisier appelé par Dagny eut arraché les portes et les cloisons brûlées pour les remplacer par des neuves, qu'un poseur de parquet eut mis en place un sol tout neuf, et qu'une entreprise de nettoyage eut déblayé l'aile incendiée, le centre de cours commença à reprendre lentement son ancienne apparence. On attendait encore les artisans qui installeraient les nouvelles fenêtres, puis il ne resterait plus qu'à meubler les lieux. Mais quelque chose turlupinait Dagny : l'origine de l'incendie. Bien que le frigo fût éteint, le relais de démarrage s'était mis en marche... De plus, Greta avait déclaré que la dernière fois qu'elle était allée en bas, elle avait vu que les piles de journaux et le panier de copeaux étaient plus proches du réfrigérateur que d'habitude. Se pouvait-il que ce soit un incendie criminel ? Auquel cas, qui tirait les ficelles ? Apparemment, manifester contre les marchands d'armes était plus dangereux qu'elle ne se l'était imaginé. Quelqu'un se serait-il vengé ? Y aurait-il un autre avertissement ?

Extérieurement, Dagny s'efforçait de se comporter comme d'habitude, mais elle avait de plus en plus de mal à trouver le sommeil. Elle pensait à sa fille et à tous ceux qui mouraient à cause de la guerre. Lutter pour la paix, c'était juste, mais jusqu'où pouvait-on aller ? Elle avait peine à croire qu'on leur veuille du mal, mais devait tout de même prendre cette possibilité en considération. Elle s'était manifestement montrée trop naïve. D'un autre côté, elle n'avait pas l'intention de céder d'un pouce. Elle continuerait à se battre pour les causes qui lui semblaient justes. Les Mamies pour la paix seraient l'organisation pacifiste moderne à laquelle elle aspirait, un mouvement pour la paix actif et efficace, qui ferait reculer les politiciens et l'industrie de l'armement.

Dans la soirée, une semaine après l'incendie, Stefan entra dans le bureau et demanda à lui parler. Ils montèrent à la tour, chacun avec sa tasse de café, et s'installèrent sur le canapé. Morris vint leur tenir compagnie ; Dagny remarqua que l'animal s'était couché aussitôt à côté de Stefan. Elle n'était apparemment pas la seule à se sentir en sécurité auprès de lui. Désormais, le chien n'aboyait presque plus et avait accédé au statut de membre de la famille. Marie et Stefan se relayaient pour l'emmener en balade.

La veille, ils avaient recommencé à écouter le micro espion placé chez les voisins, chose qu'ils avaient négligée ces temps derniers, étant donné le chaos ambiant. Malheureusement, ils n'assuraient plus de surveillance vingt-quatre heures sur vingt-quatre : cela s'était révélé trop contraignant. Toutefois, ils glanaient quand même pas mal d'infos.

— J'ai écouté Mark et John avant le déjeuner. Ils semblaient être de fort méchante humeur, commença Stefan.

— Apparemment, ils sont allés faire un tour en Pologne, mais maintenant, ils sont retournés au travail et parlent de tests et d'armes encore plus qu'avant.

— Ça veut dire qu'ils continuent. Tu sais, cette histoire d'incendie ne cesse de me trotter dans la tête. Les gens du métier avec lesquels j'ai parlé disent que ça pourrait bien avoir été d'origine criminelle. Tu crois que quelqu'un chez les marchands d'armes pourrait être dans le coup ? demanda Dagny.

— Que gagneraient-ils à nous créer des ennuis ? Il leur suffit d'acheter des armes à quelqu'un d'autre.

— Mais Mark semble fabriquer des trucs assez uniques en leur genre...

— C'est clair. On a peut-être mis des bâtons dans les roues à quelqu'un qui souhaitait exporter ses armes spéciales. Il se peut qu'on ait empêché une affaire se chiffrant à plusieurs millions, dit Stefan avant de boire une gorgée de café.

— Celui qui allume un incendie doit avoir de bonnes raisons pour le faire. Ça aurait pu mal tourner. Quelqu'un aurait pu mourir, continua Dagny.

— La Scanie a connu de nombreux pyromanes...

— Mais dans ce cas ils auraient voulu une belle flambée et s'en seraient pris à la maison d'habitation. Or, le feu a démarré dans une aile, presque comme un avertissement insidieux... Et il n'y avait qu'un seul foyer d'incendie.

Le silence s'installa ; tous deux réfléchirent avec gravité au nouveau tournant qu'avaient pris leurs vies. Défier l'industrie de l'armement avait été motivant et ô combien important. Mais maintenant ?

— Tôt ou tard, quand on défie les forces obscures, les problèmes surgissent, constata Stefan avec un soupir. Nous sommes à la croisée des chemins, Dagny. Soit on laisse tomber tout de suite et on se contente de faire comme les mouvements pour la paix ordinaires, soit on va plus loin. Mais si on continue sur la voie de l'agressivité et de la provocation, on doit s'attendre à avoir de vrais ennuis.

Elle le regarda d'un air grave.

— On peut continuer à condition de mieux s'organiser. On a notre chien de garde. Les personnes qui écoutent le micro espion peuvent également faire une ronde dans la cour. Une fois le tour de garde terminé, on enchaîne avec un petit tour d'inspection autour des bâtiments pour vérifier que tout est calme.

— Tu as raison, on ne va pas lâcher. Au contraire, il faut nous mobiliser encore plus. Dans ce cas, il ne nous reste plus qu'à nous lancer dans la planification pour Göteborg.

— Les manœuvres militaires, oui, c'est vrai, merde ! J'adore les nouveaux défis, dit Dagny.

Un grand sourire illumina le visage de Stefan. Il se pencha en avant et la serra fort dans ses bras.

# 47

Au cours de la période qui suivit, les mamies redoublèrent d'efforts en vue de leur prochain grand objectif. La totalité des plus de soixante-dix ans ayant assisté aux cours de désobéissance civile devaient être bien entraînées, solidaires et en forme avant de se rendre aux grandes manœuvres militaires à Göteborg. Dagny et ses consœurs passèrent en revue les stratégies, s'initièrent à l'arraisonnement et au désarmement des navires tout en répétant de nouveaux slogans pour leurs chœurs. De son côté, Marie coordonna les groupes d'action des autres parties du pays, cousit des vêtements, acheta le matériel (des marteaux de forge) et s'exerça à l'assaut (se ruer sur un canon et le marteler). Mais quand Dagny et Marie eurent bien avancé dans leurs préparatifs, un problème surgit.

Sur Internet, Pluto tomba sur quelque chose de singulier. Il regarda longuement la vidéo, referma son ordinateur portable et monta en vitesse dans la tour. Quand il entra, Dagny, Marie et Stefan travaillaient sur la table avec un marteau de forge, un schéma et deux maquettes de bateaux.

— Salut, Pluto. Si tu savais comme on en a bavé ! Mais on a presque terminé, dit Marie gaiement.

— On a même trouvé le temps d'envoyer un carton d'invitation à chaque club nautique du pays, y compris les musées de la marine et les associations de vétérans qui possèdent un navire viking.

— Ils vont venir aussi ?

— C'est l'idée. Le dernier jour des manœuvres militaires, il y aura une grande manifestation sur le fleuve Göta. C'est là qu'on frappera. Mais pas seulement nous : tous nos sympathisants viendront à la manif avec des slogans et des pancartes.

— ... et ensuite, nous les mamies, on montera à l'abordage de tous les navires dotés d'armes nucléaires et on bousillera les ogives à coups de marteau, enchaîna Dagny.

Elle brandit fièrement un marteau de forge coulé d'une seule pièce.

— Là où c'est impossible, on versera de l'acide dans la bouche des canons pour qu'ils s'autodétruisent, continua Marie.

— Cool. Mais il va falloir tout reconsidérer, dit Pluto, gêné, en tournant sa casquette à l'envers.

— Tout reconsidérer ?

— Regardez ça.

Il sortit son ordinateur portable et le connecta à l'écran. Ensuite il chercha parmi ses fichiers le lien voulu et cliqua dessus. Un étrange navire parut à l'écran.

— Au nom du Ciel, c'est quoi, ça ? demanda Dagny en écarquillant les yeux.

— Un des nouveaux navires de guerre ultramodernes, de ceux qui sont généralement dotés d'armes nucléaires...

Dagny, Marie et Stefan regardèrent la vidéo. Une boîte métallique géante tachetée de gris manœuvrait sans bruit quelque part en Europe. L'étrange navire évolua lentement dans un port et vint accoster. Dagny fixait le monstre bouche bée, en secouant la tête. Certes, elle avait conscience que les navires de guerre avaient dû subir une évolution radicale, tant le monde actuel était déstabilisé, mais ce monstre ne ressemblait en rien aux vaisseaux classiques : on aurait dit une boîte de conserve géante en acier, ou un sous-marin tout en angles flottant à la surface de l'eau.

— Je suis soufflée. On ne peut pas prendre ce truc-là d'assaut ! s'écria Marie.

La bande réunie devant l'écran regardait en silence la boîte métallique flottante : pas le moindre hublot, pas le moindre canon, pas le moindre pont. La caméra fit un zoom avant sur le vaisseau ; tout à coup, trois écoutilles s'ouvrirent et un canon fit son apparition. Mais ce ne fut qu'une brève démonstration. Le canon réintégra le navire presque aussi rapidement qu'il en avait jailli, et les panneaux se refermèrent.

— On aura beau être rapides, ce canon-là, on n'aura pas le temps de le bousiller à coups de marteau. Notre plan de marteler des missiles nucléaires est voué à l'échec, dit Dagny.

— Regardez les flancs du bateau. Une vraie piste de luge. Pas une partie saillante où s'accrocher, constata Marie dans un soupir.

— Sans parler du pont. Je ne vois aucune surface ordinaire sur ce bateau, rien qu'un petit hélipont, nota Stefan.

— Ce type de navire de guerre moderne n'apparaît pas non plus sur les radars, expliqua Pluto.

Dans un silence complet, tous scrutèrent l'écran, découragés. Ils repassèrent la vidéo, ce qui plomba encore davantage l'atmosphère. Dagny fut la première à se ressaisir.

— Merci, Pluto, de nous avoir montré ça. Il nous reste encore du temps pour concevoir un nouveau plan.

— Exactement. Nous devons repenser, et penser juste, approuva Marie.

— Quelques bons vieux vaisseaux de guerre à l'ancienne vont peut-être participer aux manœuvres, mais la Marine voudra sans doute faire étalage de ses toutes dernières unités. Aussi faut-il dorénavant axer nos plans sur ces monstres-là, décréta Stefan.

— Ces gros monstres d'acier, renchérit Marie.

— Je crois qu'on peut manifester d'une tout autre manière et atteindre malgré tout nos objectifs, dit soudain Dagny.

Ses yeux étaient de nouveau pleins de vie, toute contrariété avait disparu de son visage.

Stefan la regarda, subjugué.

— Alors tu envisages de poursuivre le combat ?

— Naturellement ! Et il m'est venu une idée : je crois qu'on peut faire encore mieux.

# 48

— Chers amis, un problème inattendu nous est malheureusement tombé sur le coin de la figure, commença Dagny.

Debout dans le réfectoire démodé de la maison en briques, elle joignit les mains comme un prédicateur.

Elle avait réfléchi toute la nuit à la nouvelle situation et avait eu bien du mal à trouver le sommeil. Finalement, tôt le matin, elle avait apporté le petit déjeuner au lit à Marie afin d'en discuter avec elle. Tout en mangeant des tartines et en buvant leur café, les deux sœurs avaient observé le problème sous toutes les coutures ; une fois tombées d'accord sur la façon de procéder, elles avaient convoqué le Gang de fer, le noyau dur des mamies, présentes depuis le début. Quelle action agressive adopter dans l'impossibilité de marteler des ogives nucléaires ? Voilà ce que Dagny et Marie allaient tenter d'expliquer.

Greta, Elinor, Klara, Elsa, Kristina et les autres les attendaient sur des chaises, le bloc-notes à la main, prêtes à recevoir de nouvelles instructions. Les bavardages étaient allés bon train, elles avaient toutes compris que quelque chose ne tournait pas rond.

— Un problème inattendu ? Raconte ! dit Elinor.

— On avait envisagé de bousiller des ogives nucléaires à coups de marteau, mais... Pluto, peux-tu nous montrer la vidéo ? demanda Dagny en lui faisant un peu de place.

Il avait connecté l'ordinateur portable au grand écran ; tout le monde put voir la vidéo à laquelle Dagny et les autres avaient eu accès la veille au soir. Plaintes, hoquets et soupirs ne tardèrent pas à se faire entendre.

— Dire qu'on s'est entraînées pendant des semaines..., gémit Elinor.

— Je sais, c'est de ma faute, reconnut Dagny.

— Les corvettes et les frégates ressemblent à ce que nous avons l'habitude de voir, mais ces forteresses d'acier dotées de missiles nucléaires... Hélas, ce sont précisément ces navires-là qu'il nous faut attaquer. Marteler les autres ne servirait à rien.

— Alors pourquoi ne pas essayer avec un sous-marin belge ? proposa Greta en levant les yeux de son bloc-notes. Les sous-marins aussi ont des missiles nucléaires.

Les vieilles dames se tournèrent vers elle et la regardèrent d'un air interrogateur.

— Enfin, un sous-marin belge, vous savez bien ! Il suffit de plonger et de frapper à la porte. Les Belges ouvriront directement.

Les yeux de Greta pétillaient ; elle regarda autour d'elle, ravie de sa plaisanterie.

— Greta, voyons ! On parle de choses sérieuses, la houspilla Dagny en esquissant un sourire malgré tout.

Greta, euphorique, pouffa de rire, et les autres ne purent s'empêcher de l'imiter. Il fallut un bon moment pour rétablir le silence.

— Alors on fait quoi, bon sang ? demanda Elinor.

Elle s'était investie corps et âme dans ce projet et semblait maintenant si triste et abattue que Dagny se pencha et lui tapota l'épaule.

— Nous avons un autre plan, bien meilleur.

— Alors crache le morceau ! s'écria Greta.

Dagny attendit que les murmures cessent.

— Il a fallu prendre beaucoup de choses en considération, dit-elle en marquant une petite pause afin d'être sûre que tout le monde l'écoute. Nous allons pirater les ordinateurs de ces boîtes de ferraille. Puis il nous faudra trouver un petit virus informatique insidieux. Greta et Pluto, vous pouvez nous arranger ça ? Un virus invisible qu'on peut stocker sur de petites clés USB.

— Génial ! On va vous fignoler ça aux petits oignons, dit Pluto en échangeant des regards complices avec Greta.

Ensemble, ils faisaient du bon boulot et adoraient relever des défis.

— En fait, il suffit de planquer un virus dans un mail, fit remarquer Greta fort judicieusement.

— Mais un mail peut finir dans la corbeille. Je préférerais avoir des clés USB pour être certaine que le virus parvienne bien à bord du bon navire, objecta Dagny.

— D'accord, on fera ce qu'on pourra, dit Pluto.

Greta et lui se claquèrent dans les mains en *high five*, une habitude que la vieille dame avait prise depuis sa victoire au poker.

— Il faut absolument qu'on sache quels navires viendront en visite à Göteborg. Le service de presse de la Défense doit être parfaitement au courant. Dès que nous aurons le nom de cette boîte de conserve nucléaire, on invitera Mark et John là-bas, dit Marie.

— Mais pourquoi ? demanda Elinor.

Elle était certes fine mouche, mais ne saisissait pas vraiment l'intérêt de cette démarche.

— Pour veiller à ce qu'ils finissent en taule, bien sûr. J'en dirai davantage par la suite, continua Dagny.

— Mais il faut que ça soit une belle invitation. Pluto et Greta, vous pouvez nous arranger ça ?

— Certainement, ça devrait aller, confirma le jeune homme.

Greta, qui avait une formation d'artiste, imagina aussitôt l'apparence que pourrait revêtir une telle invitation.

— Ensuite, il faudrait inciter les médias à mordre à l'hameçon. Un truc spectaculaire au lieu du martèlement qu'on avait prévu, poursuivit Marie.

— Pourquoi ne pas distribuer des cravates avec le symbole de la paix ? proposa Stefan.

— Parce que Les Mamies pour la paix sont censées porter des cravates ? Pour ma part, je n'en ai jamais porté et je pense que c'est le cas de tout le monde ici, protesta Elinor.

— Mais des cravates pourraient inciter aussi certains hommes à nous soutenir. Cependant, tu as raison, ça ne suffit pas. Il faut organiser quelque chose de mieux, de plus spectaculaire. Je pense louer un avion publicitaire qui larguerait des symboles de paix au-dessus de tout le port de Göteborg, dit Marie.

— Super, mais est-ce qu'on en a les moyens ? objecta Dagny.

— Oh que oui, et c'est ça qui est merveilleux, répondit Marie en se levant.

Les yeux brillants, elle parcourut la salle du regard.

— J'ai de bonnes nouvelles. Peut-être est-ce parce que la presse a autant écrit sur nous, toujours est-il que nous avons reçu une foule de contributions : il y a énormément de fric sur notre compte pour la paix. Alors oui, nous en avons les moyens !

Pluto ôta sa casquette, se passa la main dans les cheveux et la remit. Il sourit discrètement, mais ne dit rien.

— Formidable ! Dans ce cas, nous pouvons nous développer. Plus nous serons, mieux ce sera. Il faut penser aux générations futures, à nos enfants et à nos petits-enfants, déclara Dagny avec des trémolos dans la voix.

Sa fille était morte, elle n'aurait jamais de petits-enfants. La douleur refaisait surface au moment où elle s'y attendait le moins. Elle tenta de se ressaisir, se redressa et parcourut la salle du regard.

— Si on encaisse davantage d'argent quand les médias font des articles sur nous, nous devons veiller à ce qu'on nous fasse une publicité monstre à Göteborg aussi.

— On s'en charge, dit Marie d'un air déterminé.

Pluto baissa vite les yeux et fit semblant de regarder quelque chose dans son portable. Ses virements bancaires avaient fonctionné ; maintenant, les mamies pouvaient entreprendre des actions encore plus ambitieuses. Il avait réussi à aider les vieilles dames et les avait rendues heureuses. Un étrange sentiment de tendresse l'envahit ; quand son regard rencontra celui de Dagny, il éprouva une joie intense. Elle l'avait toujours respecté et soutenu, et aujourd'hui, il était parvenu à lui faire plaisir.

— Il y a un dernier truc à régler, continua Dagny, le regard fixé sur ses amies. Ça concerne Mark et John. La ville va donner une grande fête de clôture ; à cette occasion, il y aura une sorte de réception en l'honneur des équipages de la flotte et de leurs invités de marque.

— C'est toujours ce qu'ils font, au musée de la Marine de Göteborg, précisa Stefan.

— On va donc faire en sorte que le directeur du musée rajoute une ligne à son programme : une importante remise de médailles d'honneur. Pluto et Greta, pouvez-vous vous débrouiller pour que nos chers voisins y soient invités ?

— C'est quoi, ton idée ? voulut savoir Greta.

— Les remises de médailles, ça marche toujours. On en donnera une également au Directeur du musée. Les hommes sont très vaniteux et ils adorent les médailles, répondit Dagny. Rien de plus facile : il n'y a qu'à acheter quelques breloques sur Internet et les faire graver.

L'ambiance se fit joyeuse ; après avoir discuté encore un moment, les mamies se mirent d'accord pour former différents groupes de travail sur la manifestation de Göteborg. Une fois la réunion terminée, Stefan s'installa aux côtés de Dagny.

— Ce truc est devenu presque aussi important que l'ensemble des manœuvres militaires. Tu ne lâches rien, constata-t-il.

Dagny acquiesça, l'air très déterminé :

— Oui, il ne faut jamais abandonner. La vie, c'est comme le vélo : si on arrête de pédaler, on se casse la gueule. Il faut continuer.

— Exactement. Il ne nous reste plus qu'à arriver en avance à Göteborg pour finaliser les derniers préparatifs avant de passer à l'action.

— Comptons un délai supplémentaire en cas d'imprévu, ajouta Dagny.

Cette dernière décision était peut-être la plus importante : ils pressentaient que les grandes manœuvres de Göteborg dépasseraient de loin tout ce qu'ils imaginaient.

# 49

Un vent violent créait de forts remous à la surface du fleuve Göta. Les premiers navires étaient à l'approche. Des boîtes métalliques sans hublots ni ponts, des boîtes tachetées de gris, silencieuses, qui manœuvraient pour passer sous le pont d'Älvsborg et venaient jeter l'ancre à hauteur de Norra Älvstranden. Les nouveaux navires de guerre modernes. Le plus gros de tous, *USS Great*, ressemblait à un fort imprenable, Fort Knox sur mer. Dagny observait tout cela et se rendait compte de ce qu'elle allait devoir affronter : une superpuissance. Cela ne l'empêcha pas de lancer l'action suivante. Les Mamies pour la paix devaient continuer à lutter pour un monde sans guerre. Que les quelque vingt mille militaires avec tous leurs avions, leurs chars d'assaut et leurs navires de guerre aillent se faire voir ailleurs.

Pluto avait réussi à savoir quels navires et véhicules de combat participeraient aux manœuvres militaires. Les invitations à se rendre à bord du *USS Great* avaient bien été envoyées à Mark et John. Il restait à résoudre une foule de détails concernant la cérémonie au musée de la Marine, mais Dagny et Stefan étaient arrivés à Göteborg quelques jours avant les autres pour reconnaître les lieux. Ils avaient pris le tram jusqu'à Majorna et grimpé jusqu'à l'église de Masthugg, d'où l'on jouissait d'une vue imprenable sur le port de Göteborg et sur de grandes parties de la ville. D'ici, ils pourraient coordonner les actions des mamies dans les airs, sur terre et sur le fleuve. Le lendemain, ce serait au tour du Gang de fer de débarquer, et quelques jours plus tard arriverait le reste de la bande.

— Faut oser, quand même. Naviguer dans un port avec des missiles nucléaires ! dit Dagny en regardant le fleuve.

— D'un autre côté, les autorités ne peuvent pas exiger de fouiller les navires.

— C'est justement ça le problème. Où déposer un missile nucléaire quand on se rend en visite dans un port ? Sur un petit îlot ? Non, il est plus simple de faire comme si le navire n'avait rien de suspect à bord, déclara Stefan. L'hypocrisie, c'est comme l'huile pour les vieilles serrures. Ça marche !

Des milliers de pensées traversèrent l'esprit de Dagny. Où exactement devaient se positionner les navires invités, quelle était la distance entre les différents quais du port ? Tant d'éléments à connaître impérativement.

— T'imagines, si un commandant de bord bourré appuie par erreur sur le bouton de mise à feu d'un missile comme ça, paf… ! fit-elle avec un claquement de doigts. Dans le temps, un bateau avait cinquante canons et l'équipage tirait sur d'autres unités navales. C'était tout. De nos jours, c'est la société entière qui est menacée.

— Eh bien, c'est pour ça que vous existez, Dagny. Les Mamies pour la paix !

— Oui, je sais. Et maintenant nous allons arrêter ces marchands d'armes et manifester parallèlement contre les forces armées internationales. Seigneur, dans quel guêpier on s'est fourrées…

— Mais dis-toi bien que vous vous êtes entraînées pour ça. Davantage que bien d'autres. Votre mission terminée, il faudra vous rebaptiser « Les Mamies sur le sentier de la guerre ».

Si vous réussissez votre coup à Göteborg, je crois dur comme fer que votre mouvement pour la paix connaîtra un retentissement international.

Dagny rit et le regarda en coin. Il était toujours si prompt à comprendre ce qu'elle pensait ou espérait, ou comment elle se sentait. Telle une âme sœur. Ils avaient rarement des conceptions divergentes, et Stefan était devenu comme un membre de la bande, une sorte de mamie – aussi étrange que cela puisse paraître.

— Tu devines toujours ce que je veux dire, ça fait drôle, avoua-t-elle au bout d'un moment.

— Mais nous luttons pour la même cause. Ce que vous faites me semble juste, à moi aussi. Nous qui sommes contre la guerre et le réarmement, nous devons imaginer de nouvelles voies. Être plus audacieux et plus visibles. À l'avenir, nous arriverons peut-être à faire bouger aussi les hommes d'un certain âge.

— Ce serait super de les avoir à nos côtés.

— Beaucoup d'hommes âgés devraient se trouver une raison de vivre et mener une existence beaucoup plus agréable. En tout cas, c'était comme ça pour moi. Je m'étais mis à douter de jamais pouvoir contribuer à la paix dans le monde. Heureusement que tu es arrivée avec tes mamies !

Dagny le regarda, surprise. Avait-elle réellement pu contribuer à quoi que ce soit ? C'était apparemment l'avis de Stefan.

— Oui, elles sont fantastiques, et Marie s'est prise au jeu. Nous nous inspirons l'une l'autre et chacune a trouvé son rôle. Je planifie, je lui soumets des idées, et elle se charge de la presse, des finances, donne un coup de main pour tout ce qui concerne la logistique. Si, au début, elle était très timorée et voulait faire son truc dans son coin, ça marche maintenant à merveille.

— C'est donc pour ça que tu lui donnes de si hautes responsabilités ces temps derniers ?

— Exactement. Elle peut bosser comme elle l'entend. Et c'est génial que tu sois toujours là pour nous soutenir toutes les deux.

Les yeux de Stefan brillèrent ; l'instant d'après, elle sentit sa main dans la sienne. Il lui sembla qu'il caressait l'intérieur de sa main du pouce. Se faisait-elle des idées ? Mais ce petit geste suffit à lui donner du courage. Sans avoir vraiment le temps de réfléchir, elle se dressa sur la pointe des pieds et l'embrassa. Elle fit sur-le-champ un pas en arrière, troublée par son propre comportement.

# 50

Sur le chemin de l'hôtel, Dagny se demanda ce qui lui avait pris. Pourtant, Stefan ne paraissait pas s'en être offusqué. Elle n'avait pas l'habitude de se comporter ainsi. Avait-elle ainsi exprimé sa gratitude pour son soutien et sa compréhension ? Stefan était doté de côtés doux et virils à la fois, un être merveilleusement empathique. Voilà ce qui la faisait craquer. Elle aimait les hommes qui se souciaient des autres plus que d'eux-mêmes, qui s'épanouissaient, pensaient et réfléchissaient à la vie. Au cours des six derniers mois, Stefan s'était consacré uniquement à ses cours sur la paix et avait donné tout son temps à la bande de mamies. Ils étaient presque devenus une famille. Elle l'observa se frayer un passage dans le tram jusqu'à deux places libres.

— Autant ne pas rester debout, dit-il.

Quand elle s'assit, il lui prit la main.

— On est amis. De vrais bons amis, n'est-ce pas ?

Sur le coup, elle ne sut plus quoi penser ni quoi dire, et rougit. Des amis ? Oui, bien sûr, une chaude amitié s'était épanouie au fil du temps. Ils étaient devenus proches. Très proches. Mais…

Le soir, après le dîner et après avoir revu avec Marie le planning du lendemain, Dagny passa devant la chambre de Stefan. Inconsciemment, elle ralentit le pas devant sa porte et s'arrêta. Puis elle hésita, regretta son élan et s'éloigna. Il était marié à une femme très malade. Elle le savait bien.

Mais une fois au lit, à chercher le sommeil, Dagny ne put s'ôter de l'idée qu'elle aurait volontiers frappé à sa porte.

Le Gang de fer et les autres groupes d'action de la bande arrivèrent le lendemain dans le même hôtel que Dagny et les autres, une petite pension de famille où l'on était tranquille, et qui servait chaque matin le petit déjeuner au lit. C'est ici, dans la maison d'Anne, qu'elles avaient prévu d'installer leur QG et de coordonner les différents temps forts de la manifestation. Les autres mamies seraient logées dans des hôtels et pensions alentour. En tout, elles seraient un nombre incalculable de militantes d'âge mûr. Heureusement que Dagny avait Marie pour l'aider, elle n'aurait pas pu tout gérer seule.

L'après-midi, Dagny et Marie passèrent en revue l'ensemble des opérations à venir ; dans la soirée, elles convoquèrent tout le groupe des mamies dans la salle à manger réagencée en salle de réunion.

— Soyez les bienvenues à Göteborg et dans la maison d'Anne, commença Dagny.

Les mamies venaient de faire une pause-café et, après avoir débarrassé, s'étaient rassises pour pouvoir prendre des notes si besoin était.

— Dans les jours qui viennent, nous allons manifester pour la paix et essayer de faire coffrer deux marchands d'armes, continua-t-elle.

— Oh ! s'exclamèrent quelques vieilles dames.

Greta fut si émue qu'elle garda le silence.

— L'idée maîtresse de cette opération, expliqua Marie, est que nous espérons faire des émules dans toute la Suède et à l'étranger. Si nous réussissons, d'autres viendront grossir nos rangs. Si nous menons la vie dure à l'industrie de l'armement, peut-être sera-t-il plus difficile de se procurer des armes. Et logiquement, il y aura moins de conflits. Il faut bien commencer quelque part.

Un murmure d'approbation parcourut la salle.

— Ensuite, il faudra faire de la pâtisserie, reprit Dagny avec un grand sourire. Marie, on aura besoin de tes petits pains au safran, c'est toi la spécialiste.

— De la pâtisserie ? demanda Pluto en se faufilant au fond de la salle.

— Parfaitement, il faudra acheter de la farine, du sucre et du safran, dit Marie.

— Des brioches au safran en septembre ?

Stefan avait l'air étonné. Il n'était pas dans le secret des dieux.

— Et on a besoin de jouets. Les manœuvres durent trois semaines et les festivités de clôture auront lieu le dernier jour. Ça nous laisse pas mal de temps, ajouta Dagny d'un air mystérieux.

— Tu ne peux pas nous dire ce qu'on va faire ? cria Greta du fond de la salle.

— C'est encore top secret, mais je vous expliquerai. Nous avons besoin de matériel pour notre invasion pacifique et nous devons nous préparer très minutieusement.

— Oui, c'est pour ça qu'on est ici, ça, j'avais pigé, fit remarquer Elinor.

— Tout doit être prêt pour la grande fête de clôture, quand le port sera plein de gens et la rivière bondée de navires et de bateaux.

— Tout ça, c'est bien beau, mais on aimerait avoir des instructions plus précises, insista Elinor.

— Certainement, dit Dagny.

Elle sortit de sa poche une petite sculpture qu'elle brandit bien haut au-dessus de sa tête.

— Il nous en faut huit cents comme celle-ci. Si chacune d'entre nous en cuit dix exemplaires, ça devrait aller.

Les grands-mères fixèrent longuement et attentivement l'objet. Pendant un moment, le silence régna. Puis quelqu'un pouffa de rire et entraîna toute la salle.

— T'es sérieuse, là ? demanda Elinor.

— Absolument ! Marie et moi en avons parlé ; nous n'avons jamais été aussi sérieuses de toute notre vie.

# 51

Chez Anne, c'était complet ; il n'y avait jamais eu autant de vie et de mouvement. Dans les jours qui suivirent, les mamies travaillèrent d'arrache-pied à leur nouvelle stratégie : coincer les marchands d'armes et saboter les manœuvres militaires. Elles passaient leur temps dans la salle à manger, où elles avaient pris leurs aises. Les nouvelles directives avaient provoqué une véritable poussée d'adrénaline chez la bande de grands-mères. Quant à Dagny et Marie, elles tournaient à plein régime. Tandis que sa sœur lui faisait part de ses idées, Dagny chantonnait devant son ordinateur et planifiait. Tout ce qu'elle voyait l'enchantait. Les magasins de jouets en ligne étaient de véritables mines d'or, même si les jouets ne seraient pas utilisés exactement comme les fabricants l'avaient imaginé.

— Marie, regarde ! Voilà le genre de décorations qu'il nous faut. C'est génial. Avec la vanité, on va loin.

Dagny montrait du doigt un assortiment de médailles rondes en or, argent et bronze proposées par une boutique en ligne.

— On peut les faire graver comme on veut et on les aura dans quelques jours.

— Dans ce cas, on aura aussi le temps de leur mettre un ruban, tu sais les rubans d'honneur, ou quelque chose dans ce goût-là, dit Marie. Le musée de la Marine a confirmé que l'événement aurait lieu l'après-midi précédant la grande fête de clôture.

— Parfait ! Mais si on doit distribuer des décorations, il nous faut un nom ronflant pour l'organisme qui les décerne, fit Dagny.

— On n'a qu'à reprendre celui qui figure dans le mail envoyé au musée, *Special Navy Defence Forces of England* ?

— L'Angleterre, c'est grand. Ça devrait passer, je ne pense pas que quelqu'un s'intéressera à notre organisation fantôme, dit Stefan.

Après une discussion animée, ils finirent par se décider à appeler l'association décernant les médailles *Leading Navy Defence Forces of England.* Il ne restait plus qu'à faire graver quelques expressions bien pensées sur les médailles. *Pour actions méritoires au service du royaume*, *Pour services exceptionnels rendus à la Défense*, ou quelque chose de similaire, en anglais bien sûr. La bande réfléchit pendant une demi-heure à quelque chose de crédible et finit par trouver des expressions concises que Dagny indiqua en passant sa commande. Il leur fallait cinq médailles gravées, en or, en argent et en bronze.

Restait à vérifier si les invitations envoyées à Mark et John étaient bien arrivées. Le groupe Virala, sous la conduite de Pluto et Greta, avait piraté la messagerie du musée de la Marine et s'était débrouillé pour lancer quelques invitations supplémentaires aux festivités. Il avait également adressé un courrier à la direction du musée en exprimant, dans un anglais châtié, sa joie d'être autorisé à décerner les médailles d'honneur de la *Leading Navy Defence Forces of England* dans l'enceinte du très éminent musée de la Marine suédois. Dans sa lettre, le directeur général de la *Leading Navy Defence Forces of England*, Lord Anthony Emms, parlait de l'importance de sa contribution à la Défense au sein de la Marine et annonçait que le musée de la Marine de Göteborg aurait lui aussi droit à une plaque honorifique en or pour services rendus au transport maritime. Le lord signataire du courrier suggérait que la direction du musée prévoie une fanfare et un orchestre de cuivres afin de conférer plus d'éclat à la cérémonie. Pour rendre le tout encore plus crédible, Marie avait veillé à ce qu'un fichier PDF avec un beau logo maritime parle de l'organisation dans le même anglais guindé et conservateur. Après quoi, elle avait apposé tout en bas de la page de beaux tampons rappelant les jolis cachets de cire de missives royales médiévales.

Le directeur du musée avait été quelque peu déconcerté et s'était demandé qui, dans la hiérarchie, était à l'origine de cet événement, mais comme tout avait l'air sérieux et que le musée serait honoré, il n'avait pas examiné la question de plus près. Le temps que la direction du musée s'aperçoive de la supercherie, les manœuvres militaires seraient terminées depuis longtemps, Dagny en était persuadée.

Tandis que les deux sœurs s'occupaient du côté pratique, Greta et Pluto balançaient des virus sur des sites louches. Quand Pluto entra sur divers sites de poker et l'avertit de tous les virus insidieux qui s'y nichaient, Greta rougit d'inquiétude.

— Houlà ! J'espère qu'on n'aura pas chopé de virus dans notre propre système informatique, dit-elle en se raclant la gorge. À force de surfer comme des dingues sur Internet… comme aujourd'hui…

— T'inquiète, mamie, je gère, répondit gaiement Pluto.

Il but une gorgée de Coca-Cola avant de reprendre ses recherches. Après quelques heures avec sa collègue plus âgée, il avait réussi à rassembler une jolie petite collection de vilains virus qui se propageraient facilement dans de grandes bases de données à partir d'une simple clé USB.

— Pourvu que tu ne fasses pas partir un canon par erreur, dit Greta, nerveuse, en se mordillant la lèvre inférieure. Ou une bombe géante. Ce serait désastreux.

— Pas de souci. Une des clés USB a un virus très contagieux qui bloque complètement les bases de données. L'autre clé est pleine de brochures pour la paix, de propositions d'actions contre le réarmement et d'infos pratiques sur la façon de démanteler les rampes de lancement et de désarmer les missiles nucléaires à bord des navires russes et américains.

— Américains ? Houlà, attention, ces pays-là ne sont pas tendres envers les militants pacifistes.

— Les lanceurs d'alerte aussi... D'ailleurs, ce n'est pas nous qui sommes censés nous retrouver en taule, mais nos chers voisins.

— Tu sais, Pluto... Ce truc commence à devenir énorme, j'ai peur que ça nous échappe, dit Greta d'une voix inhabituellement ténue et haut perchée. T'imagines, si on finit nous-mêmes en pri...

— Bah. Aucun risque...

— Tu sais bien que tout ce que font Les Mamies pour la paix devrait être légal. Tu ne fais rien de louche, j'espère ?

— Non, voyons ! Tiens, les clés USB sont prêtes. J'ai tout sauvegardé, fit-il en lui tendant deux clés USB plus fines qu'un carré de chocolat. D'ailleurs, tant qu'on y est : on va regarder ce que les politiciens ont dit ces dernières vingt-quatre heures. J'ai compilé quelques barrissements d'éléphants.

— Super, dit Greta.

En quelques clics, Pluto se connecta à Twitter, Facebook et aux communiqués de presse de la nuit. Très vite, tous deux furent totalement absorbés par les déclarations étranges des puissants du monde. *Et si personne ne retransmettait ce genre d'âneries ?* songea Greta. Les puissants resteraient là à brailler tandis que personne ne les écouterait. Ce pourrait aussi être une solution pour la paix. Pas chère, en plus !

— Certains dirigeants du monde menacent d'envoyer des missiles nucléaires, soupira Greta. T'aurais pas quelques minutes de silence à mettre à la place de leurs déclarations ?

Dans la belle ferme de Solarp en Scanie, il y avait de la lumière aux fenêtres. La pluie cinglait la vieille bâtisse et, au-dessus de la mer, les oies volaient haut. Dans le poêle de la cuisine crépitait une bonne flambée. Sur la table de cuisine en désordre, John et Mark étaient penchés sur leurs ordinateurs, totalement concentrés. Le silence avait régné un bon moment quand Mark poussa soudain un hurlement.

— T'as vu ça, putain ! On est invités au musée de la Marine !

Il tourna son ordinateur portable vers John.

— Apparemment, on va recevoir une médaille ou je ne sais quel prix honorifique.

— Fais voir.

John se pencha pour jeter un coup d'œil à l'invitation.

— Pour « services exceptionnels rendus à la Défense ». Il y a écrit « tenue exigée : costume sombre ou uniforme ». Qu'est-ce que c'est que ce bordel ?

— Je me pose aussi la question. Comment ça, « à la Défense » ?

— C'est peut-être les robots marins sur lesquels t'as bossé il y a quelques années. Tu sais, ceux qu'on a livrés à la Marine ?

— Qu'ils ont ensuite vendus à un pays non belligérant, lequel les a à son tour fourgués à un pays en guerre, compléta Mark avec un large sourire.

— Ah, qu'est-ce que ça peut foutre ? Le principal, c'est que toutes les parties prenantes touchent leur fric.

— Tu sais, ce prix, c'est peut-être une sorte de récompense pour les premiers drones avec laser que nous avons fabriqués l'année dernière, réfléchit Mark.

— C'est vrai que c'était quelque chose d'entièrement nouveau.

Mark relut l'invitation et se sentit empli de fierté. Il lui arrivait rarement de se sentir reconnu pour le dur labeur qu'il effectuait. Combien étaient-ils à pouvoir produire une nouvelle génération d'armes ? Habituellement, c'étaient les gros fabricants qui s'en chargeaient. John et lui bossaient en solo, sauf les fois où ils recouraient aux services de quelques geeks autodidactes qui exécutaient des missions pour eux. Mais c'était John et lui qui étaient les cerveaux et organisaient tout. Quelqu'un les avait enfin remarqués !

— Une remise de médaille, c'est important, ça. Ensuite, on verra. Qui sait, peut-être qu'on pourra même vendre encore plus ? Putain, parfois, on a de la veine ! jubila John.

— Mais un costume sombre ? bougonna Mark.

— Écoute, il serait temps que tu t'habilles, bordel. Tu ne peux quand même pas toujours avoir l'air d'un clodo. Allez, on va s'acheter de belles fringues.

À Ystad, les rues étaient pleines de monde. Mark était mal à l'aise, mais John se montra inflexible. Mark ne devait pas faire tache. Les deux hommes achetèrent donc des cravates, des chaussures et un beau costume pour chacun. Même John s'était dit qu'il ne serait pas si stupide d'avoir l'air un peu plus chic. Son vieux costume était certes très élégant, mais usé aux coudes. Il ne restait plus qu'à préparer un petit discours de remerciement, à charger l'ordinateur portable avec les derniers films de démonstration et à mémoriser les noms des marchands d'armes les plus en vue. Enfin vint l'heure de partir pour Göteborg.

Avant même d'y être invités, ils avaient prévu de s'y rendre pour assister aux manœuvres militaires, et avaient loué un local discret sur Västra Hamngatan où ils comptaient recevoir les marchands d'armes peu regardants. Qu'ils viennent de l'Est ou d'ailleurs, peu importe. L'essentiel était de pouvoir écouler leur camelote.

Ils escomptaient également faire de grosses affaires quand la partie officielle des manœuvres militaires serait terminée, et avant tout vendre davantage à la Flotte. Ils avaient déjà reçu une invitation prometteuse de la part du commandant de l'*USS Great*. Le pacha et ses officiers leur proposaient de venir à bord pour « les délibérations ». John avait été pris de joie en voyant le mail : il savait parfaitement ce que « délibérations » signifiait. Par précaution, il téléchargea encore un film sur son ordinateur portable, celui de leurs derniers tests d'armement. Mark et lui avaient pensé se rendre sur le vaisseau dès que la remise de médailles au musée de la Marine serait finie. Le timing serait parfait. C'était l'un des navires les plus modernes jamais construits, avec des canons dissimulés derrière de solides sabords. Ils auraient l'occasion de les observer de plus près. De plus, ayant chacun une breloque en or sur la poitrine, leurs chances de faire une transaction juteuse devraient augmenter sérieusement. Oui, un timing parfait. La chance leur souriait enfin.

Quand John étudia l'invitation d'un peu plus près, il vit que la remise de médailles se faisait à l'initiative de la *Leading Navy Defence Forces of England*. Quelqu'un au sein de cette organisation avait peut-être acheté leurs armes via des intermédiaires à Singapour ? Manifestement, ils avaient été si satisfaits qu'ils avaient décidé de les récompenser. Il était temps que les inventions si astucieuses de Mark soient reconnues à leur juste valeur. Un exercice militaire aussi important que celui-ci était bien entendu une occasion unique pour la Défense et pour les contacts à l'étranger d'honorer les chercheurs qui travaillaient en coulisse. Des gens comme Mark et lui faisaient toujours profil bas. Ils étaient les tâcherons à l'origine des nouvelles armes qui travaillaient d'arrache-pied nuit et jour pour le bien du royaume. Cette reconnaissance tardive n'était que justice.

— On pourra vendre autant qu'on voudra après la remise des médailles, dit John en donnant une tape dans le dos de Mark.

— Oui ! Ensuite on pourra engager des gens, agrandir l'atelier et fabriquer des trucs encore plus sophistiqués.

— Reconnaissance et invitation le même jour. Il n'y a pas à dire, c'est formidable ! C'est presque trop beau pour être vrai, dit John.

Il aurait voulu prendre le monde entier dans ses bras. S'il s'était donné la peine de réfléchir un tantinet, il aurait pourtant compris qu'il avait tout à fait raison.

# 52

Enfin arriva le colis avec les médailles. Tout le monde brûlait d'impatience. Après avoir payé le livreur, Dagny déballa avec précaution l'envoi du « Pays des jouets ».

— Mon Dieu ! On voit bien que ces médailles ont été achetées dans un magasin de jouets ! s'exclama-t-elle, déçue.

Les distinctions honorifiques étaient certes présentées dans un beau papier de soie rose, mais n'avaient pas l'air authentiques pour deux sous. Dagny montra aux autres les pièces de métal bon marché.

— Il ne manquerait plus qu'ils aient gravé Donald Duck sur le côté pile, dit Marie avec une grimace.

Elle retourna une plaquette de métal censée ressembler à une médaille d'or. « Pour actions méritoires au service du royaume », lut-elle côté face. Heureusement, il n'y avait rien côté pile.

— Nous voilà bien… Qu'est-ce qu'on fait, maintenant ? demanda Greta en soupirant.

— La gravure est élégante, c'est juste l'apparence qui fait un peu toc, fit remarquer Elinor. Mais on va arranger ça.

— Comment ? demanda Marie.

— Par électrolyse, expliqua sa copine.

Son père, restaurateur-conservateur, l'avait de temps en temps aidée à donner un coup de neuf à ses bijoux.

— Il nous faut un baquet, une batterie de voiture, de la soude et un peu d'or.

— De l'or ? Qu'est-ce que tu dirais de ma vieille alliance ? Je n'en ai plus beaucoup l'utilité, dit Dagny en l'ôtant.

Elle s'en servait comme coquetier, le matin – une façon comme une autre de profiter un peu de son ancien mariage. Mais un coquetier ordinaire ferait aussi bien l'affaire, et l'alliance serait beaucoup plus utile ainsi. Que ne ferait-on pas pour la paix ?

— Bien. Nos médailles auront une finition en or véritable, ça va étinceler ! s'exclama Elinor, euphorique.

Ancienne chanteuse d'opéra, elle ne connaissait rien à la chimie, mais dès son enfance, elle s'était intéressée à l'art de la restauration. Elle aimait les méthodes de son père et les appareils modernes à ultrasons ; pour elle, les autres procédés étaient bien trop lents. L'électrolyse, c'était son dada ; même si elle ne l'avait plus pratiquée depuis des années, elle savait parfaitement ce dont elle avait besoin. Greta et elle prirent le tram jusqu'à un grand centre commercial où elles achetèrent un grand baquet, une batterie de voiture, des câbles de démarrage et quelques autres trucs toujours bons à avoir sous la main. Le soir, dans leur chambre d'hôtel, elles préparèrent tout, branchèrent les pôles et plongèrent le contact dans l'eau. Elinor ne se souvenait pas exactement de tout ; par chance, elle dormait la fenêtre ouverte. Sans qu'elle s'en rende compte, son électrolyse frémissante avait pris une telle vitesse qu'elle produisait de l'hydrogène.

Le lendemain, les mamies firent cercle autour du baquet et purent constater avec satisfaction que les médailles semblaient être faites d'or véritable. Elles les lavèrent, les séchèrent soigneusement et y accrochèrent des rubans bleu et jaune. Dans la couture des rubans des deux plus grandes, destinées à Mark et John, elles glissèrent les clés USB du groupe Virala munies de leurs virus. Tout avait l'air parfait et authentique, mais lorsque Dagny soupesa les médailles, elle s'aperçut qu'elles s'étaient alourdies. Peu importe : personne ne connaissait leur poids de départ. Il ne restait plus que les médailles jouets en argent et en bronze. Celles-ci paraissaient si quelconques que Dagny préféra les ignorer pour l'instant.

— On se contente de l'or. De toute façon, c'est la première place que les hommes préfèrent. Arriver deuxième ne les intéresse pas, déclara-t-elle.

Les mamies se rangèrent presque toutes à son avis, mais Elinor, qui était heureuse en ménage et dont le mari était la crème des hommes, aurait aimé préciser que cela ne s'appliquait pas à tous. Beaucoup d'hommes aimaient simplement concourir et faire de leur mieux. Toutefois, elle se rendit compte que le moment était mal choisi pour exposer ses convictions.

— On n'a qu'à garder quelques médailles en réserve qu'on décernera plus tard à des vieux schnocks. Ça leur fera toujours plaisir, dit-elle en bonne diplomate, ce qui lui valut l'approbation de toutes.

Les médailles d'argent et de bronze finirent au fond d'une vieille boîte à beurre pour une éventuelle utilisation ultérieure.

Le jour de la réception au musée de la Marine de Göteborg approchait ; il était grand temps pour les grands-mères de revêtir leurs déguisements. Stefan, qui devait jouer le rôle d'attaché naval, avait d'abord pensé louer un bel uniforme chez Tony, le spécialiste des vêtements de cérémonie, puis s'était ravisé pour faire des économies. Dagny et lui se rendirent dans un magasin de vêtements d'occasion et optèrent pour un beau costume bleu avec galons aux épaules et sur le pantalon. Elinor y cousit des franges supplémentaires et, pour faire bonne mesure, Stefan y accrocha quelques médailles inutilisées qu'Elinor patina au vinaigre, leur donnant l'air de vieilles décorations plus vraies que nature.

Dagny, à son tour, s'acheta un ensemble de vieux vêtements de service qu'elle lava à l'eau de Javel pour leur redonner l'aspect du neuf. Elle voulait en effet être sur place lors de la remise de médailles pour veiller à ce que tout se passe bien et intervenir si besoin était. Pour ça, elle ne connaissait qu'un moyen : Marie et elle devaient reprendre leur activité de traiteur. Il leur fallait une desserte à roulettes, ce qui ne fut pas aussi simple. Finalement, elles dénichèrent un chariot de service abîmé chez un brocanteur. Elles déambulèrent au milieu de la ferraille en imaginant comment rendre utiles certaines pièces. Il y avait là de drôles de trucs en métal et en verre. Ce jour-là, le ferrailleur avait récupéré tout un lot de hublots, d'écoutilles et des morceaux de coques provenant d'un vieux ferry. Dagny pensa aux stagiaires des cours de sculpture. On n'aurait pas dû dispenser d'enseignement artistique à Seniorboost, mais sur le tas de ferraille le plus proche – ou au moins venir ici dans le cadre du cours.

Une fois rentrées à la pension, Dagny et Marie s'installèrent dans le jardin pour repeindre la desserte en blanc à la bombe et lui donner un aspect pimpant. Stefan changea une des roues qui était voilée. Tout avait l'air vraiment pro, et Dagny se sentit gagnée par l'optimisme. Leur idée de se faire passer pour un traiteur avait fonctionné à merveille à la foire d'Älvsjö, alors pourquoi ne fonctionnerait-elle pas ici aussi ? Un peu de champagne et des sandwichs sur les plateaux, voire du café et des viennoiseries, il n'y aurait besoin de rien d'autre.

Si le chariot de service, les médailles et les déguisements n'avaient pas été trop difficiles à trouver, elles eurent beaucoup plus de mal à louer un avion capable de larguer des tracts et autres supports de propagande pour la paix : tous les pilotes étaient réservés pour la grande fête de clôture.

— Dans ce cas, pourquoi ne pas se montrer un peu vieux jeu ? dit Stefan.

Il leva les yeux vers le ciel juste au moment où passait un petit avion de sport monomoteur.

— Certains appareils de ce genre remorquent des banderoles publicitaires ou lâchent des parachutistes. On pourrait louer les services d'un pilote, le payer grassement et lui demander de larguer notre pub…

Dagny regarda Stefan, eut un large sourire et acquiesça.

— Bonne idée. Ça pourrait parfaitement faire l'affaire.

Pendant que Dagny s'occupait des derniers préparatifs en vue de la remise de médailles au musée de la Marine de Göteborg, Marie et Elinor avaient acheté de la farine, du safran, du lait, du sucre et des raisins secs, ingrédients nécessaires à la réalisation des brioches au safran pour les militaires. Toutes les mamies installées à différents endroits de Göteborg avaient reçu la même recette, plus des parachutes bon marché que Dagny avait achetés au Pays des jouets. Selon le fabricant, on pouvait les lancer depuis un toit ou une fenêtre quand on fêtait un anniversaire. *Heureusement qu'on peut acheter des trucs sur Internet*, pensa Dagny, *sinon le propriétaire du magasin se serait sans doute demandé pourquoi une vieille femme organisait un goûter d'anniversaire d'enfants où on lancerait huit cents parachutes par la fenêtre…*

La gentille propriétaire de la pension de famille avait prêté sa cuisine aux grands-mères, qui avaient donc accès à une table de cuisson et à un four à air tournant. Dans une ambiance joyeuse, les mamies surexcitées préparèrent la pâte qui serait au service de la paix.

— Reuterswärd, sûr qu'il est génial, dit Marie.

Elle brandissait à bout de bras une reproduction de son œuvre *Non violence*, qui représentait un revolver au canon noué.

— Vous imaginez, si le canon de tous les revolvers et toutes les mitrailleuses du monde était noué, personne ne pourrait tirer !

— Personne ne mourrait à la guerre et les fabricants d'armes feraient faillite, ajouta Elinor.

— La sculpture de Carl Fredrik Reuterswärd est l'œuvre la plus belle qui ait jamais été conçue, déclara Marie.

— On devrait la prendre comme symbole des Mamies pour la paix.

— Comment ne pas y avoir pensé avant ? Je suis entièrement d'accord ! s'écria Dagny. Maintenant, on va s'en inspirer pour les gâteaux.

Les vieilles dames firent de leur mieux pour façonner des pistolets briochés au canon noué. Les plaques de petits pains se succédèrent dans le four, et si Greta n'avait pas grignoté autant de pâte, elles auraient sans doute réalisé cinq pistolets au safran de plus.

Pourtant, Marie finit par se lasser. Elle pensait certes à l'œuvre de Reuterswärd, mais voulait trouver quelque chose par elle-même. Pourquoi devait-elle toujours obéir à Dagny ? Elle était capable de penser toute seule, non ? Elle réfléchit un instant puis essaya de pétrir des brioches au safran en forme de grenouilles. Après tout, les politiciens avaient le chic pour se ridiculiser et se gonfler d'importance, comme la grenouille de la fable. Mais les grenouilles et la paix, ça n'allait peut-être pas ensemble. Pourquoi ne pas faire un pistolet barré d'une croix ? Tout le monde verrait alors leur message : interdire les armes. Elle modela à la hâte quelques pistolets Magnum et les surmonta de deux morceaux de pâte croisés. Elle couvrit deux plaques à cuisson de ces petits pains et les enfourna. En attendant qu'ils soient prêts, elle tourna en rond dans la cuisine, fière et contente de ses talents de créatrice. Elle ne réfléchit pas un instant à l'allure qu'auraient ses biscuits lorsque la pâte aurait fini de lever et de cuire. Quand ses créations sortirent du four, ce fut la panique générale.

— Un mec avec ça, on aurait toutes voulu le rencontrer quand on était jeunes, dit Elinor en pouffant de rire.

Elle désigna un des plus gros gâteaux, à la forme indéniablement obscène. Ce qui était censé représenter un pistolet avait l'air d'un tout autre engin, et ce qui devait être la crosse du Magnum évoquait des boules un peu plus molles.

— Je pige pas, dit Greta, toujours aussi franche. Tu nous demandes de préparer une opération sérieuse pour la paix, et tu t'amuses à cuisiner des pénis au safran ! C'est quoi, l'idée ?

— Les idées ne donnent pas toujours ce qu'on avait prévu, marmonna Marie, cramoisie.

— On ferait peut-être mieux de les manger nous-mêmes.

— Un sexe artificiel au safran, oui, c'est bien le genre de truc dont il faut se contenter à nos âges, murmura Greta.

Elle s'approcha de la plaque et prit le plus gros.

Quand la propriétaire de la pension de famille entra dans la cuisine un moment plus tard pour voir comment les vieilles dames s'en tiraient, les grands-mères buvaient du café et mangeaient les gâteaux les plus obscènes qui soient sans la moindre gêne. Elle en avait pourtant vu, des clients excentriques… Elle préféra ne rien dire et sortit silencieusement de la cuisine sans que quiconque se soit rendu compte de sa présence.

Lorsque la cuisson des dernières brioches fut terminée, la bande but encore du café puis attacha les brioches aux cordelettes des petits parachutes d'anniversaire. Juste à ce moment-là, la propriétaire passa une nouvelle fois devant la cuisine. Elle eut toutes les peines du monde à ne pas hausser les sourcils. *Seigneur*, pensa-t-elle. *Voilà que maintenant, elles accrochent les « brioches » à des parachutes…* Elle s'approcha et découvrit avec soulagement qu'il ne s'agissait pas des mêmes brioches qu'auparavant, mais d'une variante infiniment plus décente.

En tant que gérante d'une pension, on est certes appelé à en voir des vertes et des pas mûres, mais cela sortait vraiment de l'ordinaire.

En repassant pour la troisième fois devant la cuisine, elle constata que les vieilles dames avaient tout emballé dans de grandes boîtes. Après l'avoir chaleureusement remerciée de leur avoir prêté la cuisine, elles firent le ménage et laissèrent la pièce aussi propre qu'elles l'avaient trouvée. *En tout cas, elles sont correctes*, pensa la directrice.

# 53

Le lendemain matin, comme il faisait un temps radieux et délicieusement frais, la gérante de la pension prépara son caddie et partit faire ses courses. Mais arrivée en haut de l'escalier, elle s'arrêta net. En bas, dans la rue, ses clientes d'âge mûr vêtues de longues jupes noires chantaient en chargeant des boîtes dans une camionnette de l'aéroport marquée du logo « Landvetters Express ». Les mamies semblaient beaucoup s'amuser. Comment interpréter cela ? Comme toujours, dans le doute, elle fit comme si de rien n'était, passa devant les vieilles dames, leur adressa un signe de tête amical et continua son chemin. Mais au fond d'elle-même, elle se demandait comment gérer ses clients à l'avenir. Devait-elle réellement accueillir n'importe qui ?

Quand elle s'éloigna, Dagny poussa un soupir de soulagement. Elle-même se sentait nerveuse. Marie et elle suivaient depuis quinze jours les grandes manœuvres militaires en s'efforçant de synchroniser les différentes actions pour le grand jour. Elles avaient mis en place un calendrier et tout planifié avec soin, mais on avait beau essayer de penser à tout, il y avait toujours quelque chose qui pouvait mal tourner. Elle avait remarqué que leur hôtesse était de plus en plus tendue, et toutes les mamies avaient craint qu'elle ne leur pose des questions embarrassantes ou ne leur mette au dernier moment des bâtons dans les roues. Mais comme toujours, cette aimable dame les avait autorisées à rester avec un beau sourire.

Lorsque les boîtes de brioches à parachutes partirent dans la camionnette, les mamies applaudirent et Dagny se sentit satisfaite. Elles avaient réussi à respecter l'horaire prévu : à l'aéroport de Landvetter, le pilote attendait avec son avion de tourisme. Elle eut une pensée reconnaissante pour Marie qui était parvenue à arranger tout ça. Elle méritait vraiment une médaille d'or, la frangine ! Dagny espérait que le reste se déroulerait aussi sans anicroche.

Pour la remise des médailles au musée de la Marine, John et Mark enfilèrent leurs costumes bleu marine et leurs pantalons bleu foncé aux plis bien marqués. Chaussures brillantes, mouchoir blanc dans la poche poitrine du veston, coiffure impeccable. Malheureusement, ils n'avaient pas trouvé de casquettes d'uniforme convenables, mais sans doute personne ne s'attendrait-il à voir des inventeurs coiffés de képis.

John allait descendre du taxi, devant le musée, quand son portable sonna. Il ne put s'empêcher de jeter un coup d'œil au SMS, qui était bref : *RDV à bord de l'*USS Great *reporté à 18 h 30. Signé DgMr MFF.*

John regarda fixement le message sans reconnaître la signature – il avait tellement de noms de code à retenir ! Mais une information passant par des canaux facilement retraçables était le plus souvent formulée de manière succincte. Les décisions importantes se prenaient toujours sur place. Il comprenait que la réunion soit décalée d'une demi-heure : bien des choses s'étaient produites ces derniers jours et, en tant que vendeurs, on se devait de faire preuve de souplesse. Il répondit rapidement et assura que Mark et lui seraient présents à l'heure dite.

— La rencontre sur l'*USS Great* aura lieu une demi-heure plus tard que prévu. Comme ça, on n'aura pas à se précipiter.

Je meurs d'impatience. Ils ont vraiment l'air intéressés. Tu imagines si on arrivait à fourguer nos armes au monde entier ? Tu piges ? dit John en agitant son portable.

Mark avait l'air heureux. C'était peut-être la remise de médailles au musée de la Marine qui avait incité les Américains de l'*USS Great* à réagir ? Ils savaient apparemment où John et lui se trouvaient et étaient soucieux de ménager leurs contacts suédois. Empli de fierté, il se sentit pour une fois reconnu.

Mark et John descendirent du taxi et saluèrent poliment le directeur du musée qui avait pris place à l'entrée pour serrer des mains et accueillir ses invités en souriant. Un orchestre militaire jouait, des hommes en uniforme se tenaient au garde-à-vous. Pendant un court instant, toute ce cérémonial mit John mal à l'aise, mais personne ne savait au juste ce que Mark et lui trafiquaient. Ils seraient récompensés pour leurs avancées en matière de défense maritime et de sécurité du royaume. Aucune raison de s'inquiéter. Il regarda autour de lui. Parmi les invités, il reconnut le capitaine du port, le commandant de l'unité de sous-marins de la flotte suédoise et le maire de Göteborg. Les autres, tous revêtus de leurs plus beaux atours, étaient vraisemblablement des amis du musée de la Marine. Quand tout ce petit monde fut entré, le directeur général de la *Leading Navy Defence Forces of England*, lord Anthony Emms, fit enfin son apparition. Il marchait le dos raide, la tête haute, et regardait droit devant lui. John et Mark contemplèrent avec une ferveur presque religieuse cet homme élégant, en grand uniforme, à la poitrine bardée de décorations. Ce n'était pas n'importe qui. C'était bien pire.

L'une des décorations pendait un peu de travers ; Stefan dut se maîtriser pour ne pas la remettre en place. Sentant la sueur perler sur sa lèvre supérieure, il s'efforça de ne fixer son regard sur personne en particulier. Il avait peur. Si un seul membre de l'assistance réussissait à accrocher son regard, il se rendrait peut-être compte qu'il n'était qu'un imposteur. À la pensée d'être démasqué, il était au bord de la panique. Et s'il avait un trou dans ses discours en anglais, appris par cœur, à l'intention de chacun des récipiendaires ? En l'honneur de Mark et John, il avait troussé un discours beau, mais concis, qu'il avait noté sur un bout de papier et fait traduire, une allocution qui donnait à peu près ceci :

« *En raison de la situation alarmante dans le monde, la Leading Navy Defence Forces of England souhaite ici rendre hommage aux forces qui appuient la Défense et soutiennent l'engagement maritime suédois. L'armée suédoise s'entraîne toute l'année, jour et nuit, pour défendre le territoire national. Cela ne pourrait pas se faire sans les éminents cerveaux qui fournissent les toutes dernières innovations militaires à la Flotte. Il est temps de récompenser ces inventeurs à la pointe du développement, car sans eux, la Suède ne pourrait se défendre.* »

Il n'était pas le meilleur orateur de Suède, mais même en anglais, ce discours était suffisamment alambiqué pour faire vrai. Cela devrait faire l'affaire. Profondément concentré, il se dirigea vers le podium aménagé dans la salle de réunion où la remise de médailles devait avoir lieu.

## 54

Pendant que Stefan peaufinait son rôle, Dagny et Marie étaient entrées en douce dans le musée de la Marine avec leur desserte à roulettes. Sans que personne ne les remarque, elles se dirigèrent vers l'ascenseur et appuyèrent sur le bouton de l'étage où se trouvaient la salle de réunion et les expositions. Personne ne les arrêta. Sur la desserte, elles avaient disposé dix bouteilles de champagne haut de gamme, des flûtes et de grands plateaux couverts de délicieux canapés. Sans oublier une Thermos de café, des tasses et des brioches. Qui aurait l'idée de contrôler pareil équipage ? Lorsque Dagny arriva dans le hall des expositions, elle ne put se contenir davantage.

— Tu as vu la remise des médailles ? C'est apparemment passé comme une lettre à la poste ! gazouilla-t-elle. Écoute-moi ça, ils ont même fourni l'orchestre de cuivres qu'on leur avait demandé.

— Va savoir, quand il s'agit de médailles et de distinctions, les gens gobent n'importe quoi. La vanité des hommes est sans limites, répondit sa sœur.

— Chuuut ! Quelqu'un pourrait nous entendre…

Les vieilles dames se turent, s'installèrent à l'extérieur de la salle de réunion et rectifièrent leurs tenues. Il ne restait plus qu'à attendre. Elles patientèrent un bon moment : derrière les portes, les beaux discours de ces messieurs semblaient ne jamais prendre fin. Cela inquiétait Dagny : plus on aurait le temps d'étudier l'uniforme de Stefan, plus on risquait de remarquer que toute sa tenue était du toc. À la fin, n'y tenant plus, elle ouvrit la porte avec précaution et jeta un coup d'œil à l'intérieur.

Sur le podium, sanglé dans son bel uniforme, l'ex-militant pacifiste, raide comme la justice, épinglait des médailles sur la poitrine de personnalités tout en les félicitant pour leurs contributions. Il récompensa d'abord le maire, ensuite le capitaine du port, le commandant de l'unité de sous-marins, et le directeur du musée de la Marine. Enfin vint le tour de leurs voisins. Dagny pensa à toutes les armes tueuses mises au point par ces deux monstres. Et il fallait leur donner des médailles ! Elle grimaça, même si Marie et elle étaient à l'origine de cette mascarade.

— Pour pouvoir nous défendre, nous avons besoin d'armes nouvelles et d'un nouveau mode de pensée, commença Stefan dans son anglais oxfordien improvisé avant de faire une petite pause théâtrale.

Après quoi, il appela les noms de Mark et John d'une voix forte et sonore. Il fouilla dans ses poches pour y prendre les deux médailles patinées avec l'or de l'alliance de Dagny, et dont le ruban transportait une clé USB. Après avoir fait signe au trompettiste de se mettre à jouer, il s'avança vers les deux récipiendaires.

— Pour votre contribution à la défense maritime, crut entendre Dagny.

Elle vit ces messieurs s'incliner tandis que Stefan les gratifiait d'un salut à la raideur toute militaire. *Pourvu qu'il n'en fasse pas trop et ne fasse pas tomber sa casquette !* pensa-t-elle. Mais tout se passa bien et l'assistance applaudit. Elle regarda sa montre. Déjà 17 h 40. Les deux comparses n'avaient plus beaucoup de temps pour rejoindre l'*USS Great*, mais cela était encore jouable. Elle avait décalé la réunion à 18 h 30, les deux filous avaient promis d'être sur place à l'heure dite. Elle aurait même le temps de leur offrir un peu de champagne. Elle passa la main dans sa perruque et rectifia sa tenue. Lorsque la cérémonie toucha à sa fin, elle fit signe de la tête à Marie. Elles s'avancèrent en silence vers les marches du podium et commencèrent à verser le champagne dans les flûtes. Lorsque le directeur du musée eut terminé son discours de clôture, tout le monde applaudit et la cérémonie prit fin. Personne ne remit en cause la présence d'un service de traiteur pour fêter ça. Tout le monde trouva normal de se servir de petits fours, de champagne ou d'une simple tasse de café. Pendant ce temps, les deux dames gardaient un œil sur John et Mark. Quand chacun eut sa boisson, Dagny s'avança vers eux sous sa perruque rousse avec des brioches au safran.

— Goûtez-les, elles sont super bonnes ! dit-elle avec son plus bel accent de Göteborg.

— Non merci. J'attendrai Noël, répondit Mark d'une voix dédaigneuse.

John se contenta de secouer la tête.

— Ces salauds n'ont pas accepté les brioches au safran, chuchota Dagny à Marie quand elle fut de retour auprès de la desserte.

— Dans ce cas, on passe directement au plan B, dit Marie.

Tandis que les gens dans la salle de réunion sympathisaient, buvaient du champagne et s'empiffraient, les deux sœurs se ruèrent à la suite de John et Mark qui se dirigeaient vers la sortie. Comme il y avait un peu de bousculade à la porte, Dagny passa devant John et laissa discrètement tomber un morceau de pâte au safran juste devant lui. Puis elle se plaça de manière à ce qu'il soit obligé de marcher dessus. De son côté, Marie s'empressa de passer devant lui et s'arrangea pour trébucher. Le contenu de son flacon de parfum éclaboussa la poche du veston de John et une de ses chaussures. Les deux hommes se dirigèrent vers la sortie sans rien remarquer et franchirent la porte.

— Je crois qu'on a réussi notre coup, dit Dagny.

Marie leva le pouce.

— C'est bien, les mecs qui sentent le safran et pas l'eau de toilette, dit-elle.

Elle gloussa et rangea la petite bouteille d'huile de safran.

— Il vaudrait mieux qu'on fiche le camp avant que quelqu'un ne se demande ce qu'on fait ici, fit Dagny.

À présent, elles n'osaient plus se mêler à la cohue, mais tenaient à s'éclipser le plus vite possible. Dagny avait prévu de passer par la cuisine, mais pour une raison inconnue, la porte était fermée, et elles ne pouvaient pas descendre les marches avec le chariot. Elles n'avaient d'autre choix que de prendre l'ascenseur jusqu'à l'aquarium et d'emprunter cette sortie.

Tout se serait sans doute passé sans encombre s'il n'était venu à l'esprit d'un vigile zélé que personne au musée n'avait fait appel aux services d'un traiteur. Juste au moment où elles allaient monter dans l'ascenseur, il se précipita vers elles et leur demanda d'où elles venaient et ce qu'elles faisaient là.

— Nous faisons seulement le service, dit Dagny, les joues en feu. Mais attendez, je vais chercher mon chef.

Sur ces mots, Marie et elles entrèrent dans l'ascenseur et appuyèrent sur le bouton du rez-de-chaussée. Pendant la descente, elles ôtèrent en vitesse leurs vêtements de service et leurs perruques, fourrèrent le tout dans le sac-poubelle noir du chariot de restauration et l'emportèrent avec elles. Quant au chariot lui-même, elles durent l'abandonner sur place tant elles avaient la frousse de se faire attraper. Alors qu'elles allaient se glisser par la porte de l'ascenseur, Dagny aperçut soudain sa perruque par terre. Elle la ramassa en toute hâte et la planqua dans son chemisier, sans penser que la perruque était rousse et son chemisier blanc et transparent.

— Tu ne peux pas sortir attifée comme ça, siffla Marie.

Juste à ce moment-là, Dagny vit le vigile se diriger vers l'aquarium. Elle agit sans réfléchir, paniquée, convaincue d'avoir été démasquée. En panne totale d'idées, comme si son cerveau ne fonctionnait plus, elle extirpa rapidement la perruque de son soutien-gorge et regarda autour d'elle. Le couvercle de l'un des aquariums était ouvert. D'un geste gracieux, elle y jeta la perruque en trottinant vers la sortie. Elle eut le temps de la voir entrer en contact avec la surface de l'eau et s'enfoncer lentement, mais elle avait déjà passé la porte lorsqu'elle se posa silencieusement au fond du bassin.

— C'est bon, haleta-t-elle tandis qu'elles se fondaient dans la foule devant le musée.

Elles reprirent leur souffle en souriant puis descendirent gaiement la rue Karl-Johan en direction de Stigberget.

— T'as les jumelles ? demanda Marie.

— Évidemment, répondit Dagny. Stefan nous attend sur la colline.

Le jeune vigile Bengt Johnson, en stage à l'aquarium du musée de la Marine, émergea de la réserve un moment plus tard de très bonne humeur. Il fit sa tournée en fredonnant et nourrit les poissons tout en se demandant ce qu'il allait faire de sa soirée. Essayer de se faufiler seul au bal de la Marine ou sortir avec sa copine ? Le bal lui semblait plus amusant. Il allait de bassin en bassin et donnait à manger aux poissons tout en réfléchissant à la vie et à l'amour. Une fois devant le grand aquarium de l'anguille électrique, il sortit la nourriture avant de constater, horrifié, qu'elle n'était plus là. Où diable était-elle passée ? Il eut beau regarder à se crever les yeux, l'anguille avait bel et bien disparu. À moins qu'elle ne se soit cachée parmi les algues ? Indécis, il songea à plonger la main dans l'eau pour chercher, mais il lui vint à l'esprit que les anguilles électriques étaient capables de produire de sacrées décharges. Il essaya alors de l'appâter avec une palourde, quelques insectes et un ver de terre, mais sans succès. Il finit par distinguer un truc étrangement sombre au fond du bassin. Quand il balança deux têtes d'ablette dans l'eau et que l'anguille sortit enfin de sa cachette, il comprit de quoi il s'agissait. Qui avait bien pu essayer de nourrir une anguille électrique avec une perruque ?

La cérémonie du musée de la Marine était terminée, les récipiendaires, les officiers de marine et toute l'assistance quittaient lentement les lieux. Mark et John s'étaient hâtés vers le ponton.

— On a une demi-heure devant nous, dit John à bout de souffle quand ils distinguèrent leur embarcation.

Il avait loué un bateau pneumatique R.I.B. doté d'un moteur Honda de deux cent vingt-cinq chevaux et filant à quarante-cinq nœuds. Il s'était dit qu'arriver dans ce genre d'embarcation leur donnerait l'air pro.

— On n'aura jamais une seconde chance de faire bonne impression, pas vrai ?

— Mais c'est eux qui veulent faire des affaires avec nous, dit Mark en essayant de ne pas se faire distancer par son camarade. À mon avis, ils ont déjà du respect pour nous.

Ils coururent sur le ponton et sautèrent à bord sans se soucier des gilets de sauvetage. Pas question d'avoir l'air d'une famille avec enfants partant en excursion. John tourna la clé de contact, lança facilement le moteur et demanda à Mark de détacher les amarres. Quand il fut prêt, il mit les gaz. Mais juste à ce moment-là, alors qu'il s'engageait sur le fleuve, il le vit. L'*USS Great* n'était plus à l'ancre. Il avait appareillé sur le fleuve Göta, faisait route vers le port et était sur le point d'accoster.

# 55

— Putain, quelle bande de salauds ! dit Dagny qui d'habitude ne jurait jamais, en tendant les jumelles à Marie.

— Ça y est, c'est foutu. L'*USS Great* fait route vers le quai.

Sur la colline de Stigberget en compagnie de Marie et Stefan, Dagny observait le navire américain glisser lentement sur le fleuve. Ils crurent d'abord qu'il appareillait, mais se rendirent vite compte qu'il se dirigeait vers le port intérieur. Était-ce dû à la fête de clôture imminente ou n'avait-il pas eu l'autorisation d'accoster plus tôt ? Quelle qu'en soit la raison, ça chamboulait les plans de Dagny. Sur l'invitation, il était dit que Mark et John monteraient à bord quand le navire serait à l'ancre. À quai, il y avait davantage d'agents de sécurité, et il ne leur faudrait pas longtemps pour piger qu'il s'agissait d'une invitation bidon. Cela aurait été tellement plus facile quand le bateau était au mouillage ! Seul espoir : que Mark et John réussissent à monter à bord malgré tout. Dagny sentait son cœur battre la chamade. Surtout, elles n'avaient pas de plan C. L'avion de tourisme avec les parachutes qui devait survoler le port était probablement déjà en route pour Göteborg. Dagny sentit une boule lui bloquer la gorge. Elles devaient faire quelque chose, et vite. Mais quoi ?

— T'as vu ? L'*USS Great* a accosté et ils sont en train d'envoyer les couleurs.

Marie rendit les jumelles à Dagny.

— T'as raison. Pas seulement l'*USS Great*, d'ailleurs. La flotte entière, là-bas, semble hisser fanions et drapeaux.

Ils contemplaient le port où l'eau scintillait au soleil. On voyait partout des navires, des yachts et des bateaux à moteur. Il y avait même des ferries, des péniches et de simples embarcations à rames rassemblés sur l'eau. Visiblement, tous ceux qui possédaient quelque chose capable de flotter s'étaient donné rendez-vous sur le fleuve ; ces manœuvres militaires sortaient en effet tout à fait de l'ordinaire.

— L'*USS Great* a accosté, mais en y réfléchissant bien, ça peut quand même marcher, dit Marie, soudain très calme.

— Qu'entends-tu par là ? demanda Dagny.

— N'oublie pas que Mark et John veulent vendre des armes. Ils arriveront à monter à bord d'une manière ou d'une autre. À quai, il y a davantage de témoins. Ça sera super. Les médias pourront prendre des photos et avoir matière à un article qui fera du bruit.

Dagny se sentit mieux. Bien sûr, on pouvait écrire des communiqués de presse et harceler les médias indéfiniment. Mais un peu de chance ne faisait pas de mal. Au fond, ce serait encore mieux que ce qu'elle avait espéré.

À bord de la frégate *HMS Nordenskjöld*, un peu à l'écart sur le fleuve, l'équipage avait déjà hissé son jeu de pavillons et les officiers s'apprêtaient à faire tirer une salve d'honneur. Ils devaient faire feu à trois reprises et, même s'il eût mieux valu qu'un des chasseurs s'en charge, il fallait obéir aux ordres du pacha. Réputé pour sa compétence, il tirerait en plus des deux salves réglementaires la troisième contre une vieille barge désaffectée, avec deux tiges rondes pour cible. L'idée était de faire la démonstration d'une des nouvelles balles récemment mises au point, un projectile préréglé doté d'un GPS. La balle pouvait changer plusieurs fois de direction avant de frapper sa cible, selon la programmation.

En route vers le géant américain dans leur canot à moteur, Mark et John passèrent non loin du *Nordenskjöld*. Mark se tenait fermement au plat-bord tandis que John fonçait plein gaz en regardant devant lui. Il ralentit subitement.

— C'est quoi ce bordel…, marmonna-t-il en écarquillant les yeux.

— Il va où, comme ça, ce putain de bateau ?

L'*USS Great* progressait vers le quai ; John et Mark le suivirent des yeux. Quelque chose clochait. Ils étaient censés monter à bord quelques minutes plus tard.

— D'après l'invitation, on devait bientôt embarquer. Je n'y comprends rien, dit John en virant de bord pour mettre le bateau face au vent.

Il scrutait le puissant navire équipé de missiles nucléaires. L'immense boîte de conserve grise se déplaçait lentement. Ses moteurs étaient inhabituellement silencieux.

— Au fond, peu importe où se trouve le vaisseau. Le principal, c'est de vendre nos armes. La capitainerie du port les a peut-être obligés à changer de place. Ça n'a rien d'extraordinaire. On n'a qu'à les suivre, dit Mark plein de confiance.

— D'accord. De toute façon, on n'a pas trop le choix…

John changea de cap et suivit le navire dans le port. Lorsque l'*USS Great* eut accosté et que les hommes d'équipage l'eurent amarré aux piliers, il l'imita en accostant un peu plus loin. Une fois à terre, ils vérifièrent que le canot était correctement arrimé et qu'ils avaient bien le porte-documents et l'ordinateur portable. Ensuite, ils rectifièrent leurs tenues, se peignèrent des doigts et se dirigèrent vers le gigantesque vaisseau.

— T'as vu, on dirait un sous-marin, dit John avec un léger tremblement dans la voix.

— Je te parie qu'il est bourré d'électronique et qu'ils ont tout ce qui se fait de mieux.

— Nous aussi on est à la pointe avec nos trucs, alors ça s'équilibre, dit Mark en faisant l'important.

Ils avaient réclamé ses inventions. Pouvait-on souhaiter une plus grande reconnaissance ? John sourit, content que Mark semble enfin prendre conscience de sa propre valeur.

Arrivés au navire, ils longèrent lentement son flanc aveugle tacheté de gris. Le vaisseau paraissait étrangement désert. Pas de commandant de bord ou de second en vue, et jusqu'ici, personne n'avait donné l'ordre de sortir la passerelle. Ils regardèrent fixement la plaque de camouflage. Quelqu'un devrait se montrer et leur souhaiter la bienvenue à bord, non ? Mais le vaisseau était silencieux et immobile, comme si ce monstre nucléaire était le *Hollandais-volant*.

— On attend ici. Tôt ou tard, quelqu'un finira bien par sortir, dit John en s'efforçant d'avoir l'air sûr de lui.

Mark et lui devaient se montrer patients. Le commandant ne tarderait pas à faire son apparition. Les deux comparses attendirent un bon moment sans que rien ne se passe. John n'y comprenait rien. Il était 18 h 30 et il avait confirmé qu'ils arriveraient à l'heure dite. Soudain, un bruit retentit et une écoutille de chargement s'ouvrit sur le flanc bâbord. À l'intérieur, ils entrevirent des hommes et un camion. Les acheteurs présumés voulaient peut-être que Mark et John montent à bord par-là ? Ainsi, personne ne les remarquerait et ne se demanderait qui ils étaient. Bien vu ! En matière d'armes, les affaires se traitaient dans la discrétion. John reprit courage. Lorsqu'une simple passerelle sortit de la large ouverture dans la coque et vint se fixer sur le quai, il donna un coup de coude dans les côtes de Mark. Il ne leur restait plus qu'à monter à bord.

# 56

Dagny leva les yeux vers le ciel. L'avion devrait arriver d'un moment à l'autre. Cela tombait à pic : il faudrait encore quelques minutes à la frégate avant de tirer ses salves d'honneur. Dagny tenta d'estimer le temps nécessaire. Avec un peu de chance, le timing serait parfait. Pourvu que rien ne vienne gâcher son plan. Elle regarda sa montre. La trotteuse grignotait patiemment les secondes. Pour que l'effet soit maximal, il fallait que tous les groupes pour la paix frappent en même temps. Elle fondait beaucoup d'espoirs sur l'opération Viking. Marie avait vraiment déployé une immense énergie pour tout organiser le mieux possible : elle avait contacté les associations, les musées vikings, les clubs nautiques et le musée Foteviken de Scanie. Malgré les délais très courts, elle avait réussi son coup. Sur le fleuve, on voyait une flottille de bateaux vikings reconstruits à l'identique. Une bande de volontaires les avait amenés dans le port à la voile ou à la rame pendant la nuit. Marie avait réellement donné de sa personne, mais elle s'était retrouvée en minorité quand elle avait proposé une pancarte *Les Vikings pour la paix*. Greta avait objecté :

— Ça te semble crédible ?

Le soleil brillait au-dessus de l'armada de bateaux vikings qui se regroupaient lentement sur le fleuve. L'une après l'autre, les embarcations prenaient leurs positions à force de coups de rames. Au moment précis où retentirait la troisième salve, ils hisseraient leurs voiles carrées en fibre d'écorce...

Son porte-documents serré contre sa poitrine, John monta avec Mark à bord de l'*USS Great*. Des hommes en bleus de travail étaient en train de charger des marchandises dans un compartiment prévu à cet effet, et ça sentait très fort le gazole. Un peu dérouté, John regarda autour de lui. Il aperçut un marin qui empilait des boîtes sur une palette et s'approcha de lui. Un camion vrombissait à l'arrière-plan.

— Je cherche le commandant de bord, commença John.

Sa voix fut noyée par le bruit du chariot élévateur qui passa devant eux en trombe, chargé d'une grande caisse en bois. Le matelot cria quelque chose et indiqua au conducteur de l'engin où il voulait qu'il dépose son chargement.

— Je souhaite voir le pacha et..., continua John.

La machine repassa devant lui avec un rugissement et sa voix se perdit dans le bruit et les gaz d'échappement. Personne ne faisait attention à lui.

— Bande d'enfoirés ! On a un rendez-vous important, nous ! jura John.

— Laisse, le commandant et les autres nous attendent sûrement dehors, sur l'hélipont. On trouvera le chemin tout seuls, dit Mark.

— T'as raison. Le pacha ne va quand même pas se donner la peine de venir jusqu'à l'écoutille de chargement rien que pour nous accueillir, admit John en se dirigeant vers la porte.

Les marins étaient fort occupés. Mark et John s'éclipsèrent dans une coursive sans que quiconque ne les arrête. Après s'être trompés deux fois, ils débouchèrent enfin sur le pont, où ils marquèrent un temps d'arrêt et regardèrent autour d'eux. Des fusiliers marins en uniforme blanc prenaient leur poste le long du bastingage, et là-haut, sur la passerelle, on devinait deux têtes coiffées de képis.

— Certainement le commandant de bord et son second, dit John, soulagé, avec un signe de la main.

— Ça va faire du bien de passer enfin à l'action, nota Mark.

— Tu l'as dit. On va leur fourguer des armes, putain !

Il s'écoula un moment avant que le commandant de bord et son second fassent leur apparition sur le pont. Il était difficile de voir lequel des deux hommes avait le plus de médailles et de décorations sur la poitrine, mais aucun n'arborait de distinctions aussi rutilantes que celles de John et Mark.

— Très heureux de vous rencontrer, dit John en tendant la main. John, John Gudmundson. Quel magnifique navire vous avez.

— Qui êtes-vous ? demanda le pacha d'un air soupçonneux. Comment avez-vous fait pour monter à bord ?

John lui fit son plus joli sourire de vendeur en indiquant l'intérieur du vaisseau d'un signe de tête.

— On est passés par l'écoutille de chargement, bien sûr, dit-il.

— Mark, Mark Lindh ! dit Mark qui s'avança et lui serra la main aussi.

Peu habitué aux uniformes, il raidit les épaules et se tint jambes écartées et mains dans le dos, comme il l'avait vu faire aux militaires.

— Nous sommes si heureux de votre invitation. On devrait peut-être traiter nos affaires dans votre bureau pour que personne ne nous voie, poursuivit John d'une voix légèrement plus basse.

— Quelles affaires ? demanda le commandant.

John ouvrit le porte-documents et sortit son ordinateur portable. Il désigna l'écran et cligna des yeux à la lumière du soleil.

— J'ai ici tout ce que vous voulez savoir. On serait peut-être mieux à l'intérieur, au moins pour un meilleur visionnage de nos films de présentation.

Le pacha et son second échangèrent un bref regard, puis ils se présentèrent et, d'un signe de tête, invitèrent John et Mark à les suivre.

Sur la colline de Stigberget, Dagny suivait avec ses jumelles tout ce qui se passait sur l'eau. Une salve résonna et un nuage de fumée jaillit d'une des frégates. Les gens rassemblés à bord des petites embarcations sur le fleuve ou regroupés sur les quais jubilèrent en attendant la détonation suivante. Au même instant, on entendit le moteur d'un avion de tourisme. Le pilote volait spectaculairement bas et décrivait des cercles au-dessus de la foule massée sur le port. L'appareil s'approcha encore et, lorsque retentit la deuxième salve, la porte arrière du petit monomoteur s'ouvrit. Pas sur un parachutiste, mais sur deux aides du pilote dont on avait loué les services. Ceux-ci, à la troisième détonation et à la vue de la barge détruite dans un nuage de feu, déclenchèrent l'opération. Ils ouvrirent les boîtes et larguèrent les huit cents brioches de protestation que les mamies avaient cuites et pourvues de parachutes. Les pâtisseries descendirent lentement vers les navires, au-dessus des quais et sur le port. Au même moment, il se passait quelque chose sur l'eau : tous en chœur, les bateaux vikings hissèrent leurs voiles carrées. De grandes banderoles y étaient fixées, sur lesquelles on avait cousu des appels à la paix.

*STOP AUX ARMES NUCLÉAIRES ! PAIX À NOTRE TEMPS ! LES MAMIES NE FONT PAS LA GUERRE !*

Les spectateurs ébahis eurent tout loisir de lire ça et d'autres slogans. Les différents messages de paix se voyaient clairement sur les voiles gonflées. En même temps, les parachutes pleuvaient sur les navires et les quais avec leur cargaison de pistolets au safran. Dagny n'en perdait pas une miette. Elle donna un coup de coude dans les côtes de Marie. Quelle action !

Il y eut un début de débandade dans le défilé militaire quand les brioches au safran se mirent à tomber du ciel ; le cor d'harmonie joua une terrible fausse note à cause d'un gâteau qui avait terminé sa course dans l'instrument. Ce n'étaient pas uniquement des pistolets au safran qui tombaient du ciel. Elinor, qui avait aidé Marie, avait une mauvaise vue. Elle ne s'était pas rendu compte qu'elle chargeait certains des parachutes avec les spécialités de Marie. On trouva donc dans le lot une grenouille et certains des pistolets obscènes que les mamies n'avaient pas mangés. Comme ils étaient un peu plus gros et plus lourds que les autres, ils atterrirent les premiers. Sachant qu'à ce moment-là, l'avion survolait les vaisseaux militaires, les biscuits obscènes tombèrent en plein sur l'*USS Great*.

Le commandant de bord et son second se dirigeaient vers la passerelle en compagnie de John et Mark lorsque le premier pistolet au safran atterrit. Ils levèrent les yeux et virent une nuée de parachutes se poser sur l'héliport.

— Attaque ennemie, cria un des officiers, affolé.

— Je ne crois pas, dit le pacha qui venait de recevoir une brioche au safran sur sa casquette.

C'était une des grenouilles de Marie. Il déploya le parachute et lut *Paix à notre temps*.

— Qu'est-ce que c'est que ce bordel, explosa le second en évitant une brioche qui lui arrivait droit dessus.

Il se baissa et la ramassa. Sur le parachute, on pouvait lire *Make Love Not War*. Lorsqu'il vit la forme de la pâtisserie, ses yeux faillirent sortir de leurs orbites.

— Merde alors. Une bite au safran.

C'était un des chefs-d'œuvre absolus de Marie, qui avait cuit comme il faut et se tenait donc bien droit. La croix de la paix sur la crosse avait en outre des proportions un peu bizarres ; si un médecin l'avait vue, il aurait probablement diagnostiqué une maladie étrange.

— *What the hell*, jura le commandant de bord tandis que les pistolets au safran atterrissaient les uns après les autres sur le pont.

Son regard fouilla le ciel et l'eau. On voyait partout de petites embarcations et des bateaux vikings avec des appels à la paix, le tout conjugué à la pluie de brioches qui noyait toute autre information dans la masse. La fanfare militaire jouait faux, la faute à une autre brioche qui avait cette fois bouché le tuba, et sur le quai, c'était la pagaille dans le défilé : les musiciens qui y participaient se baissaient instinctivement pour éviter l'attaque safranée venue d'en haut. Alors que le pacha se tenait immobile sur la passerelle, un autre gâteau au safran lui tomba dessus, un pistolet au canon noué. Son parachute était orné d'une colombe de la paix blanche tenant un rameau d'olivier dans le bec.

— Il y a un salaud qui veut la paix, marmonna-t-il, profondément contrarié.

John et Mark regardaient le spectacle bouche bée en émettant divers sons gutturaux. Dérouté, Mark ramassa une brioche et l'examina. C'était le pistolet de Reuterswärd au canon noué. Il lut sur le parachute : *Les Mamies pour la paix*.

— C'est quoi, ce bordel ? Ça va pas recommencer ! se lamenta-t-il.

Le commandant de bord s'avança d'un pas et regarda fixement le revolver que Mark tenait à la main.

— Ceci est du sabotage, ni plus ni moins. Qui vous a donné l'autorisation de monter à bord ? rugit-il en faisant signe à ses deux officiers.

Il vrilla son regard dans celui de John.

— C'est vous qui avez manigancé cette opération ?

— Non, c'est pas nous. On a même reçu une invitation de votre part ! protesta John.

Il se mit à fouiller fébrilement dans sa poche à la recherche du carton d'invitation, jusqu'à ce qu'il se souvienne qu'ils l'avaient reçu par mail.

— Je peux vous montrer l'invitation sur l'ordinateur.

— Stop. Restez où vous êtes. Vous n'allez nulle part.

Le pacha se tourna vers ses deux officiers et fit un grand geste.

— Fouillez-les. Palpez tout, vêtements, poches, coutures, chaussures, tout. Et demandez à Johnson de venir ici avec un détecteur de métaux !

— Je ne comprends pas, marmonna John.

L'un des hommes l'empoigna brutalement et se mit à palper ses vêtements.

Il s'agissait sûrement d'un malentendu ; fort heureusement, John savait qu'ils ne trouveraient rien. Rien dans les poches, rien de dangereux nulle part. Pourtant, le détecteur se mit à biper. La médaille d'or, bien sûr.

— Vous avez vu cette distinction ? fit John avec un sourire. On l'a reçue tout à l'heure au cours d'une cérémonie au musée de la Marine. Comme vous le comprenez peut-être, nous avons rendu des services exceptionnels à l'industrie de l'armement et à toute la Défense suédoise. Nous avions cru comprendre que c'était la raison pour laquelle vous vouliez nous rencontrer.

Personne n'écouta. Personne ne répondit. John et Mark furent traités comme des intrus hautement indésirables. Les officiers leur arrachèrent leurs médailles et les examinèrent de plus près. *Pour services exceptionnels rendus à la Défense suédoise*, était-il écrit ; mais au fond, une médaille pouvait venir de n'importe où. Ils ne trouvèrent rien de suspect dans les vêtements, pas plus que dans les médailles. Le pacha se disposait à les leur rendre quand le détecteur de métaux réagit de nouveau : le ruban d'honneur.

— Il faut qu'on contrôle ça aussi, dit-il en passant l'instrument sur le ruban.

L'appareil bipa encore ; lorsque l'homme tâta le ruban, il sentit quelque chose de dur à l'intérieur. Il déchira les rubans bleu et jaune et, dans chacun d'eux, trouva une clé USB.

— Passez-leur les menottes. Il faut examiner ça de plus près, dit le commandant de bord.

Il veilla à ce que les deux officiers entravent les mains des suspects dans leur dos avant d'oser les faire entrer dans la salle d'informatique.

— Qu'est-ce que vous faites ? beugla John.

— Nous ne pouvons pas risquer de contaminer notre propre réseau, mais vous avez un ordinateur portable avec vous. Allez-y, dit le pacha.

Il donna l'ordre à ses hommes de relâcher leur prise pour que John introduise la première clé USB dans son ordinateur.

— C'est toi, Mark, qui as caché les clés USB dans le ruban d'honneur ? Tu as d'autres films de démonstration ? demanda John, inquiet, en allumant son ordinateur et en insérant la première clé USB.

— Non, non ! protesta Mark en secouant la tête. Je n'ai pas la moindre idée de ce que c'est.

John cliqua sur une icône. L'instant d'après, l'écran fut envahi de messages de paix. C'étaient des slogans de mouvements pour la paix, des images de manifs pour la paix et des instructions précises sur la façon de bousiller des ogives nucléaires. Il blêmit.

— C'est quoi, ce bordel ? explosa-t-il en lançant un regard désespéré à Mark. C'est toi qui as…

— J'ai rien fait, moi, protesta son comparse.

— Je vois… Vous venez d'un mouvement pour la paix, dit le commandant de bord avec un sourire plein de mépris. Ainsi, vous pensiez pouvoir nous espionner, hein ?

— Absolument pas. On est là pour vendre des armes. Je peux vous montrer des films de nos prototypes. Ils sont ici dans l'ordinateur, insista John.

Mais les officiers se contentèrent de sourire.

— Vous avez aussi des colombes de la paix et des rameaux d'olivier ? railla le pacha. Maintenant, voyons un peu ce qu'il y a sur l'autre clé USB.

John secoua la tête. Si celle-ci était de la propagande pour la paix, que pouvait bien contenir l'autre ? S'il pouvait seulement leur montrer les prototypes de Mark, ces hommes se rendraient compte qu'ils s'étaient trompés, et que Mark et lui voulaient simplement les aider. Leurs toutes dernières armes électromagnétiques étaient vraiment géniales…

— Je ne comprends pas d'où viennent ces clés USB. Je ne veux pas ouvrir celle-là, dit John.

— Tiens, tiens, vous refusez ? dit l'officier supérieur.

Il lui arracha la clé USB des mains et l'enfonça dans l'appareil. Tandis que John et Mark écarquillaient les yeux, l'écran se remplit de chiffres et de lettres bizarres. Avant que John puisse réagir, le virus se propagea à tous les fichiers. Une déferlante de texte submergea l'écran et se transforma en chiffres et en combinaisons de lettres incompréhensibles. Ensuite, ce fut le noir complet.

— Mes films sur les armes…, geignit John.

— Les drones et les robots. Nos prototypes, tout est détruit ! s'écria Mark.

— Alors comme ça, vous vouliez nous vendre des armes, hein ? On a tous compris votre petit jeu, dit le pacha sur le même ton méprisant. Vous, des marchands d'armes, et puis quoi encore ? Dites plutôt que vous vouliez contaminer le navire le plus moderne de la flotte avec un virus informatique.

UN VIRUS INFORMATIQUE ! Là, vous avez mal joué. Nous, on sait reconnaître les militants pacifistes quand on tombe sur eux. (Les doigts du commandant de bord s'incrustèrent douloureusement dans l'épaule de John.) C'était bien tenté, mais on n'est pas nés de la dernière pluie, on n'est pas des abrutis, vous pigez ça ? Ceci est un navire doté d'armes nucléaires. Est-ce que vous êtes conscients des dégâts que vous auriez pu causer ?

John et Mark fixaient l'écran, incapables de répondre. Tétanisés, ils n'émettaient pas un son. John finit par se ressaisir.

— Non, putain, on est innocents, quelque chose a merdé ! Je vous assure, j'ai votre invitation dans l'ordinateur, vous allez voir, dit-il d'une voix suraiguë en frisant la panique.

Sa voix se mua en murmure quand il lui revint à l'esprit que tout, dans l'ordinateur portable, venait d'être détruit. À cet instant arriva l'officier qui avait passé la chaussure de John au crible.

— Nous avons aussi trouvé ceci, dit-il en montrant la chaussure droite de John.

Sur la semelle, on apercevait un morceau de pâte. Le commandant s'empara de la chaussure et la renifla. Du safran.

— Ce veston sent aussi l'huile de safran, précisa l'officier.

— Vous n'avez pas seulement essayé de nous duper. Vous avez manifestement aussi quelque chose à voir avec cette odieuse manifestation pour la paix, s'époumona le pacha en brandissant, indigné, le pistolet de Marie. Une bite au safran. Vous vous permettez de tourner les grandes puissances en ridicule. Cela va vous coûter cher ! explosa-t-il.

Il continua à brandir l'objet du délit jusqu'à ce que l'officier à ses côtés le lui ôte discrètement des mains.

Sur ce, le commandant ordonna qu'on enferme ces insolents militants pacifistes dans les cales de l'*USS Great*. Tandis que la manifestation pour la paix se poursuivait sur le port, John et Mark furent mis aux arrêts sans ménagement.

Dagny et Marie se tenaient sur la colline, leurs jumelles braquées sur le navire américain. Elles avaient vu John et Mark entrer dans le vaisseau, mais ils n'en étaient pas ressortis. Elles attendirent longtemps avant d'oser crier victoire.

— D'habitude, combien d'années prennent les militants pacifistes dans certains des pays les plus puissants du monde ? demanda Marie en se tournant vers Dagny.

— Comme je l'ai déjà dit, certains en ont pris pour huit ans. Mais ça peut être plus ou moins, c'est selon. En tout cas, on est débarrassées d'eux pour de nombreuses années.

— Génial ! Tu te rends compte que c'était la première grande attaque concertée des Mamies pour la paix contre la guerre et l'industrie de l'armement ? Il est donc possible de résister !

— Absolument. Je pense qu'on va continuer. Les mamies en sont capables !

— Oh, quel pied ! Je commence à y prendre goût, moi, conclut Marie en souriant.

— Mais lutter pour la paix, c'est un travail à plein temps. Nous organiserons donc un autre cours de désobéissance civile, n'est-ce pas ? proposa Stefan.

— Bien entendu, répondirent Dagny et Marie d'une seule voix.

Les deux frangines se tombèrent dans les bras, très, très satisfaites de la vie. Maintenant que leurs voisins étaient sous les verrous, elles échapperaient aux corvées des rondes de nuit et des veilles dans la tour et pourraient se consacrer pleinement au combat pour la paix. Sans oublier pour autant de mener une vie agréable, pour elles-mêmes et pour les autres. Oh, comme elles avaient hâte de rentrer à la maison…

# ÉPILOGUE

Dagny bâilla, s'étira et descendit à la cuisine. Elle avait dormi trop longtemps, toutes les autres avaient déjà pris leur petit déjeuner. Elle se versa ce qui restait dans la cafetière et tendit le bras pour prendre un morceau de pain : la corbeille était vide. Quand elle se leva pour aller en chercher, son regard tomba sur une pile de coupures de journaux posée sur l'étagère de la cuisine. Il y avait deux chemises épaisses et des articles à trier traînaient encore à côté. La plupart concernaient la manifestation contre les manœuvres militaires de Göteborg. Elle parcourut les titres. Tout avait marché du feu de Dieu. Leur action pour la paix avait fait la une des journaux, attiré l'attention de la télévision et déchaîné les réseaux sociaux, aussi bien en Suède qu'à l'étranger. Leur opération avait eu des échos dans le monde entier. Et, cerise sur le gâteau, des organisations sœurs des Mamies pour la paix avaient vu le jour dans plusieurs pays.

Désormais, les politiciens regardaient les femmes d'âge mûr avec respect, au point que de nombreux hommes s'étaient inscrits à des stages. Témoin du succès des mamies, Stefan avait annoncé créer un cours de désobéissance civile pour hommes. Ayant vu de ses yeux qu'un mouvement pour la paix pouvait effectivement obtenir des résultats, il avait déclaré vouloir rester à la ferme où Pluto et lui se plaisaient tant, et ils y avaient emménagé.

Dagny regarda par la fenêtre. On ne sait jamais ce que la vie vous réserve. Jamais elle n'aurait imaginé qu'à un âge aussi avancé, elle vivrait des moments aussi agréables avec des personnes aimées.

Sans oublier que l'action à Göteborg avait abouti à l'incarcération de John et Mark. Elle ne comprenait pas comment les mamies avaient pu échapper à la prison, cette fois-ci. La Défense avait-elle cru que les cerveaux de leur action étaient des hommes ? Ou la rumeur sur le comportement des grands-mères en cellule s'était-elle répandue ? Quoi qu'il en soit, John et Mark avaient écopé de six ans chacun. Au bout de six mois, John avait été condamné à deux ans de plus pour incitation à un incendie criminel. En effet, un ex-apprenti membre d'un club de motards tristement célèbre avait récemment sauvé son âme et avoué ses péchés : il avait accepté contre rémunération de réduire en cendres le centre de cours Seniorboost, un acte qui lui avait donné terriblement mauvaise conscience. Maintenant qu'il avait révélé le nom de son commanditaire, il se sentait beaucoup mieux.

Dagny prit un verre de jus de canneberge, un œuf dur et une assiette de muesli. En mangeant, elle jeta un coup d'œil par la fenêtre de la cuisine et entrevit la ferme voisine. Quel bonheur d'être débarrassée de ces odieux personnages qui vouaient un culte aux armes ! Mieux encore : sa création, Les Mamies pour la paix, avait reçu tellement de dons et accueilli tant de stagiaires que Marie et elle avaient pu racheter la ferme voisine. Plus jamais elles n'auraient besoin de se soucier de voisins malfaisants : la ferme leur appartenait et servait de lieu d'activités.

Ah, les cours. Il fallait qu'elle vérifie que tout allait bien dans la salle de réunion avant que le prochain groupe n'arrive. Elle se leva, rangea la vaisselle du petit déjeuner et traversa la cour vers l'aile est récemment rénovée. Elle entra dans le couloir en fredonnant et entrouvrit la porte de la salle de réunion. Puis elle resta plantée sur le seuil, interdite, et porta la main à sa bouche.

Sur le plancher, Nils et une vingtaine de messieurs d'âge mûr en position du fœtus ou étendus sur le dos fixaient le plafond d'un regard vide. Personne ne bougeait ; ils semblaient tous avoir quitté ce monde. Dagny poussa un cri qui résonna contre les murs, le toit et les fenêtres. Puis elle vit la chaussure gauche de Nils remuer, et tous se redressèrent les uns après les autres.

— Eh bien, Dagny, qu'est-ce qui t'arrive ? dit Stefan en lui lançant un regard surpris.

— Euh, désolée, marmonna-t-elle en quittant vite la salle à reculons.

Elle referma la porte avec précaution et ressortit dans la cour. Son centre de cours avait apporté sa pierre à l'édifice du mouvement pour la paix. Lors du dernier conseil d'administration, où Greta avait triché et ajouté deux voix au vote sans que personne ne le remarque, il avait été décidé de lancer un nouveau mouvement pour la paix. Il serait local pour commencer et prendrait de l'ampleur avec le temps, elle l'espérait. C'était un mouvement frère de l'organisation des mamies, on s'y entraînait même au *die-in*. Il s'adressait aux hommes, et c'est avec joie et enthousiasme que Greta l'avait baptisé « Les Gentlemen pour la paix ».

# MERCI !

Quand j'écris des livres, de nombreuses personnes m'encouragent et m'aident.

Tout d'abord, un grand merci à Bokförlaget Forum où mon éditrice, Teresa Knochenbauer, m'a soutenue et prodigué de bons conseils, et ma rédactrice, Liselott Wennborg Ramberg, qui a passé le texte au peigne fin, a su maîtriser aussi bien l'auteure que la langue.

Je tiens aussi à remercier Sara Lindegren et Annelie Eldh du service de communication. Et Göran Wiberg, Bo Bergman, Marcus Rehn et Torgny Lundin du service des ventes pour leur travail avec ce livre. Et merci, Nina Pagh, pour ton accueil toujours aussi positif et amical à la maison d'édition.

Merci aussi à Jaana Grönlund pour son attention et son aide dans tous les domaines pratiques. Merci, Victoria Gustavii, pour tes corrections, et Annika Lindholm, la chef de fabrication.

Mes remerciements chaleureux aussi à Nils Olsson pour la couverture du livre suédois, une magnifique interprétation du sujet au cœur des *Mamies font parler la poudre.*

Le livre n'aurait jamais vu le jour sans le mouvement norvégien des Mamies pour la paix à Oslo. C'est de ma rencontre avec Heidi Andersen qu'est née l'idée de ce roman.

Parmi toutes mes idées, je dois à Line Renaud d'avoir retenu celle-là, car elle a lu le synopsis et a cru à ce projet dès le départ. Toujours positive, elle m'a ensuite généreusement soutenue durant l'élaboration du livre.

Un merci chaleureux aussi à Lena Sanfridsson pour son soutien et ses avis judicieux et à Inger Sjöholm-Larsson qui, elle aussi, m'a encouragée et soutenue.

J'en profite pour remercier la journaliste Ingrid Lindgren qui lit aussitôt ce que j'écris et, en bonne professionnelle, me donne son avis.

Sans oublier bien sûr mon frère Henrik Ingelmann-Sundberg qui a eu la patience de lire différentes versions du livre et de me faire part de ses commentaires lucides et directs. Un grand merci à Gunnar Ingelman pour son soutien indéfectible du premier synopsis jusqu'au livre achevé, à Anna Rask pour ses points de vue éclairés et ses encouragements, à Maria Paz Acchiardo et Isabella Ingelman-Sundberg pour avoir lu et aimé mon texte. Merci aussi à Fredrik Ingelman-Sundberg et Arne Fjälling pour nos discussions et conversations constructives.

Je veux aussi remercier Barbro von Schönberg qui m'a lue et encouragée, ainsi que Magnus Nyberg, Kerstin Fägerblad et Agneta Lundström, qui ont lu le manuscrit et donné leurs points de vue.

Vous tous, je vous embrasse chaleureusement !

*Composition et mise en pages*
*Nord Compo à Villeneuve-d'Ascq*

CET OUVRAGE
A ÉTÉ ACHEVÉ D'IMPRIMER
SUR ROTO-PAGE
PAR L'IMPRIMERIE FLOCH
À MAYENNE EN MAI 2021

N° d'impression : 98426

*Imprimé en France*